中华经典名剧

牡丹亭

【明】汤显祖 著 蔺文锐 评注

中华书局

图书在版编目(CIP)数据

牡丹亭/(明)汤显祖著;蔺文锐评注. —北京:中华书局,
2016.11(2025.1 重印)
(中华经典名剧)
ISBN 978-7-101-12131-5

Ⅰ.牡… Ⅱ.①汤…②蔺… Ⅲ.传奇剧(戏曲)-剧本-中国
-明代 Ⅳ.I237.2

中国版本图书馆 CIP 数据核字(2016)第 218279 号

书　　名	牡丹亭
著　　者	〔明〕汤显祖
评 注 者	蔺文锐
丛 书 名	中华经典名剧
封面题签	徐　俊
责任编辑	周　旻
装帧设计	毛　淳
责任印制	管　斌
出版发行	中华书局
	(北京市丰台区太平桥西里 38 号　100073)
	http://www.zhbc.com.cn
	E-mail:zhbc@zhbc.com.cn
印　　刷	三河市鑫金马印装有限公司
版　　次	2016 年 11 月第 1 版
	2025 年 1 月第 9 次印刷
规　　格	开本/880×1230 毫米　1/32
	印张 14　插页 2　字数 230 千字
印　　数	46001-50000 册
国际书号	ISBN 978-7-101-12131-5
定　　价	28.00 元

前　言

　　汤显祖（1550—1616），字义仍，号若士，又号海若、清远道人，临川（今属江西）人。万历十一年（1583）汤显祖考中进士，先后任职南京太常寺博士、南京詹事府主簿、南京礼部祠祭司主事。万历二十六年（1598），汤显祖因不满朝政，辞归故里，全力投入传奇创作。汤显祖先后创作的《紫钗记》（1587）、《牡丹亭》（1598）、《南柯记》（1600）和《邯郸记》（1601），因每一部都与梦相关，合称为“玉茗堂四梦”或“临川四梦”。《牡丹亭》是“四梦”中最负盛名的作品，在中国戏曲史上具有崇高的地位。

　　“《牡丹亭梦》一出，家传户诵，几令《西厢》减价”（沈德符《顾曲杂言》）。清人李渔评价《牡丹亭》为有明三百年唯一与元杂剧相比肩的传奇（《闲情偶寄》）。日本汉学家青木正儿认为汤显祖堪与莎士比亚并称“东西曲坛伟人”（《中国近世戏曲史》）。四百年来，《牡丹亭》无论在书斋案头，还是在歌舞场上，一直活跃非凡，影响惊人。

　　《牡丹亭》取材于话本小说《杜丽娘慕色还魂》。汤显祖将原本不足四千字的话本小说扩充为五十五出的鸿篇巨制，并对故事做了创造性改编，使“人鬼恋”的传奇话本脱胎换骨，取得了无法比拟的艺术成就。

　　话本小说写南宋光宗时（1190—1194）广东南雄太守杜宝

的女儿杜丽娘，游园伤春，感梦而亡，葬于梅花树下。杜丽娘生前自绘小像，被继任柳太守之子柳梦梅所得，杜丽娘鬼魂与柳梦梅幽会。后来开冢发棺，还魂成婚，最终夫贵妻荣。《牡丹亭》全剧基本沿用话本的故事框架，比如剧中《惊梦》《寻梦》《写真》《闹殇》《拾画》《玩真》《幽媾》《冥誓》《回生》等重点情节，都直接沿用了话本游园、寻梦、写真、回生等原始情节。但汤显祖在原本的传奇故事中注入"至情"灵魂，将话本中杜丽娘慕色之情浓墨重彩地展现为生生死死、惊心动魄的爱情，激变出"梦中的幽会"、"梦后的追寻"、"灵魂的出离"、"地狱的判决"、"人鬼的交媾"、"死者的复生"、"战乱中的奇遇"等诸多丰富的情节。

《牡丹亭》围绕"梦中情"、"人鬼情"、"人间情"展开情节。第一至六出（《标目》到《怅眺》）为全剧开端，介绍人物，设定戏剧情境。第七至二十出（《闺塾》到《闹殇》）以"梦中情"为中心，着重表现杜丽娘无法排遣的苦闷和无法实现的渴求的爱情、终而殉情的由生到死的过程，主要戏剧冲突是礼教与人情、人性的矛盾。表面上，杜丽娘身为官宦小姐，父母视为掌上明珠，实质上父母的"爱"已外化为压抑冷酷的精神环境（第三出《训女》、第五出《延师》、第七出《闺塾》）。第十出《惊梦》是"梦中情"最具亮色的重要场次。盎然春色与古代情歌的启蒙，激发了杜丽娘的情感与欲望，梦中欢媾，花神护佑，在暂时摆脱束缚时杜丽娘获得了极大的身心自由。这些情节是小说中没有的，完全出于作者的创造。但一场好梦被夫人唤醒，回归现实，觉醒了的杜丽娘更为痛苦。"人立小庭深院"（第十出《惊梦》），锦衣玉食与情感的孤独、寂寞，外在严格的生活规范与杜丽娘逐步觉醒的人性和她对自由、爱情的向往，构成了一种不可调和的矛盾。温情脉脉的血缘亲情掩盖不住精神压抑的冷酷和残忍，这是杜丽娘由生而死的根本原因，也是作品深刻性之所在。《寻梦》典型地传达了人物寂寥、凄苦的无限哀伤，《写真》更表现了人物只能潜自珍惜体味却无从遂愿的无限悲苦。这部分情节小说中也有，但偏重离奇、幽艳的"因春感情"、一梦而亡，汤显祖则创造了杜丽娘生活的精神环境，挖掘出"一梦而亡"的深刻意义：丽娘之死，揭示了人物的情感、意志惨遭桎梏、戕残的现实悲剧性。

第二十一至三十九出（《谒遇》到《如杭》），以柳梦梅、杜丽娘为主角，以《拾画》《玩真》（以上柳梦梅主场）、《冥判》《魂游》（以上杜丽娘主场）、《幽媾》《欢挠》《冥誓》《回生》《婚走》《如杭》（二人合场）为重要场次，主要表现"人鬼情"，表现人情、人性具有不可遏制、不可战胜的力量，能沟通幽冥、超越生死，杜丽娘因此由死而生。第二十三出《冥判》值得重视，这是杜丽娘由死到生的结构性基础。阴间判官虽也不理解慕色而亡的奇异之事，却宽容大度，善解人意，让丽娘之魂自由寻找梦中情人。冥府判官许任杜丽娘自由行走、满足她的愿望追求，与现实不解人情、摧残人性的道德社会构成了一种反比。杜丽娘游魂在《魂游》《幽媾》中充分表现了追求爱情的坚定、执着，柳梦梅在《拾画》《玩真》中充分表现了思慕爱情的志诚、痴迷，《欢挠》《冥誓》表现了两人获得爱情的甜美、忠诚，《回生》《婚走》则表现了两人维护爱情的勇敢、果断。于是真情成为主宰，意志成为戏剧的支配性力量，演绎了唤死回生的虚幻性真实，表现出积极浪漫的理想性色彩。作者表现爱情的美好与力量，至情打通幽明、冲决死生的创作主旨因此得到了很好的体现。

《牡丹亭》第四十至五十五出（《仆侦》到《圆驾》），以翁婿冲突的形式表现"人间情"，突出人情、人性与"善意的恶行"的斗争。以柳梦梅的《耽试》《淮泊》与杜宝的《移镇》《御淮》《折寇》为过渡，以杜宝是否承认柳梦梅的身份为戏剧冲突，《闹宴》《硬拷》为戏剧冲突的高潮，至终场《圆驾》收束全剧。在《牡丹亭》中，杜宝的形象是好人、好官。《劝农》中是贤明太守，《移镇》《御淮》中是卫国功臣。即便是迂腐可笑的陈最良，在《折寇》《围释》中也不避危险，为国效力。因此，剧中的主要人物都不是反面人物。但政治上的忠正刚毅与道德上的陈腐固执构成了他们性格上的两个主要方面。在对待杜丽娘和柳梦梅爱情的态度上，杜宝不承认理性之外的情感活动，不承认人情、人性的正常性，执于理念，固执不认妻女，不承认柳、杜的事实婚姻，甚至最终置圣旨于不顾。在此时杜宝显得蛮横、专制，成为男女主人公追求幸福生活的最大障碍。而柳梦梅则成长为捍卫理想的斗士，忠诚爱情，为所爱者不惜担荷风险、分忧解难，又意志坚强、不畏显宦，甚至不惧廷辩。《硬拷》《圆驾》充分展示了柳梦梅与杜宝两人之间尖锐、激烈的情理冲突。

《牡丹亭》在人与人、人与鬼、人与神之间，形成层层叠叠的戏剧冲突和峰回路转的戏剧情节，呈现出缠绵的情怀与优美的意境。杜丽娘的绝望爱情、彻骨悲伤源于貌似和谐的现世秩序的严重残缺。面对这种残缺，杜丽娘不是妥协，而是以青春生命的毁灭去追求超越生命的真挚爱情。通过凄恻而壮丽的毁灭，由冲突实现对理想人格自由的追求，这些闪耀着"现代"色彩的理念使《牡丹亭》具有了同题材作品未曾达到的高度，揭开了具有启蒙意义的生命美学的新篇章，这在四百年后的今天，仍具有深刻而积极的意义。

《牡丹亭》的结构在明清传奇中较为特殊。明清传奇多为情节剧，讲究"一人一事"、"立主脑"（李渔《闲情偶寄》），形成以主要故事结构全剧的线型结构。而《牡丹亭》以三组相对独立的剧情段落为主干，以情与理的观念冲突作为贯穿始终的主线。全剧围绕情理冲突的思想结构全剧，中心事件不是一个现实性事件，而是一种心灵的情理冲突，是非现实的、想象的、观念形态的，但又是激烈的、起支配性作用的。因此《牡丹亭》必然要突破常见的线型结构，形成一种较为少见的折叠式结构。折叠式结构具有了连台戏的一些特点：人物出入、时空跨越、冲突转换等方面都有了更大的灵活性，鸿篇巨制的规模也能够充分展开人物的心理以及相互之间的冲突。借助于折叠式结构，《牡丹亭》得以跨越时空、沟通幽明，表演了曲折委婉的爱情故事，形成了浓郁浪漫的创作风格。汤显祖在撰写爱情闺怨时，还充分注意到让戏剧场面冷热交替、动静互补。在《牡丹亭》五十五出戏中，涉及喧闹热烈场面的约有十九出。汤显祖处理闹热场面，或者在情节进行中随时插入科诨，如《道觋》一出中石道姑自报家门念诵的"千字文"，异想天开，令人喷饭；或者文戏兼杂武戏，如插入战争场面，《虏谍》《淮警》《御淮》《寇间》《折寇》《围释》等出刀枪并举、锣鼓喧天，令人一振。或者呈现民俗场面，如《劝农》《冥判》，拉近幽情雅韵与世俗的距离。

　　《牡丹亭》继承了中国古典抒情浪漫主义文学的优秀传统，充分吸收《西厢记》等传统戏曲的表达技法，不仅文辞优美，唱词典雅华美，而且情景交融，意境深邃，达到了极高的艺术境界。读者在阅读欣赏中也被深深吸引，沉浸在浪漫主义的诗情画意中。

　　《牡丹亭》自问世以来，传本众多。本书原文以徐朔方先生笺校《汤显祖全集》中的《牡丹亭》为底本，徐朔方、杨笑梅校注本为主要参校本，注释和评析参考了明清以来及现当代许多的研究资料和研究成果，不一一列举，谨致以衷心的感谢。为方便读者，每一出又按情节发展分为若干段落，分别注释，除《惊梦》一出外，都在出末结合文本与舞台演出略做评析，希望能对读者有所启发。编者囿于学识，疏漏之处，望方家读者不吝斧正。

蔺文锐

2016 年 6 月

目　录

牡丹亭

题　词

　　天下女子有情，宁有如杜丽娘者乎！梦其人即病，病即弥连①，至手画形容②，传于世而后死。死三年矣，复能溟莫中求得其所梦者而生③。如丽娘者，乃可谓之有情人耳。情不知所起，一往而深。生者可以死，死可以生。生而不可与死，死而不可复生者，皆非情之至也。梦中之情，何必非真？天下岂少梦中之人耶！必因荐枕而成亲，待挂冠而为密者，皆形骸之论也④。传杜太守事者，仿佛晋武都守李仲文、广州守冯孝将儿女事⑤。予稍为更而演之⑥。至于杜守收拷柳生，亦如汉睢阳王收拷谈生也⑦。嗟夫！人世之事，非人世所可尽。自非通人⑧，恒以理相格耳⑨。第云理之所必无⑩，安知情之所必有邪！

万历戊戌秋清远道人题⑪

注释：

①弥连：即"弥留"，指久病不愈。本剧十八出《诊祟》："自春游一梦，卧病如今。不痒不疼，如痴如醉。"

②手画形容：指亲手为自己画像。本剧十四出《写真》："二八春容，怎生便是杜丽娘自手生描也呵！"

③溟（míng）莫中求得其所梦者而生：指杜丽娘死后免于投胎，一缕游魂任往来，直到柳梦梅破棺而复生。本剧二十三

出《冥判》："一任你魂魄来回。脱了狱省的勾牌，接着活免的投胎……敢守的那破棺星圆梦那人来。"溟莫，即"溟漠"，幽晦广远，指阴间。

④"必因荐枕而成亲"三句：一定要等到有肌肤之亲才算成亲，等到辞官后才能成为亲密的朋友，这都是表面肤浅的说法啊。荐枕，进献枕席，借指侍寝，这里指男女欢会。挂冠，辞官。形骸之说，肤浅的说法。形骸，原指外形、容貌，此指表面、肤浅。

⑤传杜太守事者，仿佛晋武都守李仲文、广州守冯孝将儿女事：指《牡丹亭》的本事来源。杜太守事，本剧十出《惊梦》、二十八出《幽媾》、三十二出《冥誓》、三十五出《回生》杜丽娘与柳梦梅梦中相会、约期开棺、起死回生、结为夫妇的情节出自话本小说《杜丽娘慕色还魂》。晋武都守李仲文、广州守冯孝将儿女事，皆见于《搜神后记》。李仲文事讲武都太守李仲文丧女，暂葬郡城之北。其后任张世之之子常，梦女来就，遂共枕席。后发棺视之，女尸已生肉，颜姿如故。但因被发棺，未能复生。冯孝将事讲冯孝将为广州太守时，他的儿子梦见一女子说："我是前太守北海徐玄方女，不幸早亡，亡来今已四年，为鬼所枉杀。……应为君妻。"后在本命年的生日，掘棺开视，女子体貌如故，遂为夫妇。

⑥更：改编。演：演出。

⑦汉睢阳王收拷谈生：《太平广记》引《列异传》载：汉谈生，四十无妇，夜半读书，有女子来就生为夫妇，约三年中不能用火照。后生一子，已二岁，生夜伺其寝，以烛照之，腰上

已生肉，腰下但有枯骨。妇觉，引生至一华堂，以一珠袍与生，并裂取生衣裾而去。后生持袍诣市，睢阳王家买之。王识女袍，以生为盗墓贼，乃收拷生。生以实对，王犹不信，"乃视女冢，冢完如故。发视之，果棺盖下得衣裾。呼其儿正类王女，王乃信之。即召谈生，复赐遗衣，以为主婿"。

⑧自：假如。通人：学通古今的人。

⑨格：推究。

⑩第：但，且。

⑪万历戊戌秋清远道人题：万历四十五年（1617）刊本，卷首有"牡丹亭还魂记题辞"，系汤显祖自题，署"万历戊戌秋清远道人题"。万历戊戌，万历二十六年（1598）。清远道人，汤显祖号。

点评：

"题词"是《牡丹亭》全剧的序言，也是剧作者的创作纲领。汤显祖"一生得意处惟在《牡丹》"，"题词"道出了《牡丹亭》的精神意趣。《牡丹亭》洋洋五十五出，一言以蔽之，曰："情也。"情为何物？汤显祖说"情不知所起"，然而他通过一出《牡丹亭》，惊心动魄地写出了"情"的觉醒，阐释了"情之至"的力量。

一位青春少女，杜丽娘被父母以"爱"的名义闭锁在小庭深院，"手不许把秋千索拿，脚不许把花园路踏"（《闺塾》），"女孩儿只合香闺坐"（《慈戒》）。白天打个盹、裙衣绣只蝶，都是失礼之至。她在枯燥、寂寞、苦闷和压抑中默默忍受，成了个"嫩脸娇羞，老成尊重"（《肃苑》）

的闺阁小姐。然而在无边的黑暗中，青春的杜丽娘却有着少女的敏锐直觉。《关雎》，一首父亲所说的咏"后妃之德"的经典诗篇，被她看破了玄机："关了的雎鸠，尚然有洲渚之兴，可以人而不如鸟乎？"（《肃苑》）她终于走出牢笼般的闺房，游走在从未踏足的后花园，发现"原来姹紫嫣红开遍"（《惊梦》）。满园春色震撼动人，这春闺中寂寞女子的心中，焕发出对美和自然的无限热爱，涌动出鲜活蓬勃的生命激情，对生命和爱情的憧憬和追求从此觉醒。一个稍纵即逝的梦，让她略略品尝到爱的甜蜜和欢畅。梦中手持柳枝的书生，令她千般回味，万般追寻。那烈火般的感情，竟至燃尽了她年轻的生命。然而丽娘的死，不是生命的结束，而是全新的开始。即使在幽冥之中，杜丽娘"'梅'、'柳'二字，一灵咬住，必不肯使劫炭烧失"（王思任《批点玉茗堂〈牡丹亭〉叙》），正是情虽"不知所起"，但真正是"一往而深"。"情"迸发出冲天火焰般的超凡力量，它凌驾三界、打通阴阳，可以出入冥府、游魂幽媾、鬼魂成亲，甚至"前日为柳郎而死，今日为柳郎而生"（《冥誓》）。"生者可以死，死可以生"，这才是"至情"。杜丽娘就是"至情"的代言人。

"至情"论是汤显祖对毁灭生命的理学的宣战。汤显祖把这种生命的激情和对理想世界的强烈憧憬解释为"情"，把程朱理学和封建礼教对人们的束缚解释为"理"，把为粉碎枷锁、冲出牢笼所做的斗争解释为"情与理的斗争"。他写出了青年人用青春和生命来打碎精神枷锁、追求自由幸福的勇气。"至情"赋予杜丽娘这个柔弱的闺中女子强大的力量，让她面对君父权威、礼教尊严，最终获得了事实上的胜利。

汤显祖的构思、创作充满浪漫主义色彩。"因情成梦，因梦成戏"（《复甘义麓》），"一点情千场影戏"（《南柯记·情尽》）。情因一梦而起，杜丽娘、柳梦梅二人以梦为真，《牡丹亭》写尽了一对痴情恋人心灵情感世界的复杂性和丰富性。杜丽娘出入冥府、游魂幽媾、死而复生的爱情历程，超越三界、梦而死、死而生的浪漫情节，贯穿全剧。汤显祖通过这一系列奇幻情节，把在现实中无法实现的愿望，在超现实的理想境界中实现了，为呻吟于礼教文化铁幕内的青年开辟出全新的人生境界。这正是"理之所必无"、"情之所必有"的奇迹，也是汤显祖情必胜理的决心和信心。

青春版《牡丹亭》的改编就集中突出了"情"的主线，将原剧五十五出的枝蔓删减，提炼成二十七场，上本梦中情，中本人鬼情，下本人间情，逐渐推进情至、情真、情深的层次。从"梦中情"到"人鬼情"再到"人间情"，"情"启发于生命的冲动，"一往而深"为"情"死，幽冥间一灵咬定"情"，最终因"情"冲破生死。"情"一字，就是汤显祖在"题词"中再三致意的关键词吧。汤显祖同时代的朋友潘之恒说："余既读汤义仍《牡丹亭还魂记》，尤赏其序。夫结情于梦，犹可回死生，结良缘，而况搆而离，离而合以神者乎。自《牡丹亭》传奇出，而无情者隔世可通。"（潘之恒《亘史》）

第一出^①　标　目^②

【蝶恋花】^③（末上^④）忙处抛人闲处住^⑤，百计思量，没个为欢处。白日消磨肠断句，世间只有情难诉^⑥。玉茗堂前朝复暮^⑦，红烛迎人，俊得江山助^⑧。但是相思莫相负^⑨，牡丹亭上三生路^⑩。

【汉宫春】杜宝黄堂^⑪，生丽娘小姐，爱踏春阳^⑫。感梦书生折柳，竟为情伤。写真留记^⑬，葬梅花道院凄凉。三年上，有梦梅柳子，于此赴高唐^⑭。　果尔回生定配，赴临安取试，寇起淮扬。正把杜公围困，小姐惊惶。教柳郎行探，反遭疑激恼平章^⑮。风流况^⑯，施行正苦^⑰，报中状元郎。

　　杜丽娘梦写丹青记。
　　陈教授说下梨花枪。
　　柳秀才偷载回生女。
　　杜平章刁打状元郎^⑱。

注释：

①出：戏曲传奇剧本体制，类似元杂剧的"折"或现代话剧的"场"。传奇剧本一般分若干出，合演一个故事。剧本篇幅多在31出至50出之间，演出约需9—15个小时，需通宵达旦或连演数天，才能串完全本。为方便演出，万历天启时开始将传奇剧本"缩长为短"。原本55出的《牡丹亭》，臧懋循《玉茗堂四种传奇》本删改为35出，徐日曦《六十种曲》本删改为43出，冯梦龙《墨憨斋定本传奇》本删改为37

出。删掉的出目，如《劝农》《肃苑》《虏谍》《道觋》《诇药》等，多为游离于主线之外的枝节关目。经过删并后的剧本较之原作，情节集中，结构紧凑，更便于场上搬演。

②标目：也称"家门"、"家门引子"，戏曲传奇剧本的固定格式。传奇第一出开始时，由一个角色（"副末"或"末"，略似后世的报幕人）上场，说明作者的创作意图（如本出【蝶恋花】）和剧情梗概（如本出【汉宫春】）。"标目"不是剧情的组成部分。开场之后，第二出才是正戏。

③【蝶恋花】：曲牌名。戏曲传奇的音乐采取曲牌联套的形式，所有登场的角色都可以演唱。本剧各出的曲牌均用【 】表示。

④（末上）：舞台提示。戏曲中的舞台提示都用括号括注形式。末，传统戏曲角色名，一般扮演年纪较大的男子。男角除末外，还有生、外、净、丑等。传奇第一出一般由副末开场，本剧用末代替副末。

⑤忙处抛人闲处住：指离开官场回到故里。汤显祖在万历二十六年（1598）春从遂昌县令任上离职，归隐故乡临川，同年秋完成《牡丹亭》。忙处抛人，指离开繁忙的官场。闲处，指闲散的地方。

⑥情难诉：吴吴山三妇合评本《牡丹亭·标目》评曰："情不独儿女也，惟儿女之情最难告人，故千古忘情人，必于此处看破。然看破而至于相负，则又不及情矣。"

⑦玉茗堂：汤显祖辞官归乡后新建用以写作、会客、家宴和演戏的场所，在今临川沙井巷后。玉茗，白山茶。

⑧俊得江山助：江山之美使我的文章生色。俊，指文章秀美。

⑨但是：只要。

⑩牡丹亭上三生路：指杜丽娘死而复生与柳梦梅团圆。牡丹亭，剧中杜丽娘和柳梦梅梦中结缘的地方。三生路，源出三生石传说，是前世宿缘的象征。《太平广记》记载，唐代李源与惠林寺僧圆观友谊深厚，圆观临终时对李源说，十二年后在杭州天竺寺再见。十二年后李源如期而至，在天竺寺三生石下，看见一个牧童，他就是圆观的后身。

⑪黄堂：古代太守衙中的正堂，后借指太守。

⑫爱踏春阳：吴吴山三妇合评本《牡丹亭·标目》评曰："世境本空，凡事多从爱起。如丽娘因游春而感梦，因梦而写真、而死、而复生，许多公案，皆'爱踏春阳'之一念误之也。"踏春阳，踏青。唐段成式《酉阳杂俎·诺皋记》载："元和初，有一士人失姓字，因醉卧厅中。及醒，见古屏上妇人等，悉于床前踏歌，歌曰：长安女儿踏春阳，无处春阳不断肠。舞袖弓腰浑忘却，蛾眉空带九秋霜。"

⑬写真：画像。

⑭赴高唐：指二十八出《幽媾》柳梦梅与杜丽娘欢会。战国时楚国宋玉《高唐赋》写楚襄王游高唐，梦见和巫山神女交欢。后遂以高唐指男女欢会或欢会之所。

⑮平章：官名，为"平章军国重事"的简称。唐宋时相当于丞相，由德高望重的大臣担任。这里指杜宝。

⑯风流况：风流事。况，情况。

⑰施行：用刑。

⑱"杜丽娘梦写丹青记"四句：这四句是下场诗，为剧中人物下场时所念的诗，内容多概括剧情大要，给人以启发或引人

牡丹亭

中华经典名剧

思考。本剧除《标目》外都用七言绝句。丹青，绘画常用朱红色和青色颜料，这里指代绘画。陈教授，陈最良，杜丽娘的老师。梨花枪，投靠金人的强盗李全之妻杨婆，善使梨花枪。柳秀才，柳梦梅。回生女，杜丽娘。杜平章，杜宝。

点评：

"标目"，就是标明纲目，作为全剧第一出，起到铺陈剧情，概括全剧的作用。

"玉茗堂前朝复暮"一句浸透了作者创作的甘苦。万历二十六年（1598），四十九岁的汤显祖弃官回乡，以其风云际会之才，爽如哀梨之笔，创作出媲美屈宋、比肩《西厢》的名作《牡丹亭》。十二年的科举蹭蹬，十五年的宦海生涯，年近半百的人生沧桑，使他的情感犹如火山一样喷薄而出，把全剧的梦境燃成一片灿烂的烟霞："玉茗家开春翠屏，新词传唱《牡丹亭》。伤心拍遍无人会，自掐檀板教小伶。"（汤显祖《七夕醉答君东二首》）

"世间只有情难诉"，委婉道出全剧"言情"的主旨。剧中不只渲染了杜丽娘与柳梦梅的生死爱情，也表现了父女情、母女情、主仆情、夫妻情、侠义情。然而各种情感中，爱情最难以表现。诚如吴吴山三妇合评本《牡丹亭》评语："情不独儿女也，惟儿女之情最难告人，故千古忘情人，必于此处看破。然看破而至于相负，则又不及情矣。"焦循《剧说》记载："相传临川作《还魂记》，运思独苦。一日家人求之不可，遍索，乃卧庭中薪上，掩袂痛哭。惊问之，曰：填词至'赏春香还是旧罗裙'句也。"正是汤显祖这位性情中人成就了《牡丹亭》这部至情奇剧。

"但是相思莫相负，牡丹亭上三生路"，《标目》鲜明地点出了"牡丹亭"这个名字。众所周知，《牡丹亭》故事蓝本来源于明代话本小说《杜丽娘慕色还魂》。汤显祖对不足四千字的故事素材进行了脱胎换骨的改造，独具慧眼地提炼出"牡丹亭"这个字眼。

杜府后花园，是区别于小庭深院而别样的世界，是杜丽娘脱离了现实束缚的"大观园"、伊甸园。而实写后花园中的"牡丹亭"，虽仅见于《标目》《寻梦》和《魂游》三出，在全剧却具有关键性意义。《惊梦》中隐隐写"牡丹亭"："牡丹虽好，他春归怎占的先！"杜丽娘借牡丹自比，觉醒花容月貌而无人欣赏的落寞，是整个故事的起点。"牡丹亭畔"是杜丽娘欲望、情感被唤醒和爆发的所在。正是"牡丹亭"欢梦，促使丽娘第二日重游花园"寻梦"，然而寻梦不得，竟然为未曾谋面的梦中情人香消玉殒、华年烟逝，才有了《冥判》《魂游》《幽媾》《回生》等生而死、死而生的一系列情节。所以"牡丹亭"是整个故事发生的源事件，是故事得以铺展和行进的推力。"牡丹亭"凝聚了杜丽娘全部欲望、爱情和梦想，是她和柳梦梅的三生石，生死情缘从这里拉开序幕，"牡丹亭"三字就成为全剧最警策、注定要唱绝千古的名字。

在青春版《牡丹亭》中，《标目》中的【蝶恋花】曲子，作为上、中、下三本的开场曲，借鉴了歌剧主题曲形式，"但是相思莫相负，牡丹亭上三生路"的合唱贯穿全剧。

第二出　言　怀

【真珠帘】（生上①）河东旧族、柳氏名门最②。论星宿，连张带鬼③。几叶到寒儒，受雨打风吹④。谩说书中能富贵，颜如玉，和黄金那里⑤？贫薄把人灰，且养就这浩然之气。

【鹧鸪天⑥】刮尽鲸鳌背上霜⑦，寒儒偏喜住炎方⑧。凭依造化三分福，绍接诗书一脉香⑨。　能凿壁，会悬梁，偷天妙手绣文章⑩。必须砍得蟾宫桂，始信人间玉斧长⑪。小生姓柳，名梦梅，表字春卿。原系唐朝柳州司马柳宗元之后，留家岭南。父亲朝散之职⑫，母亲县君之封⑬。（叹介⑭）所恨俺自小孤单，生事微渺⑮。喜的是今日成人长大，二十过头，志慧聪明，三场得手⑯。只恨未遭时势，不免饥寒。赖有始祖柳州公，带下郭橐驼⑰，柳州衙舍，栽接花果。橐驼遗下一个驼孙，也跟随我广州种树，相依过活。虽然如此，不是男儿结果之场。每日情思昏昏，忽然半月之前，做下一梦。梦到一园，梅花树下，立着个美人，不长不短，如送如迎。说道："柳生，柳生，遇俺方有姻缘之分，发迹之期。"因此改名梦梅，春卿为字。正是：梦短梦长俱是梦，年来年去是何年！

注释：

①生：传统戏曲角色名，一般扮演青年男子。生是明清传奇中的男主角。本剧"生"扮演柳梦梅。

②河东旧族、柳氏名门最：柳姓是河东郡最有名望的大族。河

东，秦汉时有河东郡，唐代以后泛指山西。柳梦梅自报家门，自称是唐代柳宗元（柳河东）的后代。这是作者的虚构，是为了使曲白生色的一种创作手法。

③论星宿（xiù），连张带鬼：用星宿说明河东的方位。古代天文学家把周天恒星分为二十八星宿，并以星宿对应人间州域。张、鬼，星宿名。张、柳、星三宿主三河（河东、河内、河南），鬼宿主雍州，与河东相邻，故称"连张带鬼"。

④几叶到寒儒，受雨打风吹：指柳姓家道衰落，沦为贫寒读书人。几叶，几代。雨打风吹，形容家道衰落。又，句中"叶"、"雨打风吹"等词又与柳字相关。

⑤"谩说书中能富贵"三句：宋真宗赵恒《励学篇》："书中自有千钟粟，书中自有黄金屋，书中自有颜如玉。"谩说，枉说，空说。

⑥【鹧鸪天】：这是本出生角的上场诗。戏曲角色登场时常先念韵语数句，谓之"上场诗"，可用前人成作，也可由剧作家自撰。其内容按人物的身份、年龄及剧情而有所不同。念过上场诗，接着便自述姓名、籍贯、身份，或交代与剧情有关的人物和情节。这里是剧作家自撰。

⑦刮尽鲸鳌（áo）背上霜：指刻苦力学，仍然没有占鳌头，反而贫寒更甚。鲸鳌，即鳌，宫殿门前台阶上有鳌鱼浮雕，科举进士发榜时状元在此迎榜，俗称中状元为占鳌头。

⑧炎方：南方。

⑨绍接：继承，接续。

⑩"能凿壁"三句：意谓自己勤学苦读，写得一手好文章。凿壁，凿壁偷光的省称。《西京杂记》卷二："匡衡字稚圭，勤

学而无烛。邻舍有烛而不逮，衡乃穿壁引其光，以书映光而读之。"后即以"凿壁偷光"为刻苦攻读之典。悬梁，《太平御览》卷三六三引《汉书》："孙敬字文宝，好学，晨夕不休。及至眠睡疲寝，以绳系头，悬屋梁。后为当世大儒。"后因以"悬梁"指苦学。偷天妙手，极言文才之高。

⑪必须砍得蟾宫桂，始信人间玉斧长：意谓必得科举及第，才不辜负自己的文才。蟾宫桂，传说月宫中有蟾蜍、桂树。玉斧，传说月宫中吴刚伐桂之斧。此是化用"蟾宫折桂"的典故。《晋书·郤诜传》："武帝于东堂会送，问诜曰：'卿自以为何如？'诜对曰：'臣举贤良对策，为天下第一，犹桂林之一枝，昆山之片玉。'"唐以来牵合两事，遂以"蟾宫折桂"谓科举应试及第。

⑫朝散：朝散大夫，文官职名。隋代始置，唐为从五品下，明代废。

⑬县君：唐代五品官妻子所受的封号。

⑭介：戏曲术语，关于表演动作、表情、舞台效果的提示。南戏和传奇剧本常用。

⑮生事微渺：生活困难。生事，谋生之事，生活。

⑯三场得手：乡试的三场考试都顺利通过。古代科举考试分三个阶段，童生经考试及格，进入府、州、县学的称生员（秀才）；生员参加乡试取得举人资格；举人参加会试、廷试取为进士。乡试、会试全程都分三场，一场考三天。这里指柳梦梅经乡试取得举人资格。

⑰郭橐（tuó）驼：唐柳宗元有《种树郭橐驼传》，写一郭姓驼背种树人，这里将他改为柳宗元的家仆。

【九回肠】①【解三酲】虽则俺改名换字，俏魂儿未卜先知？定佳期盼煞蟾宫桂，柳梦梅不卖查梨②。还则怕嫦娥妒色花颓气，等的俺梅子酸心柳皱眉，浑如醉③。【三学士】无萤凿遍了邻家壁，甚东墙不许人窥④！有一日春光暗度黄金柳，雪意冲开了白玉梅。【急三枪】那时节走马在，章台内，丝儿翠，笼定个百花魁⑤。

> 虽然这般说，有个朋友韩子才，是韩昌黎之后⑥，寄居赵佗王台⑦。他虽是香火秀才⑧，却有些谈吐，不免随喜一会⑨。

> 门前梅柳烂春晖，张窈窕⑩
> 梦见君王觉后疑。王昌龄⑪
> 心似百花开未得，曹　松
> 托身须上万年枝。韩　偓⑫

注释：

① 【九回肠】：由下面【解三酲】、【三学士】、【急三枪】三支曲子而组成的"集曲"犯调。"集曲"为南曲体式之一，即集合同一宫调或不同宫调内之声美而腔板可以衔接者各一节，编为一新曲。

② 卖查梨：空口说大话，欺骗。查梨，与前后句的"桂"、"梅"、"柳"都从柳梦梅的姓名联想而来。《玄雪谱》【解三酲】眉批："只就梅柳二字淡淡虚描，而一段痴情痴想已露八九，可见文章别有窍脉，不在死死填词。"

③ "还则怕嫦娥妒色花颓气"三句：只怕嫦娥妒忌花的美色，使它凋谢，使我等待与美人相见心情难熬。花，指梦中梅花树下的美人。颓气，丧气，这里指花枯萎。梅、柳，与下文

黄金柳、白玉梅都相关柳梦梅名字。

④无萤凿遍了邻家壁，甚东墙不许人窥：像古人那样苦学勤学，却没机会和美人相见相爱。无萤，用汉晋文人匡衡"凿壁偷光"和车胤"囊萤夜读"的典故，比喻勤学苦学的精神。东墙，由上句"邻家壁"引起，有双关意，指男女相爱。《孟子·告子》："逾东家墙而搂其处子。"战国楚宋玉《登徒子好色赋）："天下之佳人……莫若臣东家之子……此女登墙窥臣三年。"

⑤"那时节走马在"四句：意谓一旦功名得意，跨马游街，和官宦小姐订婚结亲。章台，汉代长安街名。走马章台，《汉书·张敞传》："（张敞）罢朝会，过走马章台街，使御吏驱，自以便面拊马。"丝儿翠，翠丝儿，丝鞭，接受女家丝鞭表示订婚。百花魁，美人。

⑥韩昌黎：唐代文学家韩愈，自称祖籍河北昌黎，世称昌黎先生。

⑦赵佗王台：越王台，相传为西汉南越王赵佗所筑，在今广州越秀山上。

⑧香火秀才：奉祀生。古代凡为"贤圣"之后，不经科举考试，即可赐予秀才功名，以管理先祖祠庙的祭祀，故称。

⑨随喜：游览寺院。原为佛家语，指见人做善事而生欢喜心。

⑩门前梅柳烂春晖：语本张窈窕《春思二首》之一。这里借"梅"、"柳"暗嵌柳梦梅的名字。

⑪梦见君王觉后疑：语本王昌龄《长信秋词五首》之四。这里指梦见美人而心中疑惑。

⑫心似百花开未得，托身须上万年枝：上句语本曹松《南海旅

次》，下句语本韩偓《鹊》。这里意指柳梦梅渴望取得功名。按，以上四句诗为下场诗。本剧每出结尾的下场诗均为集唐人诗句而成。《牡丹亭》明代版本均标"集唐"二字，无诗家姓名。清初吴吴山三妇合评本始标出集句作者。诗句或与原作有出入，或为作者有意改动，本注释均不加改正或校订。

点评：

本出为男主角柳梦梅的出场戏，是他自述身世，言说自我襟怀的独角戏。按照南曲戏文、明清传奇的惯例，主要人物须得安排在前面出场。《标目》之后，先男主角出场，再女主角登场。汤显祖《牡丹亭》遵循传统模式，男主角柳梦梅先于女主角杜丽娘出场。

岭南秀才柳生是个意气风发的青年才俊。二十过头的柳生"半月之前，做下一梦。梦到一园，梅花树下，立着个美人，不长不短，如送如迎"，因不能忘怀梦中梅花树下的美人，柳生改名"梦梅"。因偶尔一梦而改名换字，足见柳生是个痴情男子。因梦改名之时，那女子已铭刻在心。

柳梦梅这一"梦"与第十出《惊梦》杜丽娘游园之"梦"是"异时而同梦"。柳生梦中遇见丽娘，丽娘梦中与柳生幽会，写出了二人素昧平生却心有灵犀的神奇感应。杜丽娘说："那书生可意呵，咱不是前生爱眷，又素乏平生半面。则道来生出现，乍便今生梦见。"（《寻梦》）柳梦梅也惊叹："成惊愕，似曾相识，向俺心头摸。"（《玩真》）对面之前早已魂牵梦绕，睹画之时更是似曾相识。

"柳生此梦，丽娘不知也；后丽娘之梦，柳生不知也"，然而"各自有情，各自做梦，各不自以为梦，各遂得真"（吴吴山三妇合评本《牡丹亭》评语）。因一梦而各自生出无数痴情，各自寻找梦中人。柳生这一梦，从情节上与杜丽娘之梦呼应，为柳梦梅与杜丽娘的人鬼相遇埋下伏笔，鬼魂成亲等一系列奇幻情节由此发端，成为柳、杜二人"为情而梦，因梦生情"的生死爱情主线的前奏。这一梦，具有了情节上的延展和结构意义，对全剧剧情的展开和主题的突显起到了重要的作用，体现了汤显祖的独特匠心。这样"梦中之情"、"魂遇之情"、"回生之情"由一"梦"串联在一起，大戏拉开帷幕，陆续上演。

对于柳梦梅而言，这一梦，还有特殊的预示意义。"遇俺方有姻缘之分，发迹之期"，暗示柳梦梅只有遇到杜丽娘方能斩获功名、收获爱情。柳梦梅出身"河东旧族、柳氏名门"，虽然智慧聪明，可是"未遭时势，不免饥寒"。杜丽娘以梦传意，极具有精神鼓舞的意义。这一美好的梦境，勾起柳生无穷的欲望和希冀，他迫不及待地"诀谒"、"谒遇"，就是这"梦兆"的催化。

《言怀》中柳梦梅作为真实的人物形象登场，《惊梦》中以虚幻的形象出现，由实到虚，符合传统戏剧情节发展的模式。青春版《牡丹亭》则依次是《训女》《闺塾》《惊梦》《言怀》，作为男主角的柳梦梅后于杜丽娘、春香、杜宝夫妇以及陈最良出场，而且先让柳梦梅作为虚幻的人物形象出场，而后才让真实人物登场。这种由虚到实的置换，体现了现代戏剧的悬念意识。实质上讲，柳梦梅并不是杜丽娘认识而爱上的人，而是潜意识中渴望的男子形象，是杜丽娘的意念之物、梦中情人，是一种想象的存在，具有现实的不确定性。就戏剧欣赏而言，就留下了疑问和想象的空间：究竟柳梦梅只是杜丽娘虚想的人物，还是真实的存在？《言怀》就点明原来柳梦梅不只是杜丽娘虚想的人物，而是真真实实存在的，对于杜丽娘的惊梦，也就有了合理的暗示，说明她的梦有着现实意义，而不是一场空梦。

在舞台表演中，柳梦梅这一人物在昆曲表演中的行当为巾生。巾生具有潇洒俊逸、风流儒雅、温柔多情的人物特点，表演上既有文质彬彬的书卷气，又有端直憨厚的可爱本质。青春版《牡丹亭》中，俞玖林扮演的柳梦梅清俊优雅。原本中，柳梦梅作为杜丽娘的梦中情人，热衷功名。青春版《牡丹亭》则突出其温存体贴、情深义重的"情痴"形象，弱化其热心功名的功利色彩和政治意义；除保留与情节发展具有关联的"高中状元"外，对其他表现其"有才"的内容都进行了删减。同时加重了柳梦梅的戏份，将原著中柳梦梅为杜丽娘陪衬转变为生、旦并重，集中突出"情"的主题。

第三出 训 女

【满庭芳】(外杜太守上①)西蜀名儒，南安太守，几番廊庙江湖。紫袍金带，功业未全无②。华发不堪回首。意抽簪万里桥西③，还只怕君恩未许，五马欲踟蹰④。

> 一生名宦守南安，莫作寻常太守看。到来只饮官中水，归去惟看屋外山⑤。自家南安太守杜宝，表字子充，乃唐朝杜子美之后⑥。流落巴蜀，年过五旬。想廿岁登科，三年出守，清名惠政，播在人间。内有夫人甄氏，乃魏朝甄皇后嫡派⑦。此家峨眉山，见世出贤德。夫人单生小女，才貌端妍，唤名丽娘，未议婚配。看起自来淑女，无不知书。今日政有余闲，不免请出夫人，商议此事。正是：中郎学富单传女，伯道官贫更少儿⑧。

【绕池游】(老旦上⑨)甄妃洛浦，嫡派来西蜀，封大郡南安杜母⑩。

> (见介)(外)老拜名邦无甚德，(老旦)妾沾封诰有何功！(外)春来闺阁闲多少？(老旦)也长向花阴课女工⑪。(外)女工一事，女孩儿精巧过人。看来古今贤淑，多晓诗书。他日嫁一书生，不枉了谈吐相称。你意下如何？(老旦)但凭尊意。

【前腔】⑫(贴持酒壶随旦上)娇莺欲语，眼见春如许。寸草心，怎报得春光一二⑬！

> (见介)爹娘万福⑭。(外)孩儿，后面捧着酒肴，是何主意？(旦跪介)今日春光明媚，爹娘宽坐后堂，女孩儿敢进三爵之觞⑮，少效千春之祝。(外笑介)生受你⑯。

【玉山颓】(旦进酒介)爹娘万福，女孩儿无限欢娱。坐黄堂百岁春光，进美酒一家天禄。祝萱花椿树⑰，虽则是子生迟暮，守得见这蟠桃熟。（合）且提壶，花间竹下长引着凤凰雏。

（外）春香，酌小姐一杯。

【前腔】吾家杜甫，为飘零老愧妻孥⑱。（泪介）夫人，我比子美公公更可怜也。他还有念老夫诗句男儿，俺则有学母氏画眉娇女⑲。（老旦）相公休焦，倘若招得好女婿，与儿子一般。（外笑介）可一般呢！（老旦）"做门楣"古语⑳，为甚的这叨叨絮絮，才到的中年路。（合前㉑）

注释：

①外：传统戏曲角色名，扮演老年男子。本剧扮演杜宝。

②"西蜀名儒"五句：杜宝自述从家乡四川到目前江西几次出仕又退隐的仕宦生涯。南安，宋代有南安军，明代设南安府，属江西省，府治在大庾。太守，秦时设郡守，汉代更名太守，一郡最高的长官。宋以后太守已非正式官名，只用作知府、知州的别称。几番，几次。廊庙，在朝廷做官。江湖，指在野，不做官。紫袍金带，贵官的服装。唐代五品以上官员穿朱红或紫色袍服，宋代四品以上官员腰系金带。

③意抽簪万里桥西：想弃官回故乡归隐。抽簪，仕宦之人用簪子束发戴冠，抽簪即不束发戴冠，辞官归隐。万里桥，在四川成都，桥西有杜甫浣花草堂。杜宝自称杜甫后人，故以"万里桥"指代故乡。

④五马欲踟蹰（chí chú）：去留不定。五马，太守出行以五匹马驾车。汉乐府《陌上桑》："使君从南来，五马立踟蹰。"

踟蹰，徘徊。

⑤到来只饮官中水，归去惟看屋外山：用晋代邓攸典故形容杜宝做官廉洁。《晋书·邓攸传》记载，邓攸做吴郡太守，不受俸禄，自己运米到任，只饮用当地的水而已。

⑥杜子美：唐代诗人杜甫，字子美。因安史之乱流落成都，所以下文说"流落巴蜀"。

⑦甄（zhēn）皇后：魏文帝曹丕皇后甄氏。传说她是曹植《洛神赋》中洛水之神宓妃的原型，所以下文称"甄妃洛浦"。

⑧中郎学富单传女，伯道官贫更少儿：杜宝用蔡邕和邓攸的故事表达膝下有女无儿的遗憾。中郎，东汉末名士蔡邕，曾任中郎将，他只有一女蔡琰，字文姬，是有名的才女。伯道，晋代人邓攸，字伯道。他任河东太守时，遭遇石勒之乱，为保全侄子，将自己的儿子丢弃。唐韩愈《游西林寺题萧二兄郎中旧堂》："中郎有女能传业，伯道无儿可保家。"

⑨老旦：传统戏曲角色名，扮演老年女性。女主角由"旦"扮演，"贴旦"扮演侍女。这里老旦扮演杜母，旦扮演杜丽娘，贴旦扮演春香。

⑩封大郡南安杜母：杜宝妻封为南安郡夫人。郡夫人是宋代命妇的一个等级。

⑪女工：指女子所作纺织、刺绣、缝纫等事。也作"女红"。

⑫前腔：南曲某一曲牌连用两次以上，第二次后曲牌名不重出，省称前腔。

⑬寸草心，怎报得春光一二：化用唐孟郊《游子吟》："谁言寸草心，报得三春晖。"意谓报答不了父母的养育恩情，犹如小草报答不了春光的化育之恩。

⑭万福：古代妇女的一种礼节。敛衽向人道万福。

⑮三爵之觞（shāng）：三杯酒。爵、觞，酒杯类的酒器。

⑯生受：辛苦，难为。

⑰萱花椿树：父母的代称。萱花，即忘忧草，指母。椿树，以长寿著称，指父。

⑱妻孥（nú）：妻子和儿女。

⑲他还有念老夫诗句男儿，俺则有学母氏画眉娇女：杜宝化用杜甫诗句，羡慕杜甫还有儿子，遗憾自己只有女儿。杜甫幼子小名骥子，其《遣兴》诗曰："骥子好男儿，前年学语时。问知人客姓，诵得老夫诗。"又《北征》："瘦妻面复光，痴女头自栉。学母无不为，晓妆随手抹。移时施朱铅，狼藉画眉阔。"

⑳做门楣：女儿嫁一个好女婿，替娘家撑门面。语出唐代民谣。唐明皇宠幸杨贵妃，杨氏一家都得到高官厚禄，当时民谣说："生男勿喜女勿悲，君今看女作门楣。"门楣，门上的横梁，指代门面。

㉑合前：南曲同一曲牌连用两次以上，结尾相同的数句合唱词，叫合头，简写作"合"或"合前"。这里即重复"且提壶，花间竹下长引着凤凰雏"。

（外）女孩儿，把台盏收去。（旦下介）（外）叫春香。俺问你：小姐终日绣房，有何生活？（贴）绣房中则是绣。（外）绣的许多？（贴）绣了打绵。（外）什么绵？（贴）睡眠。（外）好哩，好哩。夫人，你才说"长向花阴课女工"，却纵容女孩儿闲眠，是何家教？叫女孩儿。（旦上）爹爹有何分付？（外）适问春香，你白日眠睡，是何道理？假如刺绣余闲，有架上图书，可以寓目。他日到人家，知书知礼，父母光辉。这都是你娘亲失教也。

【玉抱肚】宦囊清苦，也不曾诗书误儒。你好些时做客为儿，有一日把家当户。是为爹的疏散不儿拘，道的个为娘是女模。

【前腔】（老旦）眼前儿女，俺为娘心苏体劬①。娇养他掌上明珠，出落的人中美玉。儿呵，爹三分说话你自心模，难道八字梳头做目呼②。

【前腔】（旦）黄堂父母，倚娇痴惯习如愚。刚打的秋千画图，闲榻着鸳鸯绣谱③。从今后茶余饭饱破工夫，玉镜台前插架书。

（老旦）虽然如此，要个女先生讲解才好。（外）不能勾。

【前腔】后堂公所④，请先生则是黉门腐儒⑤。（老旦）女儿呵，怎念遍的孔子诗书，但略识周公礼数。（合）不枉了银娘玉姐只做个纺砖儿，谢女班姬女校书⑥。

（外）请先生不难，则要好生管待。

【尾声】说与你夫人爱女休禽犊⑦，馆明师茶饭须清楚。你看我治国齐家也则是数卷书。

往年何事乞西宾，柳宗元⑧
主领春风只在君。王　建⑨
伯道暮年无嗣子，苗　发⑩
女中谁是卫夫人？刘禹锡⑪

注释：

①心苏体劬（qú）：身体很累心里却高兴。劬，辛劳。

②八字梳头做目呼：一个小姐连字也不识。八字梳头，一种发式，这里指小姐。做目呼，"四"字认作"目"字，说人不识字。

③榻着鸳鸯绣谱：摹画绣谱上的鸳鸯图样。榻，摹写，影摹。

④后堂公所：衙门里的官员住宅。

⑤黉（hóng）门：学宫之门。借指学宫，学校。

⑥不枉了银娘玉姐只做个纺砖儿，谢女班姬女校书：官家小姐只会做点女工，岂不冤枉，应该像谢女、班姬一样做女才子。银娘玉姐，官府小姐的代称。纺砖儿，纺锤。谢女，东晋才女谢道韫，以咏雪诗句"柳絮因风起"而著名。班姬，东汉才女班昭，班固的妹妹，补写《汉书》。校书，官名。女校书，喻指才女。

⑦休禽犊：不要溺爱女儿。禽犊，指鸟兽疼爱幼仔，比喻父母溺爱子女。

⑧往年何事乞西宾：语本柳宗元《重赠二首》之二。这里指杜府准备请老师。西宾，塾师的代称，也叫西席。

⑨主领春风只在君：语本王建《对酒》。这里指希望老师来教管女儿。

⑩伯道暮年无嗣子：语本苗发《送孙德谕罢官往黔州》。这里是杜宝感叹自己没有儿子。

⑪女中谁是卫夫人：语本刘禹锡《答前篇》。这里指杜宝希望女儿成为卫夫人那样的才女。卫夫人，东晋著名书法家。泛指有才学的女子。

点评：

"训女"，教训女儿。本出中南安太守杜宝自叙身世，遗憾自己有女无儿。因女儿杜丽娘白日睡眠，杜宝严加训斥，决定延师授课，拘束女儿的身心，希望女儿能够"知书知礼"，光耀门楣。

杜宝是剧中着墨甚多的人物。全本《牡丹亭》共五十五出，其中杜丽娘出场十九出，杜宝出场十三出，仅逊杜丽娘六出。

在本出中，杜宝的身份是严父。作为"西蜀名儒"，杜宝自觉恪守"理是律令"的规矩和条框。听见女儿"白日眠睡"，就责备夫人"纵容女孩儿闲眠，是何家教"。因为有杜宝这样一个古板严谨的父亲存在，杜丽娘"终日绣房"，生活得枯燥沉闷。长到十六岁还不知道府上有个后花园，以至于偶尔游个园，竟然触景伤情，本能而痛切地感受到美好青春被禁锢、生命活力被扼杀的悲哀。杜宝的存在，也丰富了杜丽娘的形象。幻境中的她，大胆直露，置一切礼法不顾。在现实中，杜丽娘则是父亲眼中端妍恭顺的大家闺秀。作为闺中女子，她严格约束自己和春香的言行，认为"那贤达女，都是些古镜模"，规劝春香"你便略知书，也做好奴仆"。杜丽娘的矜持稳重，杜母说她"每日绕娘身有百十遭，并不见你向人前轻一笑"，春香也说"看他名为国色，实守家声，嫩脸娇羞，老成尊重"。杜丽娘身上既有"情"的痕迹，又有"理"的烙印。

杜宝也不是一个完全不近人情的父亲。本出中，杜宝刚一出场，就自诩独生女儿"才貌端妍"，女儿一杯酒就令他内心充满喜悦。他鼓励女儿读书，"假如刺绣余闲，有架上图书，可以寓目"。他训诫女儿要"知书知礼"，也首先出于"他日嫁一书生，不枉了谈吐相称"的考量。他甚至以自己数卷书修身齐家做榜样，鼓励女儿做有才的卫夫人。

汤显祖在展示杜丽娘家庭状况的时候，首先安排在杜宝、杜母之间，以及他们与杜丽娘之间出现分歧，这是很重要的。尽管这分歧看起来并不显眼，但它说明，杜宝为女儿延师教读，并非像一般官宦人家那样循例施教，而是一种刻意防范的措施。有了这一层铺垫，《延师》《闺塾》的出现，便顺理成章。杜宝责备甄氏"纵容女孩儿闲眠"，是"惊梦"情节的发端。同时，有了这一细节的安排，下文杜丽娘"为诗章讲动情肠"的讽刺意味，也更加明显。

按照明清传奇男女主角须先出场亮相的套路，继第二出《言怀》男主角柳梦梅登场之后，本出是女主角杜丽娘的第一次出场。在结构上，从《训女》开始，《闺塾》《惊梦》《寻梦》《写真》《诘病》《道觋》《诊祟》《闹殇》等出，表现了杜丽娘如何得病，如何病体沉重，如何为情而亡的过程。

在舞台表演中，杜丽娘的角色行当在昆曲中属于"闺门旦"，也称"五旦"。闺门旦多饰演久居深闺、尚未出嫁、相貌秀丽、性格内向的妙龄少女、大家闺秀。闺门旦头面以点翠修饰出"鹅蛋脸"，再配以蝴蝶顶花、凤凰边花、粉面桃花装饰，背后长发过膝，烘托闺门旦雍容华贵的身份。闺门旦通常穿着淡粉、艾青、水绿、鹅黄等颜色清丽的帔和褶子，帔上绣制典雅秀丽的兰花、牡丹、芍药、菊花、梅花等，再搭上飘逸灵动、垂顺丝滑的百褶白裙，表现青春少女清丽脱俗的气质。尤其在青春版《牡丹亭》中，戏服华美精致，以粉嫩、柳绿、娇黄、浅蓝为服饰主色调，戏服上绽放着各式花朵，飞舞着蝴蝶，飘浮着云彩，很好地烘托出柳梦梅、杜丽娘这对如花美眷洁净清新、青春盎然的气质，巧妙地映射出人物心理。

在舞台上，杜丽娘初次登场时，轻移莲步，脚步稳中带飘，水袖的抖动不超过四十五度的斜下角，肘部、腕部到指尖的力度控制得当，只有指尖轻弹出去，从水袖中露出的指尖纤细柔软。眉目疏朗，笑不露齿，喜怒哀乐全不形于色，在表演中体现出知书达理、端庄恬静的淑女风范。杜丽娘的第一次内心出跳是被父亲训斥时。青春版《牡丹亭》中，沈丰英扮演的杜丽娘是这样表演的：眼睛定住，失神中陷入自己的内心世界，流露出委屈和难以言说，直至母亲唤她的时候，方才意识到自己的失态，慌忙整理内心，恢复到原有的表情。显然，此时的她在控制自己内心涌出的情感，在父母面前并不敢直接表露出对于他们的不满。

本出中杜宝询问小姐丽娘平日生活起居时，春香出场了。在表演上，春香的角色是昆曲行当中的小花旦，又称"六旦"、"贴旦"。昆曲小花旦主要扮演性格活泼开朗、文化素养不高、生活于社会底层的可爱小姑娘，往往是小姐、夫人身边的丫鬟。小花旦的表演特色是身段程式繁难，表演生活化，情绪热烈明快。本出中，面对严肃、一本正经的家主，小奴婢春香戏谑着插科打诨，狡黠活泼、伶牙俐齿的性格已经初现端倪。

刚打的秋千画图，闲榻着鸳鸯绣谱。从今后茶余饭饱破工夫，玉镜台前插架书。

第四出　腐　叹

【双劝酒】（末老儒上）灯窗苦吟，寒酸撒吞①。科场苦禁，蹉跎直恁②！可怜辜负看书心。吼儿病年来进侵③。

咳嗽病多疏酒盏，村童俸薄减厨烟。争知天上无人住，吊下春愁鹤发仙④。自家南安府儒学生员陈最良⑤，表字伯粹。祖父行医，小子自幼习儒。十二岁进学，超增补廪⑥。观场一十五次⑦。不幸前任宗师⑧，考居劣等停廪。兼且两年失馆⑨，衣食单薄。这些后生都顺口叫我"陈绝粮"⑩。因我医、卜、地理，所事皆知，又改我表字伯粹做"百杂碎"。明年是第六个旬头，也不想甚的了。有个祖父药店，依然开张在此。"儒变医，菜变蠤"⑪，这都不在话下。昨日听见本府杜太守，有个小姐，要请先生。好些奔竞的钻去，他可为甚的？乡邦好说话，一也；通关节⑫，二也；撞太岁⑬，三也；穿他门子管家⑭，改窜文卷，四也；别处吹嘘进身，五也；下头官儿怕他，六也；家里骗人，七也。为此七事，没了头要去⑮。他们都不知，官衙可是好踏的！况且女学生一发难教，轻不得，重不得。倘然间礼面有些不臻⑯，啼不得，笑不得。似我老人家罢了。正是有书遮老眼，不妨无药散闲愁。

注释：

① 撒吞：装呆卖傻。

② 科场苦禁，蹉跎直恁（nèn）：难以忍受科举不中的失意，虚度光阴竟到了这个样子！禁，禁受。直恁，竟然这样。

③ 吼儿病：哮喘病。

④鹤发仙：白发仙人，这里指老人，陈最良自喻。唐陆龟蒙
《自遣》："争知天上无人住，亦有春愁鹤发翁。"

⑤儒学：旧时各府州县所设立的供生员修业的学校。生员：经
本省各级考试取入府州县学学习者，通称秀才。

⑥超增补廪：生员有定额，额外增加的叫增广生员。由政府供
给膳食的生员叫廪生。增广生成绩考得好，补入廪生的名额
内，这就是超增补廪。廪生考试成绩如果很坏，就停止供
给，叫做停廪。

⑦观场：参加考试。这里指乡试。乡试三年一次，观场十五
次，计四十五年。

⑧宗师：秀才由主持一省举业的学政取中，秀才称学政为
宗师。

⑨失馆：失去坐馆教书的机会。馆，学馆。

⑩陈绝粮：后生们用孔子"在陈绝粮"（《论语·卫灵公》）
的故事调侃陈最良。

⑪儒变医，菜变齑（jī）：比喻境况越来越坏。齑，腌菜，咸菜。
按，这里对陈最良开药店的叙述是为后面"还魂汤"伏案。

⑫通关节：受人贿赂，替人在官府里活动。

⑬撞太岁：依托官府，赚人财物。

⑭穿他门子管家：串通长官仆役。门子，官衙里伺候官员的
差役。

⑮没了头：拼命。

⑯不臻（zhēn）：不周到。

（丑府学老门子上①）天下秀才穷到底，学中门子老成精。（见介）

陈斋长报喜②。(末)何喜?(丑)杜太爷要请个先生教小姐,掌教老爹开了十数名去都不中③,说要老成的。我去掌教老爹处禀上了你,太爷有请帖在此。(末)"人之患在好为人师"。(丑)人之饭有得你吃哩。(末)这等便行。(行介)

【洞仙歌】(末)咱头巾破了修,靴头绽了兜。(丑)你坐老斋头,衫襟没了后头。(合)砚水漱净口,去承官饭溲,剔牙杖敢黄齑臭④。

【前腔】(丑)咱门儿寻事头,你斋长干罢休⑤?(末)要我谢酬,知那里留不留?(合)不论端阳九,但逢出府游,则捻着衫儿袖⑥。

(丑)望见府门了。

      (丑)世间荣乐本逡巡,李商隐⑦

      (末)谁睬髭须白似银?曹　唐⑧

      (丑)风流太守容闲坐,朱庆馀⑨

      (合)便有无边求福人。韩　愈⑩

注释:

①丑:传统戏曲角色名,扮演滑稽幽默的喜剧人物,或奸诈丑恶的反面人物。府学:由府一级设立的官办教育机构。

②斋长:学校职事名。古代学校分斋教学,每斋约三十学生,置斋长一名。这里是对秀才的敬称。

③掌教老爹:府学的教官,即教授。

④剔牙杖敢黄齑臭:门子嘲讽陈最良,初到官府,饭后剔牙,牙签上怕还沾着咸菜的臭味。剔牙杖,牙签。

⑤咱门儿寻事头,你斋长干罢休:我做门子的找机会替你找到

了差使，你难道不酬谢我，就算了不成？

⑥"不论端阳九"三句：门子请陈最良坐馆后逢节日要带东西出来分享。旧时端阳（阴历五月初五）、重阳（九月初九）两节日，要给塾师请酒、送礼。捻，捏。

⑦世间荣乐本逡（qūn）巡：语本李商隐《春日寄怀》。这里指陈最良本来困顿，忽然间被选中做太守家的老师。逡巡，顷刻，极短时间。

⑧谁睬髭（zī）须白似银：语本曹唐《羽林贾中丞》。这里指陈最良自谓年纪老迈，已是须发皆白。髭须，胡须。

⑨风流太守容闲坐：语本朱庆馀《湖州韩使君置宴》。这里指被太守选中做了教师。

⑩便有无边求福人：语本韩愈《题木居士二首》之一。这里指陈最良刚被选中，就有人来找他要好处。

点评：

"腐叹"，腐儒感叹失意。本出出场的是即将担任杜丽娘家庭教师的老秀才陈最良，人人称他是"腐儒"，他却是全剧中表现最为复杂的人物。

陈最良是文学史上第一个可悲又可怜的落第文人形象。陈最良张口"之乎者也"，儒学气十足。他十二岁进学，观场十五次，年近耳顺，却是"灯窗苦吟，寒酸撒吞。科场苦禁，蹉跎直恁"。他老病缠身，衣食无着，"头巾破了修，靴头绽了兜"，"衫襟没了后头"。这个穷到底的老秀才，已经几乎体面无存，被后生们戏嘲为"陈绝粮"。

但说陈最良是迂腐儒生，就有点表面化，他远比人们认识得更为真实、复杂。他科场失意，为了糊口，转而教书；教书失馆，又习医，经营药店。他一辈子钻研儒学，到头来却弄到"儒变医，菜变齑"的尴尬处境。同时，他在市井沉浮中人老成精，看透世故。听到杜太守延请儒师时，陈最良嘲笑那些拼命钻营抢这肥缺的人，他自己有机会应聘也并没有喜出望外，而是很有些自知之明，"人之患在好为人师"，他认为自己不够条件。除了儒学气，他身上多了些市井气，脾气也不那么执方，自嘲调侃中带着权变通达和玩世不恭。

结构上看，陈最良是贯穿全剧始终、仅次于杜、柳和杜宝的重要配角。《牡丹亭》全剧中，直接描写陈最良的有八出戏：《腐叹》《延师》《闺塾》《诊祟》《诇药》《骇变》《寇间》《围释》，间接写到陈最良的有五出《肃苑》《闹殇》《旅寄》《婚走》《圆驾》。陈最良在作品中起着穿针引线的作用。杜丽娘情思的泛起，始作俑者是他；柳梦梅落入泥水，救人者是他；柳梦梅得居梅花观，借宿者是他；李全夫妇投降杜宝，说客是他；大团圆的推波助澜者也是他。他是处在结构中心的人物，没有他，《牡丹亭》的情节无法交织推进，广阔的社会也无法联成一气。汤显祖在此体现了"贯串只一人"（李渔《闲情偶寄》）的编剧技巧。

第五出 延 师

【浣沙溪】(外引贴扮门子，丑扮皂隶上①) 山色好，讼庭稀。朝看飞鸟暮飞回。印床花落帘垂地②。

杜母高风不要攀，甘棠游憩在南安③。虽然为政多阴德，尚少阶前玉树兰④。我杜宝，出守此间，只有夫人一女。寻个老儒教训他。昨日府学开送一名廪生陈最良，年可六旬，从来饱学，一来可以教授小女，二来可以陪伴老夫。今日放了衙参⑤，分付安排礼酒。叫门子伺候。(众应介)

【前腔】(末儒巾蓝衫上⑥) 须抖擞，要拳奇⑦。衣冠欠整老而衰。养浩然分庭还抗礼。

(丑禀介) 陈斋长到门。(外) 就请衙内相见。(丑唱门介⑧) 南安府学生员进。(末跪，起揖，又跪介) 生员陈最良禀拜。(拜介)(末) 讲学开书院，(外) 崇儒引席珍。(末) 献酬樽俎列，(外) 宾主位班陈⑨。叫左右，陈斋长在此清叙，着门役散回，家丁伺候。(众应下)(净家童上⑩)(外) 久闻先生饱学。敢问尊年有几，祖上可也习儒？(末) 容禀。

【锁南枝】将耳顺，望古稀，儒冠误人霜鬓丝。(外) 近来？(末) 君子要知医，悬壶旧家世⑪。(外) 原来世医。还有他长？(末) 凡杂作，可试为；但诸家，略通的。

(外) 这等一发有用。

【前腔】闻名久，识面初，果然大邦生大儒。(末) 不敢。(外) 有女颇知书，先生长训诂⑫。(末) 当得。则怕做不得小姐之师。(外) 那女学士，你做的班大姑⑬。今日选良辰，叫他拜师傅。

（外）院子，敲云板⑭，请小姐出来。

注释：

①皂隶：衙门里的差役。

②印床花落帘垂地：形容衙门清闲无事。印床，放置印章的
文具。

③杜母高风不要攀，甘棠游憩在南安：杜宝形容自己在南安是
受人爱戴的好官。杜母，东汉人杜诗。汉代召信臣和杜诗先
后做过南阳太守，受人爱戴，谚语云："前有召父，后有杜
母。"甘棠，周代召公出巡，曾在甘棠树下休息，人民作诗
怀念他。后以"甘棠"指有德政于民的好官。

④虽然为政多阴德，尚少阶前玉树兰：杜宝感慨自己德政惠民
积累阴德本应子孙发达，遗憾膝下没有儿子。阴德，汉代于
定国的父亲自称治狱多"阴德"，子孙一定有出息。后来定
国做到丞相，定国的儿子也做到御史大夫。玉树兰，玉树、
芝兰，比喻才能出众的子弟。

⑤放了衙参：不办公。衙参，召集官员办事。

⑥蓝衫：明代生员的制服。

⑦拳奇：形容人精神抖擞、意气风发。

⑧唱门：通报进见的客人姓名。

⑨"讲学开书院"四句：诗见唐玄宗《集贤书院成送张说上集
贤学士赐宴得珍字》。席珍，座席上的珍宝，比喻儒者美
善的才学。这里指优秀的儒生。献酬，宾主互相劝酒。樽
（zūn），酒器。俎（zǔ），食器。位班陈，座位按次序排列。

⑩净：传统戏曲角色名，扮演性格粗豪草莽的男子。

⑪悬壶：行医卖药。《后汉书·方术传下·费长房》："费长房者，汝南人也。曾为市掾。市中有老翁卖药，悬一壶于肆头，及市罢，辄跳入壶中。"

⑫训诂（gǔ）：原指解释字义的专门学问。这里指教人读书。

⑬班大姑：即班昭，曾为宫廷后妃的教师，称为大家（gū）。

⑭云板：一种两端作云头形的铁质（或木质）响器。旧时官府、富贵人家和寺院用作报事、报时或集众的信号。

【前腔】（旦引贴上）添眉翠，摇佩珠，绣屏中生成士女图。莲步鲤庭趋①，儒门旧家数。（贴）先生来了，怎好？（旦）少不得去。丫头，那贤达女，都是些古镜模。你便略知书，也做好奴仆。

（净报介）小姐到。（见介）（外）我儿过来。"玉不琢，不成器；人不学，不知道。"今日吉辰，来拜了先生。（内鼓吹介）（旦拜）学生自愧蒲柳之姿，敢烦桃李之教②。（末）愚老恭承捧珠之爱③，谬加琢玉之功。（外）春香丫头，向陈师父叩头。着他伴读。（贴叩头介）（末）敢问小姐所读何书？（外）男、女《四书》④，他都成诵了。则看些经旨罢。《易经》以道阴阳，义理深奥；《书》以道政事，与妇女没相干；《春秋》《礼记》，又是孤经⑤；则《诗经》开首便是后妃之德⑥，四个字儿顺口，且是学生家传⑦，习《诗经》罢。其余书史尽有，则可惜他是个女儿。

【前腔】（外）我年将半，性喜书，牙签插架三万余⑧。（叹介）我伯道恐无儿，中郎有谁付？先生，他要看的书尽看。有不臻的所在，打丫头。（贴）哎哟！（外）冠儿下，他做个女秘书⑨。

小梅香⑩，要防护。

    （末）谨领。（外）春香伴小姐进衙，我陪先生酒去。（旦拜介）酒
    是先生馔，女为君子儒⑪。（下）（外）请先生后花园饮酒。

      （外）门馆无私白日闲，薛　能⑫
      （末）百年粗粝腐儒餐。杜　甫⑬
      （外）左家弄玉惟娇女，柳宗元⑭
      （合）花里寻师到杏坛。钱　起⑮

注释：

①莲步鲤庭趋：女儿快步走上庭来接受父训。莲步，旧时女子
  缠足，称"金莲"，脚步称"莲步"。鲤庭趋，孔子站在那
  里，他的儿子孔鲤"趋而过庭"，孔子教训儿子要学诗、学
  礼。这里指接受父训。趋，小步快走，表示尊敬。

②学生自愧蒲柳之姿，敢烦桃李之教：杜丽娘自谦才质普通，
  恐怕不能调教成才。蒲柳，即水杨。一种入秋就凋零的树
  木。这里比喻资质低劣。桃李，比喻有成就的学生。

③捧珠之爱：俗称女儿叫掌中珠，表示爱惜。

④男、女《四书》：男四书，即《大学》《中庸》《论语》《孟
  子》。女《四书》，传统女性教育书籍，包括东汉班昭的
  《女诫》、唐代宋若昭所作的《女论语》及《女范捷录》，和
  明代仁孝文皇后所作的《内训》。按，本剧讲的是宋代故事，
  宋时还没有女《四书》，这是以明朝的背景写宋朝的事。

⑤孤经：没有他例可以比附的单条经文。按，从"孤"字着
  眼，带有打诨性质。

⑥《诗经》开首便是后妃之德：《诗经》的第一篇是《关雎》，

《毛诗序》说："《关雎》，后妃之德也。"

⑦学生家传：杜宝自称杜甫的后代，杜甫诗云："诗是吾家事。"学生，杜宝谦称。

⑧牙签：夹在书上的标签。

⑨冠儿下，他做个女秘书：意谓杜丽娘成人后能传承父亲的学问。冠儿下，男子"二十而冠"，表示成人。女秘书，与前文"女校书"同义，都是指有才华的女子。

⑩梅香：丫头的通称。

⑪酒是先生馔，女为君子儒：借《论语》打诨。酒是先生吃，女儿学做有德行的读书人。《论语·为政》："有酒食，先生馔。"先生，原文指父兄，这里指教师陈最良。《论语·雍也》："子谓子夏曰：'女为君子儒，无为小人儒。'"女，原文同"汝"，这里则用本字女子之义。

⑫门馆无私白日闲：语本薛能《献仆射相公》。这里指闺塾中清闲无杂事。门馆，书院，家塾。

⑬百年粗粝腐儒餐：语本杜甫《有客》。这里指陈最良做了闺塾先生，有了饭碗。

⑭左家弄玉惟娇女：语本柳宗元《叠前》。这里指家中没有儿子，只能把女儿当作儿子来教养。左家娇女，晋人左思曾为女儿们作有《娇女诗》。弄玉，即弄璋，指生男孩子。《诗经·小雅·斯干》："乃生男子，载弄之璋。"

⑮花里寻师到杏坛：语本钱起《幽居春暮书怀》。这里指杜家找到了好老师。杏坛，孔子讲学之处，在今山东曲阜。此指教师所在的地方。

点评：

"延师"，聘请老师。本出紧接《训女》《腐叹》，叙杜宝聘请老秀才陈最良做女儿的家庭教师，并和陈最良议定，教女儿先从讲"后妃之德"的《诗经》学起。

本出中，杜宝对于女儿的教育态度是耐人寻味的。杜宝很重视女儿的教育，特意为女儿请来看起来最饱学老成的先生。他期望女儿不仅做个名门淑女，更要做个女校书、女秘书，就是像谢道韫、班昭那样的才女。他还特意对陈最良说："我年将半，性喜书，牙签插架三万余。""他要看的书尽看。"这样看来，杜宝并不严格限制女儿看书范围，反而鼓励女儿博览群书，可见杜宝对于女儿的教育有一定的宽容度，甚至还有些开明的色彩。可是同时在女儿的教育上，杜宝又严防"失教"的底线，要求女儿背女《四书》规范身心。杜宝看起来矛盾的、既压制又放任的教育态度，一方面塑造了杜丽娘淑女的基本面目，无形中又给了杜丽娘罅隙和空间，使杜丽娘有机会看到诗词乐府、《题红记》和《崔徽传》这些"怡情移性"的诗词曲剧。

在应聘塾师的机会面前，陈最良表现出不善钻营的一面。太守杜宝问他身世，尽管有点"儒冠误人霜鬓丝"的窘迫，他还是老老实实地讲了自己科场失利、靠医为生的现实。当杜宝明确选中他时，他还说："则怕做不得小姐之师。"虽是谦词，却也相当诚实。

本出为过场戏，主要为第七出《闺塾》作铺垫。杜宝明令"有不臻的所在，打丫头"，也为"春香闹学"打下伏笔。

第六出　怅　眺

【番卜算】（丑韩秀才上）家世大唐年，寄籍潮阳县^①。越王台上海连天^②，可是鹏程便？

榕树梢头访古台，下看甲子海门开^③。越王歌舞今何在？时有鹧鸪飞去来。自家韩子才。俺公公唐朝韩退之，为上了《破佛骨表》^④，贬落潮州。一出门，蓝关雪阻，马不能前。先祖心里暗暗道，第一程采头罢了^⑤。正苦中间，忽然有个湘子侄儿，乃下八洞神仙^⑥，蓝缕相见。俺退之公公一发心里不快，呵融冻笔，题一首诗在蓝关草驿之上。末二句单指着湘子说道："知汝远来应有意，好收吾骨瘴江边。"湘子袖了这诗，长笑一声，腾空而去。果然后来退之公公潮州瘴死，举目无亲。那湘子恰在云端看见，想起前诗，按下云头，收其骨殖。到得衙中，四顾无人，单单则有湘子原妻一个在衙。四目相视，把湘子一点凡心顿起。当时生下一支，留在水潮，传了宗祀。小生乃其嫡派苗裔也。因乱流来广城。官府念是先贤之后，表请敕封小生为昌黎祠香火秀才。寄居赵佗王台子之上。正是：虽然乞相寒儒，却是仙风道风。呀，早一位朋友上来。谁也？

【前腔】（生上）经史腹便便，昼梦人还倦。欲寻高耸看云烟，海色光平面。

（相见介）（丑）是柳春卿，甚风儿吹的老兄来？（生）偶尔孤游上此台。（丑）这台上风光尽可矣。（生）则无奈登临不快哉！（丑）小弟此间受用也。（生）小弟想起来，到是不读书的人受用。（丑）谁？（生）赵佗王便是。

【琐窗寒】祖龙飞、鹿走中原，尉佗呵，他倚定着摩崖半壁天。称孤道寡，是他英雄本然⑦。白占了江山，猛起些宫殿。似吾侪读尽万卷书⑧，可有半块土么？那半部上山河不见⑨。（合）由天，那攀今吊古也徒然，荒台古树寒烟。

注释：

①寄籍：指离开原籍长期居住在外地。潮阳：今广东汕头，因地处海之北而称潮阳。

②越王台：即下文赵佗王台。赵佗，又称尉佗，秦末为南海尉，秦亡后自立为南越武王，汉高祖时封为南越王，后自立为南越武帝。

③甲子海门：即甲子门海口，在今广东陆丰东南，形势险要。

④《破佛骨表》：即韩愈《论佛骨表》。韩愈上表反对唐宪宗迎佛骨入宫，被贬为潮州刺史，在陕西蓝关遇侄孙韩湘，写诗《左迁至蓝关示侄孙湘》，诗中有句："云横秦岭家何在？雪拥蓝关马不前。知汝远来应有意，好收吾骨瘴江边。"本剧将侄孙韩湘写做侄儿；又，韩愈并未死于潮州，韩湘在潮州留下子孙之事也属虚构。

⑤采头罢了：兆头不好。采头，兆头。

⑥下八洞神仙：道家传说的神仙，俗称八仙。韩湘被附会为八仙之一的韩湘子。

⑦"祖龙飞"五句：指秦亡后中原混乱，赵佗凭借天险割据一方，自立为王。祖龙飞，指秦始皇死。祖龙，秦始皇。鹿走中原，喻政局失去控制。称孤道寡，谓以帝王自居。

⑧吾侪（chái）：我辈。

⑨那半部上山河不见：意谓自己熟读经典饱有学识却得不到指点山河、治国安邦的机会。半部，指《论语》。典出宋罗大经《鹤林玉露》：宋初，人言宰相赵普所读仅只《论语》而已。太宗赵匡义因此问他。他说："臣平生所知诚不出此。昔以其半辅太祖定天下，今欲以其半辅陛下致太平。"

（丑）小弟看兄气象言谈，似有无聊之叹。先祖昌黎公有云："不患有司之不明，只患文章之不精；不患有司之不公，只患经书之不通①。"老兄还则怕工夫有不到处。（生）这话休提。比如我公公柳宗元，与你公公韩退之，他都是饱学才子，却也时运不济。你公公错题了《佛骨表》，贬职潮阳；我公公则为在朝阳殿与王叔文丞相下棋子，惊了圣驾，直贬做柳州司马②。都是边海烟瘴地方。那时两公一路而来③，旅舍之中，两个挑灯细论。你公公说道："宗元，宗元，我和你两人文章，三六九比势④：我有《王泥水传》，你便有《梓人传》；我有《毛中书传》，你便有《郭驼子传》；我有《祭鳄鱼文》，你便有《捕蛇者说》。这也罢了。则我进《平淮西碑》，取奉取奉朝廷⑤，你却又进个平淮西的雅。一篇一篇，你都放俺不过。恰如今贬窜烟方⑥，也合着一处。岂非时乎？运乎？命乎？"韩兄，这长远的事休提了。假如俺和你，论如常，难道便应这等寒落？因何俺公公造下一篇《乞巧文》，到俺二十八代元孙，再不曾乞得一些巧来？便是你公公立意做下《送穷文》，到老兄二十几辈了，还不曾送的个穷去？算来都则为时运二字所亏。（丑）是也。春卿兄，

【前腔】你费家资制买书田⑦，怎知他卖向明时不值钱⑧。虽然如此，你看赵佗王当时，也有个秀才陆贾⑨，拜为奉使中大夫到

此。赵佗王多少尊重他。**他归朝燕，黄金累千。** 那时汉高皇厌见读书之人，但有个带儒巾的，都拿来溺尿。这陆贾秀才，端然带了四方巾，深衣大摆，去见汉高皇。那高皇望见，这又是个掉尿鳖子的来了⑩。便迎着陆贾骂道："你老子用马上得天下，何用诗书？"那陆生有趣，不多应他，只回他一句："陛下马上取天下，能以马上治之乎？"汉高皇听了，呀然一笑，说道："便依你说。不管什么文字，念了与寡人听之。"陆大夫不慌不忙，袖里出一卷文字，恰是平日灯窗下纂集的《新语》一十三篇，高声奏上。那高皇才听了一篇，龙颜大悦。后来一篇一篇，都喝采称善，立封他做个关内侯。那一日好不气象！休道汉高皇，便是那两班文武，见者皆呼万岁。**一言掷地，万岁喧天。**（生叹介）则俺连篇累牍无人见。（合前）

（丑）再问春卿，在家何以为生？（生）寄食园公。（丑）依小弟说，不如干谒些须，可图前进。（生）你不知，今人少趣哩。（丑）老兄可知？有个钦差识宝中郎苗老先生，到是个知趣人儿。今秋任满，例于香山岙多宝寺中赛宝⑪。那时一往何如？（生）领教。

> 应念愁中恨索居，段成式⑫
> 青云器业俺全疏。李商隐⑬
> 越王自指高台笑，皮日休⑭
> 刘项原来不读书。章　碣⑮

注释：

① "不患有司之不明"四句：韩愈《进学解》："诸生业患不能精，无患有司之不明；行患不能成，无患有司之不公。"本剧改动了几个字，更写出书生相信通过熟读经史就可平步青

云的迂腐。

② "我公公则为在朝阳殿与王叔文丞相下棋子"三句：这里对有关韩愈、柳宗元的故事都有所改编。柳宗元被贬是因为参加王叔文政治革新失败，他先被贬为邵州（今湖南邵阳）刺史，未到职就改任永州（今属湖南）司马，后又调任柳州刺史。王叔文善棋，故剧中演绎为"下棋"之事。

③ 两公一路而来：韩愈被贬潮州是在元和十四年（819），柳宗元被贬是在永贞元年（805）九月，差了14年，不可能同路。这里的故事纯属为剧情需要而编造的，故而下文提到的文章虽都为二人所作，但时间、顺序、缘起都与事实不符。

④ 三六九比势：旗鼓相当，势均力敌。下文《王泥水传》即《圬者王承福传》，圬者，泥水匠。《毛中书传》即《毛颖传》。《郭驼子传》即《种树郭橐驼传》。"平淮西的雅"即《平淮夷雅》。

⑤ 取奉：趋奉的谐音，奉承讨好。

⑥ 烟方：多雾的瘴气流行地区。

⑦ 制买书田：买书和买田一样，买田可以收租，读书可以升官发财，都有利可图。

⑧ 明时：政治清明的时代。

⑨ 陆贾：汉代初年的辩士。汉高祖刘邦曾派他说服赵佗归汉，官拜大中大夫，著有《新语》。下文"黄金累千"是赵佗给陆贾的赏赐。本剧关于陆贾主要事迹的记述是糅合了陆贾和郦食其两人的事。说赵佗归汉、献《新书》是陆贾的事迹，而戴儒巾见汉高祖则是郦食其的事。

⑩ 掉：卖弄。尿鳖子：尿壶。

⑪香山岙（ào）：今澳门，古时对外贸易港口，明代为洋商聚居处。赛宝：展示珍宝，并于菩萨前献祭。

⑫应念愁中恨索居：语本段成式《送穆郎中赴阙》。这里指柳梦梅抱怨没有人赏识自己。索居，独居。

⑬青云器业俺全疏：语本李商隐《和刘评事永乐闲居见寄》。这里指柳梦梅认为自己没有途径出仕，以致浪费了才干。青云器业，做官的才能。

⑭越王自指高台笑：语本皮日休《馆娃宫怀古五绝》之二。这里指柳梦梅觉得南越王赵佗应该会笑话自己。

⑮刘项原来不读书：语本章碣《焚书坑》。这里是柳梦梅抱怨自己读了那么多书却对飞黄腾达、功成名就没有一点用处。刘项，汉高祖刘邦和楚霸王项羽。

点评：

"怅眺"即是抚今追昔，眺望前程。本出中，柳梦梅去拜访朋友韩子才，二人同是唐代文豪的后人，登临越王台，追述两位先人的文学成就、功业人生，表达了自己的磊落不平之气。韩子才建议柳梦梅往香山岙拜谒钦差识宝使臣苗舜宾，寻求帮助。

柳梦梅为柳宗元后代，出身名门，满腹才华，却流落岭南，"未遭时势，不免饥寒"。怀才不遇者，难免牢骚满腹。他对同样流落岭南的韩愈后代韩子才说："小弟想起来，到是不读书的人受用。"依武力者可以称孤道寡，白占江山，"似吾侪读尽万卷书，可有半块土么"？"因何俺公公造下一篇《乞巧文》，到俺二十八代元孙，再不曾乞得一些巧来？便是你公公立意做下《送穷文》，到老兄二十几辈了，还不曾送的个穷去？算来都则为时运二字所亏。"韩子才也不得不慨叹："你费家资制买书田，怎知他卖向明时不值钱。"这是空有满腔才识却无用武之地的落魄文人在为自己的遭遇鸣不平。柳梦梅追求功名富贵的思想带有儒家一般知识分子的烙印。"学而优则仕"是封建时代知识分子的普遍出路，柳梦梅也概莫能外。他困于饥寒，不得已要寻找机会以求进取。而且只有考取功名，取得荣华富贵，才能抱得美人归。值得注意的是，柳梦梅虽然身处逆境，却没有失掉气节，所谓"贫薄把人灰，且养就这浩然之气"。

按照"始终无二事"的编剧原则，柳梦梅"怅眺"是游离于柳梦梅、杜丽娘的离合故事之外的旁见侧出之情。因为此时的柳梦梅与杜丽娘尚未相识，且柳梦梅的活动与杜丽娘伤情而亡的闺阁生活并无直接联系。但没有"怅眺"就没有柳梦梅的"诀谒"出走，杜、柳就无缘相遇，所以有关柳梦梅的情节，就全剧戏剧形式而言，属于一条副线。但从内容方面来看，柳梦梅这条副线又与描写杜丽娘的情节同属于爱情主线。随着杜、柳二人的相遇相恋，主副两线并为一线，共同完成杜丽娘为情而死、为情而生的戏剧"主脑"。

从戏剧排场着眼，《怅眺》是为《诀谒》张目，同时作为第五出《延师》和第七出《闺塾》之间的间隔，调剂"冷场"与"热场"。

第七出　闺　塾

（末上）吟余改抹前春句，饭后寻思午晌茶。蚁上案头沿砚水，蜂穿窗眼咂瓶花。我陈最良，杜衙设帐①，杜小姐家传《毛诗》②。极承老夫人管待。今日早膳已过，我且把毛注潜玩一遍。（念介）"关关雎鸠，在河之洲。窈窕淑女，君子好逑③。"好者，好也；逑者，求也。（看介）这早晚了，还不见女学生进馆。却也娇养的凶。待我敲三声云板。（敲云板介）春香，请小姐上书。

【绕池游】（旦引贴捧书上）素妆才罢，缓步书堂下。对净几明窗潇洒。（贴）《昔氏贤文》④，把人禁杀，恁时节则好教鹦哥唤茶。

　　（见介）（旦）先生万福，（贴）先生少怪。（末）凡为女子，鸡初鸣，咸盥、漱、栉、笄，问安于父母⑤。日出之后，各供其事。如今女学生以读书为事，须要早起。（旦）以后不敢了。（贴）知道了。今夜不睡，三更时分，请先生上书。（末）昨日上的《毛诗》，可温习？（旦）温习了。则待讲解。（末）你念来。（旦念书介）"关关雎鸠，在河之洲。窈窕淑女，君子好逑。"（末）听讲。"关关雎鸠"，雎鸠是个鸟；关关，鸟声也。（贴）怎样声儿？（末作鸠声）（贴学鸠声诨介）⑥（末）此鸟性喜幽静，在河之洲。（贴）是了。不是昨日是前日，不是今年是去年，俺衙内关着个斑鸠儿，被小姐放去，一去去在何知州家。（末）胡说！这是兴⑦。（贴）兴个甚的那？（末）兴者，起也，起那下头。窈窕淑女，是幽闲女子，有那等君子好好的来求他。（贴）为甚好好的求他？（末）多嘴哩。（旦）师父，依注解书，学生自会。但把《诗经》大意，敷演一番⑧。

【掉角儿】（末）论六经、《诗经》最葩⑨，闺门内许多风雅：有指证⑩，姜嫄产哇⑪；不嫉妒，后妃贤达⑫。更有那咏鸡鸣，伤燕羽，泣江皋，思汉广⑬，洗净铅华。有风有化，宜室宜家⑭。（旦）这经文偌多⑮？（末）《诗》三百，一言以蔽之，没多些，只"无邪"两字⑯，付与儿家⑰。

> 书讲了。春香，取文房四宝来模字⑱。（贴下取上）纸、笔、墨、砚在此。（末）这甚么墨？（旦）丫头错拿了。这是螺子黛⑲，画眉的。（末）这甚么笔？（旦作笑介）这便是画眉细笔。（末）俺从不曾见。拿去，拿去！这是甚么纸？（旦）薛涛笺⑳。（末）拿去，拿去。只拿那蔡伦造的来。这是甚么砚？是一个是两个？（旦）鸳鸯砚㉑。（末）许多眼㉒？（旦）泪眼。（末）哭甚么子？一发换了来。（贴背介）好个标老儿㉓！待换去。（下换上）这可好？（末看介）着。（旦）学生自会临书。春香还劳把笔㉔。（末）看你临。（旦写字介）（末看惊介）我从不曾见这样好字。这甚么格㉕？（旦）是卫夫人传下美女簪花之格㉖。（贴）待俺写个奴婢学夫人㉗。（旦）还早哩。（贴）先生，学生领出恭牌㉘。（下）（旦）敢问师母尊年？（末）目下平头六十㉙。（旦）学生待绣对鞋儿上寿，请个样儿。（末）生受了。依《孟子》上样儿，做个"不知足而为屦"罢了㉚。

注释：

①设帐：教书。东汉经学家马融讲学时设绛纱帐，后称坐馆教书为"设帐"。

②《毛诗》：《诗经》的代称。西汉初鲁人毛亨和赵人毛苌辑注

古文《诗经》，即现在流传的《诗经》。当时还有鲁人申培、齐人辕固、燕人韩婴三家今文《诗经》，后三家先后亡佚，只有毛诗流传下来。下文"关关雎鸠"四句是《诗经》首篇《关雎》的诗句。

③逑：配偶。

④《昔氏贤文》：古代用格言编成的初学读本。

⑤"鸡初鸣"三句：旧时女子生活规则，见《礼记·内则》。盥（guàn），洗脸。栉（zhì），梳头。笄（jī），簪发。

⑥诨（hùn）：穿插在剧情中的滑稽性动作、语言，是戏剧重要的表演手段，源于宋金杂剧院本的"打诨"，也称"插科打诨"。下文"何知州"与"河之洲"谐音，就是插诨调笑。

⑦兴：即物起兴，先言他物以引起所咏之词的一种写作手法。《诗经》的典型表现手法之一，用在诗歌开头。

⑧敷演：陈述而加以发挥。

⑨论六经、《诗经》最葩：儒家经典中《诗经》最有文采。唐韩愈《进学解》："《诗》正而葩。"六经，《诗》《书》《礼》《乐》《易》《春秋》六部儒家经典的总称。葩，华丽，华美。

⑩指证：证明，证据。指，通"稽"，考核，查考。

⑪姜嫄产哇（wá）：姜嫄是周代始祖后稷的母亲，相传她踏在天帝的大脚趾印上而有孕，生了后稷。哇，小孩。

⑫不嫉妒，后妃贤达：《毛诗序》和朱熹认为，《诗经》的《樛木》《螽斯》等篇表现后妃不妒嫉的品行。

⑬"更有那咏鸡鸣"四句：指《诗经》中的诗歌。咏鸡鸣，即《诗经·齐风·鸡鸣》，写夫妻之情。伤燕羽，即《诗

经·邶风·燕燕》，写送别的伤感之情。泣江皋，即《诗
经·召南·江有汜》，写失意愤怒的情感。思汉广，即
《诗经·周南·汉广》，写思念爱人。

⑭有风有化，宜室宜家：指《诗经》对于出嫁前后的女子有教
育意义。风化，感染教育。宜室宜家，指女子出嫁后在夫
家一切和顺。《诗经·周南·桃夭》："之子于归，宜其室
家。"

⑮偌（ruò）多：有多少。偌，这么，那么。

⑯"《诗》三百"四句：《论语·为政》："《诗》三百，一言以蔽
之，曰：思无邪。"《诗》三百，《诗经》共有诗三百零五篇
（不包括六篇有名无辞的笙诗），三百篇是约数。蔽，概括。
无邪，指思想纯正。

⑰儿家：指青年女子。

⑱模字：此指临帖，仿写字帖。

⑲螺子黛：即"螺黛"，古代女子用来画眉的青黑色矿物颜料。

⑳薛涛笺：唐代名妓薛涛制的彩色信纸。

㉑鸳鸯砚：此指有两个并排砚堂的砚。

㉒眼：即砚眼，砚石经磨制后现出的天然石纹，圆晕如眼，有
白、赤、黄等不同颜色。广东端溪出产的砚叫端砚。端砚的
眼有活眼、死眼、泪眼之分。不很清润明朗的叫泪眼。

㉓标老儿：古板、不知趣的人。

㉔把笔：初学写字，不会使毛笔，指导者以右手握执笔者的手
帮着写，叫把笔，也叫把字。

㉕格：法式。

㉖卫夫人：东晋女书法家。姓卫，名铄，字茂漪，汝阴太守李

矩妻，也称李夫人。尤善隶书。师锺繇，妙传其法。王羲之、王献之少时，皆曾从她学书。美女簪花：形容书法娟秀工整。《宣和书谱·十月一帖》记卫夫人的叔父卫恒书法如"插花美人，舞笑鉴台"，娟秀美好。卫夫人美女簪花格当是受其影响。

㉗奴婢学夫人：学不像的意思。南宋赵与峕《宾退录》："羊欣书似婢作夫人，不堪位置。而举止羞涩，终不似真。"

㉘出恭牌：请假上厕所。明代试场考生不能擅离座位，要上厕所，必须凭"出恭入敬"牌出入。

㉙平头：即齐头。凡计数逢十，叫做齐头数。

㉚不知足而为屦（jù）：指不知道脚的大小就做鞋子。语出《孟子·告子上》。这里写陈最良的书呆气。屦，葛、麻做的鞋子。

（旦）还不见春香来。（末）要唤他么？（末叫三度介）（贴上）害淋的①！（旦作恼介）劣丫头！那里来？（贴笑介）溺尿去来。原来有座大花园，花明柳绿，好耍子哩。（末）哎也！不攻书，花园去！待俺取荆条来。（贴）荆条做什么？

【前腔】女郎行、那里应文科判衙②？止不过识字儿书涂嫩鸦。（起介）（末）古人读书，有囊萤的，趁月亮的③。（贴）待映月耀蟾蜍眼花④；待囊萤把虫蚁儿活支煞⑤。（末）悬梁、刺股呢？（贴）比似你悬了梁，损头发；刺了股，添疤疤⑥。有甚光华！（内叫卖花介）（贴）小姐，你听一声声卖花，把读书声差。（末）又引逗小姐哩。待俺当真打一下。（末做打介）（贴闪介）你待打、打这哇哇，桃李门墙⑦，嵓把负荆人唬煞⑧。

（贴抢荆条投地介）（旦）死丫头！唐突了师父^⑨，快跪下！（贴跪介）（旦）师父恕他初犯，容学生责认一遭儿。

【前腔】手不许把秋千索拿，脚不许把花园路踏。（贴）则瞧罢。（旦）还嘴！这招风嘴^⑩，把香头来绰疤^⑪；招花眼，把绣针儿签瞎^⑫。（贴）瞎了中甚用？（旦）则要你守砚台，跟书案，伴"诗云"，陪"子曰"，没的争差^⑬。（贴）争差些罢。（旦捋贴发介^⑭）则问你几丝儿头发，几条背花^⑮？敢也怕些些，夫人堂上，那些家法？（贴）再不敢了。（旦）可知道？（末）也罢，松这一遭儿。起来。（贴起介）

【尾声】（末）女弟子则争个不求闻达^⑯，和男学生一般儿教法。你们工课完了，方可回衙。咱和公相陪话去^⑰。（合）怎辜负的这一弄明窗新绛纱^⑱。（下）

（贴作从背后指末骂介）村老牛！痴老狗！一些趣也不知。（旦作扯介）死丫头！"一日为师，终身为父"，他打不的你？俺且问你，那花园在那里？（贴作不说）（旦笑问介）（贴指介）兀那不是！（旦）可有什么景致？（贴）景致么，有亭台六七座，秋千一两架。绕的流觞曲水^⑲，面着太湖山石。名花异草，委实华丽。（旦）原来有这等一个所在。且回衙去。

　　（旦）也曾飞絮谢家庭，　　李山甫^⑳
　　（贴）欲化西园蝶未成。　　张　泌^㉑
　　（旦）无限春愁莫相问，　　赵　嘏^㉒
　　（合）绿阴终借暂时行。　　张　祜^㉓

注释：

①害淋的：骂人的话。淋，淋病。患者尿道发炎，化脓，尿中

带有脓血。

②女郎行（háng）：女儿家。应文科：应科考。判衙：官员坐堂办事。

③趁月亮：南朝江泌家贫，借月光苦读。

④蟾蜍：指月亮。

⑤支煞（shā）：支使死了。煞，弄死，损伤。

⑥疤疣（niè）：疤痕。疣，疮痕。

⑦门墙：指师门。《论语·子张》："夫子之墙数仞。不得其门而入，不见其宗庙之美，百官之富。"

⑧崄：同"险"。唬（xià）：同"吓"，恐吓，使害怕。

⑨唐突：冒犯，亵渎。

⑩招风：招惹是非。下文"招花"同。

⑪把香头来绰疣：拿点着的香来灼一个疤。绰，戳。

⑫签：刺。

⑬没的争差：不会出差错。争差，差错，意外。

⑭挦（xián）：用手撕扯。

⑮背花：背上被鞭打留下的伤痕。

⑯女弟子则争个不求闻达：女学生只在不求作官这点上和男学生不同。则争个，就只差。争，相差，不够。闻达，显达。

⑰公相：对官长的尊称。陪话：陪人谈话。

⑱一弄：一派，一片。

⑲流觞（shāng）曲水：指适合游宴雅集的流水。东晋王羲之《兰亭集序》："清流激湍，映带左右，引以为流觞曲水。"据说在农历三月三上巳节这一天，王羲之等四十二位名士相聚兰亭，列坐于溪水两侧，将酒杯置于弯曲的流水之上，酒杯

顺水流下，停在谁的面前，谁就取来喝。觞，酒杯。

⑳也曾飞絮谢家庭：语本李山甫《柳十首》之七。这里指杜丽娘自谓有谢道韫一样的才情。

㉑欲化西园蝶未成：语本张泌《春夕言怀》。这里指杜丽娘谓自己不能像蝴蝶一样自由自在。

㉒无限春愁莫相问：语本赵嘏《寄远》。这里指杜丽娘因春光而生伤春之感。

㉓绿阴终借暂时行：语本张祜《扬州法云寺双桧》。这里指杜丽娘准备去花园游玩。

点评：

"闺塾"，杜宝府中杜丽娘读书的书房。这出戏描写了小姐杜丽娘、侍女春香初次在闺塾听塾师陈最良讲课的情景。《闺塾》一场，围绕讲解《诗经》这一筋节，丫头搅闹，塾师腐闹，春光喧闹，这一切，是杜丽娘春心萌动的前奏。

陈最良叫拿文房四宝，春香错拿来螺子黛、薛涛笺和鸳鸯砚。生活捉襟见肘的陈最良，哪里见过闺阁小姐的名贵用物，阴差阳错间充满诙谐嘲讽的喜剧气氛。陈最良迂阔古板，春香活泼淘气，这出谐趣横生的热闹戏后来被改成著名的折子戏《春香闹学》。

杜丽娘对读书并不热心，陈最良催她上课，她还慢慢吞吞，"素妆才罢，缓步书堂下。对净几明窗潇洒"。陈最良板起面孔照本宣科地讲《诗经》，说《诗经》是"有风有化，宜室宜家"的闺门风雅，又总括《诗经》大旨："《诗》三百，一言以蔽之，没多些，只'无邪'两字……"这是照孔夫子的话说的，看起来也没有越雷池一步。但在讲解"窈窕淑女，君子好逑"时，不由自主地流露出他的真实想法。他说："好者，好也；逑者，求也。"看似笑话，但正说到点子上。更有意思的是，当春香乱解"关关雎鸠，在河之洲"时，他斥责春香："胡说！这是兴……兴者，起也，起那下头。窈窕淑女，是幽闲女子，有那等君子好好的来求他。"这一讲，此诗的意境全出，显露出诗歌歌颂爱情的本意。这哪里是"依注解诗"呢？这与毛亨说此诗写的是"后妃之德"相距何啻天壤。当春香再追问"为甚好好的求他"时，他不敢再往下讲了。但杜丽娘是聪明的学生，老师这么不经意地一讲，她马上明白这诗的真正含义了，但表面上还是要保持闺阁小姐的自重和对老师礼节上的尊重，反说"依注解诗，学生自会"，来掩饰自己的心领神会。

　　杜丽娘父母之所以给女儿延师教读，是要用圣人的教导拘管女儿的身心，谁知开学的第一课，《诗经》的第一章，反而开启了女儿心房。这也说明陈最良不是只会照本宣科的腐儒，不是依注讲经的冬烘先生。陈最良主观上虽然并未想到以此去影响他的学生，然而，杜丽娘对"情"的认识和理解就是从这首《关雎》开始的。

　　春香在这出戏里表现得泼辣直率。陈最良与春香一相见，便发生冲突。陈最良开口就责怪杜丽娘、春香来得太晚，不守女儿之规。春香就打趣道："今夜不睡，三更时分，请先生上书。"陈最良一板一眼教"关关雎鸠"，春香在一旁捣乱学斑鸠叫。陈最良说"女学生以读书为事，须要早起"，要悬梁刺股苦学，春香就不以为然，"悬了梁，损头发；刺了股，添疤疤"。《昔氏贤文》，她直言不讳说"把人禁杀"。她引逗小姐"一声声卖花，把读书声差"，气得先生要打她，她还夺下老师手中荆条投地，嘴里抱怨"桃李门墙，崄把负荆人唬煞"。

在春香与陈最良"闹"得不可开交时，杜丽娘很少插嘴。但春香的活泼天真恰对比出杜丽娘的温柔贤淑和深沉苦闷。这场戏看似以春香为主，实则重点在刻画貌似旁观者的杜丽娘。

春香公然嘲弄陈最良，也是丽娘的心声。春香对于老师的嘲弄强烈直接，不加掩饰，不受束缚，但很大程度上是出于她爱自由的天性，是不自觉的行为，是一种朦胧模糊的认识，甚至带着孩子般的天真。而杜丽娘对于礼教的批评态度，由于她的身份和地位，决定了只能潜藏心底，却是自觉而清醒的。表面上她也像陈最良一样批评春香无礼，心底里却是深不以为然。因此，当春香说"原来有座大花园，花明柳绿"时，她就留意在心。老师离开后，她就迫不及待地笑问"那花园在那里"，她和春香一样，对闺塾之外的自由天地充满向往。吴吴山三妇合评本《牡丹亭》评曰："丽娘责认春香，便已心许其言，只无奈先生在前耳。故后陈老一去，即问花园也。"这正是杜丽娘内心沉睡着的巨大情感在苏醒之前的萌动。这是《惊梦》一场的前奏曲。

在舞台表演上，既要表现出杜丽娘含蓄清雅的气质，又要表现出她内心深处涌动着的感情波澜。青春版《牡丹亭》中，春香为了逃学，编出个出恭的理由，蹦跳着跑出了房门。沈丰英扮演的杜丽娘此时的眼神是始终注视着春香，直至她消失在自己的视线之外，目光中透露出了明显的羡慕之情。这一眼，是杜丽娘渴望同春香一样可以适时地放任自由。但这羡慕只有一瞬，然后就习惯性地压抑下。当春香讲述完花园的景致后，沈丰英的念白"原来有这等一个所在"，多用气息带动声音，呼吸幅度大，有一种感叹、吃惊的感觉。春香提出要去花园玩耍，丽娘欲言又止，此时锣鼓敲击"大……台"，正是她心跳的真实写照。然而，她再次习惯性地压抑住自己的真实想法，说出"且回衙去"，便转身下场。这句念白的处理与前面的那句有明显的区分，上句是虚着用气带字，表现的"发乎情"，而这句念得较实，是"止于礼义"的体现，表现出了平日里喜怒不形于色，端庄内敛的大家闺秀，真实情感的表达是隐藏于"漠不关心"的不断掩饰之下的控制和压抑。

第八出　劝　农

【夜游朝】（外引净扮皂隶，贴扮门子同上）何处行春开五马①？采邾风物候秾华②。竹宇闻鸠③，朱辂引鹿④。且留憩甘棠之下。

　　【古调笑】时节时节，过了春三二月。乍晴膏雨烟浓⑤，太守春深劝农。农重，农重，缓理征徭词讼⑥。俺南安府，在江广之间，春事颇早。想俺为太守的，深居府堂，那远乡僻坞，有抛荒游懒的，何由得知？昨已分付该县置买花酒，待本府亲自劝农。想已齐备。（丑扮县吏上）承行无令史，带办有农民⑦。禀爷爷，劝农花酒，俱已齐备。（外）分付起行。近乡之处，不许多人啰唝⑧。（众应，喝道起行介）（外）正是：为乘阳气行春令，不是闲游玩物华。（下）

【前腔】（生、末扮父老上）白发年来公事寡，听儿童笑语喧哗。太守巡游，春风满马。敢借着这务农宣化？

　　俺等乃是南安府清乐乡中父老。恭喜本府杜太爷，管治三年，慈祥端正，弊绝风清。凡各村乡约保甲⑨，义仓社学⑩，无不举行，极是地方有福。现今亲自各乡劝农，不免官亭伺候⑪。那祗候们扛抬花酒到来也⑫。

【普贤歌】（丑、老旦扮公人，扛酒提花上）俺天生的快手贼无过。衙舍里消消没的睃，扛酒去前坡⑬。（做跌介）几乎破了哥⑭，摔破了花花你赖不的我⑮。

　　（生、末）列位祗候哥到来。（老旦、丑）便是这酒埕子漏了⑯，则怕酒少，烦老官儿遮盖些。（生、末）不妨。且抬过一边，村务里嗑酒去⑰。(老旦、丑下)(生、末)地方端正坐椅⑱，太爷到来。
(虚下⑲)

注释：

①行春：即劝农。地方官在春天出巡，鼓励农民从事生产。五马：汉时太守乘坐的车用五匹马驾辕，因借指太守的车驾。

②采邠（bīn）风物候秾（nóng）华：指在百花盛开的时节出去劝农。采邠风，采录有关农事的民歌，这里是巡行劝农的意思。邠风，即《豳风》，《诗经》"十二国风"之一，其中多有关农事的歌谣。秾华，盛开的花朵。

③竹宇：竹子做的屋檐。宇，屋檐。

④朱辖（fān）引鹿：东汉淮阳太守郑弘出外劝农，有白鹿跟着他的车子走，有人告诉他，这是做宰相的预兆。朱辖，指显贵者的车驾，这里指太守所乘的车子。辖，车厢两旁的障泥，借指车。

⑤膏雨：甘霖，及时雨。

⑥缓理征徭词讼：暂缓征收赋税徭役和官司诉讼。

⑦承行无令史，带办有农民：县吏自夸直接秉承太守意旨办事，不用令史转达，而且有农民为他帮办。承行，执行上级命令办公事。令史，府县管理文书的吏目。带办，兼办。

⑧啰唣（luó zào）：吵闹，骚扰。

⑨乡约：乡村里要遵守的规约。保甲：古代的地方基层组织。

⑩义仓：地方救灾用的公有粮仓。社学：地方官在乡村设立的启蒙学校。

⑪官亭：接官亭，设在近郊，供过往官吏食宿的处所。

牡丹亭

中华经典名剧

⑫祗（zhī）候：衙役，仆从。

⑬"俺天生的快手贼无过"三句：公人夸耀自己，窃贼还不及他们手灵脚快，衙门里才不见了他们，却已经扛酒下乡来了。快手，捕快，官衙里专管缉捕的衙役。消消，消失得无影无踪。睃（suō），看。

⑭哥：语气词。相当于"啊"、"呵"。

⑮花花：象声词。

⑯酒埕（chéng）子：酒坛子。

⑰村务里嗑酒：乡村酒店里喝酒。务，酒务，宋代官设的造酒、卖酒机关，后代称酒店。嗑，喝。

⑱地方：地保，甲长。

⑲虚下：舞台提示语。演员走向舞台下场门，好像下场的样子，旋即回来。

【排歌】（外引众上）红杏深花，菖蒲浅芽。春畴渐暖年华。竹篱茅舍酒旗儿叉。雨过炊烟一缕斜。（生、末接介）（合）提壶叫①，布谷喳。行看几日免排衙②。休头踏，省喧哗，怕惊他林外野人家③。

（皂禀介）禀爷，到官亭。（生、末见介）（外）众父老，此为何乡何都？（生、末）南安县第一都清乐乡。（外）待我一观。〔望介〕（外）美哉此乡，真个清而可乐也。【长相思】你看：山也清，水也清，人在山阴道上行④。春云处处生。　（生、末）正是。官也清，吏也清，村民无事到公庭。农歌三两声。（外）父老，知我春游之意乎？

【八声甘州】平原麦酒，翠波摇臶臶，绿畴如画。如酥嫩雨，绕塍春色蘪苴⑤。趁江南土疏田脉佳。怕人户们抛荒力不加。还怕，有那无头官事误了你好生涯⑥。

（生、末）以前昼有公差，夜有盗警，老爷到后呵，

【前腔】千村转岁华。愚父老香盆，儿童竹马。阳春有脚，经过百姓人家⑦。月明无犬吠黄花，雨过有人耕绿野。真个，村村雨露桑麻。

（内歌《泥滑喇》介）（外）前村田歌可听。

【孝白歌】（净扮田夫上）泥滑喇，脚支沙，短耙长犁滑律的拿⑧。夜雨撒菰麻，天晴出粪渣，香风醙鲊⑨。（外）歌的好。"夜雨撒菰麻，天晴出粪渣，香风醙鲊"，是说那粪臭。父老呵，他却不知这粪是香的。有诗为证：焚香列鼎奉君王，馔玉炊金饱即妨。直到饥时闻饭过，龙涎不及粪渣香⑩。与他插花赏酒。（净插花赏酒，笑介）好老爷，好酒。（合）官里醉流霞⑪，风前笑插花，把农夫们俊煞。（下）

（门子禀介）一个小厮唱的来也。

【前腔】（丑扮牧童拿笛上）春鞭打，笛儿哫⑫，倒牛背斜阳闪暮鸦。（笛指门子介）他一样小腰揿⑬，一般双髻鬟⑭，能骑大马。（外）歌的好。怎生指着门子唱"一样小腰揿，一般双髻鬟，能骑大马"？父老，他怎知骑牛的到稳。有诗为证：常羡人间万户侯，只知骑马胜骑牛。今朝马上看山色，争似骑牛得自由。赏他酒，插花去。（丑插花饮酒介）（合）官里醉流霞，风前笑插花，村童们俊煞。（下）

（门子禀介）一对妇人歌的来也。

【前腔】（旦、老旦采桑上）那桑阴下，柳篓儿搓，顺手腰身蒭一丫⑮。呀，甚么官员在此？俺罗敷自有家，便秋胡怎认

他，提金下马⑯？（外）歌的好。说与他，不是鲁国秋胡，不是秦家使君，是本府太爷劝农。见此勤勤采桑，可敬也。有诗为证：一般桃李听笙歌，此地桑阴十亩多。不比世间闲草木，丝丝叶叶是绫罗。领酒，插花去。（二旦背插花，饮酒介）（合）官里醉流霞，风前笑插花，采桑人俊煞。（下）

（门子禀介）又一对妇人唱的来也。

【前腔】（老旦、丑持筐采茶上）乘谷雨，采新茶，一旗半枪金缕芽⑰。呀，甚么官员在此？学士雪炊他⑱，书生困想他，竹烟新瓦⑲。（外）歌的好。说与他，不是邮亭学士⑳，不是阳羡书生㉑，是本府太爷劝农。看你妇女们采桑采茶，胜如采花。有诗为证：只因天上少茶星，地下先开百草精㉒。闲煞女郎贪斗草㉓，风光不似斗茶清㉔。领了酒，插花去。（老旦、丑插花，饮酒介）（合）官里醉流霞，风前笑插花，采茶人俊煞。（下）

（生、末跪介）禀老爷，众父老茶饭伺候。（外）不消。余花余酒，父老们领去，给散小乡村，也见官府劝农之意。叫祗候们起马。

（生、末做攀留不许介）（起叫介）村中男妇领了花赏了酒的，都来送太爷。

【清江引】（前各众插花上）黄堂春游韵潇洒，身骑五花马。村务里有光华，花酒藏风雅。（外）男女们请了，你德政碑，随路打㉕。（下）

> 闾阎缭绕接山巅， 杜　甫㉖
> 春草青青万顷田。 张　继㉗
> 日暮不辞停五马， 羊士谔㉘
> 桃花红近竹林边。 薛　能㉙

注释：

①提壶：即鹈鹕，鸟名。

②排衙：长官排列仪仗，接受属员参谒，坐堂办事。

③"休头踏"三句：指杜宝巡行乡下不愿扰民。头踏，官员出
　行时排在前面的仪仗队。省喧哗，免得吵吵闹闹。

④人在山阴道上行：一路好风景连绵不断。山阴，今浙江绍兴
　境内。南朝宋刘义庆《世说新语·言语篇》记载：东晋王
　献之云："从山阴道上行，山川自相映发，使人应接不暇。"

⑤"平原麦洒"五句：形容暮春田野麦苗在微风吹拂下的美
　丽景象。翦翦，微风。塍（chéng），田间土埂。蓏苴（luǒ
　zhā），犹阑珊，衰减，将尽。

⑥无头官事：无穷无尽的官府的事。

⑦"千村转岁华"五句：乡民颂扬杜宝太守，表达崇敬爱戴之
　情。转岁华，日子过得不一样了，指过上了好日子。香盆，
　乡民焚香插在盆里，将盆子顶在头上，跪地迎送长官，以表
　崇敬。儿童竹马，东汉并州牧郭伋，问民疾苦，所过县邑，
　几百儿童骑竹马欢迎。阳春有脚，唐代宋璟爱民恤物，时人
　称为"有脚阳春"。

⑧"泥滑喇"三句：形容雨天路滑田间劳作的景象。泥滑喇，
　泥路滑溜溜的。脚支沙，脚踏不稳。滑律，滑溜。

⑨"夜雨撒菰（gū）麻"三句：雨天下种，天晴施肥，粪臭气
　味如臭咸鱼，田夫却闻着香。菰，禾本科植物，嫩茎基部
　被某种菌感染而膨大，即茭白，结实叫菰米。醃鲊（yān
　zhà），即腌鲊，腌制的鱼，闻着臭。

⑩"焚香列鼎奉君王"四句：作者自撰的诗。列鼎，古代贵族

"列鼎而食"，形容奢华的生活。馔玉炊金，食物贵如玉，燃料价似金，形容昂贵的食物。龙涎，名贵的香料。

⑪流霞：原指神话中的仙酒，传说喝一杯就不会饥渴。这里泛指酒。

⑫吵（shā）：吹。

⑬腰报（jià）：腰身。

⑭髻鬌（zhā）：即髻鬟。古时发式，将头发环曲束于顶。

⑮翦：同"剪"。丫：丫杈，这里是桑枝。

⑯"俺罗敷自有家"三句：采桑妇借罗敷、秋胡妻自比，说自己洁身自爱。罗敷，汉乐府诗《陌上桑》里采桑女秦罗敷拒绝太守调戏："使君自有妇，罗敷自有夫。"秋胡，春秋时鲁国秋胡离家五年后回乡，路上调戏一个采桑妇，并以黄金诱惑她，但被拒绝，归家后才知道采桑妇就是自己的妻子。元代有杂剧《秋胡戏妻》。

⑰一旗半枪：指极细嫩的茶叶。旗、枪，茶片顶上的小芽，没有展开的叫枪，已经展开的叫旗。金缕芽：上品茶。

⑱学士雪炊他：宋代学士陶穀的家姬取雪水烹茶。

⑲竹烟：燃竹烹茶的烟气。瓦：指陶器，这里指陶制茶壶。

⑳邮亭学士：也指陶穀。陶穀出使南唐，南唐在邮亭安排妓女秦弱兰诱惑他，他果然上当，赠词求欢。

㉑阳羡书生：南朝吴均《续齐谐记》记载，阳羡人许彦路遇一书生，书生说自己脚痛不能走路，请求寄放在许彦的鹅笼里走。一会儿，书生从口里吐出一个美貌的女子，和他一起喝酒。阳羡，今江苏宜兴，古代以产茶著名。

㉒百草精：茶。唐齐己《咏茶十二韵》："百草让为灵，功先百

草成。"

㉓斗草：端午节娱乐风俗，竞采花草，比赛多寡优劣。少女中最流行。

㉔斗茶：比赛茶的优劣。

㉕德政碑，随路打：指太守所到之处，都有人在歌颂。德政碑，为歌颂地方官的德政所立的碑石。

㉖闾阎缭绕接山巅：语本杜甫《夔州歌十绝句》之四。这里描写杜宝出巡劝农所见乡村风光。闾阎，里巷。

㉗春草青青万顷田：语本张继《阊门即事》。这里描写农田风光。

㉘日暮不辞停五马：语本羊士谔《野望二首》之一。这里指杜宝下乡劝农不辞辛苦。

㉙桃花红近竹林边：语本薛能《宋氏林亭》。这里仍描写乡村美景，以见杜宝治下一片太平景象。

点评：

　　"劝农"，即是鼓励农耕。本出写谷雨时分，趁着"红杏深花，菖蒲浅芽"的晴明天气，南安太守杜宝下乡巡行，鼓励春耕。皂吏鸣锣喝道，村民杠抬花酒，百姓欢迎长官，饮花酒，簪春花，杜宝作为太守，为地方上的风调雨顺、政通人和而尽心尽力。

　　"劝农"是地方官的职责。旧时的官吏，包括汤显祖本人，常在春季下乡劝农。汤显祖任遂昌知县时，颇重农桑。在立春前一日，即会遵制率僚属迎春于郊外，祭春神、鞭土牛、向士民赠"春鞭"，以鞭春礼仪，向邑人颁布"春耕令"。《劝农》是作者在遂昌任知县时的生活写照，也是作者从政实践的形象再现。

本出中清乐乡父老称颂"本府杜太爷，管治三年，慈祥端正，弊绝风清"，清乐乡"以前昼有公差，夜有盗警"，杜宝到任后才使"千村转岁华"。杜宝下乡主持劝农活动，表明他是个"勤政爱民"的"好官"。一个清明惠政的好官，成为女儿追求人性自由的绊脚石，这不能不引人深思。压抑个性的并不都是某个人，而是这些人头脑中的礼教意识织就了无形的网，造就了令人窒息的环境。

本出戏的表演重点，是父老百姓在劝农活动中的"队舞、鼓吹"。田夫挑着粪箕，牧童耍着春鞭，采桑媳妇、采茶姑娘连接上场，载歌载舞热闹欢腾，一派太平欢愉景象，是极为喜庆的"吉利戏"。明清时宫廷内部每年三月初一都要演出《劝农》，以告诫春种应时节令。《劝农》也是民间观众爱看爱听的折子戏。

从情节上来看，杜宝下乡劝农，离开杜府，杜丽娘才有了游园的机会，才能放心游园，才能欣赏到"姹紫嫣红开遍"的春光。吴吴山三妇合评本《牡丹亭》评曰："《劝农》公出，止为小姐放心游园之地。"

本出中采茶女唱"乘谷雨，采新茶"，说明时节已是谷雨节气。谷雨是二十四节气中属于春天的最后一个节气，离春天结束只有十五天时间。牡丹花又称"谷雨花"，牡丹花开，是春天最后的一抹花季盛景，已为后面《游园》定下伤春的基调。

平原麦洒，翠波摇颗颗，绿畴如画。如酥嫩雨，绕塍春色蘡苴。趁江南土疏田脉佳。怕人户们抛荒力不加。还怕，有那无头官事误了你好生涯。

第九出　肃　苑

【一江风】（贴上）小春香，一种在人奴上①，画阁里从娇养。侍娘行②，弄粉调朱，贴翠拈花，惯向妆台傍。陪他理绣床，陪他烧夜香。小苗条吃的是夫人杖③。

花面丫头十三四，春来绰约省人事。终须等着个助情花，处处相随步步觑④。俺春香，日夜跟随小姐。看他名为国色，实守家声⑤。嫩脸娇羞，老成尊重。只因老爷延师教授，读到《毛诗》第一章："窈窕淑女，君子好逑。"悄然废书而叹曰："圣人之情，尽见于此矣。今古同怀，岂不然乎？"春香因而进言："小姐读书困闷，怎生消遣则个？"小姐一会沉吟，逡巡而起⑥。便问道："春香，你教我怎生消遣那？"俺便应道："小姐，也没个甚法儿，后花园走走罢。"小姐说："死丫头，老爷闻知怎好？"春香应说："老爷下乡，有几日了。"小姐低回不语者久之，方才取过历书选看。说明日不佳，后日欠好，除大后日，是个小游神吉期⑦。预唤花郎，扫清花径。我一时应了，则怕老夫人知道。却也由他。且自叫那小花郎分付去。呀，回廊那厢，陈师父来了。正是：年光到处皆堪赏⑧，说与痴翁总不知。

【前腔】（末上）老书堂，暂借扶风帐⑨，日暖钩帘荡。呀，那回廊，小立双鬟⑩，似语无言，近看如何相？是春香，问你恩官在那厢？夫人在那厢？女书生怎不把书来上？

（贴）原来是陈师父。俺小姐这几日没工夫上书。（末）为甚？

（贴）听呵，

【前腔】甚年光，忒煞通明相⑪，所事关情况。（末）有甚么情况？（贴）老师父还不知，老爷怪你哩。（末）何事？（贴）说你讲《毛诗》，毛的忒精了。俺小姐呵，为诗章，讲动情肠。（末）则讲了个"关关雎鸠"。（贴）故此了。小姐说，关了的雎鸠，尚然有洲渚之兴，可以人而不如鸟乎？书要埋头，那景致则抬头望。如今分付，明后日游后花园。（末）为甚去游？（贴）他平白地为春伤。因春去的忙，后花园要把春愁漾⑫。

（末）一发不该了。

【前腔】 论娘行，出入人观望，步起须屏障⑬。春香，你师父靠天也六十来岁，从不晓得伤个春，从不曾游个花园。（贴）为甚？（末）你不知。孟夫子说的好，圣人千言万语，则要人"收其放心"⑭。但如常，着甚春伤？要甚春游？你放春归，怎把心儿放⑮？小姐既不上书，我且告归几日。春香呵，你寻常到讲堂，时常向琐窗，怕燕泥香点涴在琴书上⑯。

我去了。绣户女郎闲斗草，下帷老子不窥园⑰。（下）

注释：

①一种：同样。

②娘行（háng）：姑娘。

③小苗条：小小的苗条的身材。

④"花面丫头十三四"四句：化用唐刘禹锡《寄赠小樊》："花面丫头十三四，春来绰约向人时。终须买取名春草，处处相将步步随。"花面，古代女子用花片贴在脸上作为装饰。省人事，懂得男女情事。助情花，指情人。觑（qù），看。

⑤家声：家族世传的声名美誉。

⑥逡（qūn）巡：有所顾虑而徘徊。

⑦小游神：传说中的吉利神祇。宋叶梦得《石林燕语》卷三："太平兴国中，司天言太一式有五福、大游、小游……凡十神，皆天之贵神。"古人信奉出行要避免凶煞，选择吉日。小游神当值的那天，被认为是吉日之一。

⑧年光到处皆堪赏：唐张仲素《汉苑行》："年光到处皆堪赏，春色人间总未知。"年光，春光。

⑨扶风帐：东汉扶风学者马融教授学生时"常坐高堂，施绛纱帐，前授生徒，后列女乐"，后因以"扶风帐"指讲坛、学舍。

⑩双鬟（huán）：原为古代少女所梳的一种发髻，后又指婢女。这里指春香。

⑪忒（tè）煞通明相：太聪明的模样儿。忒煞，太，过分。

⑫春愁漾：排遣春愁。漾，发散。

⑬步起须屏障：为了不使人看见，女子出外要把脸孔遮住。《礼记·内则》："女子出门，必拥蔽其面。"步起，指外出。

⑭圣人千言万语，则要人"收其放心"：此指《孟子·告子上》所云："学问之道无他，求其放心而已矣。"圣人，指孟子。收，收拢，拘束。放心，放纵的心性。

⑮怎把心儿放：怎样能使心情平静。放，安放。

⑯点涴（wō）：点污。涴，用同"污"。

⑰下帷老子不窥园：汉代学者董仲舒在帷帐内专心学问，三年都未曾去看一下园圃。下帷，放下帷帐，指闭门苦读。这里以"下帷老子"指陈最良。

（贴吊场①）且喜陈师父去了。叫花郎在么？（叫介）花郎！

【普贤歌】（丑扮小花郎醉上）一生花里小随衙②，偷去街头学卖花。令史们将我揸③，祗候们将我搭，狠烧刀、险把我嫩盘肠生灌杀④。

（见介）春姐在此。（贴）好打。私出衙前骗酒，这几日菜也不送。（丑）有菜夫。（贴）水也不挑。（丑）有水夫。（贴）花也不送。（丑）每早送花，夫人一分，小姐一分。（贴）还有一分哩？（丑）这该打。（贴）你叫什么名字？（丑）花郎。（贴）你把花郎的意思，诌个曲儿俺听⑤。诌的好，饶打。（丑）使得。

【梨花儿】小花郎看尽了花成浪，则春姐花沁的水洸浪⑥。和你这日高头偷眼眼⑦，嗏，好花枝干鳖了作么朗⑧！

（贴）待俺还你也哥。

【前腔】小花郎做尽花儿浪，小郎当夹细的大当郎？（丑）哎哟！（贴）俺待到老爷回时说一浪⑨，（揪丑发介）嗏，敢几个小榔头把你分的朗⑩。

（丑倒介）罢了。姐姐为甚事光降小园？（贴）小姐大后日来瞧花园，好些扫除花径。（丑）知道了。

东郊风物正薰馨，崔日用⑪
应喜家山接女星。陈　陶⑫
莫遣儿童触红粉，韦应物
便教莺语太丁宁。杜　甫⑬

注释：

①吊场：舞台表演提示语。在一出戏的结尾，其他演员都已下场，留下一二人念下场诗；或一出戏中某个场面的结束，由某位演员说几句说白，转到另一个场面。

②随衙：随班，跟班。

③揸（zhā）：抓。下文"搭"，也是"抓"的意思。

④烧刀：烧酒。盘肠：肚肠。

⑤诌（zhōu）：信口编造。

⑥"小花郎看尽了花成浪"两句：和下曲头两句都是花郎和春香调情的曲文，语意双关，意带猥亵。洸（guāng）浪，水波荡漾。

⑦晾（làng）：同"晾"，晾晒。

⑧好花枝干鳖：比喻女子年华逝去。干鳖，即干瘪。

⑨说一浪：说一下，说一番。

⑩敢几个小榔头把你分的朗：准保几棒槌就把你打成两段。敢，准定。

⑪东郊风物正薰馨：语本崔日用《奉和圣制春日幸望春宫应制》。这里指春光明媚，万物生机勃勃。

⑫应喜家山接女星：语本陈陶《投赠福建路罗中丞》。这里指打扫花园准备迎接杜丽娘游园。女星，星宿名，主扬州。此指女子。

⑬莫遣儿童触红粉，便教莺语太丁宁：上句语本韦应物《将往滁城恋新竹简崔都水示端》，下句语本杜甫《绝句漫兴九首》之一。这里指不要让小儿女懂男女之事，一旦懂了，他们言语之间就太多情了。

点评：

　　肃苑，打扫园林。本出写杜丽娘准备游园，让春香通知花郎打扫园林。本出紧承第七出《闺塾》，是一出过场短戏，是情节推衍、心理描摹、人物刻画的必要过渡。

　　本出中女主人公杜丽娘并没有出场，她的心事，深闺的寂寞和伤春的忧郁，全由春香道白诉出。春香道出了杜丽娘被《诗经·关雎》"讲动情肠"，敏锐地感受到："关了的雎鸠，尚然有洲渚之兴，可以人而不如鸟乎？"杜丽娘作为大家闺秀，生活尽管娇贵尊宠，但长到十六岁，还从未跨出闺房一步，从未接触过除父亲、老师之外的任何男子。因这一首《关雎》，她再也无心刺绣读书。杜丽娘对此番非同寻常的游春之旅的慎重与犹豫，是游园之前重要的心理刻画。几番犹豫之后，杜丽娘决定趁父亲下乡，去后花园游览消遣。古板的塾师陈最良对此的反应耐人寻味："但如常，着甚春伤？要甚春游？你放春归，怎把心儿放？"他敏感于游园之违背平常教养，以及可能导致的意乱神迷，实则是对杜丽娘游园而导致伤情的严重后果的警告。

　　春香和陈最良二人性格对比鲜明，人物形象跃然纸上。春香埋怨陈最良讲《关雎》讲动了小姐情肠，陈最良说自己"靠天也六十来岁，从不晓得伤个春，从不曾游个花园"。吴吴山三妇合评本《牡丹亭》云："《肃苑》只此数语，却写误遇陈老，絮烦半日，一腐一憨，增出多少波折。"

　　结尾一段是春香跟花郎的过场戏。花郎想要占春香的便宜，春香说你怎么不送我花啊？花郎就说，春香姐你这么漂亮，有花堪折直须折。春香与花郎的对唱，把两个正值青春年少的少男少女相互戏谑的情景表现得淋漓尽致。这就是年轻仆人婢女的小"惊梦"。这出戏为下一场女主角杜丽娘和男主角柳梦梅的精彩出场做了铺垫。

第十出　惊　梦

【绕池游】（旦上）梦回莺啭，乱煞年光遍。人立小庭深院①。（贴）炷尽沉烟，抛残绣线，恁今春关情似去年②？

　　【乌夜啼】（旦）晓来望断梅关，宿妆残③。（贴）你侧着宜春髻子恰凭阑④。　（旦）剪不断，理还乱，闷无端⑤。（贴）已分付催花莺燕借春看⑥。（旦）春香，可曾叫人扫除花径？（贴）分付了。（旦）取镜台衣服来。（贴取镜台衣服上）云髻罢梳还对镜，罗衣欲换更添香⑦。镜台衣服在此。

【步步娇】（旦）袅晴丝吹来闲庭院，摇漾春如线⑧。停半晌、整花钿。没揣菱花，偷人半面，迤逗的彩云偏⑨。（行介）步香闺怎便把全身现⑩！

　　（贴）今日穿插的好。

【醉扶归】（旦）你道翠生生出落的裙衫儿茜，艳晶晶花簪八宝填⑪，可知我常一生儿爱好是天然⑫。恰三春好处无人见⑬。不提防沉鱼落雁鸟惊喧，则怕的羞花闭月花愁颤⑭。

注释：

①"梦回莺啭"三句：莺燕婉转的叫声将人从梦中唤醒，即使身处深闺，缭乱的春光依然随处可见。乱煞年光，缭乱的春光。小庭深院，小小的、深深的庭院，暗示身心受到禁锢。按，这是写杜丽娘清晨刚起床的情形，写出独居深闺，闷闷无聊的心情。

②"炷尽沉烟"三句：炉里的薰香已经燃尽，抛掉残断的绣线，今年春天和去年一样那么牵动情感。这三句虽是春香所唱，也暗示出时光流逝，春色扰人的闺房气氛。沉烟，沉水香，薰香用的香料。恁，那么。

③晓来望断梅关，宿妆残：写丽娘带着隔夜的残妆遥望远方。梅关，即大庾岭，又称"梅岭"，因遍植梅树得名，在广东、江西交界处。宿妆，隔夜的残妆。按，这是剧作者借了剧中人之口，向观众介绍一些剧中的主要情节。柳梦梅家住岭南，从广东到江西必经大庾岭，"望断梅关"，暗指杜丽娘日后朝思暮想的意中人就是柳梦梅，事实上杜丽娘当时并没有真的在望梅关。

④你侧着宜春髻子恰凭阑：这是通过春香的口描写杜丽娘的应时春妆。宜春髻子，古代立春习俗，女子剪彩色丝绸成燕子形，戴在髻上，彩绸上贴"宜春"二字，称"宜春髻"。

⑤"剪不断"三句：这是写杜丽娘不知道从哪里来的烦闷，割也割不断，越理越乱。无端，无因由，无缘无故。

⑥已分付催花莺燕借春看：这是说春香已经告诉催促开花的黄莺和燕子要爱惜春光，留给她们多看几看。

⑦云髻罢梳还对镜，罗衣欲换更添香：春香服侍丽娘梳妆更衣，服饰发髻烘托出丽娘娇艳飘逸的少女妆扮。罗衣，轻软丝织品织成的衣服。

⑧袅晴丝吹来闲庭院，摇漾春如线：幽静的庭院里吹来了丝絮，在春天的阳光里随风飘荡，这线线游丝引起了杜丽娘的万缕情丝。晴丝，晴朗的春天飘游在空中的游丝，也即后文所说的烟丝，虫类所吐的丝缕。清人李渔在《闲情偶寄》中

评点说:"《惊梦》首句云:'袅晴丝吹来闲庭院,摇漾春如线。'以游丝一缕,逗起情丝,发端一语,即费如许深心。"

⑨"停半晌"四句:梳妆时没在意眼波一转,镜子里现出个如花似玉的美女,顿时羞得她低头掩面,镜子里彩云似的发髻也随着偏歪了。没揣,没想到,蓦地。菱花,镜子。迤(tuó)逗,牵惹,引诱。彩云,美丽的发式。按,这里用拟人化的手法细写杜丽娘对镜梳妆时的神态和微妙心理。杜丽娘把镜子当成"偷窥者",衬托出丽娘的美丽,烘托出顾影自怜的娇羞之态。

⑩步香闺怎便把全身现:按,此句细腻地表现出杜丽娘此时矛盾的心理。她欣赏自己的美貌,又怕被人欣赏,她渴望游赏春天的美景,又怕父母知道了而受责备。

⑪你道翠生生出落的裙衫儿茜,艳晶晶花簪八宝填:指杜丽娘身上穿着鲜艳的裙衫,头上戴着光灿灿的宝石簪子。翠生生,颜色鲜艳。出落的,衬托出。茜,绛红色。花簪八宝填,镶嵌着多种宝石的簪子。在舞台表演中,随着唱腔的节奏,杜丽娘左右顾看自己的裙子,春香替她整簪。

⑫可知我常一生儿爱好是天然:从小爱美是天性使然。这是杜丽娘自身"青春之美"的觉醒。爱好,喜爱美丽。天然,天性。

⑬恰三春好处无人见:自己正值青春妙龄,却无人欣赏。三春,孟春、仲春、季春,泛指春天,比喻青春。唱到"无人见"时,二人同把扇子在面部左右晃三晃,做遮面的身段,表示无人看见。这种身段在昆曲里叫"三羞"。

⑭不堤防沉鱼落雁鸟惊喧,则怕的羞花闭月花愁颤:沉鱼落

雁、闭月羞花，分别指四大古典美女西施、王昭君、貂蝉和杨玉环，后用来形容女子的美貌。这里用以形容杜丽娘的美貌，也透露出杜丽娘对于青春美的赞叹。

（贴）早茶时了，请行。（行介）你看：画廊金粉半零星，池馆苍苔一片青。踏草怕泥新绣袜，惜花疼煞小金铃①。（旦）不到园林，怎知春色如许②！

【皂罗袍】原来姹紫嫣红开遍，似这般都付与断井颓垣③。良辰美景奈何天，赏心乐事谁家院④！恁般景致，我老爷和奶奶再不提起。（合）朝飞暮卷，云霞翠轩；雨丝风片，烟波画船⑤——锦屏人忒看的这韶光贱⑥！

（贴）是花都放了，那牡丹还早。

【好姐姐】（旦）遍青山啼红了杜鹃⑦，荼蘼外烟丝醉软⑧。春香呵，牡丹虽好，他春归怎占的先⑨！（贴）成对儿莺燕呵。（合）闲凝眄⑩，生生燕语明如剪⑪，呖呖莺歌溜的圆⑫。

（旦）去罢。（贴）这园子委是观之不足也。（旦）提他怎的！（行介）

【隔尾】观之不足由他缱，便赏遍了十二亭台是枉然⑬。到不如兴尽回家闲过遣。

（作到介）（贴）开我西阁门，展我东阁床。瓶插映山紫，炉添沉水香。小姐，你歇息片时，俺瞧老夫人去也。（下）

注释：

①"画廊金粉半零星"四句：零星，零落，衰颓败落。金铃，花名。按，这是写杜府后花园冷落的情形。

②不到园林，怎知春色如许：按，这是写杜丽娘被花园春色所震撼。

③原来姹紫嫣红开遍，似这般都付与断井颓垣（yuán）：姹紫嫣红，各种色彩艳丽的花。断井颓垣，断了的井栏，倒塌的短墙，形容庭院荒败的景象。按，这里写杜丽娘感叹烂漫春花可惜就这样与断井残垣为伴，寂寞无人欣赏，恰与自己"三春好处无人见"一般令人遗憾、伤感。"原来"二字写出面对"姹紫嫣红"的惊心动魄之感。吴吴山三妇合评本《牡丹亭》评语云："前云'眼见春如许'，见得却浅，此处不知却深。忽临春色，蓦地动魄，那不百端交集。"

④良辰美景奈何天，赏心乐事谁家院：良辰美景美好而难以持久，赏心乐事不知落在谁家谁院。奈何天，世事无常。杜丽娘感叹春色美好，却掩不住世事无常的伤感情绪。全句本谢灵运《拟魏太子邺中集诗》序："天下良辰美景赏心乐事，四者难并。"

⑤"朝飞暮卷"四句：描写花园里亭台水榭的美景。是杜丽娘看到翠轩、画船，联想起园内晴天和阴雨的景致。

⑥锦屏人忒看的这韶光贱：闺中人不曾珍重过这样的天然美景。这句带有杜丽娘相见恨晚的意味。锦屏人，深闺中人。韶光，春光。按，杜丽娘在花园里有两支曲子，这支【皂罗袍】着重描写杜丽娘的游春伤感。《玄雪谱》【皂罗袍】眉批："韶光不曰自带而曰人贱，文章妙处全在脱化。"

⑦啼红了杜鹃：开遍红色的杜鹃花。这是由杜鹃鸟泣血联想而来。

⑧荼蘼（tú mí）：花名，晚春时开放。

⑨牡丹虽好，他春归怎占的先：牡丹在夏初才开花，赶不上春天。杜丽娘以牡丹自比，暗自伤怀。

⑩凝眄（miǎn）：凝视。

⑪生生：形容有活力。明如剪：像锋利的剪刀一样明快清脆。

⑫呖呖莺歌溜的圆：溜的圆，形容叫声圆转、滑溜、流利。按，这支【好姐姐】是进了花园杜丽娘唱的第二支曲子，描绘杜丽娘看到的青山和花鸟等园中实景。

⑬观之不足由他缱（qiǎn），便赏遍了十二亭台是枉然：满园春光惹人留恋，可是即便赏遍了各处亭台，也难解春愁。缱，缠绵留恋。

点评：

　　《惊梦》全出戏由【绕池游】、【步步娇】等十二支曲组成，具体描写了杜丽娘梳妆、入园、观景、困倦、入梦、幽会、惊醒，以及残梦袅袅的全过程。后世昆曲演出本习惯上将前六支曲单划为一场戏，即将杜丽娘偕春香游园称为"游园"，把丽娘与柳梦梅在梦中幽会称为"惊梦"。二者合称"游园惊梦"。

　　"游园"一节，标志着杜丽娘从牢笼般的深闺走进了大自然。在经过择日、严妆之后，杜丽娘终于迈进了她百转千回想象和憧憬着的园林："不到园林，怎知春色如许！"在舞台上，杜丽娘在小锣里出场，九龙口站住，开始唱"梦回莺啭"，再慢慢地边唱边走，唱完"院"字，转身向里走去，接着春香就上场了。杜丽娘刚出场时披着斗篷，不能多做戏，所以身段不多（《梅兰芳讲解〈牡丹亭·游

园惊梦 >》)。闺门旦唱念讲究清、润、嗲。《游园》中，贴旦春香声音尖亮，明朗开放。闺门旦杜丽娘唱腔甜美、圆润、清亮，出声圆细，悠扬转折，如明珠走盘般晶莹圆转，还运用凤音、云音、鬼音、转喉等不同音色，凤音明亮圆润，云音高亢，鬼音幽咽、若断若续，极好地呈现了人物丰富复杂的情感。

本出中紧紧扣住大自然美好春光对杜丽娘心灵的启示和情感的震撼，通过探春、惊春、惜春、伤春的情感变化，细致入微地展现了杜丽娘青春觉醒的过程。

【绕池游】、【步步娇】、【醉扶归】三支曲子描写杜丽娘游园之前的心情。"炷尽沉烟，抛残绣线"、"剪不断、理还乱，闷无端"，生动刻画了杜丽娘满怀情愫困锁香闺的幽闷。"袅晴丝吹来闲庭院，摇漾春如线"，深院中难得一见的袅袅晴丝，与丽娘心中产生的一丝丝春情，都在摇漾飘荡，既显出她内心的寂寞，又表达出心灵深处的朦胧渴望。这里明写春景，暗写春情，巧妙地利用"晴丝"与"情思"谐音，将春情寓于春景之中。杜丽娘梳妆打扮时"没揣菱花，偷人半面，迤逗的彩云偏"、"不提防沉鱼落雁鸟惊喧，则怕的羞花闭月花愁颤"的震撼，正是对"青春"之美的发现与礼赞。所谓"可知我常一生儿爱好是天然"，正是"青春"的志诚和追求！梳妆之后，决心偷偷去游园，但礼教的规范及长期处于深闺的习惯，又使她心存顾虑："停半晌、整花钿"，"步香闺怎便把全身现"，含蓄细致地表现了她内心的矛盾。

【皂罗袍】写杜丽娘入园观景，每一景物都是杜丽娘心理的折射，每一感情都与景色相连。"良辰美景奈何天，赏心乐事谁家院"，将杜丽娘既惊诧于春光的无限美丽，又感叹春光易逝，惋惜春光被辜负的百感交集的复杂心理，完美地表现出来，具有极强的感染力。【好姐姐】"闲凝眄，生生燕语明如剪，呖呖莺歌溜的圆"，她意识到春光易逝，青春难久；这觉醒又使她感觉到自己并不像花儿、鸟儿那样的自由，她不禁乐尽悲生："观之不足由他缱，便赏遍了十二亭台是枉然。"她渴望自由舒展天性，感到从未有过的压抑，仿佛看到在春天的背后有一股冰冷逼人、摧杀一切生机的寒流。"姹紫嫣红"和"断井残垣"撩起了她"锦屏人忒看的这韶光贱"的哀伤，"牡丹虽好，他春归怎占的先"，一种无法迎春占先的青春焦虑，殷殷在目，跃然而出。这一切，便促成了杜丽娘"白日梦"的诞生。

游园，对于春香和杜丽娘二者的意味完全不同。春香何其率真，"溺尿去来"就率意闯入园林，漫不经心，无所顾忌；杜丽娘又何其委曲，要先在心头百转千回辩护一番，才慎重地克服戒律跨越障碍。一个未受过礼教教化的年幼丫鬟，一个诗礼熏陶的大家闺秀：春香不曾受到压抑，其焕发是浅层次的；杜丽娘则因一向的压抑，一旦焕发即是深层次的，具有生命哲学的深度。以往古代女子的伤春多半流于花谢水逝、红颜薄命的哀怨之中，而汤显祖的《惊梦》却透过杜丽娘伤春的表层，令人信服地揭示了这一大家闺秀内心深处生命本能的压抑和痛苦，将杜丽娘"伤春而亡"的悲剧演绎到了极致。

（旦叹介）默地游春转，小试宜春面。春啊，得和你两留连，春去如何遣？咳，恁般天气，好困人也。春香那里？（左右瞧介）（又低首沉吟介）天呵，春色恼人，信有之乎！常观诗词乐府，古之女子，因春感情，遇秋成恨，诚不谬矣。吾今年已二八，未逢折桂之夫；忽慕春情，怎得蟾宫之客？昔日韩夫人得遇于郎①，张生偶逢崔氏②，曾有《题红记》《崔徽传》二书。此佳人才子，前以密约偷期③，后皆得成秦晋④。（长叹介）吾生于宦族，长在名门。年已及笄⑤，不得早成佳配，诚为虚度青春，光阴如过隙耳。（泪介）可惜妾身颜色如花，岂料命如一叶乎⑥！

【山坡羊】没乱里春情难遣⑦，蓦地里怀人幽怨。则为俺生小婵娟，拣名门一例、一例里神仙眷⑧。甚良缘，把青春抛的远！俺的睡情谁见？则索因循腼腆⑨。想幽梦谁边，和春光暗流转⑩？迁延⑪，这衷怀那处言！淹煎⑫，泼残生⑬，除问天！

　　身子困乏了，且自隐几而眠⑭。（睡介）（梦生介）

注释：

①韩夫人得遇于郎：唐僖宗时，宫女韩氏以红叶题诗，从御沟中流出宫外，被书生于佑拾获。于佑也以红叶题诗，投入御沟，流入宫中，巧为韩氏拾得。后来两人结为夫妇。明代王骥德有戏曲《题红记》。

②张生偶逢崔氏：《西厢记》张生和崔莺莺的爱情故事。下文《崔徽传》写妓女崔徽和裴敬中恋爱故事。疑是《莺莺传》的笔误。

③偷期：幽会。

④秦晋：夫妇。春秋时秦晋两国世代联姻，后世称联姻为秦晋之好。

⑤及笄（jī）：十五岁。古代女子十五岁以笄束发表示成年，可以婚嫁。笄，发簪。

⑥命如一叶：命薄如叶。

⑦没乱里：形容心绪很乱。

⑧则为俺生小婵娟，拣名门一例、一例里神仙眷：生小婵娟，从小美丽。一例，一样。这是杜丽娘对未来婚姻的愿望。希望找到一个门第相当的如意郎君，美满得像神仙眷属一样。

⑨则索因循腼腆：只能守着规矩，将愿望藏在心里，不好意思表露出来。则索，只得。因循，沿袭。腼腆，害羞。

⑩流转：运行变迁。

⑪迁延：徘徊，停留不前。

⑫淹煎：受煎熬，遭折磨。

⑬泼残生：苦命儿。

⑭隐几：靠着几案。

（生持柳枝上）莺逢日暖歌声滑，人遇风情笑口开。一径落花随水入，今朝阮肇到天台①。小生顺路儿跟着杜小姐回来，怎生不见？（回看介）呀！小姐，小姐！（旦作惊起，相见介）（生）小生那一处不寻访小姐来，却在这里！（旦作斜视不语介）（生）恰好花园内折取垂柳半枝，姐姐，你既淹通书史②，可作诗以赏此柳枝乎？（旦作惊喜，欲言又止介）（背云）这生素昧平生，何因到此？（生笑介）小姐，咱爱杀你哩！

【山桃红】则为你如花美眷，似水流年，是答儿闲寻遍③。

在幽闺自怜。小姐，和你那答儿讲话去。（旦作含笑不行）（生作牵衣介）（旦低问介）④那边去？（生）转过这芍药栏前，紧靠着湖山石边。（旦低问）秀才，去怎的？（生低答）和你把领扣松，衣带宽，袖梢儿揾着牙儿苫也⑤，则待你忍耐温存一晌眠⑥。（旦作羞）（生前抱）（旦推介）（合）是那处曾相见，相看俨然⑦，早难道这好处相逢无一言？（生强抱旦下）

    （末扮花神束发冠，红衣插花上）催花御史惜花天⑧，检点春工又一年⑨。蘸客伤心红雨下⑩，勾人悬梦彩云边。吾乃掌管南安府后花园花神是也。因杜知府小姐丽娘，与柳梦梅秀才，后日有姻缘之分。杜小姐游春感伤，致使柳秀才入梦。咱花神专掌惜玉怜香，竟来保护他，要他云雨十分欢幸也。

【鲍老催】单则是混阳蒸变，看他似虫儿般蠢动把风情扇。一般儿娇凝翠绽魂儿颠⑪。这是景上缘，想内成，因中见⑫。呀！淫邪展污了花台殿⑬。咱待拈片落花儿惊醒他。（向鬼门丢花介）⑭他梦酣春透了怎留连？拈花闪碎的红如片。

    秀才，才到的半梦儿，梦毕之时，好送杜小姐仍归香阁。吾神去也。（下）

【山桃红】（生、旦携手上）（生）这一霎天留人便，草藉花眠。小姐可好？（旦低头介）（生）则把云鬟点，红松翠偏。小姐，休忘了呵，见了你紧相偎，慢厮连，恨不得肉儿般团成片也，逗的个日下胭脂雨上鲜⑮。（旦）秀才，你可去呵？（合前）

    （生）姐姐，你身子乏了，将息，将息。（送旦依前作睡介）（轻拍旦介）姐姐，俺去了。（作回顾介）姐姐，你可十分将息，我再来瞧你那。行来春色三分雨，睡去巫山一片云。（下）（旦作惊醒低

叫介）秀才，秀才，你去了也？（又作痴睡介）

注释：

①阮肇（zhào）到天台：指见到爱人，用刘晨和阮肇在天台山桃源洞遇见仙女的故事。汉代刘晨、阮肇共入天台山采药，遇两丽质仙女，被邀至家中，并招为婿。

②淹通：精通。

③是答儿：到处。

④旦低问：这里与下文"（旦低问）秀才，去怎的"，用明知故问写出杜丽娘对与情人欢会的紧张与期待。《玄雪谱》【山桃红】眉批曰："只消两低问，不觉一段春心和盘托出。"

⑤揾（wèn）：用手指按。苫（shàn）：遮盖。

⑥一晌（shǎng）：一会儿。

⑦俨（yǎn）然：熟悉的样子。

⑧催花御史：唐穆宗时宫中置惜花御史，料理盛开的鲜花。这里借为催花御史。花神为二十三出《冥判》伏案。

⑨检点：查点。春工：春季造化万物之工。

⑩蘸客：指落花如红雨沾在人的身上。

⑪"单则是混阳蒸变"三句：这是写花神眼中杜柳幽会的情景。混阳蒸变，混沌元阳蒸腾变幻，这里指和煦春光。

⑫"这是景上缘"三句：按佛家观点，杜丽娘和柳梦梅的爱情不过是幻影般的姻缘，在意念中形成，因特定的机缘造就，是虚幻的、短暂的、易逝的。景，影。因，佛教谓使事物生起、变化和坏灭的主要条件。见，现。

⑬展污：沾污，弄脏。

⑭鬼门：戏台上演员的上下场门。

⑮逗的个日下胭脂雨上鲜：此曲【山桃红】与上文【山桃红】
（则为你如花美眷）、【鲍老催】等三只曲子写到杜丽娘和柳
梦梅两人梦中幽会的情爱场景，旧时称为"粉戏"。

（老上）夫婿坐黄堂①，娇娃立绣窗。怪他裙衩上②，花鸟绣双双。
孩儿，孩儿，你为甚瞌睡在此？（旦作醒，叫秀才介）咳也！
（老）孩儿怎的来？（旦作惊起介）奶奶到此！（老）我儿何不做
些针指，或观玩书史，舒展情怀？因何昼寝于此？（旦）儿适花
园中闲玩，忽值春暄恼人③，故此回房。无可消遣，不觉困倦少
息。有失迎接，望母亲恕儿之罪。（老）孩儿，这后花园中冷静，
少去闲行。（旦）领母亲严命。（老）孩儿，学堂看书去。（旦）先生
不在，且自消停④。（老叹介）女孩家长成，自有许多情态，且自
由他。正是：宛转随儿女，辛勤做老娘。（下）（旦长叹介）（看
老旦下介）哎也天那！今日杜丽娘有些侥幸也。偶到后花园中，
百花开遍，睹景伤情，没兴而回。昼眠香阁，忽见一生，年可
弱冠⑤，丰姿俊妍。于园中折得柳丝一枝，笑对奴家说："姐姐既
淹通书史，何不将柳枝题赏一篇？"那时待要应他一声，心中自
忖⑥，素昧平生，不知名姓，何得轻与交言。正如此想间，只见
那生向前说了几句伤心话儿⑦，将奴搂抱去牡丹亭畔，芍药阑
边，共成云雨之欢。两情和合，真个是千般爱惜，万种温存。欢
毕之时，又送我睡眠，几声"将息"。正待自送那生出门，忽值
母亲来到，唤醒将来。我一身冷汗，乃是南柯一梦⑧。忙身参礼
母亲，又被母亲絮了许多闲话。奴家口虽无言答应，心内思想梦
中之事，何曾放怀。行坐不宁，自觉如有所失。娘呵，你教我学

堂看书去，知他看那一种书消闷也！（作掩泪介）

【绵搭絮】雨香云片⑨，才到梦儿边。无奈高堂，唤醒纱窗睡不便。泼新鲜冷汗黏煎，闪的俺心悠步弹⑩，意软鬟偏。不争多费尽神情⑪，坐起谁忺、则待去眠⑫。

（贴上）晚妆销粉印，春润费香篝⑬。小姐，薰了被窝睡罢。

【尾声】（旦）困春心游赏倦，也不索香薰绣被眠。天呵，有心情那梦儿还去不远。

　　　春望逍遥出画堂，张　说⑭
　　　间梅遮柳不胜芳。罗　隐⑮
　　　可知刘阮逢人处？许　浑⑯
　　　回首东风一断肠。韦　庄⑰

注释：

①黄堂：古代太守衙中的正堂。

②裙衩（chà）：衣裙。衩，衣裙两侧开口的地方。

③春暄：春暖。亦指春暖之时。

④消停：休息。

⑤弱冠：二十岁。古代男子二十岁行冠礼，表示已经成人。

⑥忖（cǔn）：思量。

⑦伤心话：贴心话。

⑧南柯一梦：指做梦。唐传奇《南柯太守传》，淳于棼梦见自己被大槐安国国王招为驸马，做南柯太守。历尽富贵荣华，人世浮沉。醒来才发现槐安国不过是大槐树下的一个蚁穴，南柯郡则是南面树枝下的另一个蚁穴。南柯，被用作梦的代称。

⑨雨香云片：指梦中的幽会。

⑩闪的俺：弄得我，害得我。心悠步躚（duǒ）：心里发虚，脚步偏斜。躚，偏斜。

⑪不争多：差不多，几乎。

⑫坐起谁忺（xiān）：无论起坐，都不适意。忺，安适，惬意。

⑬香篝（gōu）：即薰笼，薰香用。

⑭春望逍遥出画堂：语本张说《奉和圣制春日出苑应制》。这里指杜丽娘春天走出闺房。

⑮间梅遮柳不胜芳：语本罗隐《桃花》。这里指杜府花园中杨柳争春，百花盛开。

⑯可知刘阮逢人处：语本许浑《早发天台中岩寺度关岭次天姥岑》。这里指杜丽娘梦中与柳梦梅相逢欢会。

⑰回首东风一断肠：语本韦庄《春陌二首》之一。这里指杜丽娘梦醒后十分伤感。

点评：

　　"丽娘一梦，《还魂》皆活。"（吴梅《顾曲麈谈》）梦是《牡丹亭》全剧的关键。杜丽娘和柳梦梅的悲欢离合、生死相恋，皆由此一梦派生。从杜丽娘和春香游园后回到闺房，至【山坡羊】曲，是场景的一大转换，可视为由"游园"到"惊梦"的过渡。这个过渡情节的中心，是叙演杜丽娘游春后的伤春情怀。春香走后，杜丽娘低首沉吟："天呵，春色恼人，……不得早成佳配，诚为虚度青春。"游春，并没有将她的春情减少一分，相反，充溢于她少女之身的那种被自然春天挑起的春情，因受到抑制而炽热地燃烧。因此，一旦她"隐几而眠"，那不已的春情便将她引入一个从未经验的世界之中。杜丽娘做了一个甜美而神秘的梦。杜丽娘的梦，是一个觉醒的青春女性的梦。她因春生情，由情入梦，竟一下子梦到与情人柳梦梅宽衣解带，欢会于牡丹亭上。在青春版《牡丹亭》中，杜丽娘这时换上了一袭白衣，周身洁白轻柔，白衫裙上绣满翩翩飞舞的蝴蝶，将花开恋蝶的春梦盎然浮现在轻柔缥缈的洁白之上，既传达了梦境的朦胧，又有庄周梦蝶的妙意，也凸显了情色的旖旎缤纷。她与柳梦梅在花神的簇拥下相会，然后携手并肩，相倚相偎，缠缠绵绵，载歌载舞，将少女与情人欢会的娇羞与热烈表现得如诗如画。在梦中，与现实中的烦闷幽怨形成了鲜明反差，杜丽娘是如此的放松与满足，这是她体内自然人性的首次毫无压抑地释放。

【山桃红】（则为你如花美眷）这支曲子虽是柳梦梅所唱，但仍是杜丽娘梦中所生，因此，仍是杜丽娘自己的感情和语言。"则为你如花美眷，似水流年"一句，"如花美眷"是用他人的眼光来审视赞叹自己的美丽，"似水流年"一变而为对生命之花绚丽而短暂的花期和时光流转的慨叹，既有"不思而至"的灵动，又妙合杜丽娘梦中的情思跳跃、超越常情的思维特点。无怪乎曹雪芹在《红楼梦》第二十三回写林黛玉听了【皂罗袍】"不觉点头自叹，心下自思：原来戏上也有好文章，可惜世人只知看戏，未必能领略其中的趣味"。当听到"则为你如花美眷，似水流年"时，竟"仔细忖度，不觉心痛神驰，眼中落泪"。

花神用落花惊醒幽梦，杜丽娘惊梦而醒，不料却被走来的母亲"絮了许多闲话"。片刻间，她便体验到人世间与梦境的天壤之别。她魂牵梦绕，行坐不宁，"自觉如有所失"，不由地对家规礼法更加厌恶，不满道："娘呵，你教我学堂看书去，知他看那一种书消闷也！"对学堂念书的厌倦，正是自然天性与家法礼教的对立，是现实与理想的无情冲突。杜丽娘深感到现实的冷酷和礼教的重压，她悲伤落泪，她想去追寻梦中的一切，相信"那梦儿还去不远"。

游春生情、因情感梦、又因梦而惊，这里杜丽娘从"游园"到"惊梦"的感情起落发展的"三部曲"，十二支曲词意境优美，使得这出戏自始至终流动着一种内在的优雅的韵律之美。我们至此明白，汤显祖通过园林要写的就是春天，他要告诉人们一个被忘却了的、然而无比明媚的春天的存在。随着杜丽娘的情绪趋于热烈，那个物理性的有着建筑实体的园林隐去了，取而代之的是无穷无尽涌上来的声、光、色，是春天生命的集体喧哗，是生命喧哗中的灵魂悸动。似乎只在短短的瞬间，杜丽娘就经历了从天光乍泻到春色满园的生命巡礼。她走进了自己生命的春天。数天之后，她独自一个人，再度来到花园寻梦。

男女主角经典唱段【山桃红】和【皂罗袍】，在青春版《牡丹亭》中，成为全剧反复出现的主题音乐。这突出了人物的音乐个性，强化了戏剧情节和音乐之间的联系，使曲牌体各不相关的唱腔融为一体，全剧有了完整统一的音乐形象。

则为你如花美眷，似水流年，是答儿闲寻遍。在幽闺自怜。转过这芍药栏前，紧靠着湖山石边。和你把领扣松，衣带宽，袖梢儿搵着牙儿苫也，则待你忍耐温存一晌眠。

第十一出　慈　戒

（老旦上）昨日胜今日，今年老去年。可怜小儿女，长自绣窗前。几日不到女孩儿房中，午晌去瞧他，只见情思无聊，独眠香阁。问知他在后花园回，身子困倦。他年幼不知：凡少年女子，最不宜艳妆戏游空冷无人之处。这都是春香贱才逗引他。春香那里？（贴上）闺中图一睡，堂上有千呼。奶奶，怎夜分时节，还未安寝？（老）小姐在那里？（贴）陪过夫人，到香阁中，自言自语，淹淹春睡去了①。敢在做梦也？（老）你这贱才！引逗小姐后花园去。倘有疏虞②，怎生是了！（贴）以后再不敢了。（老）听俺分付：

【征胡兵】女孩儿只合香闺坐，拈花剪朵。问绣窗针指如何？逗工夫一线多③。更昼长闲不过，琴书外自有好腾那④。去花园怎么？

（贴）花园好景。（老）丫头，不说你不知：

【前腔】后花园窣静无边阔⑤，亭台半倒落。便我中年人要去时节，尚兀自里打个磨陀⑥。女儿家甚做作⑦？星辰高犹自可⑧。（贴）不高怎的？（老）厮撞着有甚不着科⑨，教娘怎么？

小姐不曾晚餐，早饭要早。你说与他：

（老）风雨林中有鬼神，　苏广文⑩
（贴）寂寥未是采花人。　郑　谷⑪
（老）素娥毕竟难防备，　段成式⑫
（贴）似有微词动绛唇。唐彦谦⑬

注释：

①淹淹：昏昏沉沉。

②疏虞（yú）：疏忽，失误。

③逗工夫一线多：日子长起来，可以比平时多做一些针线。逗，度，时间的延续。一线，刺绣时用完一根线的工夫。

④腾那：消遣。那，用同"挪"。

⑤窣（sū）静：幽静。

⑥尚兀自里：犹自。磨陀：徘徊，盘旋，此指犹豫。

⑦做作：作为，举动，所作所为。

⑧星辰高：指福大命大，运道好。星辰，流年。

⑨厮撞：相撞，碰上。不着科：不对头，意外。

⑩风雨林中有鬼神：语本苏广文《自商山宿隐居》。这里是杜母告诫春香花园中会有鬼神。

⑪寂寥未是采花人：语本郑谷《蜀中春日》。这里是春香道出杜丽娘深闺寂寞。

⑫素娥毕竟难防备：语本段成式《嘲元中丞》。这里是杜母告诫春香女孩子要时刻防备冲撞了鬼神。素娥，嫦娥，此指杜丽娘。

⑬似有微词动绛唇：语本唐彦谦《绯桃》。这里指春香表示要委婉地规劝杜丽娘。微词，很婉转地规劝。

点评：

"慈戒"，慈母的训诫。本出写杜丽娘自游园之后，精神困倦，无心读书。杜母见到女儿神思恍惚的样子，告诫春香不可再带小姐游园赏春。

《训女》一出主要表现父女之情，本出主要写母女之情。杜母视丽娘为掌上珠，十分娇宠女儿。杜丽娘游后花园后昼眠，杜母归罪于春香，嫌春香撺掇小姐游园。吴吴山三妇合评本《牡丹亭》曰："不责小姐而责丫头，总是娇惜女儿。"王思任《批点玉茗堂〈牡丹亭〉叙》指出："杜丽娘之妖也，柳梦梅之痴也，老夫人之软也，杜安抚之古执也，陈最良之雾也，春香之贼牢也，无不从筋节窍髓，以探其七情生动之微也。""软"点出了杜母作为母亲娇养女儿的态度。她不像杜宝那样期盼女儿淹通书史，光耀门楣，她只期望女儿招得个好女婿，因而对丽娘的管束教养不像杜宝那样严格，而且她也意识到"女孩家长成，自有许多情态，且自由他"，对于女儿的教育采取比较宽容的态度。

　　但毕竟"相夫教子"是杜母的主要责任，《训女》一出中，因"纵容女孩儿闲眠"，杜母已经被杜宝责怪为"娘亲失教"。因此，在教导女儿这件事上，杜母也表示接受教训，"儿呵，爹三分说话你自心模，难道八字梳头做目呼"，并且学会了丈夫见微知著、杜渐防微的工夫，后来处处认真观察女儿的思想状态，当发现其衣裙的花样出现变化，"怪她裙衩上，花鸟绣双双"，便分外警惕了。她看到女儿昼寝绣房，便敦促女儿回学堂看书去。可见，杜母与杜宝对待杜丽娘的基本原则是一致的，"女孩儿只合香闺坐，拈花剪朵"。杜母并不能真正从思想上理解丽娘。《慈戒》一出已经显示出丽娘与母亲即使在言语上没有正面交锋，但在心理上已然背道而驰。

　　《慈戒》是一出短的过场戏，介于《惊梦》《寻梦》两出大戏之间，起到衔接场子、调剂剧情、间隔时间的作用。这出戏也是后文杜丽娘患病的先声。在杜母甄氏看来，花园是"空冷无人之处"，隐藏着"花妖木客"。这鬼怪之说，流露了杜母的担忧，剧情的发展也将印证杜母的担忧。杜母想以此鬼怪之说警诫杜丽娘，然而在这警诫背后，园林依然还是深具诱惑力的探险空间，杜丽娘还是不顾一切地重新返回园林，寻找逝去的刻骨铭心的一梦。

第十二出 寻 梦

【夜游宫】（贴上）腻脸朝云罢盥，倒犀簪斜插双鬟①。侍香闺起早，睡意阑珊：衣桁前，妆阁畔，画屏间②。

伏侍千金小姐，丫鬟一位春香。请过猫儿师父，不许老鼠放光。侥幸《毛诗》感动，小姐吉日时良。拖带春香遣闷，后花园里游芳。谁知小姐瞌睡，恰遇着夫人问当③。絮了小姐一会，要与春香一场④。春香无言知罪，以后劝止娘行。夫人还是不放，少不得发咒禁当⑤。（内介）春香姐，发个甚咒来？（贴）敢再跟娘胡撞，教春香即世里不见儿郎⑥。虽然一时抵对⑦，乌鸦管的凤凰？一夜小姐焦躁，起来促水朝妆。由他自言自语，日高花影纱窗。（内介）快请小姐早膳。（贴）报道官厨饭熟，且去传递茶汤。（下）

【月儿高】（旦上）几曲屏山展，残眉黛深浅。为甚衾儿里不住的柔肠转？这憔悴非关爱月眠迟倦，可为惜花，朝起庭院？

忽忽花间起梦情，女儿心性未分明。无眠一夜灯明灭，分煞梅香唤不醒⑧。昨日偶尔春游，何人见梦？绸缪顾盼⑨，如遇平生。独坐思量，情殊怅怳⑩。真个可怜人也。（闷介）（贴捧茶食上）香饭盛来鹦鹉粒⑪，清茶擎出鹧鸪斑⑫。小姐早膳哩。（旦）咱有甚心情也！

【前腔】梳洗了才匀面，照台儿未收展⑬。睡起无滋味，茶饭怎生咽？（贴）夫人分付，早饭要早。（旦）你猛说夫人，则待把饥人劝。你说为人在世，怎生叫做吃饭？（贴）一日三餐。

（旦）咳，甚瓯儿气力与擎拳，生生的了前件⑭。

你自拿去吃便了。（贴）受用余杯冷炙，胜如剩粉残膏。（下）

注释：

①腻脸朝云罢盥，倒犀簪斜插双鬟：写春香的梳洗妆扮。腻
脸，细嫩的脸庞。朝云，女子头发。犀簪，犀角做的簪子。

②"侍香闺起早"五句：指春香为服侍小姐早早起床，睡
意未消，就在衣架、妆阁、画屏间处处忙个不停。衣桁
（hàng），衣架。

③问当：问。当，助词。犹"着"。

④一场：这里指打一场或骂一场。

⑤禁（jīn）当：抵对，对付。

⑥即世里不见儿郎：一辈子嫁不到丈夫。即世，现世。

⑦抵对：回答，应付。

⑧分煞：即忿煞，生气。分，通"忿"。

⑨绸缪（móu）：亲密缠绵。

⑩怅恍：恍惚。

⑪鹦鹉粒：米饭。唐杜甫《秋兴》："香稻啄余鹦鹉粒。"

⑫鹧鸪斑：带有鹧鸪斑纹的茶盏。也有人认为是形容盏中茶影
似鹧鸪斑。

⑬照台儿：镜台。

⑭甚瓯儿气力与擎拳，生生的了前件：哪有气力捧碗吃饭，勉
强算吃过了。擎拳，举手，犹言一举手之力。前件，指吃饭。

（旦）春香已去。天呵，昨日所梦，池亭俨然。只图旧梦重来，

其奈新愁一段。寻思展转，竟夜无眠。咱待乘此空闲，背却春
香，悄向花园寻看。(悲介)哎也！似咱这般，正是：梦无彩凤双
飞翼，心有灵犀一点通①。(行介)一径行来，喜的园门洞开，守
花的都不在。则这残红满地呵！

【懒画眉】最撩人春色是今年。少甚么低就高来粉画垣，
原来春心无处不飞悬②。(绊介)哎，睡荼蘼抓住裙衩线，恰
便是花似人心好处牵。

　　这一湾流水呵！

【前腔】为甚呵玉真重溯武陵源③？也则为水点花飞在眼
前。是天公不费买花钱，则咱人心上有题红怨。咳，辜负
了春三二月天。

　　(贴上)吃饭去，不见了小姐，则得一径寻来。呀！小姐，你在
　　这里！

【不是路】何意婵娟，小立在垂垂花树边④。才朝膳，个
人无伴怎游园？(旦)画廊前，深深蓦见衔泥燕，随步
名园是偶然。(贴)娘回转，幽闺窜地教人见⑤，那些儿
闲串⑥？那些儿闲串？

【前腔】(旦作恼介)哓！偶尔来前，道的咱偷闲学少年。
(贴)咳，不偷闲，偷淡。(旦)欺奴善，把护春台都猜做谎桃
源⑦。(贴)敢胡言，这是夫人命，道春多刺绣宜添线，润逼
炉香好腻笺⑧。(旦)还说甚来？(贴)这荒园堑⑨，怕花妖木客
寻常见⑩。去小庭深院，去小庭深院！

　　(旦)知道了。你好生答应夫人去，俺随后便来。(贴)闲花傍砌
　　如依主，娇鸟嫌笼会骂人。(下)

注释：

①梦无彩凤双飞翼，心有灵犀一点通：人虽不相见，心却可以相通。语出唐李商隐《无题》诗句，原诗"梦"作"身"。灵犀，通灵的犀角。

②少甚么低就高来粉画垣，原来春心无处不飞悬：意即重重粉墙关不住满园春色。少甚么，多的是。

③玉真重溯武陵源：自己到花园里来寻梦。玉真，仙人，特指仙女。武陵源，亦作"武陵溪"。东汉刘晨、阮肇入天台山迷不得返，饥食桃果，寻水得大溪，溪边遇仙女，并获款留。及出，已历七世，复往，不知何所。

④垂垂：形容花朵下垂。

⑤窄地：突然。

⑥闲串：闲逛。

⑦护春台：指花园。春台，春日登眺览胜之处。

⑧腻笺：处理纸张使它更为滑润便于书写。此指读书。

⑨堑（qiàn）：指花园里山石沟壑幽深。

⑩木客：山中的精怪。

（旦）丫头去了，正好寻梦。

【忒忒令】那一答可是湖山石边，这一答似牡丹亭畔。嵌雕阑芍药芽儿浅，一丝丝垂杨线，一丢丢榆荚钱①。线儿春甚金钱吊转！

呀，昨日那书生将柳枝要我题咏，强我欢会之时，好不话长！

【嘉庆子】是谁家少俊来近远，敢迤逗这香闺去沁园②？话到其间腼腆。他捏这眼，奈烦也天；咱噷这口，待酬言③。

【尹令】那书生可意呵，咱不是前生爱眷，又素乏平生半面。则道来生出现，乍便今生梦见。生就个书生④，恰恰生生抱咱去眠⑤。

那些好不动人春意也！

【品令】他倚太湖石，立着咱玉婵娟。待把俺玉山推倒⑥，便日暖玉生烟⑦。捱过雕阑，转过秋千，揸着裙花展⑧。敢席着地，怕天瞧见。好一会分明，美满幽香不可言。

梦到正好时节，甚花片儿吊下来也！

【豆叶黄】他兴心儿紧咽咽⑨，呜着咱香肩⑩。俺可也慢掂掂做意儿周旋⑪。等闲间把一个照人儿昏善，那般形现，那般软绵⑫。忒一片撒花心的红影儿，吊将来半天⑬。敢是咱梦魂儿厮缠？

注释：

①一丢丢：一串串。榆荚钱：如钱的榆荚。榆荚是榆树的果实，圆形如钱，又叫榆钱。

②迤逗这香闺去沁园：逗引小姐我到花园里去。香闺，闺中小姐。沁园，东汉明帝沁水公主的园林，借作花园的代称。

③"他捱这眼"四句：这是杜丽娘回忆梦中幽会时两人情态。捱这眼，眯着眼睛斜视。捱，通"也"。奈烦也天，极言少年对她温柔体贴，百般爱惜。嗽（xīn），开。酬言，回答。

④生就：半推半就。

⑤恰恰生生：怯生生，羞答答。《玄雪谱》【尹令】眉批："结想如春蚕，一丝一丝缠绵无已，却又丝丝香脆。"

⑥玉山：身体。

⑦日暖玉生烟：唐李商隐《锦瑟》："蓝田日暖玉生烟。"这里
　指成就男女情事。

⑧掯（kèn）：卡住。

⑨兴心儿：着意，尽意。紧咽咽：即紧。

⑩呜：亲吻。

⑪慢掭掭：慢吞吞。做意儿：着意。

⑫"等闲间把一个照人儿昏善"三句：轻易地把一个明白的人
　弄得这般昏迷适意，到了那般真切、软绵的地步。照人儿，
　本指镜中人，这里有明朗、明白的意思，杜丽娘用来指自
　己。善，适意。形现，活灵活现。

⑬忑（tè）一片撒花心的红影儿，吊将来半天：指梦中被花神
　从天撒下的花片惊醒。忑，惊异。

　　　咳！寻来寻去，都不见了！牡丹亭，芍药阑，怎生这般凄凉冷
　　落，杳无人迹？好不伤心也！（泪介）

【玉交枝】是这等荒凉地面，没多半亭台靠边，好是咱眯
眯色眼寻难见①。明放着白日青天，猛教人抓不到魂梦
前。霎时间有如活现，打方旋再得俄延②，呀，是这答
儿压黄金钏匾。

　　　要再见那书生呵，

【月上海棠】怎赚骗，依稀想像人儿见。那来时荏苒③，
去也迟延。非远，那雨迹云踪才一转，敢依花傍柳还重
现。昨日今朝，眼下心前，阳台一座登时变④。

　　　再消停一番。（望介）呀，无人之处，忽然大梅树一株，梅子磊磊

可爱。

【二犯幺令】偏则他暗香清远，伞儿般盖的周全。他趁这，他趁这春三月红绽雨肥天⑤，叶儿青。偏迸着苦仁儿里撒圆⑥。爱煞这昼阴便，再得到罗浮梦边⑦。

　　罢了，这梅树依依可人，我杜丽娘若死后，得葬于此，幸矣。

【江儿水】偶然间心似缱⑧，梅树边。这般花花草草由人恋，生生死死随人愿，便酸酸楚楚无人怨⑨。待打并香魂一片，阴雨梅天，守的个梅根相见。（倦坐介）

注释：

①眯曛色眼：俗语，形容眼神不好。

②打方旋再得俄延：希望梦中的情景能在眼前重现，多停留一会儿。打方旋，盘旋，徘徊。

③荏苒（rěn rǎn）：指不知不觉到来。

④阳台：战国楚宋玉《高唐赋》序记楚襄王游高唐，遇巫山神女欢会，神女告辞时说："妾在巫山之阳，高丘之岨，旦为朝云，暮为行雨，朝朝暮暮，阳台之下。"后遂以"阳台"指男女欢会之所。此指花园中牡丹亭等处。

⑤红绽雨肥天：梅子成熟的时候。

⑥偏迸着苦仁儿里撒圆：双关语，怨梅子偏在她苦命人面前结得圆圆的。按，上句"偏则他暗香清远，伞儿般盖的周全"，也用来反衬丽娘的孤单。两句都以"偏"字开始，表达了杜丽娘的幽怨。

⑦再得到罗浮梦边：意指能和情人再在梦里相会。罗浮梦边，《龙城录》卷上《赵师雄醉憩梅花下》记载：隋代赵师雄在

罗浮山遇见了美人，一起饮酒。他喝醉就睡着了。天亮醒来，才发现自己是在一棵大梅花树下。

⑧偶然间心似缱（qiǎn）：突然间心绪纠结缠绵。缱，纠缠萦绕，固结不解。

⑨"这般花花草草由人恋"三句：如果要爱什么就爱什么，生死都由自己决定，那么就没有人哭哭啼啼、怨天尤命了。《玄雪谱》【江儿水】眉批："絮絮答答说个不了，若可解若不可解，每一到眼入耳不觉令人心碎。"

（贴上）佳人拾翠春亭远①，侍女添香午院清。咳，小姐走乏了，梅树下盹。

【川拨棹】你游花院，怎靠着梅树偃？（旦）一时间望，一时间望眼连天，忽忽地伤心自怜。（泣介）（合）知怎生情怅然，知怎生泪暗悬？

（贴）小姐甚意儿？

【前腔】（旦）春归人面，整相看无一言，我待要折，我待要折的那柳枝儿问天，我如今悔不与题笺。（贴）这一句猜头儿是怎言②？（合前）

（贴）去罢。（旦作行又住介）

【前腔】为我慢归休，缓留连。（内鸟啼介）听，听这不如归春暮天，难道我再，难道我再到这亭园，则挣的个长眠和短眠③！（合前）

（贴）到了，和小姐瞧奶奶去。（旦）罢了。

【意不尽】软咍咍刚扶到画阑偏④，报堂上夫人稳便。咱杜丽娘呵，少不得楼上花枝也则是照独眠⑤。

（旦）武陵何处访仙郎？释皎然⑥

（贴）只怪游人思易忘。韦　庄⑦

（旦）从此时时春梦里，白居易

（贴）一生遗恨系心肠。张　祜⑧

注释：

①拾翠：拾取翠鸟羽毛以为首饰。后多指妇女游春。

②猜头儿：谜。

③难道我再到这亭园，则挣的个长眠和短眠：难道我只有在死
　后和梦中才能再到这亭园？长眠，指死亡。短眠，指做梦。
　按，三支【川拨棹】曲子，连续出现"一时间望，一时间望
　眼连天"、"我待要折，我待要折的那柳枝儿问天"、"难道
　我再，难道我再到这亭园"等重复断续的语句，表现出杜丽
　娘哽咽、悲泣的神情与语调。

④软哈哈（hāi）：软绵绵。

⑤少不得楼上花枝也则是照独眠：《玄雪谱》本出批语："此出
　日寻梦，处处就寻梦点眼，几至画龙飞去，所以为文人之妙
　笔也。"

⑥武陵何处访仙郎：语本皎然《晚春寻桃源观》。这里指杜丽
　娘寻梦不得。

⑦只怪游人思易忘：语本韦庄《和人春暮书事寄崔秀才》。这
　里实为反语，意谓对梦境难以忘怀。

⑧从此时时春梦里，一生遗恨系心肠：上句语本白居易《题令
　狐家木兰花》，下句语本张祜《太真香囊子》。这里指杜丽
　娘从此因梦生情，暗示终将因情而病而亡。

点评：

在《惊梦》的尾声，杜丽娘唱道："那梦儿还去不远。"在间隔一出极短的《慈戒》之后，紧接着就是《寻梦》，场子跟得这样紧凑，显示出杜丽娘急不可待地想重温梦境、再见情人的迫切心情。"惊梦"的潜意识是不满现实，在梦中回避现实；而"寻梦"的潜意识则是挑战现实，要把梦变成现实。在"慈戒"之后仍去"寻梦"，说明此时杜丽娘已从梦境受到启发，陡然觉醒，她要冲破束缚，主动而大胆地寻找自己的爱情。春香催促她用早膳时，她直言："你说为人在世，怎生叫做吃饭？"这看似无理的一问，实际上是一梦所催醒的丽娘对人生意义的思考。打发春香走开，杜丽娘自己草草梳洗要去寻梦，此处吴吴山三妇合评本评道："前次游园，浓妆艳饰；今番寻梦，草草梳头，极有神理。"

"最撩人春色是今年。少甚么低就高来粉画垣，原来春心无处不飞悬。哎，睡荼蘼抓住裙衩线，恰便是花似人心好处牵。"在空寂的后花园里，粉墙春色勾出了杜丽娘内心深处的秘密，冷不防荼蘼花刺挂住长裙，要牵她往情人处。此时的她难掩心中的激动，仿佛真有情人在等着她约会一般。"那一答可是湖山石边，这一答似牡丹亭畔"，杜丽娘絮絮叨叨，梦呓般细细寻找，亦真亦幻地求证着梦中的一切。【忒忒令】、【嘉庆子】、【尹令】、【品令】、【豆叶黄】等曲子重温昨日的兴奋与甜蜜，"这一答"、"那一答"都让丽娘重回梦中，极尽缱绻不能自拔。"他兴心儿紧咽咽，呜着咱香肩。俺可也慢揸揸做意儿周旋"，杜丽娘回忆起幽会时梦中情人的神态、动作，完全又幸福而羞涩地沉浸于梦境。可同一座牡丹亭，同一处芍药栏，不见了梦中的美满幽香，如今是满目凄凉。杜丽娘从梦中回过神来，现实与梦境越是不同，她越是想寻找到梦境，可越寻觅越冷清伤心。"咳！寻来寻去，都不见了！"从这一声中可以感受到杜丽娘几近于绝望的痛苦。从此之后，【玉交枝】曲子转为哀伤凄楚，声音哽咽。"明放着白日青天，猛教人抓不到魂梦前"，梦境终不能寻到，她顿时陷入深深的焦灼，进而是失落、哀伤。【月上海棠】"昨日今朝，眼下心前，阳台一座登时变"，这突然地变化，让她难以承受，更难以接受。能自由选择爱情，能自己决定命运，就好了！"这般花花草草由人恋，生生死死随人愿，便酸酸楚楚无人怨"，【江儿水】曲文三用叠字表现丽娘缠绵悱恻百转千回的心潮，这心灵深处的呐喊婉婉转转、凄凄切切，却又是那样的深沉、坚决和强烈！这一段戏文一气呵成，步步深入，极富层次感地诠释出丽娘寻梦时的一腔痴情。茅暎朱墨本评曰："此等情景，无论他人不能道，即临川放笔后，恐亦不能再得。"

　　拼死向往的这亭园，真是"从此时时春梦里，一生遗恨系心肠"！一出《寻梦》就这样酣畅淋漓而又情致缠绵地结束了。绕梁的余音，令人唏嘘弹泪、扼腕断肠。清人焦循《剧说》引《蛾术堂闲笔》云："杭有女伶商小玲者，以色艺称，于《还魂记》尤擅场。尝有所属意，而势不得通，遂郁郁成疾。每作杜丽娘《寻梦》《闹殇》诸剧，真若身其事者，缠绵凄婉，泪痕盈目。一日演《寻梦》，唱'待打并香魂一片，阴雨梅天，守得个梅根相见'，盈盈界面，随声倚地。春香上视之，已气绝矣。"

这般花花草草由人恋，生生死死随人愿，便酸酸楚楚无人怨。待打并香魂一片，阴雨梅天，守的个梅根相见。

第十三出 诀 谒

【杏花天】（生上）虽然是饱学名儒，腹中饥峥嵘胀气①。梦魂中紫阁丹墀②，猛抬头，破屋半间而已。

　　蛟龙失水砚池枯，狡兔腾天笔势孤③。百事不成真画虎④，一枝难稳又惊乌。我柳梦梅在广州学里，也是个数一数二的秀才，捱了些数伏数九的日子。于今藏身荒圃，寄口髯奴⑤。思之，思之，惶愧，惶愧。想起韩友之谈，不如外县傍州，寻觅活计。正是：家徒四壁求杨意⑥，树少千头愧木奴⑦。老园公那里？

【字字双】（净扮郭驼上）前山低坬后山堆⑧，驼背。牵弓射弩做人儿，把势⑨。一连十个偌来回，漏地⑩。有时跌做绣球儿，滚气。

　　自家种园的郭驼子是也。祖公公郭橐驼，从唐朝柳员外来柳州。我因兵乱，跟随他二十八代玄孙柳梦梅秀才的父亲，流转到广，又是若干年矣。卖果子回来，看秀才去。（见介）秀才，读书辛苦。（生）园公，正待商量一事。我读书过了廿岁，并无发迹之期。思想起来，前路多长，岂能郁郁居此。搬柴运水，多有劳累，园中果树，都判与伊⑪。听我道来：

注释：

①峥嵘：形容山势高峻，这里指一肚皮的闷气。

②梦魂中紫阁丹墀（chí）：梦想在朝廷做官。紫阁丹墀，指代皇帝宫殿。

③狡兔腾天：此用元胡天游《无笔叹》中"山中老颖飞上天"

句意，谓毛笔写秃了。狡兔，古代有兔毫笔，故这里以兔指笔。

④画虎：画虎不成反类犬的省语。比喻好高骛远，终无成就，反贻笑柄。

⑤寄口髯（rán）奴：倚靠奴仆为生。髯奴，汉代王褒《僮约》写到的一个奴仆的名字。髯，胡子。

⑥求杨意：指求人荐引。杨意，西汉杨得意。经他介绍，辞赋家司马相如才为汉武帝所赏识。

⑦树少千头愧木奴：果树少，不能维持生活。木奴，东晋习凿齿《襄阳耆旧传》载，三国吴丹阳太守李衡，种了一千株橘树留给儿子，说这是"千头木奴"，以后生活不用愁了。

⑧前山低坬（guà）后山堆：形容腹部凹下、背部隆起的样子。坬，土堆。

⑨把势：行家，老手。这里指装样子。

⑩漏地：走不快，走不稳。

⑪判：分。

【桂花锁南枝】俺有身如寄，无人似你。俺吃尽了黄淡酸甜①，费你老人家浇培接植。你道俺像甚的来？镇日里似醉汉扶头②，甚日的和老驼伸背？自株守③，教怨谁？让荒园，你存济④。

【前腔】（净）俺橐驼风味，种园家世。（揖介）不能觳展脚伸腰，也和你鞠躬尽力⑤。秀才，你贴了俺果园，那里去？（生）坐食三餐，不如走空一棍。（净）怎生叫做一棍？（生）混名打秋风哩⑥！（净）咳！你费工夫去撞府穿州⑦，不如依本分登科及第。(生)你说打秋风不好？"茂陵刘郎秋风客"⑧，到大来做了皇帝⑨。(净)秀才，不要攀今吊古的。你待秋风谁？你道滕王阁，风顺随⑩，则怕鲁颜碑，响雷碎⑪。

(生)俺干谒之兴甚浓⑫，休的阻挡。(净)也整理些衣服去。

【尾声】把破衫衿彻骨搥挑洗⑬。(生)学干谒黄门一布衣⑭。
(净)秀才，则要你衣锦还乡俺还见的你。

　　　　(生)此身飘泊苦西东，杜　甫⑮
　　　　(净)笑指生涯树树红。陆龟蒙⑯
　　　　(生)欲尽出游那可得？武元衡⑰
　　　　(净)秋风还不及春风。王　建⑱

注释：

①黄淡：咸淡。

②扶头：形容醉态。

③自株守：自己不出去想办法。株守，守株待兔的省语。

④存济：存活，过生活。

⑤不能觳展脚伸腰，也和你鞠躬尽力：双关两个意义，一为"不能下拜，就作个揖吧"，一为"不死，就为你效劳"。用语形象又影射驼背。展脚伸腰，下拜；俗语指死亡。鞠躬，指作揖；又为鞠躬尽瘁的省语。尽力，指为对方效劳。

⑥打秋风：谓假借各种名义向人索取财物。

⑦撞府穿州：即冲州撞府。意为到处漂荡，行止无定。

⑧茂陵刘郎秋风客：指汉武帝。他的陵墓叫茂陵，曾作过《秋风辞》诗。秋风，双关"打秋风"。语出唐李贺《金铜仙人辞汉歌》。

⑨到大来：到头来。

⑩滕王阁，风顺随：指运气好。传说唐诗人王勃乘船去往南昌，停泊在马当山（在今江西彭泽东北），山神助其一帆顺风，六七百里一夜即到，正赶上参加洪州牧阎伯屿在滕王阁举行的宴会，写下了著名的《滕王阁序》。

⑪荐颜碑，响雷碎：指运气坏。宋代范仲淹作鄱阳太守时，书生张镐上诗甚工，自言饥寒。时荐福寺碑墨本值千钱，范仲淹想为他拓印千本，售于京师，没想到纸墨已备，当天晚上，碑石被雷击毁。上两句是元明戏剧小说中常用语："时来风送滕王阁，运去雷轰荐福碑。"

⑫干谒：为谋求禄位而请见当权的人。

⑬彻骨：彻底。捶（chuí）挑洗：捶洗。

⑭黉（hóng）门：指学校。

⑮此身飘泊苦西东：语本杜甫《清明二首》之二。这里指柳梦梅准备外出干谒，又为四处漂泊而伤感。

⑯笑指生涯树树红：语本陆龟蒙《阖闾城北有卖花翁讨春之士往往造焉因招袭美》。这是郭驼勉励他当相信前途一片光明。

⑰欲尽出游那可得：语本武元衡《春题龙门香山寺》。这里指柳梦梅对干谒的结果心怀忧虑。

⑱秋风还不及春风：语本王建《未央风》。这里指干谒打秋风终比不上登科及第。春风，进士试在春季举行，这里指登进士第。

点评：

"诀谒"一出写困居岭南的柳梦梅饱读诗书，却寄身荒圃，他准备接受朋友韩子才的建议，决定干谒钦差识宝使臣苗舜宾。于是他跟家里老园工郭驼道别，郭驼也凑足银两送柳生上路。

柳梦梅自恃满腹治国经邦之才，对荣华富贵朝思暮想，却"只恨未遭时势，不免饥寒"，靠老奴郭橐驼种树卖果为生，满腹的委屈和心酸。为求仕进，他不得已走上干谒之路。他告别老驼时自嘲"走空一棍"、"打秋风"，貌似洒脱，其实是无奈和屈辱。

热衷于功名，甚至为了求取功名而干谒权贵，是封建时代文人的普遍行为。汤显祖设计柳梦梅干谒权贵这一情节显然增强了这一人物的真实性和现实性。这一情节也折射了汤显祖个人的人生经历。汤显祖自己是拒绝干谒权贵以求取功名的，曾两次拒绝权臣延揽。他二十一岁考取举人时名满天下，因拒绝了权臣张居正的延揽，结果几次春试都名落孙山，直至张居正去世次年才考中进士。而此时首辅申时行等又来拉拢他，汤显祖再次敬谢不敏，结果他只能到南京做个闲职。作者愤慨于颠倒黑白的官场，贤愚莫辨的朝廷，对于不得已而借干谒以求进取、又最终保持正直人格的行为，是寄予同情的。

本出的一句下场诗"秋风还不及春风"，暗示柳梦梅最后并不是通过干谒获取功名富贵，而是通过科场考试折了"蟾宫桂"。作者显然于此设置悬念，预示下面情节。

第十四出　写　真

【破齐阵】（旦上）径曲梦回人杳，闺深佩冷魂销。似雾
濛花，如云漏月，一点幽情动早①。（贴上）怕待寻芳迷
翠蝶，倦起临妆听伯劳②。春归红袖招。

    【醉桃源】（旦）不经人事意相关，牡丹亭梦残。（贴）断肠春色在
    眉弯，倩谁临远山③？　　（旦）排恨叠，怯衣单，花枝红泪弹④。
    （合）蜀妆晴雨画来难，高唐云影间⑤。（贴）小姐，你自花园游
    后，寝食悠悠⑥，敢为春伤，顿成消瘦？春香愚不谏贤，那花园
    以后再不可行走了。（旦）你怎知就里？这是：春梦暗随三月景，
    晓寒瘦减一分花。

【刷子序犯】（旦低）春归恁寒悄，都来几日⑦，意懒心乔⑧，
竟妆成熏香独坐无聊。逍遥，怎划尽助愁芳草，甚法儿
点活心苗⑨？真情强笑为谁娇？泪花儿打迸着梦魂飘。

【朱奴儿犯】（贴）小姐，你热性儿怎不冰着，冷泪儿几曾
干燥？这两度春游忒分晓⑩，是禁不的燕抄莺闹。你自
窨约⑪，敢夫人见焦。再愁烦，十分容貌怕不上九分瞧。

    （旦作惊介）咳！听春香言话，俺丽娘瘦到九分九了。俺且镜前
    一照，委是如何⑫？（照，悲介）哎也！俺往日艳冶轻盈，奈何
    一瘦至此！若不趁此时自行描画，流在人间，一旦无常⑬，谁知
    西蜀杜丽娘有如此之美貌乎？春香，取素绢、丹青，看我描画。
    （贴下取绢、笔上）三分春色描来易，一段伤心画出难。绢幅、
    丹青，俱已齐备。（旦泣介）杜丽娘二八春容，怎生便是杜丽娘自
    手生描也呵！

注释：

① "径曲梦回人杳"五句：指杜丽娘从牡丹亭相会的梦中醒来，情人远去，幽闺独处，寂寞迷惘，黯然伤神。

② 伯劳：鸟名。仲夏始鸣，好单栖息。这里表示夏季，也暗喻女子孤单的处境。

③ 断肠春色在眉弯，倩谁临远山：眉宇间是伤春的悲情，请谁来为自己画眉呢？倩，请。临远山，画眉。有张敞画眉典故，喻夫妻感情和洽。远山，卓文君秀丽妩媚，眉色如望远山，称为一时风尚，称"远山眉"。按，这里写出杜丽娘对于爱人的渴望。

④ 红泪：指花上的露水。这里是杜丽娘以花自喻，以露水写自己伤感的泪水。红泪也指美人泪。东晋王嘉《拾遗记》："魏文帝所爱美人，姓薛名灵芸，常山人也……灵芸闻别父母，歔欷累日，泪下沾衣。至升车就路之时，以玉唾壶承泪，壶即红色。既发常山，及至京师，壶中泪凝如血矣。"

⑤ 蜀妆晴雨画来难，高唐云影间：借巫山神女高唐云雨喻男女欢爱，此时可望不可即。蜀妆，巫山在四川，古为蜀国。杜丽娘是四川人，此以巫山神女比杜丽娘。高唐，战国楚宋玉《高唐赋》："妾在巫山之阳，高丘之岨。旦为朝云，暮为行雨，朝朝暮暮，阳台之下。"

⑥ 悠悠：忧愁思虑的样子。

⑦ 都来：算来。

⑧ 意懒心乔：意志消沉，心绪恶劣。

⑨ "逍遥"三句：怎样才能铲尽内心忧愁而获得逍遥自在呢？化用宋秦观《八六子》"恨如芳草萋萋，划尽还生"句。划

（chǎn），铲。心苗，心。

⑩忒分晓：太分明。

⑪窨（yìn）约：思忖。

⑫委是：确实，真的是。

⑬无常：这里是死的意思。

【普天乐】这些时把少年人如花貌，不多时憔悴了。不因他福分难销，可甚的红颜易老？论人间绝色偏不少，等把风光丢抹早。打灭起离魂舍欲火三焦①，摆列着昭容阁文房四宝②，待画出西子湖眉月双高③。（照镜叹介）

【雁过声】轻绡，把镜儿擘掠④。笔花尖淡扫轻描。影儿呵，和你细评度⑤：你腮斗儿恁喜谑⑥，则待注樱桃染柳条⑦，渲云鬟烟霭飘萧⑧。眉梢青未了，个中人全在秋波妙⑨，可可的淡春山钿翠小⑩。

【倾杯序】（贴）宜笑，淡东风立细腰，又似被春愁着。（旦）谢半点江山，三分门户，一种人才，小小行乐，捻青梅闲厮调⑪。倚湖山梦晓，对垂杨风袅。忒苗条，斜添他几叶翠芭蕉⑫。

春香，幨起来⑬，可厮像也？

【玉芙蓉】（贴）丹青女易描，真色人难学。似空花水月⑭，影儿相照。（旦喜介）画的来可爱人也。咳！情知画到中间好，再有似生成别样娇。（贴）只少个姐夫在身傍。若是姻缘早，把风流婿招，少甚么美夫妻图画在碧云高！

（旦）春香，咱不瞒你，花园游玩之时，咱也有个人儿。（贴惊介）

小姐，怎的有这等方便啊？（旦）梦哩！

【山桃犯】有一个曾同笑，待想象生描着，再消详邈入其中妙，则女孩家怕漏泄风情稿⑮。这春容呵，似孤秋片月离云峤⑯，甚蟾宫贵客傍的云霄⑰？

> 春香，记起来了。那梦里书生，曾折柳一枝赠我，此莫非他日所适之夫姓柳乎？故有此警报耳⑱。偶成一诗，暗藏春色，题于帧首之上，何如？（贴）却好。（旦题吟介）近睹分明似俨然⑲，远观自在若飞仙。他年得傍蟾宫客，不在梅边在柳边。（放笔叹介）春香，也有古今美女，早嫁了丈夫相爱，替他描模画样；也有美人自家写照，寄与情人。似我杜丽娘寄谁呵！

注释：

①打灭起离魂舍欲火三焦：消除身体里炽热的凡情。离魂舍，佛家语，躯壳。欲火三焦，凡情。佛家三欲，饮食欲、睡眠欲、淫欲。

②昭容阁文房四宝：宫中妃嫔用过的笔墨纸砚，形容珍贵。昭容，宫中女官名，也是帝王妃嫔。

③西子湖眉月：美丽的容貌。西子湖，喻美人。宋苏轼《饮湖上初晴后雨》："若把西湖比西子，淡妆浓抹总相宜。"眉月，如新月的眉毛，喻美貌。

④擘（bò）掠：揩拭。

⑤评度（duó）：评论。

⑥腮斗儿：颊。喜谑（xuè）：指笑意盈盈。谑，喜乐。

⑦注樱桃：画朱唇。染柳条：画眉毛。

⑧烟霭飘萧：形容头发。烟霭，云雾。飘萧，飘逸潇洒。唐白居易《筝》诗："云髻飘萧绿，花颜旖旎红。"

⑨个中人：此中人，这里是画中人。秋波：眼睛。

⑩可可的：恰好的。春山：姣好的眉毛。钿（diàn）翠：金翠珠宝镶嵌的首饰。按，这首【雁过声】写杜丽娘对镜手绘形容的整个过程。从颊、唇、眉、云鬟、眼睛、首饰一笔笔画出肖像。

⑪"谢半点江山"五句：指自画像里，画着景物、杜丽娘，杜丽娘手持青梅枝。半点江山，三分门户，指画中的景物。一种人才，指人，杜丽娘自指。行乐，肖像画。捻青梅，唐李白《长干行》："郎骑竹马来，绕床弄青梅。"这里双关柳梦梅的名字，表达对梦中情人的怀念。闲厮调，悠闲地摆弄着。调，用同"掉"。摆弄。

⑫"倚湖山梦晓"四句：写杜丽娘自画像中姿态。

⑬幀（zhèng）：同"帧"，张开画幅。

⑭空花水月：形容真色难以捉摸。

⑮再消详邈入其中妙，则女孩家怕漏泄风情稿：想把梦中的情人描如画中，又怕泄漏了秘密。消详，端详，揣摩。邈，描绘。风情，恋爱的情怀。

⑯云峤（qiáo）：即员峤。古代神话传说中海中的仙山。

⑰甚蟾宫贵客傍的云霄：谁能和画中的美人挨在一起呢？蟾宫贵客，指新考中的进士。

⑱警报：预兆。

⑲俨然：恭敬庄重。

【尾犯序】心喜转心焦。喜的明妆俨雅，仙佩飘飘。则怕呵，把俺年深色浅，当了个金屋藏娇①。虚劳，寄春容教

谁泪落，做真真无人唤叫②。（泪介）堪愁天③，精神出现
留与后人标④。

春香，悄悄唤那花郎分付他。（贴叫介）（丑扮花郎上）秦宫一生
花里活⑤，崔徽不似卷中人⑥。小姐有何分付？（旦）这一幅行乐
图，向行家裱去。叫人家收拾好些。

【鲍老催】这本色人儿妙，助美的谁家裱？要练花绡，
帘儿莹，边阑小⑦。教他有人问着休胡嘌⑧。日炙风吹悬
衬的好。怕好物不坚牢，把咱巧丹青休浣了⑨。

（丑）小姐，裱完了，安奉在那里？

【尾声】（旦）尽香闺赏玩无人到，（贴）这形模则合挂巫山
庙⑩。（合）又怕为雨为云飞去了。

      （贴）眼前珠翠与心违，崔道融⑪
      （旦）却向花前痛哭归。韦　庄⑫
      （贴）好写妖娆与教看，罗　虬⑬
      （旦）令人评泊画杨妃。韩　偓⑭

注释：

①"则怕呵"三句：只怕这张画老是藏着，年深月久，连色彩
  也褪了。意谓怕自己不能早得佳偶以致年华老去容颜改变。
  金屋藏娇，据《汉武故事》，汉武帝刘彻喜欢表姐陈阿娇，
  表示"若得阿娇作妇，当作金屋贮之"。

②做真真无人唤叫：指自己的画像以后无人顾怜。《太平广记》
  载，唐进士赵颜得一幅画，画中女子名真真。赵颜呼其名百
  日，真真从画中走下来，与赵颜结为夫妇。

③堪愁天：不堪被忧愁折损。天，摧折。

④标：品题，鉴赏。

⑤秦宫：东汉大将军梁冀所宠幸的监奴名。这里借用作花郎
自指。

⑥崔徽不似卷中人：意思是人消瘦了。崔徽，唐代歌妓。唐元
稹《崔徽歌并序》载，崔徽与裴敬中相恋，别后寄其肖像与
裴，曰："崔徽一旦不及画中人，且为郎死。"后抱恨而死。

⑦"要练花绡"三句：指画用漂白丝绡装裱，裱好的画幅上方
要留空白，边栏要小。练，白绢。绡，轻纱。帘儿，裱好的
画幅上方的空白处。边阑，边栏。

⑧胡嘌（piāo）：乱说。嘌，念唱，说。

⑨浣（wò）：污，弄脏。

⑩这形模则合挂巫山庙：这一副画像只有挂在巫山庙里最合
适。意谓杜丽娘美貌可比巫山神女。

⑪眼前珠翠与心违：语本崔道融《马嵬》。这里指画中人虽然
珠围翠绕，但并不是真心意愿。

⑫却向花前痛哭归：语本韦庄《残花》。这里指杜丽娘不得不
为自己画像，虽然貌美如花，但心中极为痛苦。

⑬好写妖娆与教看：语本罗虬《比红儿诗百首》之八十三。这
里指画出美人。

⑭令人评泊画杨妃：语本韩偓《遥见》。这里是说画中杜丽娘
很美，连杨贵妃的画像也比不上。评泊，评说。

点评：

　　"写真"即画像。杜丽娘两度游园之后，对梦中相会的
书生惦念不忘，以至于茶饭不思，形容消瘦。为了留住自

己的绝代风华，丽娘对镜描画姿容。

《写真》一出再次反映出杜丽娘自我意识的觉醒。剧本通过【普天乐】、【雁声过】等五支曲子具体地展示出自描写真的整个过程：取素绢、备丹青、然后对镜顾影，从颊、唇、眉、云鬟、秋波到钗钿首饰和行为仪态一笔笔仔细描画，充分表现出这个青春少女对身体与容貌的自我认知，向这个世界宣布杜丽娘的存在。写真完毕，杜丽娘还特别让春香悄悄唤来花郎，把画拿给行家去裱，一再叮嘱："叫人家收拾好些。"

《写真》一出里，杜丽娘清醒地意识到，自己的美梦无处可寻，现实的压抑使她恹恹病损。杜丽娘在镜中看到往日艳冶轻盈的自己，如今消瘦憔悴："哎也！俺往日艳冶轻盈，奈何一瘦至此！若不趁此时自行描画，流在人间，一旦无常，谁知西蜀杜丽娘有如此之美貌乎？"与当日目睹姹紫嫣红"都付与断井颓垣"的感受一脉相承，都是害怕被遗忘所带来的孤独。吴吴山三妇合评本《牡丹亭》评论云："游园时，好处恨无人见；写真时，美貌恐有谁知。一种深情。"自画是与自我的对话、对自我的审美，对自画像的仔细装裱，是对自我的珍视和对生命价值的尊重。"写真"，至此完成了怕遭遗忘的孤独者自我描绘、自我保存的自救仪式。

"手画形容传与后世"这个典型细节，也有力地表现了杜丽娘对爱情的渴望。杜丽娘所爱恋的只有一个模糊的影子，一个在梦中和她幽媾欢会的陌生男子。她执着地寻找，在爱的火焰即将燃尽生命时，她不仅要将春容留在世上，

第十四出　写真

121

还在画帧上题诗一首，"他年得傍蟾宫客，不在梅边在柳边"的绝笔寄托了她对人世的最后一丝幻想、一点企盼。这画和诗，承载着她生命的全部热情、秘密与希望，在恐惧一旦无常的冥冥意识中，暗期将生命的线索留与能够知重的"那人"。

"丽娘千古情痴，惟在留真一节。若无此，后无可衍矣。"（吴吴山三妇合评本《牡丹亭》评语）从情节上来看，从《写真》起，紧接下来的《诘病》《道觋》《诊祟》《闹殇》等出，交代杜丽娘"生者可以死"的全过程。

杜丽娘以"写真"完成了个体的自我努力，同时开拓出无限的写作空间。《牡丹亭》之后，明清传奇如吴炳《疗妒羹》十四出《絮影》、《画中人》第二出《图娇》、范文若《梦花酣》第三出《画梦》、阮大铖《燕子笺》第二出《图娇》、第八出《误画》等不断重复女子"写真"的母题，意义非凡。

这些时把少年人如花貌，不多时憔悴了。不因他福分难销，可甚的红颜易老？论人间绝色偏不少，等把风光丢抹早。打灭起离魂舍欲火三焦，摆列着昭容阁文房四宝，待画出西子湖眉月双高。

第十五出　虏　谍

【一枝花】（净扮番王引众上）天心起灭了辽，世界平分了赵①。静鞭儿替了胡笳哨②。擂鼓鸣钟，看文武班齐到。骨碌碌南人笑③，则个鼻凹儿蹺，脸皮儿皰，毛梢儿魋④。

万里江山万里尘，一朝天子一朝臣。俺北地怎禁沙日月⑤，南人偏占锦乾坤。自家大金皇帝完颜亮是也⑥。身为夷虏，性爱风骚。俺祖公阿骨都，抢了南朝天下，赵康王走去杭州⑦，今又三十余年矣。听得他妆点杭州，胜似汴梁风景。一座西湖，朝欢暮乐。有个曲儿⑧，说他"三秋桂子，十里荷花"。便待起兵百万，吞取何难？兵法虚虚实实，俺待用个南人，为我乡导。喜他淮扬贼汉李全⑨，有万夫不当之勇。他心顺溜于俺，俺先封他为溜金王之职。限他三年内招兵买马，骚扰淮扬地方，相机而行，以开征进之路。哎哟！俺巴不到西湖上散闷儿也！

【二犯江儿水】平分天道，虽则是平分天道，高头偏俺照⑩。俺司天台标着那南朝⑪，标着他那答儿好。（众）那答里好？（净笑介）你说西子怎娇娆，向西湖上笑倚着兰桡。（众）西湖有俺这南海子、北海子大么⑫？（净）周围三百里。波上花摇，云外香飘。无明夜、锦笙歌围醉绕。（众）万岁爷，借他来耍耍。（净）已潜遣画工，偷将他全景来了。那湖上有吴山第一峰，画俺立马其上⑬。俺好不狠也！吴山最高，俺立马在吴山最高。江南低小，也看见了江南低小。（舞介）俺怕不占场儿砌一个《锦西湖上马娇》⑭。

（众）奏万岁爷，怕急不能彀到西湖，何方驻驾？

【北尾】（净）呀！急切要画图中匹马把西湖哨⑮，且迤递的看花向洛阳道⑯。我呵，少不的把赵康王剩水残山都占了。

线大长江扇大天，　谭　峭⑰

旌旗遥拂雁行偏。　司空图⑱

可胜饮尽江南酒？　张　祜

交割山川直到燕。　王　建⑲

注释：

①天心起灭了辽，世界平分了赵：指金灭辽，宋金平分天下。天心，天意。

②静鞭儿替了胡笳哨：金国建立朝廷，采用汉人朝仪，以鸣鞭代替了胡笳。静鞭，又称鸣鞭，仪仗的一种。上朝时，鸣鞭振响，叫人肃静。

③南人：金人对汉人的称呼。

④"则个鼻凹儿蹻（qiāo）"三句：金人嘲笑汉人的长相容貌，高鼻梁，面带斑点，椎状发髻。蹻，同"跷"。靤（pào），同"皰"，脸上的斑点。鬏（jiāo），椎状的发髻。

⑤禁：耐，受。沙日月：在沙漠里过日子。

⑥完颜亮：金废帝海陵王（1122—1161），完颜阿骨打长孙。称帝后迁都中都（北京），推行汉化，曾大举攻宋。

⑦赵康王：南宋高宗赵构（1107—1187），初封康王。

⑧有个曲儿：宋罗大经《鹤林玉露》载，柳永词《望海潮》描绘杭州有"三秋桂子，十里荷花"的词句，金主完颜亮看了后，便生了南侵的野心。

⑨李全（1190—1231）：南宋农民起义军领袖，后受招安抗金。

后来叛宋通蒙古，骚扰江淮，曾围攻淮安、扬州，被宋将赵范等打败，被杀。李全1225年叛宋时，距赵构即位杭州将近百年。本剧所写的李全，被金人封为溜金王、兵败下海等事，都是虚构。

⑩高头：上天。照：保佑。

⑪司天台：掌管天文、地理、历数的官署。明代以后称钦天监。标：在地图上做记号。

⑫南海子、北海子：即今北京南海、北海。

⑬那湖上有吴山第一峰，画俺立马其上：《大金国志》载，完颜亮即位后，潜遣画工到临安把临安湖山城郭画下，回国之后画在屏风上，加上金主亮立马吴山的形象。完颜亮在画上题诗有"立马吴山第一峰"之句。吴山，即杭州城隆山。

⑭占场儿：在花酒场中占首。砌：串演。《锦西湖上马娇》：一个杜撰的上演节目。

⑮哨：侦察。

⑯迤递：犹迤逦，形容慢慢地、迂回曲折而行。

⑰线大长江扇大天：语本谭峭《大言诗》。这里形容完颜亮的野心之大，将长江天险只看作一根线，全天下不过一张扇子全在他掌握之中。

⑱旌旗摇拂雁行偏：语本司空曙《秋日趋府上张大夫》。这里指完颜亮出巡旌旗招展声势浩大。

⑲可胜饮尽江南酒，交割山川直到燕：上句语本张祜《偶作》，下句语本王建《寄贺田侍中东平功成》。这里指完颜亮梦想吞并江南。燕，北京旧属燕国地面。

点评：

"虏谍"，即金兵南犯的踪迹。金主完颜亮欲发兵南侵，封淮扬盗贼李全为溜金王，在江淮间大举骚扰。

本出《虏谍》与《牝贼》《缮备》《淮警》《移镇》《御淮》《寇间》《折寇》《围释》等九出戏表现南宋与金之间的战争，形成穿插全剧的杜宝抗金副线。这一副线与杜柳爱情故事主线相衬托，作穿插，不仅写出了鲜明的时代感和历史真实感，还起到调剂全剧文场、武场及冷场、热场的作用。

金戈铁马的时代风云也使《牡丹亭》全剧戏剧冲突迭起，情节跌宕合理。杜宝在国家危难之时，任安抚使镇守淮扬领兵抗金，再解淮安城被围之危。老夫人与春香避战乱抵临安与还魂后的丽娘偶然相逢，杜宝相信"老夫人被寇所戕"等情节，既具有戏剧效果又真实可信。柳梦梅从临安辗转到淮安岳父处报信，见杜宝时才可能是"破衣、破帽、破褡袄、破雨伞、手里拿着一幅破画儿"。

汤显祖把戏剧故事置于民族危机的南宋初年，也有隐喻明代政治的用意。民族危亡之际，宋高宗"妆点杭州，胜似汴梁风景。一座西湖，朝欢暮乐"，在鼙鼓声中求宝。汤显祖不仅嘲讽南宋君主醉生梦死，还借宋喻明，巧妙批评明朝帝王的荒淫奢侈。因此，传奇中写钦差识宝使臣绝非枝蔓，杜丽娘金銮殿上面对皇帝时云"在阎浮殿见了些青面獠牙，也不似今番怕"，也绝非闲笔。《牡丹亭》讥讽现实的匠心，被誉为"良史"（潘之恒《鸾啸小品·情痴》）。

第十六出 诘 病

【三登乐】（老旦上）今生怎生？偏则是红颜薄命，眼见的孤苦仃俜①。（泣介）掌上珍，心头肉，泪珠儿暗倾。天呵，偏人家七子团圆②，一个女孩儿厮病。

　　【清平乐】如花娇怯，合得天饶借③。风雨于花生分劣④，作意十分凌藉。　　止堪深阁重帘，谁教月榭风檐⑤。我发短回肠寸断，眼昏眵泪双淹⑥。老身年将半百，单生一女丽娘。因何一病，起倒半年⑦？看他举止容谈，不似风寒暑湿。中间缘故，春香必知，则问他便了。春香贱才那里？（贴上）有哩。我眼里不逢乖小使⑧，掌中擎着个病多娇。得知堂上夫人召，剩酒残脂要咱消。春香叩头。（老）小姐闲常好好的，才着你贱才伏侍他。不上半年，偏是病害。可恼，可恼！且问近日茶饭多少？

【驻马听】（贴）他茶饭何曾，所事儿休提叫懒应。看他娇啼隐忍，笑谵迷厮，睡眼懵瞪⑨。（老）早早禀请太医了。（贴）则除是八法针针断软绵情⑩。怕九还丹丹不的腌臜证⑪。（老）是甚病？（贴）春香不知，道他一枕秋清，却怎生还害的是春前病。

　　（老哭介）怎生了。

【前腔】他一搦身形⑫，瘦的庞儿没了四星⑬。都是小奴才逗她。大古是烟花惹事⑭，莺燕成招，云月知情。贱才还不跪！取家法来。（贴跪介）春香实不知道。（老）因何瘦坏了玉娉婷⑮，你怎生触损了他娇情性？（贴）小姐好好的拈花弄柳，不知因甚病了。（老旦恼，打贴介）打你这牢承⑯，嘴骨棱的胡遮映^⑰。

> （贴）夫人休闲了手。容春香诉来。便是那一日游花园回来，夫人撞到时节，说个秀才，手里拈的柳枝儿，要小姐题诗。小姐说：这秀才素昧平生，也不和他题了。（老）不题罢了。后来？（贴）后来那、那、那秀才就一拍手，把小姐端端正正抱在牡丹亭上去了。（老）去怎的？（贴）春香怎得知？小姐做梦哩。（老惊介）是梦么？（贴）是梦。（老）这等着鬼了。快请老爷商议。（贴请介）老爷有请。

注释：

①孤苦仃俜（dīng pīng）：即孤苦伶仃。孤单困苦，无依无靠。

②七子团圆：表示子孙繁衍，有福气。宋时常绘印五男二女图于纸笺或礼品上以示祝福。元杂剧《秋胡戏妻》第一折："人家七子保团圆。"

③饶借：饶免，怜惜。

④生分岁：作恶。生分，乖戾，与人过不去。

⑤月榭风檐：月下风前的水榭亭台。这里指杜丽娘游园。

⑥眵（chī）：即眼屎。

⑦起倒：好一阵坏一阵，轻一阵重一阵，病情一直拖下去。

⑧乖小使：乖巧的童仆。乖，伶俐乖巧。小使，犹小厮，童仆。

⑨"所事儿休提叫懒应"四句：形容杜丽娘病得精神恍惚，神志不清。所事儿，凡事。隐忍，克制忍耐。笑谵（zhān）迷厮，精神恍惚，傻笑说胡话。谵，胡言乱语。懵懵（měng dèng），神志模糊。

⑩则除是八法针针断软绵情：除非最好的针灸医术治好相思

病。八法针，根据阴、阳、表、里、寒、热、虚、实八纲，采用不同经穴，利用各种不同手法，达到汗、吐、下、和、温、清、补、消八种目的的针刺方法。软绵情，相思病。

⑪怕九还丹丹不的腌臜（ā zā）证：怕最好的医药也医不好相思病。九还丹，道家所炼丹药，说吃三天可以成仙。腌臜证，肮脏病，相思病。

⑫一搦（nuò）：一握，一把，形容腰身纤细。

⑬瘦的庞儿没了四星：瘦得不成样子。庞儿，脸庞。没了四星，形容消瘦失形。四星，秤杆末尾钉有四星，易磨灭。

⑭大古是：大概是。

⑮玉娉婷（pīng tíng）：美人。玉，玉人，美丽的女子。娉婷，形容女子姿态美好的样子。也借指美人。

⑯牢承：本意殷勤，这里指滑头、善于献殷勤的人。

⑰嘴骨棱：多嘴多舌。遮映：隐瞒，掩饰。

（外上）肘后印嫌金带重①，掌中珠怕玉盘轻②。夫人，女儿病体因何？（老泣介）老爷听讲：

【前腔】说起心疼，这病知他是怎生？看他长眠短起，似笑如啼，有影无形③。原来女儿到后花园游了，梦见一人，手执柳枝，闪了她去④。（作叹介）怕腰身触污了柳精灵，虚嚣侧犯了花神圣⑤。老爷呵，急与禳星⑥，怕流星赶月相刑进⑦。

（外）却还来。我请陈斋长教书，要他拘束身心，你为母亲的，倒纵她闲游。（笑介）则些日炙风吹，伤寒流转。便要禳解，不用师巫，则叫紫阳宫石道婆，诵些经卷可矣。古语云："信巫不信医，一不治也。"我已请过陈斋长看他脉息去了。(老)看甚脉息！若早有了人家，敢没这病。(外)咳！古者男子三十而娶，女子二十而嫁。女儿点点年纪，知道个什么呢？

【前腔】忒恁憨生，一个娃儿甚七情⑧？则不过往来潮热，大小伤寒，急慢风惊。则是你为母的呵，真珠不放在掌中擎，因此娇花不奈这心头病。(泣介)(合)两口丁零，告天天，半边儿是咱全家命⑨。

(丑扮院公上)人来大庾岭，船去郁孤台⑩。禀老爷，有使客到。

【尾声】(外)俺为官公事有期程。夫人，好看惜女儿身命，少不的人向秋风病骨轻⑪。(下)

(老旦、贴吊场介)(老旦)无官一身轻，有子万事足。我看老相公则为往来使客，把女儿病都不瞧，好伤怀也。(泣介)想起来，一边叫石道婆禳解，一边教陈教授下药。知他效验如何？咳！正是：世间只有娘怜女，天下能无卜与医！(下)

柳起东风惹病身，　李　绅⑫
举家相对却沾巾。　刘长卿⑬
遍依仙法多求药，　张　籍⑭
会见蓬山不死人。　项　斯⑮

注释：

①肘后印嫌金带重：形容年老倦于做官。

②掌中珠怕玉盘轻：形容对女儿十分珍爱。

③有影无形：指病症蹊跷。

④闪：这里是招引的意思。

⑤虚嚣（xiāo）侧犯了花神圣：虚弱的身子触犯了花神。虚嚣，

虚弱。侧犯，冒犯。

⑥禳（rǎng）星：通过祭祀星辰消灾解厄的仪式。禳，用符咒
为人去邪除病。

⑦怕流星赶月相刑迸：怕碰上不吉利的时辰和地方。这里是杜
母用迷信说法推究杜丽娘的病因。流星赶月，流星追月亮的
天象。也指通过推算天象历法预测吉凶祸福。刑迸，星命家
对于天象、生辰等有"冲、克、刑、迸"的说法，刑、迸主
凶事。

⑧忒恁憨生，一个娃儿甚七情：杜宝责怪杜母太娇惯丽娘，她
一个孩子，哪里懂什么男女情事？憨生，娇生，宠爱娇惯。
七情，喜、怒、哀、惧、爱、恶、欲。这里指男女之情。

⑨半边儿：女婿称"半子"，这里指女儿。

⑩郁孤台：在今江西赣州西南贺兰山上，因树木葱郁，山势孤
独而得名。

⑪人向秋风病骨轻：进入秋季容易体弱得病。

⑫柳起东风惹病身：语本李绅《发寿阳分司敕到又遇新正感
怀书事》。这里指杜丽娘因春日游园而得病。柳，暗指柳
梦梅。

⑬举家相对却沾巾：语本刘长卿《戏题赠二小男》。这里指全
家人都为杜丽娘的病而着急伤心。

⑭遍依仙法多求药：语本张籍《寄白二十二舍人》。这里指杜
家为给丽娘治病而请陈最良诊脉，并请石道姑禳解。

⑮会见蓬山不死人：语本项斯《梦仙》。这里指希望丽娘能够
得到仙人灵药而痊愈。蓬山不死人，指仙人。

点评：

"诘病"，盘问病因。杜丽娘从春天害病，不到半年，"一搦身形，瘦的庞儿没了四星"，杜母内心焦急，盘问春香，始知游园后丽娘梦见"那秀才就一拍手，把小姐端端正正抱在牡丹亭上去了"。

《诘病》是老夫人的戏，这出戏表现了杜母对于女儿的态度。杜母对女儿管教比较宽松，被丈夫杜宝多次责怪宠溺女儿。作为母亲，她听春香讲述丽娘之梦，便心中有数，晓得病根是源于思慕梦中男子，可以说她略懂女儿心思。可是当她不得不请出杜宝商量时，又不敢把真实情形讲出来，还得一本正经地装作不知情，说恐怕是女儿游园"腰身触污了柳精灵，虚嚣侧犯了花神圣"，只是在杜宝说请大夫看脉息时，试探性地提出："看甚脉息！若早有了人家，敢没这病。"可是杜宝还在掉书袋，他一者曰"信巫不信医，一不治也"，不认可触犯花妖柳怪这一说法；再者曰"古者男子三十而娶，女子二十而嫁。女儿点点年纪，知道个什么呢"，从圣贤古训出发否定了女儿自然春情的萌发。可见杜丽娘的少女心思，杜宝不懂，也不想懂。杜母心知肚明，却又无力做主，所以她忧虑禳解驱邪和诊祟下药对女儿可能都没有效果，真是"世间只有娘怜女，天下能无卜与医"。

此出与紧接而后《道觋》《诊祟》两出，均写为丽娘诊病的情况，冯梦龙改本《风流梦》则将《诘病》《道觋》合并为《慈母祈福》一出。

第十七出　道　观

【风入松】（净扮老道姑上）人间嫁娶苦奔忙，只为有阴阳。问天天从来不具人身相①，只得来道扮男妆，屈指有四旬之上。当人生，梦一场。

【集唐】紫府空歌碧落寒　李群玉，竹石如山不敢安　杜甫。长恨人心不如石　刘禹锡，每逢佳处便开看　韩愈。贫道紫阳宫石仙姑是也。俗家原不姓石，则因生为石女，为人所弃，故号"石姑"。思想起来：要还俗，《百家姓》上有俺一家；论出身，《千字文》中有俺数句②。天呵，非是俺"求古寻论"③，恰正是"史鱼秉直"④。俺因何住在这"楼观飞惊"⑤，打并的"劳谦谨敕"⑥？看修行似"福缘善庆"，论因果是"祸因恶积"。有甚么"荣业所基"？几辈儿"林皋幸即"⑦。生下俺"形端表正"，那些"性静情逸"。大便孔似"园莽抽条"⑧，小净处也"渠荷滴沥"。只那些儿正好又着口"钜野洞庭"，偏和你灭了缝"昆池碣石"。虽则石路上可以"路侠槐卿"，石田中怎生"我艺黍稷"？难道嫁人家"空谷传声"？则好守娘家"孝当竭力"。可奈不由人"诸姑伯叔"，聒噪俺"入奉母仪"⑨。母亲说：你内才儿虽然"守真志满"，外象儿"毛施淑姿"⑩，是人家有个"上和下睦"，偏你石二姐没个"夫唱妇随"？便请了个有口齿的媒人，"信使可覆"；许了个大鼻子的女婿⑪，"器欲难量"。则见不多时，那人家下定了。说道选择了一年上"日月盈昃"⑫，配定了八字儿"辰宿列张"⑬。他过的礼，"金生丽水"⑭，俺上了轿，"玉出昆冈"⑮。遮脸的"纨扇圆洁"，引路的"银烛辉煌"。那新郎好不打扮的头直上"高冠陪辇"⑯，咱新人一般排比了腰儿下"束带矜庄"。请了些"亲戚故旧"，半路上"接杯举觞"。请新人"升阶纳陛"⑰，叫女伴们"侍巾帷房"。合卺的"弦歌酒燕"⑱，撒帐的"诗赞《羔羊》"⑲。把俺做新人嘴脸儿一寸寸"鉴貌辨色"，将俺那宝妆奁一件件都"寓目囊箱"。早是二更时分，新郎紧上来了。替俺说，俺两口儿活象"鸣凤在竹"，一时间就要"白驹食场"。则见被窝儿"盖此身发"，灯影里褪尽了这几件"乃服衣裳"。天呵！瞧了他那"驴骡犊特"，教俺好一会"悚惧恐惶"。那新郎见我害怕，说道：新人，你年纪不少了，"闰余成岁"，俺可也不使狠，和你慢慢的"律吕调阳"。俺听了口不应，心儿里笑着：新郎，新郎，任你"矫手顿足"，你可也"靡恃己长"。三更四更了，他则待阳台上"云腾致雨"，怎生巫峡内"露结为霜"？他一时摸不出路数儿，道是怎的？快取亮来。侧着脑要"右通广内"，踏着眼在"篮笋象床"⑳。那时节俺口不说，心下好不冷笑，新郎，新郎，俺这件东西，则许你"俳徊瞻眺"，怎许你"适口充肠"。如此者几度了，恼的他气不分的嘴劳叨"俊乂密勿"㉑，累的他凿不窍皮混沌的"天地玄黄"。和他整夜价则是"寸阴是竟"，待讲起丑煞那"属耳垣墙"㉒。几番待悬梁，待投河，"免其指斥"。若还用刀钻，用线药，"岂敢毁伤"？便挤做趄了交"索居闲处"㉓，甚法儿取他意"悦豫且康"？有了，有了。他没奈何央及煞后庭花"背邙而洛"，俺也则得且随顺干荷叶和他"秋收冬藏"。哎哟，对面儿做的个"女慕贞洁"，转腰儿到了"男效才良"。虽则暂时间"释纷利俗"，毕竟情意儿"四大五常"。要留俺怕误了他"嫡后嗣续"，要嫁了俺怕人笑"饥厌糟糠"。这时节俺

第十七出 道观

也索劝他了：官人，官人，少不得请一房"妾御绩纺"，省你气那"鸟官人皇"。俺情愿"推位让国"，则要你"得能莫忘"。后来当真讨一个了。没多时做小的"宠增抗极"㉔，反捻去俺为正的"率宾归王"㉕。不怨他只"省躬讥诫"，出了家罢，俺则"垂拱平章"㉖。若论这道院里，昔年也不甚"宫殿盘郁"；到老身才开辟了"宇宙洪荒"。画真武"剑号巨阙"，步北斗"珠称夜光"。奉香供"果珍李柰"，把斋素也是"菜重芥姜"。世间味识得破"海咸河淡"，人中网逃得出"鳞潜羽翔"。俺这出了家呵，把那几年前做新郎的臭粘涎"骸垢想浴"，将俺即世里做老婆的干柴火"执热愿凉"。则可惜做观主"游鹍独运"㉗，也要知观的"顾答审详"。赴会的都要"具膳餐饭"，行脚的也要"老少异粮"㉘。怎生观中再没个人儿？也都则是"沉默寂寥"，全不会"笺牒简要"㉙。俺老将来"年矢每催"㉚，镜儿里"晦魄环照"㉛。硬配不上仕女图"驰誉丹青"，也要接的着仙真传"坚持雅操"。懒云游"东西二京"，端一味"坐朝问道"。女冠子有几个"同气连枝"㉜，骚道士不与他"工颦妍笑"㉝。怕了他暗地虎"布射辽丸"㉞，则守着寒水鱼"钓巧任钓"㉟。使唤的只一个"犹子比儿"㊱，叫做癞头鼋"愚蒙等诮"。（内）姑娘骂俺哩。俺是个妙人儿。（净）好不羞。"殆辱近耻"，到夸奖你"并皆佳妙"。（内）杜太爷皂隶拿姑娘哩。（净）为甚么？（内）说你是个贼道。（净）咳，便道那府牌来"杜藁锺隶"㊲，把俺做女妖看"诛斩贼盗"。俺可也"散虑逍遥"，不用你这般"虚辉朗耀"㊳。

注释：

①不具人身相：指老道姑是石女，即先天阴道缺失或者阴道闭

锁的女子。

②《千字文》：童蒙启蒙读物。本段说白中引了116处原文，以引号标注。这是文人惯用的游戏文字。有些词语在本段别有含义，流于猥亵，不另解释。

③求古寻论：推究古籍，追根溯源。

④史鱼秉直：指实话实说。史鱼，春秋时卫国史官，以直谏著名。

⑤飞惊：形容建筑物很高。

⑥劳谦谨敕（chì）：殷勤规矩。

⑦林皋幸即：退隐山林，幸免于难。皋，水边高地。幸，幸运。即，到。

⑧园莽抽条：以下数词都暗指石女，语含猥亵。

⑨聒（guō）噪：吵闹。入奉母仪：出嫁为妻为母。

⑩毛施淑姿：像毛嫱、西施那么美貌。毛嫱，越王勾践的宠姬。西施，吴王夫差的爱妃。

⑪大鼻子：据唐柳宗元《河间传》，大鼻子男子善淫。

⑫日月盈昃（zhè）：指吉日良辰。盈昃，盈亏。昃，日斜。

⑬辰宿列张：星命家以天星、生辰推算命运。列张，指星宿散布在天上。

⑭金生丽水：丽水即金沙江，盛产金。这里指聘金。

⑮玉出昆冈：昆冈，昆仑山，盛产玉。这里指出嫁。

⑯高冠陪辇（niǎn）：戴高冠，坐车右，表示受人尊敬。陪辇，陪乘。

⑰升阶纳陛：登堂入室。

⑱合卺（jǐn）：即吃交杯酒，古代结婚仪式，象征夫妇成婚。

⑲撒帐：旧时婚俗，夫妻对拜成礼后，入洞房，坐床沿，赞礼的人撒金钱彩果、口诵祝福诗句，以祝早生贵子，称"坐床撒帐"。诗赞《羔羊》：撒帐时唱颂的祝福诗句。《羔羊》，《诗经·国风·召南》中的篇名。

⑳踣（bó）：斜，倾斜。篮筍（xùn）：竹床，竹轿。篮，篮舆，类似轿子。筍，竹轿。

㉑俊乂（yì）：贤才。

㉒属耳垣墙：墙外有人窃听。

㉓赸（shàn）：走开。

㉔宠增抗极：指妾得宠争权。

㉕捻：搽。率宾归王：指妻反而受妾的摆布。

㉖垂拱平章：指出家后清静闲适。

㉗游鹍（kūn）独运：指只有自己一个人主持道观，没有别的道姑帮助。游鹍，大鸟，一飞八百里。

㉘行脚的：原指行脚僧，这里指游方的道姑。

㉙笺牒简要：指向人募化。

㉚年矢：年光如箭。

㉛晦魄环照：月亮盈亏。这里指镜中人影。

㉜同气连枝：原喻兄弟。这里指志同道合的人。

㉝工颦（pín）妍笑：以一颦一笑取悦于人。颦，皱眉。

㉞布射辽丸：东汉的吕布善射，春秋时楚人熊宜僚善弄丸。

㉟守着寒水鱼"钓巧任钓"：比喻自己坚守斋戒，不受诱惑。寒水鱼，唐代船子和尚偈曰："千尺丝纶直下垂，一波才动万波随。夜静水寒鱼不食，满船空载月明归。"见北宋惠洪《冷斋夜话》。钓，三国时期的巧匠马钧，曾制造发石车。

任，指庄子寓言中的任公子，曾在东海钓得大鱼。

㊱犹子：侄儿。

㊲府牌：府里来的差役。杜藁（gǎo）锺隶：东汉杜操的草书和三国魏锺繇的隶书。这里只取"隶"字，指皂隶，差役。

㊳虚辉朗耀：指以虚假的声势吓人。

（丑府差上）承差府堂上，提名仙观中。（见介）（净）府牌哥为何而来？

【大迓鼓】（丑）府主坐黄堂，夫人传示，衙内敲梆。知他小姐年多长，染成一疾半年光。（净）俺不是女科①。（丑）请你修斋，一会祈禳。

【前腔】（净）俺仙家有禁方。小小灵符，带在身傍。教他刻下人无恙。（丑）有这等灵符！快行动些。（行介）（净）叫童儿。（内应介）（净）好看守，卧云房。殿上无人，仔细灯香。（内）知道了。

　　　　（净）紫微宫女夜焚香，　王　建②
　　　　（丑）古观云根路已荒。　释皎然③
　　　　（净）犹有真妃长命缕，　司空图④
　　　　（丑）九天无事莫推忙。　曹　唐⑤

注释：

①女科：妇科医师。

②紫微宫女夜焚香：语本王建《宫词一百首》之十三。这里指石道姑的女道身份。紫微，紫微宫，天庭。此指道观。

③古观云根路已荒：语本释皎然《晚春寻桃源观》。这里指石

道姑的紫阳观寂寞无聊。云根，山上高处。

④犹有真妃长命缕：语本司空图《南至四首》之三。这里指石道姑有灵符可以消灾去难。真妃，即九华真妃，道家所崇奉的女仙名。长命缕，端阳节缠在臂上的五色丝，辟恶除病。这里指除病用的所谓灵符。

⑤九天无事莫推忙：语本曹唐《小游仙诗九十八首》之五十五。这里指府牌请石道姑不要借口供神事忙而拒绝去杜府为杜丽娘禳解。九天，天宫。此指紫阳观。

点评：

"觋（xí）"，原指男巫，这里指女道姑。石道姑一上场就念诵了一段"千字文"，自叙因是"石女"不得不出家的身世。石道姑道白中很巧妙地引用世人耳熟能详的《千字文》，打诨谐趣，语涉情色，文字奇特，令人忍俊不禁。《千字文》是童蒙基本读物，明人对《千字文》十分推崇，明代文坛泰斗王世贞曾夸其为"绝妙文章"。汤显祖将250句的《千字文》细细推敲，最终引用了116句。用最纯真的童蒙语言，表现猥亵色情的内容，这里作家以一种调笑戏谑的方式直击礼教的可笑、可鄙。

汤显祖写了五本戏，只有在《牡丹亭》里特别描写了陈最良、石道姑、癞头鼋、郭橐驼四个或精神或生理残疾的人物，在他们身上，同样可以看到礼教桎梏对人精神的摧残。据石道姑自我描述，她貌美似西施，性情也贤淑，只是因为生理缺陷，不能满足丈夫的性要求而遭受不幸。在婚姻生活中，她百般忍让，让丈夫娶妾，但最终还是不能见容，被迫出家当了道姑。被世俗伤害的石道姑，却热心地成了杜丽娘"人间的护花人"。

　　石道姑是《牡丹亭》中重要的配角，她在故事中的作用甚至超过了杜丽娘的丫鬟春香。与春香的不谙世事不同，石道姑知晓风月之事，能随机应变。柳梦梅决定掘墓时，她先为杜丽娘预备下安魂汤，又找来癞头鼋帮忙开棺。杜丽娘还魂成功后，若不是她的及时提醒与献计献策，柳梦梅不会立即离开掘墓现场，故事也就不能辗转延续；离开南安以后，不是她一路的陪伴，杜丽娘也不太可能平安到达临安，遇到母亲、春香。所以，在故事情节上，石道姑与陈最良同样重要，分别引领旦（杜丽娘）、生（柳梦梅）两条线索的发展、走向，并为剧作后半部情节的大开大阖、双线绾结奠定了基础。

第十八出　诊　祟

【一江风】（贴扶病旦上）病迷厮①。为甚轻憔悴？打不破
愁魂谜。梦初回，燕尾翻风，乱飐起湘帘翠②。春去
偌多时，春去偌多时，花容只顾衰。井梧声刮的我心儿
碎③。

　　【行香子】（旦）春香呵，我楚楚精神，叶叶腰身，能禁多病逡
　　巡④？（贴）你星星措与⑤，种种生成，有许多娇，许多韵，许
　　多情。　　（旦）咳！咱弄梅心事⑥，那折柳情人，梦淹渐暗老残
　　春⑦。（贴）正好篆炉香午⑧，枕扇风清。知为谁颦，为谁瘦，为
　　谁疼？（旦）春香，我自春游一梦，卧病如今。不痒不疼，如痴
　　如醉。知他怎生？（贴）小姐，梦儿里事，想他则甚！（旦）你教
　　我怎生不想呵！

【金落索】贪他半晌痴，赚了多情泥⑨。待不思量，怎不
思量得？就里暗销肌，怕人知。嗽腔腔嫩喘微。哎哟！
我这惯淹煎的样子谁怜惜⑩？自嗓窄的春心怎的支⑪？心儿
悔，悔当初一觉留春睡。（贴）老夫人替小姐冲喜⑫。（旦）信他
冲的个甚喜？到的年时，敢犯杀花园内⑬？

【前腔】（贴）看他春归何处归，春睡何曾睡，气丝儿怎
度的长天日？把心儿捧凑眉，病西施。小姐，梦去知他
实实谁？病来只送的个虚虚的你。做行云先渴倒在巫阳
会⑭。全无谓，把单相思害得忒明昧⑮。又不是困人天气，
中酒心期⑯，魆魆地常如醉⑰。

注释：

①迷厮：即"迷渐"，谓神思恍惚散乱。

②飒（sà）：狂风吹起。

③刮：同"聒"，吵闹，令人烦躁。

④多病逡巡：指久病缠身。逡巡，拖延，迁延。

⑤星星措与：件件事情。星星，件件。措与，举措，行事。

⑥弄梅心事：指杜丽娘的怀春之情。弄梅，杜丽娘为自己画的肖像图，手捻青梅。

⑦淹：离开，逝去。

⑧簟（diàn）：竹席。

⑨赚了多情泥（nì）：弄得被感情牵缠。赚，骗取，这里是"害得"、"弄得"的意思。泥，阻滞，滞留，指使人流连。

⑩淹煎：疾病缠绵。

⑪噤窄（jìn）窄：闷在心里不说。支：受得住。

⑫冲喜：迷信的做法，以办喜事驱除所谓的邪祟，想借此化凶为吉。

⑬到的年时，敢犯杀花园内：难道是从前，在花园里冲撞了甚么神道？到的，犹言及得，算得。敢，莫非，恐怕。杀，通"煞"，凶神，煞鬼。

⑭做行云先渴倒在巫阳会：指想追求爱情却先天折了。

⑮明昧：不明不白。

⑯中酒：醉酒。心期：本意内心向往，此作心绪讲。

⑰魆（xū）魆地：暗暗地，这里指精神恍惚的样子。

（末上）日下晒书嫌鸟迹，月中捣药要蟾酥①。我陈最良，承公相命，来诊视小姐脉息。到此后堂，不免打叫一声。春香贤弟有么？（贴见介）是陈师父。小姐睡哩。（末）免惊动他。我自进去。（见介）小姐。（旦作惊介）谁？（贴）陈师父哩。（旦扶起介）（旦）师父，我学生患病，久失敬了。（末）学生，学生，古书有云："学精于勤，荒于嬉。"你因为后花园汤风冒日②，感下这疾，荒废书工。我为师的在外，寝食不安。幸喜老公相请来看病，也不料你清减至此。似这般样，几时勾起来读书？早则端阳节哩。（贴）师父，端节有你的。（末）我说端阳，难道要你粽子？小姐，望闻问切，我且问你：病症因何？（贴）师父问甚么？只因你讲《毛诗》，这病便是"君子好求"上来的。（末）是那一位君子？（贴）知他是那一位君子！（末）这般说，《毛诗》病用《毛诗》去医。那头一卷就有女科《圣惠方》在哩③。（贴）师父，可记的《毛诗》上方儿？（末）便依他处方。小姐害了"君子"的病，用的史君子④。《毛诗》："既见君子，云胡不瘳⑤？"这病有了君子抽一抽，就抽好了。（旦羞介）哎也！（贴）还有甚药？（末）酸梅十个。《诗》云："摽有梅，其实七兮⑥。"又说："其实三兮。"三个打七个，是十个。此方单医男女过时思酸之病。（旦叹介）（贴）还有呢？（末）天南星三个⑦。（贴）可少？（末）再添些。《诗》云："三星在天⑧。"专医男女及时之病。（贴）还有呢？（末）俺看小姐一肚子火，你可抹净一个大马桶，待我用栀子仁、当归⑨，泻下他火来。这也是依方："之子于归，言秣其马⑩。"（贴）师父，这马不同那"其马"。（末）一样髀鞦窟洞下⑪。（旦）好个伤风切药陈先生。（贴）做的按月通经陈妈妈。（旦）师父不可执方⑫，还是诊脉为稳。（末看脉，错按旦手背介）（贴）师父，讨个转手。（末）女人反此背看之，正是王叔和《脉诀》⑬。也罢，顺手看是。（诊脉介）呀，小姐脉息，到这个分际了。

【金索挂梧桐】他人才恧整齐，脉息恁微细。小小香闺，为甚伤憔悴？（起介）春香呵，似他这伤春怯夏肌，好扶持。病烦人容易伤秋意。小姐，我去咀药来⑭。（旦叹介）师父，少不得情栽了窍髓针难入⑮，病躲在烟花你药怎知⑯？（泣介）承尊觑，何时何日，来看这女颜回⑰？（合）病中身怕的是惊疑。且将息，休烦絮。

（旦）师父且自在。送不得你了。可曾把俺八字推算么？（末）算来要过中秋好。当生止有八个字，起死曾无三世医⑱。（下）

注释：

①月中捣药：神话传说，月亮里有白兔捣药。蟾酥：蟾蜍皮肤内毒腺的分泌液，供药用。传说月中有蟾蜍。

②汤（tàng）风：冒着风，受了风吹。汤，接触，碰到。

③《圣惠方》：全称《太平圣惠方》，宋代官修医书，收集了一万多个验方。这里指灵验有效的药方。

④史君子：又名"使君子"，中药名。

⑤既见君子，云胡不瘳（chōu）：语出《诗经·郑风·风雨》。暗指杜丽娘害得是相思病，遇见心仪的爱人，病自然就好。既见君子，与上句"史君子"双关。瘳，病愈。

⑥摽（biào）有梅，其实七分：语出《诗经·召南·摽有梅》。原文为："摽有梅，其实七分；求我庶士，迨其吉兮。"暗示杜丽娘渴求出嫁的急切心理。摽，落下。

⑦天南星：中药名。与下文"三星在天"双关。

⑧三星在天：语出《诗经·唐风·绸缪》。原文为："绸缪束

薪，三星在天。今夕何夕，见此良人？子兮子兮，如此良人
何？"歌颂男女相会时的欢乐。

⑨椇子仁、当归：中药名，与下文"之子于归"谐音。

⑩之子于归，言秣（mò）其马：语出《诗经·周南·汉广》。
原意说：那个姑娘要出嫁了，喂饱马，驾车迎娶她。

⑪一样髀鞦（bì qiū）窟洞下：指马和马桶都是一样骑坐，或一
样有髀鞦。髀鞦，即鞴鞦，马鞍上的皮带，亦为马桶上篾箍
的谐音。

⑫执方：固执。

⑬王叔和《脉诀》：晋代著名医学家王叔和，著有医书《脉
经》《脉诀》《脉赋》。

⑭咀药：中药有些药材在煎煮前要用嘴嚼细，名为"咀药"。
这里作煎药解。

⑮情裁了窍髓针难入：相思的病根生在骨髓里面，针刺不进
去。窍、髓，泛指人体内部的器官。针，针灸。

⑯烟花：犹言风月，指情爱。

⑰女颜回：指优秀而短命的女学生。颜回，孔丘弟子，有才华
而早逝。

⑱三世医：祖传三代的医生。《礼记》："医不三世，不服其
药。"

（贴）一个道姑走来了。（净上）不闻弄玉吹箫去①，又见嫦娥窃
药来。自家紫阳宫石道姑便是。承杜老夫人呼唤，替小姐禳解。
（见贴介）（贴）姑姑为何而来？（净）吾乃紫阳宫石道姑。承夫
人命，替小姐禳解。不知害的甚病？（贴）尴尬病②。（净）为谁

来？（贴）后花园耍来。（净举三指，贴摇头介）（净举五指，贴又摇头介）（净）咳！你说是三是五，与他做主。（贴）你自问他去。（净见旦介）小姐，小姐，道姑稽首那③。（旦作惊介）那里道姑？（净）紫阳宫石道姑。夫人有召，替小姐保禳。闻说小姐在后花园着魅，我不信。

【前腔】你惺惺的怎着迷④？设设的浑如魅⑤。（旦作魇语介⑥）我的人那。（净、贴背介）你听他念念呢呢⑦，作的风风势⑧。是了，身边带有个小符来。（取旦钗挂小符，作咒介）赫赫扬扬，日出东方。此符屏却恶梦，辟除不祥。急急如律令敕！（插钗介）这钗头小篆符，眠坐莫教离。把闲神野梦都回避。（旦醒介）咳！这符敢不中？我那人呵，须不是依花附木廉纤鬼⑨，咱做的弄影团风抹媚痴⑩。（净）再痴时，请个五雷打他⑪。（旦）些儿意，正待携云握雨，你却用掌心雷。（合前）

（净）还分明说与，起个三丈高咒幡儿⑫。（旦）待说个甚么子好？

【尾声】（旦）依稀则记的个柳和梅。姑姑，你也不索打符桩挂竹枝，则待我冷思量，一星星咒向梦儿里。（贴扶旦下）

      （贴）绿惨双蛾不自持， 步非烟⑬

      （净）道家妆束厌禳时。 薛   能⑭

      （旦）如今不在花红处， 僧怀济⑮

      （合）为报东风且莫吹。 李   涉⑯

注释：

①弄玉吹箫：《列仙传》载，春秋时秦穆公的女儿弄玉，与丈夫萧史都善于吹箫，后来夫妇都乘凤鸟飞升成仙。

②尴尬病：难治的病，此指相思病。

③稽（qǐ）首：道士举一手向人行礼。

④惺惺的：聪明、机灵的样子。

⑤设设的：痴迷状。

⑥魇（yǎn）语：梦语，呓语。

⑦念念呢呢：说话含糊不清。

⑧风风势：疯疯癫癫的样子。

⑨廉纤鬼：小鬼。

⑩弄影团风：即捕风捉影，疑神疑鬼，心魂不定。抹媚痴：应作魔魅痴，被鬼物迷惑的痴迷状态。

⑪五雷：即掌心雷，道家的一种法术。

⑫咒幡（fān）儿：长条形旗子，上面写有咒语，道士禳解时用。

⑬绿惨双娥不自持：语本步非烟《答赵子》。这里指杜丽娘病体沉重。

⑭道家妆束厌禳时：语本薛能《黄蜀葵》。这里指石道姑前来禳解。

⑮如今不在花红处：语本怀济《上归州刺史代通状二首》之二。这里指当初的梦境已不复存在，也指杜丽娘自谓如今病势沉重，不再是从前的自己了。

⑯为报东风且莫吹：语本李涉《春晚游鹤林寺寄使府诸公》。这里指大家希望老天能怜惜杜丽娘，不要让她的病再严重下去了。

点评：

　　杜丽娘因伤春痴情而病，她的父母先让陈最良为其治病，后让石道姑禳解，而这注定是毫无用处的。《诊祟》是表现杜丽娘病重，巫医无效，终将因情而亡的戏。

　　杜丽娘执迷于一梦，她将她的"弄梅心事"、"折柳情人"，从春分小满念叨到五月端阳。"你教我怎生不想呵！"明明知道是梦，却甘愿为之病、为之亡。

　　这心病，杜宝不懂得，杜母不敢说。春香说与陈最良："这病便是'君子好求'上来的。"陈最良知道了，于是"《毛诗》病用《毛诗》去医"，陈最良利用《诗经》中有关爱情的诗句为杜丽娘诊病开方。第一句"既见君子，云胡不瘳"，这是《郑风·风雨》中的诗句，描写一位大胆泼辣的女子终于等到情人到来的欣喜。陈最良利用谐音，把"瘳"，改成"抽"，这是毫不隐讳地鼓励杜丽娘与那君子去相交。第二句"摽有梅，其实七兮"，"其实三兮"，这是《召南·摽有梅》中的诗句，写一位少女由日益变得稀少的梅子联想到自己应该及时出嫁。陈最良说："此方单医男女过时思酸之病。"这是点睛之语，无异于告诉杜丽娘，她的追求是适时合理的。第三句"三星在天"，这是《唐风·绸缪》中的诗句，描写青年男女相会时的欢乐。陈最良说此方"专医男女及时之病"，等于告诉杜丽娘，她与君子的相会一定是幸福欢乐的。第四句"之子于归，言秣其马"，这是《周南·汉广》中的诗句，描写男子迎娶他爱恋的姑娘。最后陈最良对春香说："俺看小姐一肚子火，你可抹净一个大马桶，待我用栀子仁，当归，泻下他火来。"他利用栀子、当归与"之子于归"，"秣"与"抹"的谐音，"马"的同音异义的关系，把经书与丽娘的病摆在一起。显然，这"一肚子火"直指礼教对杜丽娘的压抑。这无疑是在提示杜丽娘应该大胆追求自己所爱。表面上看，陈最良是在乱解《诗经》，就像春香在《闺塾》中胡解"在河之洲"一样，其实是处处解在点子上。四句诗，四层意思，层层递进。陈最良表面戏谑，暗地里毫不含糊地表明了自己对杜丽娘的同情和鼓励。

前来禳解的石道姑，深通世故，"闻说小姐在后花园着魅，我不信"。她猜到杜丽娘的病可能与男女之情有关，于是打手势比划"三"或"五"，实际是问春香，丽娘是不是有三个月或五个月的身孕。可见丽娘的病因并不难找到。但就算大家清楚内情，却无法帮助杜丽娘完成对于爱情的渴望和追求。所以陈最良的诊脉"开方"，石道姑的祈禳祛魅，全都于事无补，杜丽娘已是命如一叶，病入膏肓。

第十九出　牝　贼

北【点绛唇】（净扮李全引众上）世扰膻风，家传杂种①。刀兵动，这贼英雄，比不得穿墙洞②。

　　野马千蹄合一群，眼看江海尽风尘。汉儿学得胡儿语，又替胡儿骂汉人③。自家李全是也。本贯楚州人氏④。身有万夫不当之勇，南朝不用，去而为盗，以五百人出没江淮之间，正无归着。所幸大金皇帝，遥封俺为溜金王，央我骚扰淮扬，看机进取。奈我多勇少谋，所喜妻子杨氏娘娘，能使一条梨花枪，万人无敌。夫妻上阵，大有威风。则是娘娘有些吃醋，但是掳的妇人，都要送他帐下。便是军士们，都只畏惧他。正是：山妻独霸蛇吞象⑤，海贼封王鱼变龙。

【番卜算】（丑扮杨婆持枪上）百战惹雌雄，血映燕支重⑥。（舞介）一枝枪洒落花风，点点梨花弄。

　　（见举手介）大王千岁。奴家介胄在身，不拜了⑦。（净）娘娘，你可知大金皇帝，封我做溜金王？（丑）怎么叫做溜金王？（净）溜者，顺也。（丑）封你何事？（净）央俺骚扰淮扬三年。待俺兵粮齐集，一举渡江，灭了赵宋。那时还封我为帝哩！（丑）有这等事！恭喜了！借此号令，买马招军。

【六幺令】如雷喧哄，紧辕门画鼓冬冬⑧。哨尖儿飞过海云东⑨。（合）好男女，坐当中，淮扬草木都惊动。

【前腔】聚粮收众。选高蹄战马青骢⑩。闪盔缨斜簇玉钗红。（合前）

（净）群雄竞起向前朝，杜　甫⑪

　　　折戟沉戈铁未销。杜　牧⑫

　　　平原好牧无人放，曹　唐

　　　白草连天野火烧。王　维⑬

注释：

①世扰膻风，家传杂种：指北方少数民族世代养成的吃肉的传统。膻、杂种，对少数民族侮辱性称呼。

②穿墙洞：指穿墙洞的小贼。

③汉儿学得胡儿语，又替胡儿骂汉人：化用唐司空图《河湟有感》："一自萧关起战尘，河湟隔断异乡春。汉儿尽作蕃儿语，却向城头骂汉人。"

④楚州：今江苏淮安。

⑤蛇吞象：比喻贪得无厌。

⑥燕支：胭脂。

⑦介胄（zhòu）在身，不拜：《史记·绛侯周勃世家》载，汉文帝刘恒到细柳军营慰劳大军，将军周亚夫手持武器，作揖为礼说："介胄之士不拜，请以军礼见。"介胄，铠甲和头盔。

⑧辕门：军营大门或官署外门。

⑨哨尖儿：探子。

⑩青骢（cōng）：毛色青白相杂的骏马。

⑪群雄竞起向前朝：语本杜甫《夔州歌十绝句》之三。此指李全夫妇率众叛宋骚扰江淮。

⑫折戟沉戈铁未销：语本杜牧《赤壁》。此指李全军兵强马壮。

⑬平原好牧无人放，白草连天野火烧：上句语本曹唐《病马五

首句郑校书章三吴十五先辈》之一，下句语本王维《出塞》。此指李全侵扰江淮，燃起战火。

点评：

"牝贼"，女贼。为配合金主完颜亮挥戈南下，溜金王李全率军攻打淮安城。李全妻子泼辣强悍，一杆梨花枪所向披靡。贼兵骚扰淮扬，百姓苦不堪言。

《牡丹亭》花了不少篇幅描写宋金战争，也是汤显祖借剧中宋事来针砭明事。当时，俺答、火落赤部落屡次入侵明王朝，人民蒙受深重的灾难，而朝廷却只图苟安，一味求和，对主战派给以打击。汤显祖支持主战派，曾写过《朔塞歌》《河州》等诗，明确地表示对妥协政策的不满，这种情绪也从他的戏剧创作中反映了出来。

李全叛宋投敌，助纣为虐，"汉儿学得胡儿语，又替胡人骂汉人"，概括了许多投降卖国者的嘴脸。不过本剧的李全已不是"骂"，而是"打"，即"为王前驱"了。故本剧对李全夫妇的一些"哈哈镜式"的夸张描写，绝不仅仅是加些热闹和情色的"调料"，供哄堂一笑，其中也表明了汤显祖对这类人物的历史评判。

本出是一场短小的过场戏。但是从表达效果来看，上出"旦"悲悲切切、哀哀怨怨，情绪弥漫在一片痴情和凄楚上，突然蹦出两个"净"、"丑"金戈铁马，在很大程度上破坏了原先悲凄的气氛，影响了情绪的一贯性。这种穿插也造成了结构松散、头绪纷繁、削弱"主脑"的弊端，以致冯梦龙主张删掉此出："李全原非正戏，借作线索，又添金主，不更赘乎？去之良是。"（冯梦龙《风流梦》总评）但是从情节发展来看，本出为杜宝移镇淮扬埋下伏笔，又伏下后文李全畏惧老婆，悉听妻命，归顺大宋的情节。从场次调度来看，也调剂冷热场，于生、旦外添一净（李全）、丑（杨婆）戏，于戏剧的搬演必不可少，所以在青春版《牡丹亭》中仍然保留了下来。

百战惹雌雄，血映燕支重。一枝枪洒落花风，点点梨花弄。

第二十出　闹　殇

【金珑璁】（贴上）连宵风雨重，多娇多病愁中。仙少效，药无功。

> 颦有为颦，笑有为笑①。不颦不笑，哀哉年少。春香侍奉小姐，伤春病到深秋。今夕中秋佳节，风雨萧条。小姐病转沉吟，待我扶他消遣。正是：从来雨打中秋月，更值风摇长命灯②。（下）

【鹊桥仙】（贴扶病旦上）拜月堂空，行云径拥③，骨冷怕成秋梦。世间何物似情浓？整一片断魂心痛。

> （旦）枕函敲破漏声残④，似醉如呆死不难。一段暗香迷夜雨，十分清瘦怯秋寒。春香，病境沉沉，不知今夕何夕？（贴）八月半了。（旦）哎也！是中秋佳节哩。老爷、奶奶都为我愁烦，不曾玩赏了？（贴）这都不在话下了。（旦）听见陈师父替我推命，要过中秋。看看病势转沉，今宵欠好。你为我开轩一望，月色如何？
>
> （贴开窗）（旦望介）

【集贤宾】（旦）海天悠问冰蟾何处涌？玉杵秋空⑤，凭谁窃药把嫦娥奉？甚西风吹梦无踪⑥！人去难逢，须不是神挑鬼弄。在眉峰⑦，心坎里别是一般疼痛。（闷介）

【前腔】（贴）甚春归无端厮和哄⑧，雾和烟两不玲珑⑨。算来人命关天重，会消详直恁匆匆⑩！为着谁侬⑪，俏样子等闲抛送？待我谎他。姐姐，月上了。月轮空，敢蘸破你一床幽梦⑫。

> （旦望叹介）轮时盼节想中秋，人到中秋不自由。奴命不中孤月照，残生今夜雨中休。

【前腔】你便好中秋月儿谁受用？剪西风泪雨梧桐⑬。楞生瘦骨加沉重⑭，趱程期是那天外哀鸿⑮。草际寒蛩⑯，撒刺刺纸条窗缝⑰。（旦惊作昏介）冷松松，软兀刺四梢难动⑱。

注释：

①颦有为颦，笑有为笑：该忧愁时忧愁，该欢笑时欢笑。语出《韩非子·内储说上》。

②风摇长命灯：比喻生命危险。长命灯，昼夜点燃，祈求福寿的灯。

③拜月堂空，行云径拥：想拜月求团圆，眼前却无一个实在的心上人；梦中与情人幽会，现实中爱情的道路却断了。拜月，古人常通过拜月祈求团圆。《幽闺记》里王瑞兰不得已和丈夫分别，曾拜月祈求夫妇团圆。拥，隔绝。

④枕函敲破漏声残：指在枕头上一夜无眠，听更声到破晓天明。枕函，枕匣，这里指枕头。漏声，铜壶滴漏之声。漏壶是古老的计时器，古时夜间凭漏壶表示的时刻报更，所以漏壶又叫更漏。

⑤玉杵：月中有白兔持杵捣药，因此玉杵也代指月亮。

⑥甚西风吹梦无踪：化用宋李清照《浪淘沙》："帘外五更风，吹梦无踪。"

⑦在眉峰：化用宋李清照《一剪梅》："此情无计可消除。才下眉头，却上心头。"

⑧厮：互相。和哄：欺骗，调弄。

⑨雾和烟两不玲珑：天气多雾和雨都不好。

⑩算来人命关天重，会消详直恁匆匆：本来以为人命关天，病情会慢慢好转，谁知一下子病成这个模样。消详，待一会儿，这里指病情好转，生命延续。

⑪谁侬（nóng）：何人。

⑫蘸（zhàn）破：点破，照破。

⑬剪西风泪雨梧桐：秋风秋雨吹落梧桐叶。剪，风拂或寒气侵袭的样子。

⑭楞生瘦骨加沉重：瘦骨嶙峋，病情更加严重了。

⑮趱（zǎn）程期：赶路，赶时辰。趱，催促。

⑯草际寒蛩（qióng）：化用宋李清照《行香子》："草际鸣蛩，惊落梧桐，正人间，天上愁浓。"蛩，蟋蟀的别名。

⑰撒剌剌：形容风吹窗上纸片声。

⑱软兀剌：软绵绵地。四梢：四肢。

（贴惊介）小姐冷厥了^①！夫人有请。（老旦上）百岁少忧夫主贵，一生多病女儿娇。我的儿，病体怎生了？（贴）奶奶，欠好，欠好。（老）可怎了！

【前腔】不堤防你后花园闲梦铳^②，不分明再不惺忪^③，睡临侵打不起头梢重^④。（泣介）恨不呵早早乘龙^⑤。夜夜孤鸿，活害杀俺翠娟娟雏凤。一场空，是这答里把娘儿命送。

【啭林莺】（旦醒介）甚飞丝缱的阳神动，弄悠扬风马丁冬^⑥。（泣介）娘，儿拜谢你了。（拜跌介）从小来觑的千金重，不孝女孝顺无终。娘呵，此乃天之数也。当今生花开一红，愿来生把萱椿再奉。（众泣介）（合）恨西风，一霎无端，碎绿摧红。

【前腔】（老）并无儿、荡得个娇香种⑦，绕娘前笑眼欢
容。但成人索把俺高堂送，恨天涯老运孤穷。儿呵，暂时
间月直年空⑧，返将息你这心烦意冗。（合前）

　　（旦）娘，你女儿不幸，作何处置？（老）奔你回去也⑨。儿！

【玉莺儿】（旦泣介）旅榇梦魂中⑩，盼家山千万重。（老）
便远也去。（旦）是不是听女孩儿一言。这后园中一株梅树，儿心所
爱，但葬我梅树之下可矣。（老）这是怎的来？（旦）做不的病婵娟
桂窟里长生，则分的粉骷髅向梅花古洞⑪。（老泣介）看他强扶
头泪濛，冷淋心汗倾，不如我先他一命无常用。（合）恨苍
穹，妒花风雨，偏在月明中。

　　（老）还去与爹讲，广做道场也⑫，儿。银蟾谩捣君臣药，纸马重
　　烧子母钱⑬。（下）

注释：

①冷厥：昏厥。

②梦铳（chòng）：睡梦。指游园惊梦之事。

③不惺松：神志不清爽。

④睡临侵：睡昏昏地。头梢：头。

⑤乘龙：嫁个好女婿。

⑥甚飞丝缱的阳神动，弄悠扬风马丁冬：原来是风吹铁马，叮
　咚作响，把阳神从昏迷状态中惊醒过来。阳神，生魂。风
　马，挂在檐间的铁马。风吹相击发声。

⑦荡得个娇香种：好不容易养了一个好女儿。

⑧月直年空：即月值年灾，赶上命定的灾厄。

⑨奔：这里是指把遗体送走。

⑩旅榇（chèn）：寄存外乡的棺木。

⑪做不的病婵娟桂窟里长生，则分（fèn）的粉骷髅向梅花古洞：做不成嫦娥在月宫里长生不死，但求尸骨能埋葬在古梅树洞。婵娟，指嫦娥。桂窟，桂花窟，指月宫。分，应分，应该。

⑫做道场：请僧道做法事，消灾祈福。

⑬银蟾谩捣君臣药，纸马重烧子母钱：意谓月宫中玉兔徒然捣着仙药，也救不得杜丽娘性命。谩，徒然。君臣药，中医配药的方法。主治药品叫君，辅助药品叫臣。纸马，绘有彩色神像的纸画，焚化祭祀逝者。子母钱，这里指各种纸钱。

（旦）春香，咱可有回生之日否？

【前腔】（叹介）你生小事依从，我情中你意中。春香，你小心奉事老爷奶奶。（贴）这是当的了。（旦）春香，我记起一事来。我那春容，题诗在上，外观不雅。葬我之后，盛着紫檀匣儿，藏在太湖石底。（贴）这是主何意儿？（旦）有心灵翰墨春容，傥直那人知重①。（贴）姐姐宽心。你如今不幸，坟孤独影。肯将息起来，禀过老爷，但是姓梅姓柳秀才，招选一个，同生同死，可不美哉！（旦）怕等不得了。哎哟！哎哟！（贴）这病根儿怎攻②，心上医怎逢？（旦）春香，我亡后，你常向灵位前叫唤我一声儿。（贴）他一星星说向咱伤情重。（合前）

（旦昏介）不好了，不好了，老爷奶奶快来！

【忆莺儿】（外、老旦上）鼓三冬，愁万重，冷雨幽窗灯不红。听侍儿传言女病凶。（贴泣介）我的小姐，小姐！（外、老同泣介）我的儿呵，你舍的命终，抛的我途穷。当初只望把爹娘送。（合）恨匆匆，萍踪浪影，风剪了玉芙蓉。

（旦作醒介）（外）快苏醒！儿，爹在此。（旦作看外介）哎哟！爹爹，扶我中堂去罢。（外）扶你也，儿。（扶介）

【尾声】（旦）怕树头树底不到的五更风③，和俺小坟边立断肠碑一统。爹，今夜是中秋？（外）是中秋也，儿。（旦）禁了这一夜雨。（叹介）怎能勾月落重生灯再红！（并下）

注释：

① 傥（tǎng）直那人知重：也许能得到心上人欣赏珍重。傥，同"倘"，也许。直，值，碰到。

② 攻：治。

③ 怕树头树底不到的五更风：怕满树的花朵，不待五更风的吹折，就已经落尽了。这里指杜丽娘青春夭折。化用唐王建《宫词》："树头树底觅残红，一片西飞一片东。自是桃花贪结子，错教人恨五更风。"

（贴哭上）我的小姐，我的小姐！天有不测之风云，人有无常之祸福。我小姐一病伤春死了。痛杀了我家老爷、我家奶奶。列位看官们，怎了也！待我哭他一会①。

【红衲袄】小姐，再不叫咱把领头香心字烧②，再不叫咱把剔花灯红泪缴③，再不叫咱拈花侧眼调歌鸟，再不叫咱转镜移肩和你点绛桃④。想着你夜深深放剪刀，晓清清临画稿。提起那春容，被老爷看见了，怕奶奶伤情，分付殉了葬罢。俺想小姐临终之言，依旧向湖山石儿靠也，怕等得个拾翠人来把画粉销⑤。

老姑姑，你也来了。(净上)你哭得好，我也来帮你。

【前腔】春香姐，再不叫你煖朱唇学弄箫。(贴)为此。(净)再不和你荡湘裙闲斗草。(贴)便是。(净)小姐不在，春香姐也松泛多少。(贴)怎见得？(净)再不要你冷温存热絮叨，再不要得你夜眠迟、朝起的早。(贴)这也惯了。(净)还有省气的所在。鸡眼睛不用你做嘴儿挑⑥，马子儿不用你随鼻儿倒。(贴啐介)(净)还一件，小姐青春有了，没时间做出些儿也⑦，那老夫人呵，少不的把你后花园打折腰。

(贴)休胡说！老夫人来也。(老上哭介)我的亲儿！

【前腔】每日绕娘身有百十遭，并不见你向人前轻一笑。他背熟的班姬《四诫》从头学，不要得孟母三迁把气淘。也愁她软苗条忒恁娇，谁料他病淹煎真不好。(哭介)从今后谁把亲娘叫也，一寸肝肠做了百寸焦。

(老闷倒)(贴惊叫介)老爷，痛杀了奶奶也！快来，快来！(外哭上)我的儿也！呀！原来夫人闷倒在此。

【前腔】夫人，不是你坐孤辰把子宿器⑧，则是我坐公堂冤业报。较不似老仓公多女好⑨。撞不着赛卢医他一病跷⑩。天，天，似俺头白中年呵，便做了大家缘何处消⑪？见放着小门楣生折倒！夫人，你且自保重。便作你寸肠千断了也，则怕女儿呵，他望帝魂归不可招⑫。

注释：

①"列位看官们"三句：这是春香向场下观众的说白。

②领头香：第一炷香。心字：心字形的香篆。

③红泪：红蜡烛点燃时流下来的蜡液。缴：揩拭。

④点绛桃：点染红唇。

⑤怕等得个拾翠人来把画粉销：怕等着拾画的人来到，画上的彩色已经褪掉。拾翠人，这里指拾画的人。

⑥鸡眼睛：病名。状如鸡眼的皮肤小硬结，常生在足趾侧。做嘴儿挑：因脚有臭气，挑时努嘴作势。

⑦没时间做出些儿也：不知什么时候做出事来。些儿，事，儿女私情。

⑧坐孤辰把子宿嚣：因为命不好，没有儿子。坐，因为。孤辰，古代卜者的术语。天干为日，地支为辰，六甲中无天干相配之地支称孤辰。如甲子旬中无戌亥，戌亥即为孤辰。迷信认为人的生辰八字犯孤辰即主不吉利。孤辰、寡宿主孤寡。子宿，子星。嚣，虚无。

⑨较不似老仓公多女好：比不上仓公女儿多的福气。较不似，比不上，不如。老仓公，即汉代名医淳于意，做过太仓长，称仓公。他没有儿子，只有五个女儿。他曾经有罪，他最小的女儿缇萦为他上书救免。见《史记·扁鹊仓公列传》。

⑩撞不着赛卢医他一病蹻：遇不到良医，她因而死去了。赛，赛过。卢医，指战国良医扁鹊，住在卢地，世称卢医。又泛称良医。蹻，死。

⑪家缘：家计，指家产。

⑫望帝魂归不可招：魂招不回来，死而不能复生。望帝，传说蜀王杜宇，自称望帝。死后化为杜鹃鸟。

（丑院公上）人间旧恨惊鸦去，天上新恩喜鹊来。禀老爷：朝报高升。（外看报介）吏部一本：奉圣旨，金寇南窥，南安知府杜宝，可升安抚使①，镇守淮扬。即日起程，不得违误。钦此。（叹介）夫人，朝旨催人北往，女丧不便西归。院子，请陈斋长讲话。（丑）老相公有请。（末上）彭殇真一壑②，吊贺每同堂。（见介）（外）陈先生，小女长谢你了。（末哭介）正是。苦伤小姐仙逝，陈最良四顾无门。所喜老公相乔迁，陈最良一发失所。（众哭介）（外）陈先生，有事商量：学生奉旨，不得久停。因小女遗言，就葬后园梅树之下。又恐不便后官居住，已分付割取后园，起座梅花庵观，安置小女神位，就着这石道姑焚修看守。那道姑可承应的来？（净跪介）老道婆添香换水。但往来看顾，还得一人。（老）就烦陈斋长为便。（末）老夫人有命，情愿效劳。（老）老爷，须置些祭田才好。（外）有漏泽院二顷虚田③，拨资香火。（末）这漏泽院田，就漏在生员身上。（净）咱号道姑，堪收稻谷④。你是陈绝粮，漏不到你。（末）秀才口吃十一方⑤，你是姑姑，我还是孤老⑥，偏不该我收粮？（外）不消争，陈先生收给。陈先生，我在此数年，优待学校。（末）都知道。便是老公相高升，旧规有诸生遗爱记、生祠碑文，到京伴礼送人为妙。（净）陈绝粮，遗爱记是老爷遗下与令爱作表记么？（末）是老公相政迹歌谣。什么"令爱"！（净）怎么叫做生祠？（末）大祠宇塑老爷像供养，门上写着："杜公之祠"。（净）这等不如就塑小姐在傍，我普同供养。（外恼介）胡说！但是旧规，我通不用了。

【意不尽】陈先生，老道姑，咱女坟儿三尺暮云高，老夫妻一言相靠。不敢望时时看守，则清明寒食一碗饭儿浇。

  （外）魂归冥漠魄归泉， 朱 褒⑦
  （老）使汝悠悠十八年。 曹 唐⑧

（末）一叫一回肠一断，李　白⑨
（合）如今重说恨绵绵。张　籍⑩

注释：

①安抚使：宋代为掌管一方军民两政之官。常由知州、知府
　兼任。

②彭殇（shāng）真一壑（hè）：长寿和短命都逃不出一死。
　彭，彭祖，传说中寿命最长的人，活到八百岁。殇，未成年
　即夭折的人。壑，坑谷，指埋葬的地方。

③漏泽院：宋代一种官办公墓制，即政府将死而无葬的贫者和
　战死士兵加以安葬。此指漏泽院用地。

④稻谷：与道姑谐音。

⑤秀才口吃十一方：和尚口吃十方，住在庙里的秀才连和尚的
　也要吃，所以说口吃十一方。

⑥孤老：指年老的孤独汉。与谷老谐音。

⑦魂归冥漠魄归泉：语本朱褒《悼杨氏妓琴弦》。此指杜丽娘
　死去。

⑧使汝悠悠十八年：语本曹唐《题子侄书院双松》。此指杜丽
　娘死时正值青春。十八年，十八岁，此为虚指，意谓年轻。

⑨一叫一回肠一断：语本李白《宣城见杜鹃花》。此指杜宝夫
　妻哭叫丽娘非常悲痛。

⑩如今重说恨绵绵：语本张籍《送元结》。此指丧女之痛无穷
　无尽。

点评：

"殇"，指男女未成年即夭折。在风雨潇潇的中秋之夜，十六岁的杜丽娘青春早逝。按女儿遗嘱，杜母将其葬于后花园大梅树下，并修梅花观令石道姑和陈最良看守。

在杜丽娘自知不起，嘱咐后事之际，春香还劝慰她说："姐姐宽心。你如今不幸，坟孤独影。肯将息起来，禀过老爷，但是姓梅姓柳秀才，招选一个，同生同死，可不美哉！"但杜丽娘的回答却是："怕等不得了。"这一刻她是非常清醒的，她明白她要在现实中找到爱人是不可能的。杜丽娘不是死于爱情的被破坏，而是死于对爱情的徒然渴望。

杜丽娘死于中秋之夜，正值人间祈愿美满团圆之时。这个特殊的时间点也加重了她的悲剧性。她死得不甘，她惦念父母，留恋人世，而且至死一点痴情不灭，她嘱咐春香将春容藏在太湖石底，其实是希望能有人拾到而"知重"于她。所以她一则问"咱可有回生之日否"，再则云"怎能勾月落重生灯再红"。本出曲词哀婉悲凉之极，在昆剧舞台上称为"离魂"，乃《牡丹亭》全部悲凉之所在。

从情节上来说，杜丽娘要求死后埋在梅树下，将春容藏于太湖石底，也是为下文《拾画》《魂游》《幽媾》等情节做了辅垫。杜丽娘的死不是生命的结束，而是新的开始。戏曲大师吴梅评价说："此剧肯綮在生死之际。记中《惊梦》《寻梦》《写真》《诊祟》《悼殇》五折，自生而之死，《魂游》《幽媾》《欢挠》《冥誓》《回生》五折，自死而之生。其中搜抉灵根，掀翻情窟，为从来填词家展齿所未及，遂能雄踞词坛，历劫不磨也。"（吴梅《中国戏曲概论》）

本出的"闹"集中体现在陈最良和石道姑的闹场。杜丽娘玉殒之夜，杜母和杜宝都哀伤欲绝，连春香也哀痛不已，前来吊丧的陈最良却和石道姑为争夺祭田发生了口角。为得到实惠，陈最良不顾秀才的体面与石道姑"据理力争"，而两个人的理由都十分荒唐可笑。"（末）这漏泽院田，就漏在生员身上。（净）咱号道姑，堪收稻谷。你是陈绝粮，漏不到你。（末）秀才口吃十一方，你是姑姑，我还是孤老，偏不该我收粮？"他们的调侃令人捧腹，在本出凄苦缠绵的氛围中，交织着荒唐滑稽的色彩。本出结尾写朝廷命杜宝镇守淮扬，即刻赴任，为即将出场的柳梦梅和杜丽娘鬼魂在后花园中相会创造了可能。

第二十一出　谒　遇

【光光乍】（老旦扮僧上）一领破袈裟，香山岙里巴^①。多生多宝多菩萨^②，多多照证光光乍^③。

> 小僧广州府香山岙多宝寺一个住持。这寺原是番鬼们建造^④，以便迎接收宝官员。兹有钦差苗爷任满，祭宝于多宝菩萨位前，不免迎接。

【挂真儿】（净扮苗舜宾，末扮通事^⑤，外、贴扮皂卒，丑扮番鬼上）半壁天南开海汉^⑥，向真珠窟里排衙^⑦。（僧接介）（合）广利神王^⑧，善财天女^⑨，听梵放海潮音下^⑩。

> （净）铜柱珠崖道路难，伏波横海旧登坛。越人自贡珊瑚树，汉使何劳獬豸冠^⑪？自家钦差识宝使臣苗舜宾便是。三年任满，例当祭赛多宝菩萨。通事那里？（末见介）（丑见介）伽喇喇。（老旦见介）（净）叫通事，分付番回献宝^⑫。（末）俱已陈设。（净起看宝介）奇哉宝也！真乃磊落山川^⑬，精荧日月。多宝寺不虚名矣！看香。（内鸣钟）（净礼拜介）

【亭前柳】三宝唱三多^⑭，七宝妙无过^⑮。庄严成世界，光彩遍娑婆^⑯。甚多，功德无边阔。（合）领拜南无多得宝^⑰，宝多罗，多罗。

> （净）和尚，替番回海商祝赞一番。

【前腔】（老旦）大海宝藏多，船舫遇风波。商人持重宝，险路怕经过。刹那^⑱，念彼观音脱^⑲。（合前）

注释：

①巴：指寺庙。明代澳门基督教所建教堂称"三巴寺"。

②多生：佛教以众生造善恶之业，受轮回之苦，生死相续，谓之"多生"。多宝多菩萨：多宝如来，宝净佛。

③照证：照耀。光光乍：光头和尚。

④番鬼：明代称外国人为番鬼，这里指洋商。

⑤通事：翻译官。

⑥海汊（chà）：海湾。

⑦真珠窟：我国南海产珍珠，这里指香山岙。排衙：官署陈设仪仗，属吏依次参拜长官的情状。

⑧广利神王：南海海神。唐天宝十载（751）南海神被封为广利王。广利王富有奇珍异宝。

⑨善财：又称"善财童子"。出生时，种种珍宝自然涌出。因文殊指点而成菩萨。天女：欲界天的女性。

⑩梵：梵音，指说佛法、诵经、歌赞等。海潮音：海潮按时而至，其音宏大，故以喻佛、菩萨应时适机说法的声音。

⑪"铜柱珠崖道路难"四句：路途险阻，古时只有马援曾经到过。珊瑚树是越人自贡，用不着朝廷派使臣去索取。铜柱，东汉马援曾被封为伏波将军，渡海南征交趾，在今广西壮族自治区上思县分茅岭建铜柱，作为分疆标志。珠崖，汉代郡名，今海南岛东部，古代以产珠著名。獬豸（xiè zhì）冠，指御史，这里指使臣。

⑫番回：这里泛指航海到中国来的外国商人。

⑬磊落：众多堆积的样子。

⑭三宝：佛家以佛、法、僧为三宝。此指僧人。三多：佛教用

语。指多近善友，多闻法音，多修不净观。一说，指多供养佛，多事善友，多问法要。

⑮七宝：七种宝物，说法不一，如《法华经》以金、银、琉璃、砗磲、玛瑙、珍珠、玫瑰为七宝。

⑯娑婆（suō pó）：佛教称大千世界为"娑婆世界"。

⑰南无（ná mó）：佛教语。意为归命、敬礼、度我。

⑱刹那：梵语的音译。最短的时间。

⑲念彼观音脱：佛家说，苦难的人一念观音菩萨的佛名，菩萨就能使他得到解脱，所以叫观音。

【挂真儿】（生上）望长安西日下，偏吾生海角天涯。爱宝的喇嘛①，抽珠的佛法②，滑琉璃两下难拿③。

自笑柳梦梅，一贫无赖，弃家而游。幸遇钦差寺中祭宝，托词进见。倘言语中间，可以打动，得其赈援，亦未可知。（见外介）（生）烦大哥通报一声。广州府学生员柳梦梅，来求看宝。（报介）（净）朝廷禁物，那许人观。既系斯文，权请相见。（见介）（生）南海开珠殿④，（净）西方掩玉门。（生）剖怀俟知己，（净）照乘接贤人⑤。敢问秀才以何至此？（生）小生贫苦无聊，闻得老大人在此赛宝，愿求一观，以开怀抱。（净笑介）即逢南土之珍，何惜西昆之秘⑥。请试一观。（净引生看宝介）（生）明珠美玉，小生见而知之。其间数种，未委何名⑦，烦老大人一一指教。

【驻云飞】（净）这是星汉神沙，这是煮海金丹和铁树花。少什么猫眼精光射，母碌通明差。嗏，这是鞑鞯柳金芽，这是温凉玉斝，这是吸月的蟾蜍，和阳燧冰盘化⑧。（生）我广南有明月珠，珊瑚树。（净）径寸明珠等让他⑨，便是几尺珊瑚碎了他⑩。

（生）小生不游大方之门⑪，何因睹此！

【前腔】天地精华，偏出在番回到帝子家。禀问老大人，这宝来路多远？（净）有远三万里的，至少也有一万多程。（生）这般远，可是飞来？走来？（净笑介）那有飞走而至之理？只因朝廷重价购求，自来贡献。（生叹介）老大人，这宝物蠢尔无知，三万里之外，尚然无足而至；生员柳梦梅，满胸奇异，到长安三千里之近，倒无人购取，有脚不能飞！他重价高悬下，那市舶能奸诈⑫，嗏，浪把宝船撺⑬。（净）疑惑这实物欠真么？（生）老大人，便是真，饥不可食，寒不可衣，看他似虚舟飘瓦⑭。（净）依秀才说，何为真宝？（生）不欺，小生到个真正献世宝⑮。我若载宝而朝，世上应无价。（净笑介）则怕朝廷之上，这样献世宝也多着。（生）但献宝龙宫笑杀他，便斗宝临潼也赛得他⑯。

（净）这等便好献与圣天子了。（生）寒儒薄相，要伺候官府，尚不能勾。怎见的圣天子？（净）你不知，到是圣天子好见。（生）则三千里路资难处。（净）一发不难。古人黄金赠壮士，我将衙门常例银两⑰，助君远行。（生）果尔，小生无父母妻子之累，就此拜辞。（净）左右，取书仪⑱，看酒。（丑上）广南爱吃荔枝酒，直北偏飞榆荚钱。酒到，书仪在此。（净）路费先生收下。（生）谢了。（净送酒介）

注释：

①喇嘛：藏语，这里泛指和尚。

②抽珠：念一声佛或一遍经，在数珠上抽一粒珠子以记数。这里语意双关，指抽取珠宝。

第二十一出 谒遇

171

③滑琉璃两下难拿：指"爱宝的喇嘛、抽珠的佛法"，两者都靠不住，像琉璃一样圆滑，不能指望他们的帮助。

④珠殿：饰以珠玉的宫殿。

⑤照乘：即照乘珠，据说它的光亮能照见许多车辆。这里喻贤人。乘，车。

⑥西昆之秘：指稀奇的珍宝。西昆，西方的昆仑山，据说其上多玉。秘，稀奇，新奇。

⑦未委：未悉，不知。

⑧"这是星汉神沙"以下九句：列举各种珠宝名。星汉神沙，星汉砂，一种红黄类宝石。煮海金丹，比星汉沙更珍贵的红黄类宝石。母碌，祖母绿。靺鞨，此指靺鞨所产的红宝石。温凉玉斝，一种玉酒杯，里面盛的饮料可以随人意或温或凉。吸月的蟾蜍，可能是一种放在香炉边能把香烟吸入，很久后再从嘴里吐出的玉蟾蜍。阳燧，宝珠名，传说是大食国宝。冰盘，水晶盘。

⑨径寸明珠等让他：就是直径一寸的大珠也比不上这些珍宝。相传有波斯人在中国一方石中剖得一枚直径一寸的大珠。他泛船回国，宝珠为海神强求而去。

⑩几尺珊瑚碎了他：晋代王恺与石崇争富。王恺拿出皇帝赐他的三尺许高的珊瑚树。石崇看见了，用铁如意把它敲碎，以更高珊瑚树六七株拿出来作赔偿。

⑪大方之门：这里指祭宝的大场面。大方，谓识见广博。

⑫市舶：市舶司，明代在广州设有市舶司，主管对外贸易。这里指外国商船。能：这样。

⑬撑：同"划"。

⑭虚舟飘瓦：比喻无用的东西。

⑮献世宝：即现世宝，罕有的宝物。

⑯斗宝临潼：《孤本元明杂剧·临潼斗宝》：秦穆公为并吞天
　　下十七国诸侯，要每个国家拿出宝物一件，在临潼比赛。

⑰常例银两：旧时官员在俸禄之外享有的额外收入，如下属的
　　馈赠、多收的赋税等。因是不成文规定，故称"常例"。

⑱书仪：馈赠钱物所写的礼帖和封签。泛指馈赠的钱物。

【三学士】你带微醺走出这香山罅①，向长安有路荣华。
(生)无过献宝当今驾，撒去收来再似他。(合)骤金鞭及
早把荷衣挂②，望归来，锦上花。

【前腔】(生)则怕呵重瞳有眼苍天瞎③，似波斯赏鉴无差④。
(净)由来宝色无真假，只在淘金的会拣沙。(合前)

　　(生)告行了。

【尾声】你赠壮士黄金气色佳。(净)一杯酒酸寒奋发，则
愿的你呵，宝气冲天海上槎⑤。

　　　　(生)乌纱巾上是青天，　司空图⑥
　　　　(净)俊骨英才气俨然。　刘禹锡⑦
　　　　(生)闻道金门堪济美，　张南史⑧
　　　　(净)临行赠汝绕朝鞭。　李　白⑨

注释：

①罅（xià）：裂缝，这里指山口。

②荷衣：中进士后所穿的绿袍。指做官。

③重瞳：眼中有两个瞳仁。据传说舜帝是重瞳，后代指圣明的

皇帝。

④波斯：相传波斯人善识宝，此指识宝的外国商人。

⑤海上槎（chá）：比喻做官。神话传说，年年八月海上有浮槎
来往，乘槎可以到天河上。槎，木筏。

⑥乌纱巾上是青天：语本司空图《修史亭三首》之三。这里指
柳梦梅自许能科举高中，平步青云。

⑦俊骨英才气俨然：语本刘禹锡《哭庞京兆》。这里是苗舜宾
称赞柳梦梅青年才俊，定成大事。

⑧闻道金门堪济美：语本张南史《江北春望赠皇甫补阙》。这
里指柳梦梅感谢苗舜宾的接济。

⑨临行赠汝绕朝鞭：语本李白《送羽林陶将军》。这里是苗舜
宾临别鼓励柳梦梅快马加鞭，早日登第。"绕朝鞭"也预示
两人日后相见的情节。

点评：

　　"谒遇"，拜会知遇。本出中柳梦梅在香山岙多宝寺拜
会钦差识宝使臣苗舜宾，获得资助，准备上京赴考。

　　香山岙就是今天的澳门。汤显祖是中国最早与西方社
会有过接触的文人之一。万历十九年（1591），汤显祖贬
谪广东徐闻，途经广州，顺路游览了澳门，这时澳门已租
借给葡萄牙殖民者近四十年。汤显祖在澳门目睹了繁华的
中外贸易，接触到不少活跃在香山岙的外国商人，如"贾
胡"、"番回海商"、"番鬼"、"番僧"、"译者"等，也见识
到许多光怪陆离的外国货物。澳门之行给汤显祖留下了十
分深刻的印象，他写下咏澳门的诗歌《听香山译者》二首、

《香岙逢贾胡》及《香山验香所采香口号》等，又特地在《牡丹亭》中补插了《谒遇》一出，将在澳门的许多见闻均写入戏中。因此，《牡丹亭》虽写南宋之事，《谒遇》却是以明代的澳门为背景写成的。

香山岙多宝寺是琳琅满目、光彩婆娑、遍地宝物的世界，去澳门重价购求珠宝奇珍便成为"钦差识宝使臣"的任务。在明朝历史上，朝廷"重价高悬"的收购，使"偏出在番回"的"天地精华"之宝物均来到了"帝子家"，结果是"内府告匮，至移济边银以供之"（《明史·食货六》），几乎动摇了国家的根基。香山岙多宝寺赛宝这场戏，隐射了明朝宫廷的奢靡无度。汤显祖感伤时事，寄讽刺于笔端，体现了强烈的社会责任感。臧懋循说："临川传奇好为伤世之语，亦如今士子作举业，往往入时事。"（臧懋循《牡丹亭·冥判》评语）

香山岙赛宝会上，柳梦梅观异域宝物时，贬那宝物"饥不可食，寒不可衣，看他似虚舟飘瓦"，自夸为无价之宝，"小生到是个真正献世宝。我若载宝而朝，世上应无价"。柳梦梅这番朝廷重利轻才的不满言论，竟然激起了能识宝物却难别文字优劣的钦差大臣苗舜宾的兴趣。这位苗大人"黄金赠壮士"，柳生终于有路费远行进京了。后面他误了考期（第四十一出《耽试》），巧遇的主考官竟然就是这位因搜求珠宝而得宠的钦差大臣。某种程度上说，柳生的中状元也是巧合的产物。作者对于这种巧合的安排，是对他所处时代官场、科场黑暗的揭示。临行时，柳梦梅向苗说道："则怕呵重瞳有眼苍天瞎。"柳梦梅骂过时运不济、世道不公，怨过朝廷爱财宝而弃才子，现在骂向苍天。与杜丽娘相较，柳梦梅是一个生活在现实中的真实人物。他怀才不遇满腹牢骚，不得已干谒权贵求取功名，却仍然是敢怨敢恨、真情直性的血性才子。

牡丹亭

中华经典名剧

176

第二十二出　旅　寄

【捣练子】(生伞袱，病容上)人出路，鸟离巢。(内风声介)
搅天风雪梦牢骚。这几日精神寒冻倒。

> 香山㘭里打包来①，三水船儿到岸开②。要寄乡心值寒岁，岭南
> 南上半枝梅。我柳梦梅。秋风拜别中郎③，因循亲友辞饯。离船
> 过岭，早是暮冬。不堤防岭北风严，感了寒疾，又无扫兴而回之
> 理。一天风雪，望见南安。好苦也！

【山坡羊】树槎牙饿鸢惊叫④，岭迢遥病魂孤吊。破头
巾雹打风筛，透衣单伞做张儿哨⑤。路斜抄，急没个店
儿捎⑥。雪儿呵，偏则把白面书生奚落⑦。怎生冰凌断桥，步
高低蹬着。好了。有一株柳，酬将过去⑧。方便处柳跎腰⑨。
(扶柳过介)虚嚣⑩，尽枯杨命一条。蹊跷，滑喇沙跌一
交。(跌介)

注释：

①打包：收拾行装。

②三水：地名，在广州西，西江、北江、绥江合流处。

③中郎：官名，这里指识宝使臣苗舜宾。

④槎牙：形容老树枯枝纵横。鸢（yuān）：老鹰。

⑤透衣单伞做张儿哨：风吹透了单衣，吹过破纸伞，像哨子一
　样呜呜作响。张，量词，一个。

⑥捎：这里是安顿、寄宿的意思。

⑦奚落：冷落，怠慢。这里是欺负的意思。

⑧酬：扶。

⑨柳跎腰：柳树斜横水上，好像驼腰一样。跎，驼背。

⑩虚嚣：虚浮，不可靠。这里指柳树枯了，扶着不牢、不稳。

【步步娇】（末上）俺是个卧雪先生没烦恼①。背上驴儿笑，心知第五桥②。那里开年，有斋村学！（生叫哎哟介）（末）怎来人怨语声高？（看介）呀！甚城南破瓦窑，闪下个精寒料③。

（生）救人！救人！（末）我陈最良，为求馆冲寒到此。彩头儿恰遇着吊水之人，且由他去。（生又叫介）救人！（末）听说救人，那里不是积福处。俺试问他。（问介）你是何等之人，失脚在此？

（生）俺是读书之人。（末）委是读书之人，待俺扶起你来。（末扶生，相跌，诨介）（末）请问何方至此？

【风入松】（生）五羊城一叶过南韶④，柳梦梅来献宝。（末）有何宝货？（生）我孤身取试长安道，犯严寒少衾单病了。没揣的逗着断桥溪道，险跌折柳郎腰。

（末）你自揣高中的，方可去受这等辛苦。（生）不瞒说，小生是个擎天柱，架海梁⑤。（末笑介）却怎生冻折了擎天柱，扑倒了紫金梁？这也罢了，老夫颇谙医理。边近有梅花观，权将息度岁而行。

【前腔】尾生般抱柱正题桥⑥，做倒地文星佳兆⑦。论草包似俺堪调药，暂将息梅花观好。（生）此去多远？（末指介）看一树雪垂垂如笑⑧，墙直上绣幡飘。

（生）这等，望先生引进。

（生）三十无家作路人，薛　据⑨

（末）与君相见即相亲。王　维⑩

（生）华阳洞里仙坛上，白居易⑪

（合）似近东风别有因。罗　隐⑫

注释：

①卧雪先生：东汉袁安。《后汉书》载，袁安大雪时一个人僵卧
　家中，不愿出去求人。后作安贫乐道的典故。

②第五桥：在长安韦曲之西。这里只是指一座桥。

③甚城南破瓦窑，闪下个精寒料：意谓这是哪里来的穷愁潦倒
　的倒霉鬼。破瓦窑，宋朝吕蒙正青年时穷困不堪，住在破窑
　里。精寒料，穷光蛋。

④五羊城：广州别名。一叶：指一只小船。南韶：即韶州，今
　广东曲江。

⑤擎天柱，架海梁：戏曲中常以擎天白玉柱、架海紫金梁比喻
　朝廷依重的将相或有出息的读书人。

⑥尾生般抱柱正题桥：意谓柳梦梅正满怀高中的抱负却掉进水
　里。尾生抱柱，书生尾生与爱人约定在桥下相会。尾生先
　到，遇到河水上涨，他不肯离开，竟被淹死。此仅以尾生指
　柳梦梅掉进水里。题桥，传说汉代辞赋家司马相如经过成都
　升仙桥，在桥柱上题字："不乘赤车驷马，不过汝下也。"这
　里意指柳梦梅抱负远大。

⑦倒地文星：文曲星的塑像是一个鬼以一只脚翘起踢斗，好像
　要倒下来，故称。文星，文曲星，传说中主文的星宿。

⑧一树雪：一树雪一样的梅花。

⑨三十无家作路人：语本薛据《早发上东门》。这里指柳梦梅感慨离了故里，无安身立足之所，旅途漂泊。

⑩与君相见即相亲：语本王维《寄河上段十六》。这里指陈最良对同是落魄书生的柳梦梅，充满同情和理解。

⑪华阳洞里仙坛上：语本白居易《华阳观中八月十五日夜招友玩月》。这里指柳梦梅借住在梅花观。

⑫似近东风别有因：语本罗隐《牡丹花》。这里指安排柳梦梅借住梅花观的真正原因是与杜丽娘相遇。

点评：

"旅寄"，旅途寄宿。本出中柳梦梅北上应试，途经南安，不小心落入溪中，恰逢陈最良外出，搭救了柳梦梅，并让他留住梅花观。

柳梦梅为求取功名离开岭南，千里迢迢跋山涉水，一路艰辛来到南安。暮冬冰天雪地，他饥寒交迫，不幸染上寒疾，又跌跌撞撞掉进冰溪，若没有陈最良搭救，也许会冻死在雪地里。然而虽则艰辛困苦，他却不后悔，坚信自己满腹才华定能高中。舞台表演中，青春版《牡丹亭》特别设计了一段柳梦梅与风雪搏斗的"伞舞"。柳梦梅手持破雨伞，猫着腰，双手撑住伞，顶着风雪走路。突然一阵狂风，将雨伞吹翻，在音乐声中一段强劲的伞舞，最后"双脱靴"滑跌在地。人坐于地上，"松眼"愁眉，一脸无可奈何，"人出路，鸟离巢，搅天风雪梦牢骚……"

青春版《牡丹亭》中，也特别设计了陈最良倒骑毛驴出场的身段，让酒足饭饱、踏雪归家的陈最良，在小锣声中自得其乐地上场，不小心踩中自命"擎天柱、架海梁"的酸书生，才将柳梦梅救至梅花观。这场戏尽管只有八九分钟，但演来趣味盎然。陈最良看见有人落水，起初本不想多管闲事，后来想到救人也是积福之事，想要援之以手。等听说是读书人时，越发动了恻隐之心。陈最良自己科举考试屡遭挫折，深知科举的不易与艰辛，他善意忠告柳梦梅可能要遭遇的辛酸和痛苦："你自揣高中的，方可去受这等辛苦。"

陈最良救助柳梦梅，并引柳梦梅住进梅花观，这给柳梦梅提供了拾画、玩真的机会，使故事情节进一步得到发展，并为杜、柳的人鬼相恋创造了必要的条件。到此，柳梦梅这条虚幻的线索，终于在旅寄梅花观后有了明确的情节意义，杜丽娘与柳梦梅的梦幻之情终于在梅花观开始走向现实。

第二十三出　冥　判

北【点绛唇】（净扮判官，丑扮鬼持笔、簿上）**十地宣差**①，一**天封拜。阎浮界**②，**阳世栽埋**③，又把俺这里门**程迈**④。

自家十地阎罗王殿下一个胡判官是也。原有十位殿下，因阳世赵大郎家，和金达子争占江山，损折众生，十停去了一停，因此玉皇上帝，照见人民稀少，钦奉裁减事例。九州九个殿下，单减了俺十殿下之位，印无归着。玉帝可怜见下官正直聪明，着权管十地狱印信。今日走马到任，鬼卒夜叉，两傍刀剑，非同容易也。（丑捧笔介）新官到任，都要这笔判刑名，押花字⑤。请新官喝采他一番。（净看笔介）鬼使，捧了这笔，好不干系也。

【混江龙】这笔架在那**落迦山**外，肉莲花高**耸案前排**⑥。捧的是**功曹令史**⑦，识字当该。（丑）笔管儿呢？（净）笔管儿是**手想骨、脚想骨**⑧，竹筒般**刬的圆滴溜**。（丑）笔毫？（净）笔毫呵，是牛头须、夜叉发，**铁丝儿揉定赤支毽**⑨。（丑）判爷上的选了⑩？（净）这笔头公⑪，是**遮须国选的人才**⑫。（丑）有甚名号？（净）这管城子⑬，在夜郎城受了**封拜**⑭。（丑）判爷兴哩？（净作笑舞介）**啸一声**⑮，**支兀另汉锺馗其冠不正**⑯。舞一回，疏喇沙斗河魁**近墨者黑**⑰。（丑）喜哩？（净）喜时节，奈河桥题笔儿耍去。（丑）闷呵？（净）闷时节，鬼门关投笔归来。（丑）判爷可上榜来⑱？（净）俺也曾考神祇，**朔望旦名题天榜**⑲。（丑）可会书来？（净）**摄星辰，井鬼宿**⑳，俺可也文会书斋。（丑）判爷高才？（净）做弗迭**鬼仙才**，白玉楼**摩空作赋**；陪得过风月主，**芙蓉城遇晚书怀**㉑。便写不尽**四大洲转轮日月**㉒，也差的着五瘟使号令风雷㉓。(丑)判爷见有地分㉔？(净)有地分，则合北斗司、阎浮殿，立俺边傍；没衙门，却怎生东岳观、城隍庙，也塑人左侧㉕。(丑)让谁？(净)便百里城高捧手，让大菩萨，好相庄严乘坐位㉖。(丑)恼谁？(净)怎三尺土，低分气㉗，对小鬼卒，清奇古怪立基阶。(丑)纱帽古气些？(净)但站脚，一管笔、一本簿，尘泥轩冕㉘。(丑)笔干了？(净)要润笔㉙，十锭金、十贯钞，纸陌钱财。(丑)点鬼簿在此。(净)则见没掯三展花分鱼尾册，无赏一挂日子虎头牌㉚。真乃是鬼董狐落了款，《春秋传》某年某月某日下，崩薨葬卒大注脚㉛。假如他支祈兽上了样，把禹王鼎各山各水各路上，魍魎魑魅细分腮㉜。(丑)待俺磨墨。(净)看他子时砚，忔忔察察，乌龙蘸眼显精神㉝。(丑)鸡唱了。(净)听丁字牌，冬冬登登，金鸡剪梦追魂魄。(丑)禀爷点卷。(净)但点上格子眼，串出四万八千三界有漏人名，乌星炮粲㉞；怎按下笔尖头，插入一百四十二重无间地狱，铁树花开㉟。(丑)大押花。(净)哎也！押花字止不过发落簿剁、烧、舂、磨一灵儿㊱。(丑)少一个请字。(净)登请书左则是，那虚无堂瘫、痨、蛊、膈四正客㊲。(丑)吊起称竿来。(众卒应介)(净)发称竿，看业重身轻，衡石程书秦狱吏㊳。(内作"哎哟"，叫"饶也"，"苦也"介)(丑)隔壁九殿下拷鬼。(净)肉鼓吹，听神啼鬼哭，毛钳刀笔汉乔才㊴。这时节呵，你便是没关节包待制"人厌其笑"㊵；(内哭介)恁风景，谁听的无棺椁颜修文"子哭之哀"㊶。(丑)判爷害怕哩。(净恼介)哎！《楼炭经》是俺六科五判㊷，刀花树是俺九棘三槐㊸。脸娄搜风髯赳赳㊹。眉剔竖电目崖崖㊺。

少不得中书鬼考，录事神差⑯。比着阳世那金州判、银府判、铜司判、铁院判，白虎临官，一样价打贴刑名催伍作⑰；实则俺阴府里注湿生、牒化生、准胎生、照卵生，青蝇报赦，十分的磊齐功德转三阶⑱。威凛凛人间掌命，颤巍巍天上消灾⑲。

注释：

①十地：这里指阴司十殿的第十殿转轮王，主管鬼魂转世事。
宣差：当差。

②阎浮界：泛指人世间。

③栽埋：埋葬。

④门桯（tīng）：门槛。

⑤押花字：签名画押。

⑥这笔架在那落迦山外，肉莲花高耸案前排：意谓判官手中笔在地域中干系重大。那落迦山，梵语地狱的音译，又借"山"字写笔架之形。肉莲花，形容笔架的形状像莲花。肉，当指阴司笔架由人骨肉制成。

⑦功曹：下级官员。

⑧手想骨、脚想骨：即手管骨、脚管骨，说阴间笔管是用手骨、脚骨做成。

⑨赤支毢（sāi）：指红色的胡须。

⑩上的选：犹如说上面所印的选者为谁。制毛笔关键在选毫，故毛笔上印有某人（或某商号）"精选"的字样。

⑪笔头公：指笔。笔头、笔公原是北朝人古弼的外号。

⑫遮须国：传说三国魏曹植死后做遮须国王。

⑬管城子：唐韩愈《毛颖传》中给笔取的外号。

⑭夜郎城：夜郎国。这里借"夜"字指阴间。

⑮啸：打口哨。

⑯支兀另：形容啸声。汉锺馗（kuí）其冠不正：锺馗是民间传说中驱鬼除邪之神，形象通常容貌丑陋，衣冠不整。

⑰疏喇沙：形容舞蹈的声、态。斗：斗魁，主管文章的神，手执墨斗，作踢斗状。河魁：凶神名。锺馗、斗魁、河魁都用来形容判官面貌丑陋。

⑱可上榜来：曾否考取功名的意思。

⑲朔望：阴历每月的初一、十五。

⑳井鬼：井宿和鬼宿。由鬼星联想到主文的魁星，意思说自己也能文。

㉑"做弗迭鬼仙才"四句：比不上鬼仙李贺，但和风月主石曼卿则不相上下。鬼仙才，唐李贺诗被称为"鬼仙之词"。据说李贺临死时看见有绯衣人带信给他，说上帝造了一座白玉楼，请他去写文章。摩空作赋，李贺有"殿前作赋声摩空"的诗句。芙蓉城，仙人所居之地。传说宋代文人石曼卿死后为芙蓉城主。做弗迭，比不上。

㉒四大洲：佛家说须弥山四方咸海中有四大洲：东胜身洲、南赡部洲、西牛货洲、北俱卢洲。犹如现在所说的世界。

㉓五瘟使：灾神，主管瘟疫。

㉔见有地分：现在的地位。

㉕"有地分"六句：指判官的塑像立在北斗司的北斗星君和阎浮殿的阎罗旁边，东岳庙、城隍庙中的判官塑像，立在东岳大帝、城隍的左侧。北斗星君，主管人死。阎浮，这里指阎

罗。东岳观，祀东岳大帝，主管人的生死及善恶报应。城隍，地方神。

㉖"便百里城高捧手"三句：指判官的塑像，手捧笔和文卷，照例站着，有意让着庄严的菩萨有座位坐。百里城，百里侯，原指县官，这里指权管十地狱印信的判官。好相庄严，庄严的佛相。乘坐位，有座位坐。

㉗三尺土，低分气：指塑像不过三尺高，不体面。

㉘尘泥轩冕：座车衣冠上全是尘泥。

㉙润笔：写字、作文、作画的报酬。这里是贿赂的意思，由上文"笔干了"引起。

㉚则见没搭三展花分鱼尾册，无赏一挂日子虎头牌：草草翻开了点鬼簿，按照点鬼簿开列的名单、日期，一一摄拿判处死刑。没搭三，糊里糊涂。花分鱼尾册，指列有姓名的点鬼簿。无赏，这里指判处死期。虎头牌，疑指摄魂牌。

㉛"真乃是鬼董狐落了款"三句：指判官署了名，签了日期，详细备注。鬼董狐，指东晋干宝，撰《搜神记》，善写鬼怪。这里指判官。注脚，注解、说明文字。

㉜"假如他支祈兽上了样"三句：形容点鬼簿上形形色色各种人物俱全，一无遗漏，有如禹王鼎上不仅铸上了支祈兽的像，各地山林水泽的神怪，都在鼎上现着原形。支祈兽，即无支祈，淮河水神，相传形状如猴，力量比九匹象还要大，在治水时被大禹所征服。上了样，铸在鼎上。禹王鼎，相传夏禹铸九鼎，鼎上有百物的图像。魍魉（wǎng liǎng）魅（chī）魅，山林水泽的各种神怪。细分腮，细细地分别他们不同的形貌。

㉝"看他子时砚"三句：指地府中用的墨用子时砚磨出，浓黑发亮。子时砚，子时用的砚。忾忾察察，形容磨墨的声音。乌龙蘸眼，形容墨汁闪闪有亮光，照人眼目。乌龙，指墨。

㉞"但点上格子眼"三句：只要笔尖在格子内的名字上一点，每个人在来生就有各种不同的命运了。三界，欲界、色界、无色界。四万八千，形容人死后将遭遇到的各种不同的命运。有漏，佛家语，有烦恼。乌星炮粲，形容人多。炮粲，爆竹爆裂的碎片。

㉟"怎按下笔尖头"三句：意思是按下笔头，把鬼犯打入无间地狱，是罕见的事。无间地狱，八大地狱之一。罪人堕入无间地狱，永远受苦，没有间断。从寒冰地狱到饮铜地狱共有一百四十二重。铁树花开，比喻不可能或极少可能的事。

㊱剉、烧、舂、磨：地狱刑罚的名称。一灵儿：指游魂。

㊲虚无堂：疑即四正客的住所。瘫、痨、蛊、膈：四种疾病。瘫，瘫痪，风瘫。痨，结核症。蛊，蛊毒。膈，噎膈反胃，吃不下东西。正客：凶神。

㊳衡石（dàn）程书秦狱吏：形容办案迅速。秦代的竹简文书很重，秦始皇每日称取一石（一百二十斤）公文，每日定量完成，不办完不休息。

㊴"肉鼓吹"三句：酷吏们严刑酷罚，把鞭打犯人的声音当作音乐。五代后蜀李匡远做县官很残酷，天天用刑，把鞭笞犯人的声音叫做肉鼓吹。毛钳刀笔汉乔才，指酷吏。毛钳刀笔，古代用笔在竹片上刻字，写错的字用刀刮掉。这里指刀笔吏。乔才，坏蛋，指酷吏。

㊵没关节包待制"人厌其笑"：不受贿赂的包拯，铁面无私，

即使笑了也让人讨厌。极言地狱之惨。关节，指暗中行贿勾结官吏的事。包待制，包拯。他曾做过天章阁待制。

㊶ 无棺椁颜修文"子哭之哀"：全句意思是境况已经够惨了，不堪再听见哭声。颜回是孔子最好的弟子，短命而死，传说他死后作地下修文郎的官，故称颜修文。颜回死，孔子哭得很伤心。颜回父亲请求用孔子的车作为颜回入葬时的外椁，孔子不答应。因为按照他的身份，必须坐车，不能徒步。椁，外棺。

㊷ 《楼炭经》是俺六科五判：以《楼炭经》作为刑法，判处鬼犯化生为飞鸟或走兽。六科，即六条，汉代刺史用以考察官吏的六条法令。后因以指考察官吏的职务和职权。五判，指笞、杖、徒、流、死等五刑。

㊸ 刀花树是俺九棘三槐：刀山地狱是审判厅。九棘三槐，此指朝堂。九棘，古代群臣外朝之位，树九棘为标识。三槐，相传周代宫廷外种有三棵槐树，三公朝天子时，面向三槐而立。后因以三槐喻三公。

㊹ 娄搜：形容脸上满是胡子。赳赳：威武雄健貌。

㊺ 崖崖：瘦削露骨的样子。这里是形容目光凌厉。

㊻ 少不得中书鬼考，录事神差：协助判官审理鬼魂的吏员很多。中书，掌管文书的吏人。录事，抄录文书的吏人。

㊼ "比着阳世那金州判"三句：和阳世一样，各路判官贪赃勒索，愈在下级衙门愈有钱；碰到这样的判官当值就有灾祸，得行贿判官和验尸人。州判、府判、司判、院判，各级判官，职级逐级升高。白虎临官，白虎当值。白虎，指迷信传说中的凶神。打贴，打点，贿赂。刑名，即刑名师爷。伍

作，即仵作，旧时官府中检验死伤的差役。

㊽ "实则俺阴府里注湿生"三句：按众生往托的四生，去胎生、卵生、湿生、化生，大赦功高德厚，官升三级。注、牒、准、照，都是判明、批准的意思。湿生，从湿而生，如腐肉中生蛆、虱之类。化生，指无所依托，借业力而忽然出现者，如诸天神、饿鬼及地狱中的受苦者。青蝇报赦，据说前秦符坚起草赦书，一只大苍蝇飞绕笔尖，赦书还没有公布，长安人都已知道。原来苍蝇化为黑衣人，把消息传出去。磊齐功德，功高德厚。转三阶，官升三级。

㊾ 威凛凛人间掌命，颤巍巍天上消灾：按，冰丝馆评【混江龙】："一幅横批挂下，用水墨大斧劈皴。"

叫掌案的，这簿上开除都也明白。还有几宗人犯，应该发落了？（贴扮吏上）人间勾令史，地下列功曹①。禀爷：因缺了殿下，地狱空虚三年。则有枉死城中轻罪男子四名，赵大、钱十五、孙心、李猴儿；女囚一名，杜丽娘；未经发落。（净）先取男犯四名。（生、末、外、老旦扮四犯，丑押上）（丑）男犯带到。（净点名介）赵大有何罪业，脱在枉死城？（生）鬼犯没甚罪。生前喜歌唱些。（净）一边去。叫钱十五。（末）鬼犯无罪。则是做了一个小小房儿，沉香泥壁②。（净）一边去。叫孙心。（老旦）鬼犯些小年纪，好使些花粉钱③。（净）叫李猴儿。（外）鬼犯是有些罪，好男风④。（丑）是真。便在地狱里，还勾上这小孙儿。（净恼介）谁叫你插嘴！起去伺候。（做写簿介）叫鬼犯听发落。（四犯同跪介）（净）俺初权印，且不用刑。赦你们卵生去罢。（外）鬼犯们禀问恩爷，这个卵是什么卵？若是回回卵，又生在边方去了。（净）

哇！还想人身？向弹壳里走去。（四犯泣介）哎！被人宰了！（净）也罢，不教阳间宰吃你。赵大喜歌唱，贬做黄莺儿。（生）好了。做莺莺小姐去。（净）钱十五住香泥房子。也罢，准你去燕窠里受用，做个小小燕儿。（末）恰好做飞燕娘娘哩。（净）孙心使花粉钱，做个蝴蝶儿。（外）鬼犯便和孙心同做蝴蝶去。（净）你是那好男风的李猴，着你做蜜蜂儿去，屁窟里长拖一个针。（外）哎哟，叫俺钉谁去？（净）四虫儿听分付：

【油葫芦】蝴蝶呵，你粉版花衣胜剪裁；蜂儿呵，你忒利害，甜口儿咋着细腰揑；燕儿呵，斩香泥弄影钩帘内；莺儿呵，溜笙歌警梦纱窗外：恰好个花间四友无拘碍。则阳世里孩子们轻薄，怕弹珠儿打的呆，扇梢儿扑的坏，不枉了你宜题入画高人爱，则教你翅捌儿展将春色闹场来。

　　（外）俺做蜂儿的不来，再来钉肿你个判官脑。（净）讨打。（外）可怜见小性命。（净）罢了。顺风儿放去，快走快走。（噀气介⑤）（四人做各色飞下）

注释：

①人间勾令史，地下列功曹：人间死了一个令史，来阴间做了功曹。勾，勾摄阴魂，这里指死去。

②沉香泥壁：把沉香涂在墙壁上。

③花粉钱：指嫖妓的费用。

④男风：男色。

⑤噀（xùn）气：嘘气作法。

　　（净做向鬼门嘘气映声介①）（丑带旦上）天台有路难逢俺，地狱无情欲恨谁？女鬼见。（净抬头背介②）这女鬼到有几分颜色！

【天下乐】猛见了荡地惊天女俊才，哈也么哈③，来俺里来。（旦叫苦介）（净）血盆中叫苦观自在④。（丑耳语介）判爷，权收做个后房夫人。（净）哎！有天条，擅用囚妇者斩。则你那小鬼头胡乱筛⑤，俺判官头何处买？（旦叫哎介）（净回身）是不曾见他粉油头忒弄色⑥。叫那女鬼上来。

【那吒令】瞧了你润风风粉腮，到花台酒台⑦？溜些些短钗，过歌台舞台⑧？笑微微美怀，住秦台楚台⑨？因甚的病患来？是谁家嫡支派？这颜色不像似在泉台。

（旦）女囚不曾过人家，也不曾饮酒，是这般颜色。则为在南安府后花园梅树之下，梦见一秀才，折柳一枝，要奴题咏。留连宛转，甚是多情。梦醒来沉吟，题诗一首：他年若傍蟾宫客，不是梅边是柳边。为此感伤，坏了一命。（净）谎也！岂有一梦而亡之理？

【鹊踏枝】一溜溜女婴孩，梦儿里能宁耐⑩！谁曾挂圆梦招牌，谁和你拆字道白⑪？哈也么哈，那秀才何在？梦魂中曾见谁来？

（旦）不曾见谁。则见朵花儿闪下来，好一惊。（净）唤取南安府后花园花神勘问。（丑叫介）（末扮花神上）红雨数番春落魄，《山香》一曲女消魂⑫。老判大人请了。（举手介）（净）花神，这女鬼说是后花园一梦，为花飞惊闪而亡。可是？（末）是也。他与秀才梦的绵缠，偶尔落花惊醒。这女子慕色而亡。（净）敢便是你花神假充秀才，迷误人家女子？（末）你说俺着甚迷他来？（净）你说俺阴司里不知道呵！

注释：

①哕（xuè）声：小声。

②背介：旁白，剧中其他角色听不到而观众却能听到的说白。

③哈（hāi）也么哈：戏曲演唱时表示感叹的语助词。这里表示
　判官看到杜丽娘美貌时的惊艳之情。

④血盆：地狱。观自在：观音菩萨。观音菩萨像多作美女形象。

⑤胡乱筛：胡说八道。筛，说不着边际的话。

⑥粉油头忒弄色：少女爱卖弄风情。

⑦润凤凤粉腮，到花台酒台：脸色娇嫩红润，是不是吃酒了。
　花台、酒台，都是吃酒的场所。

⑧溜些些短钗，过歌台舞台：短钗微斜，是不是唱歌跳舞了。

⑨秦台：秦国弄玉和爱人萧史所居处。楚台：楚怀王与巫山神
　女欢会处。

⑩宁耐：忍耐。

⑪拆字道白：即拆白道字，把一个字拆开，使成一句话，来占
　卜运气好坏的一种文字游戏。这里指谁和你猜题的诗是什么
　预兆。

⑫《山香》一曲女消魂：西王母宴群仙，有舞者舞《山香》，
　曲未终，花纷纷落下。这里指杜丽娘因梦而亡。

【后庭花滚】但寻常春自在，怎司化忒弄乖。眨眼儿偷
元气艳楼台①，克性子费春工淹酒债②。恰好九分态，你要
做十分颜色。数着你那胡弄的花色儿来。（末）便数来：碧桃
花。（净）他惹天台③。（末）红梨花。（净）扇妖怪④。（末）金钱花。
（净）下的财。（末）绣球花。（净）结的采。（末）芍药花。（净）心

事谐⑤。(末)木笔花。(净)写明白。(末)水菱花。(净)宜镜台。(末)玉簪花。(净)堪插戴。(末)蔷薇花。(净)露渲腮。(末)腊梅花。(净)春点额⑥。(末)剪春花。(净)罗袂裁。(末)水仙花。(净)把绫袜踹⑦。(末)灯笼花。(净)红影筛。(末)酴醾花。(净)春醉态⑧。(末)金盏花。(净)做合卺杯。(末)锦带花。(净)做裙褶带。(末)合欢花。(净)头懒抬。(末)杨柳花。(净)腰恁摆⑨。(末)凌霄花。(净)阳壮的咍。(末)辣椒花。(净)把阴热窄。(末)含笑花。(净)情要来。(末)红葵花。(净)日得他爱。(末)女萝花。(净)缠的歪。(末)紫薇花。(净)痒的怪⑩。(末)宜男花。(净)人美怀。(末)丁香花。(净)结半躧⑪。(末)豆蔻花。(净)含着胎⑫。(末)奶子花。(净)摸着奶。(末)栀子花。(净)知趣乖。(末)柰子花。(净)恣情奈。(末)枳壳花。(净)好处揩。(末)海棠花。(净)春困怠⑬。(末)孩儿花。(净)呆笑孩。(末)姊妹花。(净)偏妒色。(末)水红花。(净)了不开⑭。(末)瑞香花。(净)谁要采⑮。(末)旱莲花。(净)怜再来⑯。(末)石榴花。(净)可留得在⑰？几桩儿你自猜。哎！把天公无计策。你道为甚么流动了女裙钗⑱，划地里牡丹亭⑲，又把他杜鹃花魂魄洒⑳？

注释：

①眨眼儿偷元气艳楼台：片刻之间，你就偷取了天地间元气，化成了千花百草，使亭台楼阁变得更加美丽。

②克性子费春工淹酒债：在花酒之间陶醉，是你的本性，你应该克制一些。

③碧桃花，他惹天台：戏曲中常以碧桃花下指男女幽会的地

方，所以下句说"惹天台"。

④红梨花，扇妖怪：典出元张寿卿《谢金莲诗酒红梨花》杂剧。赵汝舟爱上了妓女谢金莲。谢金莲晚上持酒与红梨花与之相会。赵的友人洛阳太守刘公弼怕他耽误前程，骗他说他在晚上遇到的是一个女鬼，红梨花就是她的怨气所化。赵汝舟吓得匆匆进京赴考。考取后他在刘公弼家的宴会上，看见谢金莲的扇上插一朵红梨花，他以为真的又是见鬼了。刘说清原委，两人终成眷属。

⑤芍药花，心事谐：芍药花和爱情关联。《诗经·郑风·溱洧》："维士与女，伊其相谑，赠之以勺药。"

⑥腊梅花，春点额：南朝宋武帝女儿寿阳公主，有一次躺在含章殿檐下，梅花落在她的额上，后来人就照这样子作梅花妆。

⑦水仙花，把绫袜端：由水仙花联想到水仙洛神，三国魏曹植《洛神赋》中有"凌波微步，罗袜生尘"。

⑧酴釄花，春醉态：指用酴釄花制的酴釄酒。

⑨杨柳花，腰恁摆：以杨柳的摇曳比美人灵活的腰身，或以美人腰身比喻杨柳。

⑩紫薇花，痒的怪：紫薇花，用手抚摸，枝叶就会摇动，所以又称怕痒花。

⑪丁香花，结半骊（xǐ）：丁香如结的花蕾疏密不均。骊，稀疏的样子。

⑫豆蔻花，含着胎：豆蔻花又名含胎花。

⑬海棠花，春困怠：以美人春困形容海棠花。

⑭水红花，了不开：水红花，即蓼花，蓼、了谐音。

⑮瑞香花，谁要采：瑞、谁谐音。

⑯旱莲花，怜再来：旱莲花，即小连翘。莲、怜谐音，怜指
　爱人。

⑰石榴花，可留得在：按，曲子借用花名写女子从受聘、结
　婚、生孩子，直到老时。

⑱流动：感动。女裙钗：指杜丽娘。

⑲划地里：怎的，怎么。表示嗔怪、反诘语气。

⑳杜鹃花魂魄洒：杜鹃相传是蜀帝杜宇的亡魂所化，这里喻杜
　丽娘之死。

（末）这花色花样，都是天公定下来的，小神不过遵奉钦依，岂
　有故意勾人之理？且看多少女色，那有玩花而亡①？（净）你说自
　来女色，没有玩花而亡。数你听着：

【寄生草】花把青春卖，花生锦绣灾。有一个夜舒莲扯不住
留仙带②；一个海棠丝剪不断香囊怪③；一个瑞香风赶不上
非烟在④。你道花容那个玩花亡？可不道你这花神罪业随
花败。

　（末）花神知罪，今后再不开花了。（净）花神，俺这里已发落过
　花间四友，付你收管。这女囚慕色而亡，也贬在燕莺队里去罢。
　（末）禀老判，此女犯乃梦中之罪，如晓风残月。且他父亲为官
　清正，单生一女，可以耽饶。（净）父亲是何人？（旦）父亲杜宝
　知府，今升淮扬总制之职。（净）千金小姐哩。也罢，杜老先生分
　上，当奏过天庭，再行议处。（旦）就烦恩官替女犯查查，怎生有
　此伤感之事？（净）这事情注在断肠薄上。（旦）劳再查女犯的丈
　夫，还是姓柳姓梅？（净）取婚姻簿查来。（作背查介）是有个柳
　梦梅，乃新科状元也。妻杜丽娘，前系幽欢，后成明配，相会在

红梅观中。不可泄漏。(回介)有此人和你姻缘之分。我今放你出了枉死城,随风游戏,跟寻此人。(末)杜小姐,拜了老判。(旦叩头介)拜谢恩官,重生父母。则俺那爹娘在扬州,可能够一见?(净)使得。

【幺篇】他阳禄还长在,阴司数未该。禁烟花一种春无赖⑤,近柳梅一处情无外。望椿萱一带天无碍。则这水玻璃堆起望乡台⑥,可哨见纸铜钱夜市扬州界⑦?

花神,可引他望乡台随意观玩。(旦随末登台,望扬州哭介)那是扬州,俺爹爹奶奶呵,待飞将去。(末扯住介)还不是你去的时节。(净)下来听分付:功曹,给一纸游魂路引去⑧;花神,休坏了他的肉身也。(旦)谢恩官!

【赚尾】(净)欲火近干柴,且留的青山在,不可被雨打风吹日晒,则许你傍月依星将天地拜,一任你魂魄来回。脱了狱省的勾牌⑨,接着活兔的投胎。那花间四友你差排,叫莺窥燕猜,倩蜂媒蝶采,敢守的那破棺星圆梦那人来⑩。(下)

(末)小姐回后花园去来。

> (末)醉斜乌帽发如丝, 许　浑⑪
> (旦)尽日灵风不满旗。 李商隐⑫
> (净)年年检点人间事, 罗　邺⑬
> (合)为待萧何作判司。 元　稹⑭

注释:

①且看多少女色,那有玩花而亡:意谓自古以来的美女哪里有因赏花而死的。这里的"玩花"是赏花的意思,下句里判官

所言"玩花"则是指女子贪恋男色。

②一个夜舒莲扯不住留仙带：此指赵飞燕因淫乱而亡身。赵
飞燕是汉成帝皇后，能歌善舞，一次起舞，值风起，她说：
"仙乎，仙乎，去故而就新。"左右扯住了她的裙子，才把她
留下。后来时行的一种有络摺的裙子就叫留仙裙。她行为不
端，秽乱中宫，成帝死后，畏罪自杀。留仙带代指赵飞燕。
夜舒莲，东汉灵帝荒淫无度，建立裸游馆，里面有夜舒荷，
晚上开放，白天卷合。这里代指荒淫之行。

③一个海棠丝剪不断香囊怪：此指杨贵妃因与安禄山有染而
亡。传说她与安禄山关系暧昧，在她的庇护下唐明皇未对安
禄山有所防备，终致安史之乱爆发，杨贵妃也死于乱中。海
棠丝，《太真外传》：明皇登沉香亭，召杨贵妃。杨贵妃宿
酒未醒，钗横鬓乱，不能再拜。上笑曰："岂妃子醉，直海
棠睡未足耳！"香囊怪，安史之乱后，唐明皇叫人把杨贵妃
的骸骨重新安葬，打开墓后里面只有一个香囊。

④一个瑞香风赶不上非烟在：唐人传奇《非烟传》，武公业爱
妾步非烟，与书生赵象相爱。赵象赠诗："瑞香风引思深夜，
知是蕊宫仙驭来。"后来事泄，非烟被武公业毒打而死。

⑤禁烟花一种春无赖：春天的烟花都是无赖，应该禁了。

⑥则这水玻璃堆起望乡台：在望乡台上只见白茫茫一片水色。
水玻璃，形容水色。扬州既临海又临江。迷信传说，阴间有
望乡台，鬼魂在上面可看见自己的家。

⑦可哨见纸铜钱夜市扬州界：可瞧见扬州夜市里有人在烧纸钱
吗？哨见，看见。

⑧路引：通行证。

⑨勾牌：勾传去审讯用的牌子。

⑩破棺星：星名，这里指起坟开棺救活杜丽娘的人。

⑪醉斜乌帽发如丝：语本许浑《送萧处士归缑岭别业》。这里指花神作为人证，旁观鬼判断案。

⑫尽日灵风不满旗：语本李商隐《重过圣女祠》。这里指杜丽娘游魂希冀能舒展心愿。

⑬年年检点人间事：语本罗邺《赏春》。这里指判官判案。

⑭为待萧何作判司：语本元稹《酬孝甫见赠十首》之一。这里是称赞判官断案公平。

点评：

"冥判"，冥间审判。本出中杜丽娘魂魄飘到冥间，胡判官为丽娘的真情所感动，将其鬼魂放出枉死城，随风游荡，去寻找梦中情人。

《冥判》里的判官，本是一个"正直聪明"的小吏，刚刚提拔作了判官。鬼判外表狰狞，内心却很仁慈。判官审鬼近于胡闹，却又有章有法，还挺有人情味儿。对生前喜欢唱歌的赵大，判他来生做个黄莺；钱十五爱用沉香泥墙，叫他去做燕子；孙心喜欢在女儿堆中厮混，那就让他去做蝴蝶；好男风的李猴儿，罚他做了蜜蜂。大家都得偿所愿，十分满意。花神细数花色，引发判官对杜丽娘之死前因后果的理解和同情："花把青春卖，花生锦绣灭。"他放杜丽娘出枉死城，嘱咐花神"休坏了她的肉身"，准许这游魂追寻梦中的情人。

杜丽娘在人间礼教中窒息而亡，幽魂一缕却在可怖的阴间获得了自由。她对情爱的向往超越生死之境，更为缺月重圆种下丝丝希望。她到了阴间，仍然痴心不改，要判官查查"女犯的丈夫，还是姓柳姓梅"，真是"月可沉，天可瘦，泉台可螟，獠牙判发可狰而处，而'梅'、'柳'二字，一灵咬住，必不肯使劫灰烧失"（王思任《批点玉茗堂〈牡丹亭〉叙》）。让她没想到的是幽梦中那个虚幻的俊美男子，不是自己意念的幻觉，而是实有其人，而且和自己有夫妻之分，温柔痴情的杜丽娘变得更加执着勇敢。杜丽娘一念咬定，决定"魂返人间"，正式开启了"人鬼情"的序幕。《冥判》是《牡丹亭》故事情节的转折点。青木正儿《中国近世戏曲史》认为："《冥判》一出，使丽娘再生人世，使人一见已处绝望之局面，忽然打开，手段最高。"《冥判》为故事发展设下伏笔，使故事前后浑然一体，顺理成章。

《冥判》也是一出突出技巧、极见演员工夫的戏。此戏原为二花腔应工戏，昆剧作《花判》。表演优美粗犷，粗中有细。判官唱【混江龙】，从"嗉一声"到"天上消灾"，且歌且舞，直至此曲唱毕，方才"进屋坐"。杜丽娘的美貌令判官目眩神迷，他一会儿俯身隔案审视，一会儿跳上案头注目。判官一足支地，一足翘起，一手持笔，一手拿公文，不由自主地转了三圈。判官一系列的表演，使整出戏风趣可喜，完全冲淡了魂旦、小鬼带来的狰狞不悦的观感。

《冥判》又是一出热闹吉庆的戏，场景气氛瑰丽阔大，人物调度纵横变化。出场的判官举笔笑舞，"点鬼簿"，耍"押花字"。台上捉鬼，台后拷鬼，判官审鬼。四名男鬼化成莺、燕、蝶、蜂"花间四友"满场乱舞。判官勾出花神，花神细数花色。花神连说带唱，一口气报出四十种花名。一时间，丑净对舞，鬼哭神嚎，把舞台闹热气氛推上高潮。评论者将之与《西厢记》慧明一出武戏相比："《会真记》以惠明取雄，此以冥判发想，而闳纵过其万倍。"（晖阁本《牡丹亭》评语）清朝宫廷戏班曾在重华宫、同乐园多次上演折子戏《冥判》，演出均在春节期间的吉日良辰（《清代伶官传》）。

章军华《临川傩文化》认为，《牡丹亭》里的冥判，与元人刘镗《观傩》诗十分相似："判官端坐高堂，鬼使左右列立，鬼犯百般捶楚，判官一一发落。"在汤显祖的故乡江西临川，目前仍保留着丰富多彩的傩戏活动，其中还有不少判官的节目。

则许你傍月依星将天地拜，一任你魂魄来回。脱了狱省的勾牌，接着活兔的投胎。那花间四友你差排，叫莺窥燕猜，倩蜂媒蝶采，敢守的那破棺星圆梦那人来。

第二十四出　拾　画

【金珑璁】（生上）惊春谁似我？客途中都不问其他。风吹绽蒲桃褐[1]，雨淋殷杏子罗[2]。今日晴和，晒衾单兀自有残云涡[3]。

> 脉脉梨花春院香，一年愁事费商量。不知柳思能多少[4]？打迭腰肢斗沈郎[5]。小生卧病梅花观中，喜得陈友知医，调理痊可。则这几日间春怀郁闷，何处忘忧？早是老姑姑回也[6]。

【一落索】（净上）无奈女冠何，识的书生破。知他何处梦儿多？每日价欠伸千个。

> 秀才安稳！（生）日来病患较些[7]，闷坐不过。偌大梅花观，少甚园亭消遣。（净）此后有花园一座，虽然亭榭荒芜，颇有闲花点缀。则留散闷，不许伤心。（生）怎的得伤心也？（净叹介）是这般说。你自去游便了。从西廊转画墙而去，百步之外，便是篱门；半里之遥，都为池馆。你尽情玩赏，竟日消停[8]，不索老身陪去也。名园随客到，幽恨少人知。（下）（生）既有后花园，就此迤逦而去[9]。（行介）这是西廊下了。（行介）好个葱翠的篱门，倒了半架。（叹介）【集唐】凭阑仍是玉阑干　王初，四面墙垣不忍看　张隐。想得当时好风月　韦庄，万条烟罩一时干　李山甫[10]。（到介）呀！偌大一个园子也。

【好事近】则见风月暗消磨，画墙西正南侧左。（跌介）苍苔滑擦，倚逗着断垣低垛，因何，蝴蝶门儿落合[11]？原来以前游客颇盛，题名在竹林之上。客来过年月偏多，刻画尽琅玕千个[12]。咳！早则是寒花绕砌，荒草成窠。

怪哉！一个梅花观女冠之流，怎起的这座大园子？好疑惑也。便
是这湾流水呵！

【锦缠道】门儿锁，放着这武陵源一座。恁好处教颓
堕！断烟中，见水阁摧残，画船抛躲，冷秋千尚挂下裙
拖。又不是曾经兵火，似这般狼籍呵，敢断肠人远，
伤心事多？待不关情么，恰湖山石畔留着你打磨陀⑪。

注释：

①蒲桃褐：黄色粗布衣服。蒲桃，常绿乔木，果实成熟呈
　黄色。

②雨淋殷杏子罗：杏红罗衣着水颜色褪了，浓淡不匀。殷，
　变红。

③残云涡（wō）：指路途遇雨，衾被尚有湿渍。

④柳思：春思。

⑤打迭腰肢斗沈郎：这是说自己比沈约还要消瘦。打迭，收
　拾。沈郎，南朝沈约。沈约晚年多病，百日之中，衣带移动
　数孔。后以"沈郎腰"、"沈腰"喻腰围清减、消瘦。

⑥早是：幸好是。

⑦较些：病好一些。

⑧消停：消遣，逗留。

⑨迤逦（yǐ lǐ）：形容路径蜿蜒，这里可作慢慢解。

⑩"凭阑仍是玉阑干"四句【集唐】：按，四句诗分别出自王
　初《望雪》、张隐《万寿寺歌词》、韦庄《令狐亭》、李山甫
　《柳十首》之十。个别字有改动。

⑪蝴蝶门：双扇门。落合：门闩着。

⑫琅玕（láng gān）：竹的代称。

⑬打磨陀：消磨时光。

好一座山子哩！（窥介）呀，就里一个小匣儿。待把左侧一峰靠着，看是何物？（作石倒介）呀，是个檀香匣儿。（开匣看画介）呀！一幅观世音喜相。善哉！善哉！待小生捧到书馆，顶礼供养，强如埋在此中。

【千秋岁】（捧匣回介）小嵯峨①，压的旃檀合②，便做了好相观音俏楼阁。片石峰前，那片石峰前，多则是，飞来石三生因果③。请将去，炉烟上过④，头纳地，添灯火，照的他慈悲我。俺这里尽情供养，他于意云何？

（到介）到了观中，且安置阁儿上，择日展礼。（净上）柳相公多早了？

【尾声】（生）姑姑，一生为客恨情多，过冷澹园林日午嵯⑤。老姑姑，你道不许伤心，你为俺再寻一个定不伤心何处可。

（生）僻居虽爱近林泉，　伍　乔⑥
（净）早是伤春梦雨天。　韦　庄⑦
（生）何处邀将归画府？谭用之⑧
（合）三峰花半碧堂悬。　钱　起⑨

注释：

①嵯（cuō）峨：形容山势险峻，这里指假山。

②旃（zhān）檀合：檀木盒。旃檀，檀香木。合，同"盒"。

③飞来石三生因果：即前因宿缘。飞来石，杭州西湖灵隐飞来

峰，这里是指假山。三生因果，以三生石典故点染柳梦梅和杜丽娘的生死情缘。

④请将去，炉烟上过：指把画像迎请去，为它上香。

⑤矬（cuó）：日斜。

⑥僻居虽爱近林泉：语本伍乔《僻居酬友人》。这里指柳梦梅喜欢幽静的园林山水。

⑦早是伤春梦雨天：语本韦庄《长安清明》。这里指石道姑提醒春天容易伤感伤心。

⑧何处邀将归画府：语本谭用之《贻钓鱼李处士》。这里指柳梦梅拾得画轴。

⑨三峰花半碧堂悬：语本钱起《题嵩阳焦道士石壁》。这里指柳梦梅会将误认为观音的画轴悬挂起来。

点评：

　　"拾画"指柳梦梅寓居梅花观，病体初愈，偶游梅花观后花园，在假山旁拾到装有杜丽娘自画像的檀香小木匣。

　　以往演出都把《拾画》当做过场戏，青春版《牡丹亭》则把《拾画》分量加重变为主戏，将《玩真》与《拾画》捏为《叫画》一折，与杜丽娘的经典折子《惊梦》《寻梦》旗鼓相当。"传统以来对《牡丹亭》的侧重都放在杜丽娘身上，柳梦梅只是个大配角，作为杜丽娘感情寄托而已，因此不可能有个丰满而完整的柳梦梅。但这绝非汤显祖的原意，柳梦梅不只是个多情的儒生，且是一个傲骨书生。他真真做到了为情不疑、不悔、不骇，可以把自己的生命置之度外。他的痴心与杜丽娘一样，是情真、情深、情至。他的戏演足了，能与杜丽娘旗鼓相当，才能与她匹配，才值得杜丽娘为他爱得死去活来，这戏才会好看。"（汪世瑜《导演青春版〈牡丹亭〉的心得》

《拾画》是柳梦梅的"男游园"、"男寻梦"。三年前的春天，杜丽娘游园寻梦，发誓要"守的个梅根相见"。临死前特意嘱咐将那幅亲手描画的春容，盛在紫檀匣内，藏在太湖石下的梅根旁。她的游魄漂荡在阴司阳世，以一腔痴情和哀怨，等待着梦中情人拾起春容。三年后的春天，柳梦梅第一次来到杜丽娘曾经游过的、葬身的园子。偌大一个园子，"葱翠的篱门，倒了半架"，杜丽娘眼中"朝飞暮卷，云霞翠轩；雨丝风片，烟波画船"，已是柳梦梅面对的寒花绕砌、荒草成窠、断烟飘渺。杜丽娘在园中寻梦寻得一场空，她感叹："牡丹亭，芍药阑，怎生这般凄凉冷落，杳无人迹？好不伤心也！"柳梦梅此时也是"敢断肠人远，伤心事多"的伤春伤心之情。两位主人公跨越时间、相隔生死的伤心在花园里相接相续。能伤心者，才是"有情人"（《牡丹亭·题词》）。柳梦梅在倒塌的太湖石旁拾到画轴，误认为是观音佛像，非常虔诚小心地揩去画轴上的灰尘，准备带回书房焚香顶礼。柳梦梅的敦厚、诚挚在此表现出来，也为"叫画"、"幽媾"等情节做了铺垫，是杜、柳二人相遇结合的契机。

《拾画》整折是小生独角的重头戏，三十分钟的表演将巾生的艺术发挥得淋漓尽致。柳梦梅幸得遇上陈最良，被从雪地里救至梅花观中养病，病体初愈，听得石姑姑讲："此后有花园一座，虽然亭榭荒芜，颇有闲花点缀。"为解愁怀，踱步前往。一般巾生都要表现出书卷气浓、英俊潇洒的样子，经常要"亮靴底"，让人感觉非常自信。但是这时的柳梦梅大病初愈，又是寄居异地，前路茫茫，心情郁闷，所以他的上场不能追求一般巾生的美、帅的俊逸之气；而且受石道姑与陈最良的照顾，还无以为报，出场便不能是踱着方步的得意模样，而是要在儒雅风度中笼上一层淡淡的愁云，眉间皱而不深，愁而不苦。所以柳梦梅轻踩着软步子，静静上场，步履的着力点，不在脚跟而在脚尖上，不亮靴底，反而脚尖微微下压，但也不是"鞋皮生"那样拖拖沓沓的寒酸相。在"拾画"结尾处，青春版《牡丹亭》着力渲染和刻画柳梦梅拾画前后的种种神情举止，使原本草草收场的拾画情节起死回生，颇富机趣。

小嵯峨，压的旃檀合，便做了好相观音俏楼阁。片石峰前，那片石峰前，多则是，飞来石三生因果。

第二十五出　忆　女

【玩仙灯】（贴上）睹物怀人，人去物华销尽。道的个仙果难成，名花易陨。（叹介）恨兰昌殉葬无因①，收拾起烛灰香烬。

　　自家杜府春香是也。跟随公相夫人到扬州。小姐去世，将次三年。俺看老夫人那一日不作念，那一日不悲啼。纵然老公相暂时宽解，怎散真愁？莫说老夫人，便是俺春香，想起小姐平常恩养，病里言词，好不伤心也。今乃小姐生忌之辰，老夫人分付香灯，遥望南安浇奠。早已安排。夫人有请。

【前腔】（老旦上）地老天昏，没处把老娘安顿。思量起举目无亲，招魂有尽。（哭介）我的丽娘儿也！在天涯老命难存，割断的肝肠寸寸。

　　【苏幕遮】岭云沉，关树杏。（贴）春思无凭，断送人年少。（老）子母千回肠断绕，绣夹书囊，尚带余香袅。　　（贴）瑞烟清，银烛皎。（老）绣佛灵辰，血泪风前祷。（哭介）（合）万里招魂魂可到？则愿的人天净处超生早。（老）春香，自从小姐亡过，俺皮骨空存，肝肠痛尽。但见他读残书本，绣罢花枝，断粉零香，余簪弃履，触处无非泪眼，见之总是伤心。算来一去三年，又是生辰之日。心香奉佛②，泪烛浇天。分付安排，想已齐备。（贴）夫人，就此望空顶礼。（老拜介）【集唐】微香冉冉泪涓涓　李商隐，酒滴灰香似去年　陆龟蒙。四尺孤坟何处是　许浑？南方归去再生天　沈佺期③。杜安抚之妻甄氏，敬为亡女生辰，顶礼佛爷。愿得杜丽娘皈依佛力，早早生天。（起介）春香，祷告了佛

209

第二十五出　忆　女

爷，不免将此茶饭，浇奠小姐。

【香罗带】丽娘何处坟？问天难问。梦中相见得眼儿昏，则听的叫娘的声和韵也，惊跳起，猛回身，则见阴风几阵残灯晕。（哭介）俺的丽娘人儿也，你怎抛下的万里无儿白发亲！（贴拜介）

【前腔】名香叩玉真④，受恩无尽，赏春香还是你旧罗裙。（起介）小姐临去之时，分付春香，长叫唤一声。今日叫他，小姐，小姐呵，叫的一声声小姐可曾闻也？（老旦、贴哭介）（合）想他那情切，那伤神，恨天天生割断俺娘儿直恁忍！（贴回介）俺的小姐人儿也，你可还向这旧宅里重生何处身？

（跪介）禀老夫人：人到中年，不堪哀毁。小姐难以生易死，夫人无以死伤生。且自调养尊年，与老相公同享富贵。（老哭介）春香，你可知老相公年来因少男儿，常有娶小之意？止因小姐承欢膝下，百事因循。如今小姐丧亡，家门无托。俺与老相公闷怀相对，何以为情？天呵！（贴）老夫人，春香愚不谏贤，依夫人所言，既然老相公有娶小之意，不如顺他，收下一房，生子为便。（老）春香，你见人家庶出之子⑤，可如亲生？（贴）春香但蒙夫人收养，尚且非亲是亲，夫人肯将庶出看成，岂不无子有子？（老）好话！好话！

    （老）曾伴残蛾到女儿，徐　凝⑥

    （贴）白杨今日几人悲？杜　甫⑦

    （老）须知此恨消难得，温庭筠⑧

    （合）泪滴寒塘蕙草时。廉　氏⑨

注释：

①恨兰昌殉葬无因：指春香未死，不能葬在杜丽娘墓侧。唐人传奇故事：张云容原是杨贵妃侍女，服了申天师给她的绛雪丹，说死后一百年，遇活人精气，便为地仙。萧凤台、刘兰翘也是当时宫女，被人毒杀，葬在张云容墓侧。一天，薛昭在兰昌宫遇见这三位美女。他与云容同居。不久，薛昭发掘她的坟墓，云容终于复生。见《太平广记》。

②心香：心意虔诚，就和焚香供奉一样。

③"微香冉冉泪涓涓"四句【集唐】：这是杜母描述了自己祭奠亡女时的心情。四句分别出自李商隐《野菊》、陆龟蒙《和袭美初冬偶作》、许浑《经故丁补阙郊居》、沈佺期《再入道场纪事应制》。

④玉真：仙人。这里指杜丽娘。

⑤庶出：妾所生的子女。

⑥曾伴残蛾到女儿：语本徐凝《语儿见新月》。这里指杜母深夜思念亡女。

⑦白杨今日几人悲：语本杜甫《存殁口号二首》之一。这里指春香为去世的小姐悲伤哀悼。

⑧须知此恨消难得：语本温庭筠《李羽处士故里》。这里指杜母思念亡女的痛苦之情难以消除。

⑨泪滴寒塘蕙草时：语本廉氏《寄征人》。这里指春香忆起往日相伴的伤感思念之情。

点评：

忆女，杜母忆念去世三年的女儿。随夫移居扬州的杜母日夜思念女儿，春香奉杜母之命，在丽娘的生辰之日安排香烛灯火，遥望南安浇奠，主仆同祭丽娘亡魂。

杜母目睹爱女遗物，断粉零香，余簪弃履，总是不胜哀伤。"梦中相见得眼儿昏，则听的叫娘的声和韵也，惊跳起，猛回身，则见阴风几阵残灯晕。"白发老母痛失爱女的惨痛之情真切分明，老来失子膝下无依的凄凉和孤独溢于言表。杜母忆念爱女的感情越深，对于丽娘还魂一事的反映就越合情合理。在钱塘遇见丽娘，杜母的第一反应是怀疑丽娘是鬼，但随后又道："儿呵，便是鬼，娘也不舍的去了！"本出语言当行自然，"《忆女》曲云：'地老天昏，没处把老娘安顿'、'你怎撇得下万里无儿白发亲'、'赏春香还是你旧罗裙'……此等曲则纯乎元人，置之《百种》前后，几不能辨，以其意深词浅，全无一毫书本气也。"（李渔《闲情偶寄》）

春香是杜丽娘的贴身丫鬟，杜丽娘因梦而死之前，她们寸步不离。春香总在关键时刻先丽娘一步将爱情之门推开。无春香引领，杜丽娘不会游园；非春香映衬，杜丽娘的温柔痴情难以显露。春香是杜丽娘爱情世界实实在在的探路者。她们之间既是主仆，更似朋友。丽娘将女儿心事、内心秘密与春香分享。"赏春香还是旧罗裙"，此句表现春香对杜丽娘的思念哀悼之情，茅瑛评曰"入髓"，确是打动人心。焦循《剧说》记载："相传临川作《还魂记》，运思独苦。一日家人求之不可得，遍索，乃卧庭中薪上，掩袂痛哭。惊问之，曰：填词至'赏春香还是旧罗裙'也。"

从舞台表演看，《忆女》一出插在《拾画》与《玩真》

之间，一面提点杜宝夫妇线索，一面权衡角色戏分轻重，可谓考虑周到。青春版《牡丹亭》则略删抒情语言，更多铺垫故事线索。比如忆念之时添加道白："想起她弥留之际，忽报金寇南侵，命老爷速赴淮扬镇守，即日启程，好不狼狈。"为《淮警》埋下伏笔，前后勾连，似断实连，故事线索有迹可循，使转折不显突兀。

第二十六出　玩　真

（生上）芭蕉叶上雨难留，芍药梢头风欲收。画意无明偏着眼，春光有路暗抬头。小生客中孤闷，闲游后园。湖山之下，拾得一轴小画，似是观音大士，宝匣庄严。风雨淹旬①，未能展视。且喜今日晴和，瞻礼一会。（开匣展画介）

【黄莺儿】秋影挂银河，展天身自在波②，诸般好相能停妥③。他真身在补陀④，咱海南人遇他。（想介）甚威光不上莲花座？再延俄，怎湘裙直下，一对小凌波⑤？

　　是观音，怎一对小脚儿？待俺端详一会。

【二郎神慢】些儿个，画图中影儿则度⑥。着了，敢谁书馆中吊下幅小嫦娥？画的这俏停倭妥⑦。是嫦娥，一发该顶戴了⑧。问嫦娥折桂人有我？可是嫦娥，怎影儿外没半朵祥云托？树皱儿又不似桂丛花琐⑨？不是观音，又不是嫦娥，人间那得有此？成惊愕，似曾相识，向俺心头摸。

　　待俺瞧，是画工临的，还是美人自手描的？

【莺啼序】问丹青何处娇娥，片月影光生毫末⑩？似恁般一个人儿，早见了百花低躲⑪。总天然意态难模，谁近得把春云淡破？想来画工怎能到此！多敢他自己能描会脱⑫。

注释：

①淹旬：满旬，十天。

②自在：即观自在菩萨，观音菩萨。波：语助词，用于句末，犹"吧"、"啊"。多见于宋元的口语。

③诸般好相：佛家语。佛有三十二妙相。这里指画像上女子长
　得样样好。停妥：停当妥帖。

④补陀：即普陀，是观世音菩萨说法圣地。

⑤小凌波：指女人小脚。三国魏曹植《洛神赋》："凌波微步，
　罗袜生尘。"观音像都作大脚，所以这里表示疑问。

⑥度（duó）：猜度。

⑦俜（pīng）停：指姿容美好的女子。倭妥：美好的样子。

⑧顶戴：顶礼膜拜。

⑨树皴儿又不似桂丛花瑣：指画中树皮开裂，不像是月中桂树
　枝叶繁盛。皴，表皮开裂。花瑣，细碎的花朵，指桂花。

⑩毫末：这里指笔端。

⑪早见了百花低躲：百花见了她的美丽而自觉羞惭。

⑫脱：指逼真地描绘。

　　且住，细观他帧首之上，小字数行。（看介）呀，原来绝句一首。
　　（念介）近睹分明似俨然，远观自在若飞仙。他年得傍蟾宫客，
　　不在梅边在柳边。呀，此乃人间女子行乐图也。何言"不在梅边
　　在柳边"？奇哉怪事哩！

【集贤宾】望关山梅岭天一抹，怎知俺柳梦梅过？得傍
蟾宫知怎么？待喜呵端详停和①，俺姓名儿直么、费嫦
娥定夺？打磨诃②，敢则是梦魂中真个。

　　好不回盼小生！

【黄莺儿】空影落纤娥，动春蕉散绮罗，春心只在眉间
锁。春山翠拖，春烟淡和，相看四目谁轻可③？恁横
波，来回顾影，不住的眼儿睃④。

却怎半枝青梅在手，活似提掇小生一般⑤？

【啼莺序】他青梅在手诗细哦，逗春心一点蹉跎。小生待画饼充饥，小姐似望梅止渴⑥。小姐，小姐，未曾开半点幺荷⑦，含笑处朱唇淡抹。韵情多，如愁欲语，只少口气儿呵。

小娘子画似崔徽，诗如苏蕙⑧，行书逼真卫夫人。小子虽则典雅，怎到得这小娘子⑨！蓦地相逢，不免步韵一首⑩。（题介）丹青妙处却天然，不是天仙即地仙。欲傍蟾宫人近远，恰些春在柳梅边。

【簇御林】他能绰斡⑪，会写作，秀入江山人唱和。待小生狠狠叫他几声：美人！美人！姐姐！姐姐！向真真啼血你知么⑫？叫的你喷嚏似天花唾⑬。动凌波，盈盈欲下——不见影儿那。

咳！俺孤单在此，少不得将小娘子画像，早晚玩之、拜之、叫之、赞之。

【尾声】拾的个人儿先庆贺，敢柳和梅有些瓜葛⑭？小姐，小姐，则被你有影无形看杀我。

不须一向恨丹青，白居易⑮
堪把长悬在户庭。伍　乔⑯
惆怅题诗柳中隐，司空图⑰
添成春醉转难醒。章　碣⑱

注释：

①停和：消停，这里是细看一会儿。

②打磨诃：即打磨陀，这里是思量的意思。

③轻可：轻易，等闲。

④睃（suō）：瞧，斜视。

⑤提掇：提出。这里是故意点明的意思。

⑥望梅止渴：喻可望不可即。这里指杜丽娘题诗"不在梅边在柳边"表现的对爱情的徒然渴望。

⑦幺荷：荷花蕾，形容嘴唇。幺，小。

⑧苏蕙：前秦窦滔妻。她织锦为回文诗，寄与丈夫。

⑨到得：及得。

⑩步韵：和诗，依照别人作的诗所叶的韵作诗。

⑪绰斡（chuò wò）：此指作画。绰，拂。斡，挖，此指雕镂。

⑫真真：唐杜荀鹤《松窗杂记》记唐代赵颜曾得到一幅美人软障，画工云美人名真真，叫之百日当活，后果如其言。后因以泛指美人。这里指杜丽娘画像。

⑬叫的你喷嚏似天花唾：旧说叫某人名字，那人当会打喷嚏。这里指柳梦梅声声叫唤"姐姐"、"姐姐"，杜丽娘一定会感应打喷嚏。

⑭瓜葛：关系。

⑮不须一向恨丹青：语本白居易《昭君怨》。这里指柳梦梅对拾来画卷的喜爱之情。

⑯堪把长悬在户庭：语本伍乔《观华夷图》。这里指柳梦梅将写真虔诚悬挂礼拜的珍爱之情。

⑰惆怅题诗柳中隐：语本司空图《汴柳半枯因悲柳中隐》。这里指柳梦梅认出画中女子就是梦中的情人，并题诗画卷表达向往之情。

⑱添成春醉转难醒：语本章碣《雨》。这里指柳梦梅对于画像

如痴如醉的沉醉痴情。

点评：

"玩真"，即欣赏写真。《玩真》与《拾画》在昆剧舞台上二出合并，合称"拾画叫画"。梦梅饱读诗书，丰姿俊妍，感情丰富，虽为功名羁绊，却不掩其浪漫情怀。他内心涌动着对异性的渴望和激情，而现实中又找不到实际的爱恋对象，于是对着画像如醉如痴，浮想联翩，画像成为柳梦梅寄托情思、倾注爱情的象征之物。一幅静态的肖像，在柳生眼中透露出无限柔情，跳跃着勃勃生机。《玩真》一出与第十四出《写真》遥相呼应。前者写杜丽娘自描春容，后者写柳梦梅痴情瞻仰春容。

柳梦梅在书房内展开画卷，猜画、疑画、认画，才发现画中人并不是观音菩萨，也不是月中嫦娥，而是一位手执青梅、身倚垂柳的二八佳丽。传统昆曲在表演"猜画"时，柳梦梅围绕着桌子四个角，以各种不同姿态观画，组成一整套盘桌观画的特有画面。经过一连串的猜、疑、认、思后，柳梦梅确认画中美人就是自己梦中相会的意中情人，喜不胜喜。虽然在面前的是一幅画，柳梦梅心里早不把它当作画了。在他的眼中，画即是人，因而情不自禁、如痴如醉地声声呼唤："姐姐！姐姐！向真真啼血你知么？叫的你喷嚏似天花唾。""叫画"是本出的高潮，最后三声"叫"是戏眼。"俺孤单在此，少不得将小娘子画像，早晚玩之、拜之、叫之、赞之。"柳梦梅对梦中情人的呼唤，一声比一声缠绵，一声比一声热烈，叫得真切志诚，叫得迷恋痴情，真像是要把画中美人叫活，并叫出画来。

《玩真》一出把柳梦梅对杜丽娘画像的迷恋状态写到了极致。王思任《批点玉茗堂〈牡丹亭〉叙》中称"柳生呆绝"，"柳生见鬼见神，痛叫顽纸，满心满意，只要插花"。正是这个痴情志诚的书生，才唤来了杜丽娘的真魂。"人知梦是幻境，不知画境尤幻。梦则无影之形，画则无形之影。丽娘梦里觅欢，春卿画中索配，自是千古一对痴人，然不以为幻，幻便成真。"（吴吴山三妇合评本《牡丹亭·玩真》评语）

昆剧界的说法，昆剧各个行当都有它的"五毒戏"，即高难度的折子戏，如旦行的《思凡》《寻梦》，小生行的《拾画叫画》，老生行的《搜山打车》，丑行的《下山》《活捉》，净行的《嫁妹》《火判》等。《拾画叫画》是小生柳梦梅的重头戏、核心戏，也是最难演的一段戏。一人一桌，一椅一画，长达四十分钟时间，没有曲折离奇的情节，柳梦梅的交流对象只是一幅画。"雅静甜"三个字是《拾画叫画》表演的关键词，表演在淡雅的风格中透露出炽热的痴情，在恬静的情调中流露出诗情画意，在甜美的韵味中让人回味陶醉，方显成功。

向真真啼血你知么？叫的你喷嚏似天花唾。动凌波，盈盈欲下——不见影儿那。

第二十七出　魂　游

【挂真儿】(净扮石道姑上)台殿重重春色上，碧雕阑映带银塘。扑地香腾①，归天磬响。细展度人经藏②。

〔集唐〕几年红粉委黄泥　雍裕之，十二峰头月欲低　李涉。折得玫瑰花一朵　李建勋，东风吹上窈娘堤　罗虬③。俺老道姑，看守杜小姐坟庵，三年之上。择取吉日，替他开设道场，超生玉界。早已门外竖立招幡，看有何人来到。

【太平令】(贴扮小道姑，丑扮徒弟上)岭路江乡，一片彩云扶月上，羽衣青鸟闲来往④。(丑)天晚，梅花观歇了罢。(贴)南枝外有鹊炉香⑤。

小道姑乃韶阳郡碧云庵主是也。游方到此，见他庄严幡引，榜示道场，恰好登坛，共成好事。(见介)〔集唐〕(贴)大罗天上柳烟含　鱼玄机，(净)你毛节朱幡倚石龛　王维。(贴)见向溪山求住处　韩愈，(净)好哩，你半垂檀袖学通参　女光⑥。小姑姑从何而至？(贴)从韶阳郡来，暂此借宿。(净)东头房儿，有个岭南柳相公养病。则下厢房可矣。(贴)多谢了。敢问今夕道场，为何而设？(净叹介)则为杜衙小姐去三年，待与招魂上九天。(贴)这等呵，清醮坛场今夜好⑦，敢将香火助真仙。(净)这等却好。(内鸣钟鼓介)(众)请老师父拈香。(净)南斗注生真妃、东岳受生夫人殿下⑧：(拈香拜介)

【孝南歌】钻新火，点妙香，虔诚为因杜丽娘。(众拜)香霭绣幡幢，细乐风微扬。仙真呵，威光无量⑨，把一点香魂，早度人天上。怕未尽凡心，他再作人身想。做儿

第
二
十
七
出

魂
游

221

郎，做女郎，愿他永成双，再休似少年亡。

（净）想起小姐生前爱花而亡，今日折得残梅，安在净瓶供养。

（拜神主介）

【前腔】瓶儿净，春冻阳，残梅半枝红蜡装。小姐呵！你香梦与谁行？精神忒孤往。（众）老师兄，你说净瓶像什么，残梅像什么？（净）这瓶儿空像，世界包藏，身似残梅样，有水无根，尚作余香想。（众）小姐，你受此供呵，教你肌骨凉，魂魄香。肯回阳，再住这梅花帐？

（内风响介）（净）奇哉！怪哉！冷窣窣一阵风打旋也。（内鸣钟介）（众）这晚斋时分，且吃了斋，收拾道场。正是：晓镜抛残无定色，晚钟敲断步虚声⑩。（众下）

注释：

①扑地香腾：遍地香气升腾。扑地，遍地。

②经藏：这里指经卷。

③"几年红粉委黄泥"四句【集唐】：分别出自雍裕之《宫人斜》、李涉《竹枝词》之四、李建勋《春词》、罗虬《比红儿诗百首》之一百。

④羽衣青鸟：羽衣，指道士。青鸟，神话中西王母的信使。这里指小道姑和她的徒弟。

⑤鹊炉：即鹊尾炉，有柄的香炉。

⑥"大罗天上柳烟含"四句【集唐】：分别出自鱼玄机《光威裒姊妹三人少孤而始妍乃有是作精粹难俦虽谢家联雪何以加之有客自京师来者示予因次其韵》、王维《送方尊师归嵩山》、韩愈《道西林寺题萧二兄郎中旧堂》、女光《联句》。

个别字有改动。

⑦清醮（jiào）坛场：设坛祈祷的一种道教仪式。

⑧南斗注生真妃：南斗星君管人生。真妃，女仙的称号。东岳
受生夫人：东岳夫人管人死后注生。

⑨威光：佛的灵光。

⑩步虚声：道观所唱的赞歌。

【水红花】（魂旦作鬼声掩袖上）则下得望乡台如梦俏魂灵，
夜荧荧，墓门人静。（内犬吠）（旦惊介）原来是赚花阴小犬
吠春星①，冷冥冥，梨花春影。呀，转过牡丹亭、芍药阑，都
荒废尽。爹娘去了三年也。（泣介）伤感煞断垣荒径，望中何处
鬼灯青②？（听介）兀的有人声也啰。

【添字昭君怨】昔日千金小姐，今日水流花谢。这淹淹惜惜杜陵
花③，太亏他。　　生性独行无那④，此夜星前一个。生生死死为
情多。奈情何！奴家杜丽娘女魂是也。只为痴情慕色，一梦而
亡。凑的十地阎君奉旨裁革，无人发遣，女监三年。喜遇老判，
哀怜放假。趁此月明风细，随喜一番。呀！这是书斋后园，怎做
了梅花庵观？好伤感人也！

【小桃红】咱一似断肠人和梦醉初醒，谁偿咱残生命也？
虽则鬼丛中姊妹不同行，窣地的把罗衣整⑤。这影随形，
风沉露，云暗斗，月勾星⑥，都是我魂游境也。到的这
花影初更，（内作丁冬声）（旦惊介）一霎价心儿瘆⑦，原来是
弄风铃台殿冬丁。

　　好一阵香也。

【下山虎】我则见香烟隐隐，灯火荧荧。呀，铺了些云霞

幀⑧，不由人打个呔挣⑨。是那位神灵？原来是东岳夫人、南斗真妃。（稽首介）仙真，仙真，杜丽娘鬼魂稽首。魆魆地投明证明，好替俺朗朗的超生注生。再看这青词上⑩，原来就是石道姑在此住持。一坛斋意，度俺生天。道姑，道姑，我可也生受你呵。再瞧这净瓶中，咳，便是俺那冢上残梅哩。梅花呵！似俺杜丽娘半开而谢，好伤情也！则为这断鼓零钟金字经⑪，叩动俺黄梁境。俺向这地坼里梅根进几程⑫，透出些儿影。（泣介）姑姑们这般至诚，若不留些踪影，怎显的俺鉴知他？就将梅花散在经台之上。（撒花介）抵甚么一点香销万点情。

注释：

①赚花阴：花影动，误以为人来。赚，骗。

②鬼灯：鬼火。

③淹淹惜惜：形容多情。杜陵花：喻杜家的女儿。杜陵，即乐游原，在长安东南。杜甫曾在此居住。

④无那（nuó）：无奈。

⑤窣地：拖地，形容衣裙长。

⑥月勾星：即辰钩月，月蚀。

⑦心儿瘆（shèn）：心里恐慌。

⑧幀（zhèng）：即"帧"，供奉的神仙像。

⑨呔挣：寒噤，发怔。

⑩青词：道家的祈祷词，用青藤纸写成。

⑪金字经：经卷。金字，以泥金写经。

⑫地坼（chè）：地裂。

想起爹娘何处，春香何处也？呀，那边厢有沉吟叫唤之声，听怎来？（内叫介）俺的姐姐呵！俺的美人呵！（旦惊介）谁叫谁也？再听。（内又叫介）（旦叹介）

【醉归迟】生和死孤寒命，有情人叫不出情人应。为甚么不唱出你可人名姓？似俺孤魂独趁[1]，待谁来叫唤俺一声？不分明，无倒断[2]，再消停。（内又叫介）（旦）咳！敢边厢甚么书生，睡梦里语言胡吒[3]？

【黑麻令】不由俺无情有情，凑着叫的人，三声两声，冷惺忪红泪飘零[4]。呀！怕不是梦人儿，梅卿柳卿？俺记着这花亭水亭，趁的这风清月清。则这鬼宿前程，盼得上三星四星[5]？

呀，待即行寻趁，奈斗转参横[6]，不敢久停呵，

【尾声】为甚么闪摇摇春殿灯？（内叫介）殿上响动。（丑虚上望介）（又作风起介）（旦）一弄儿绣幡飘迥，则这几点落花风是俺杜丽娘身后影。

（旦作鬼声下）（丑打照面惊叫介）师父们快来！快来！（净贴惊上）怎生大惊小怪？（丑）则这灯影荧煌，躲着瞧时，见一位女神仙，袖拂花幡，一闪而去。怕也！怕也！（净）怎生模样？（丑打手势介）这多高，这多大，俊脸儿，翠翘金凤[7]，红裙绿袄，环佩玎珰，敢是真仙下降？（净）咳，这便是杜小姐生时样子，敢是他有灵活现？（贴）呀，你看经台之上，乱糁梅花[8]，奇也！异也！大家再祝赞他一番。

【忆多娇】（众）风灭了香，月到廊。闪闪尸尸魂影儿凉[9]，花落在春宵情易伤。愿你早度天堂，早度天堂，免留滞他乡故乡。

（贴）敢问杜小姐为何病亡？以何缘故而来出现？

【尾声】（净）休惊恍，免问当，收拾起乐器经堂。你听波，兀的冷窣窣佩环风还在回廊那边响。

   （净）心知不敢辄形相，曹　唐⑩

   （贴）欲话因缘恐断肠。天竺牧童⑪

   （丑）若使春风会人意，罗　邺⑫

   （合）也应知有杜兰香。罗　虬⑬

226　　**注释：**

①独趁：独自行走。

②倒断：了结，休止。

③胡吆：胡言乱语。

④惺忪：神志和眼睛处于模糊不清的状态。

⑤则这鬼宿前程，盼得上三星四星：做了鬼，我的姻缘前途还能有几分拿得准呢？前程，指婚姻。三星四星，三分四分。

⑥斗转参横：北斗转向，参星横斜。表示天色将明。斗、参，斗星和参宿。

⑦翠翘：古代妇女首饰的一种。状似翠鸟尾上的长羽。金凤：金凤钗。

⑧糁（sǎn）：散落，辅洒。

⑨闪闪尸尸：乍隐乍现。

⑩心知不敢辄形相：语本曹唐《小游仙诗九十八首》之二。这里是指石道姑知道是杜丽娘鬼魂出现，只是不敢现形。

⑪欲话因缘恐断肠：语本天竺牧童《别李源》之二。这里指小道姑询问杜丽娘事，石道姑不愿提及伤心事。

⑫若使春风会人意：语本罗邺《叹平泉春》。这里指杜丽娘鬼
　魂相信一定会有善解人意的人。
⑬也应知有杜兰香：语本罗虬《比红儿诗百首》之十九。这里
　指杜丽娘鬼魂暗示人们仙鬼都是实际存在的。

点评：

　　"魂游"，亡魂重游故园。石道姑为亡故三年的杜丽娘
做道场祈祷，杜丽娘游魂飘然而至，发现后花园已变为梅
花观，牡丹亭、芍药阑荒废残破；父母和春香离去，自己
则成鬼魂；香案净瓶中的梅花，正是当年园中而今坟上的
那株。前尘往事，物是人非，真令人悲从中来。夜静时分，
杜丽娘听到有人情真意切的呼唤，惊道："谁叫谁也？"两
个"谁"字，展示了杜丽娘幽微的内心世界。丽娘因情而
死，心中向往被有情人热爱。听到深情呼唤时，她既被此
人的真情打动，又羡慕那被爱的女子。哪位痴心的有情人
在呼唤？又是哪位幸福的有情人被呼唤？"似俺孤魂独趁，
待谁来叫唤俺一声？"这花亭水亭，这风清月清，莫不是那
生生死死寻找的情人在叫我？待要急切寻找时，时辰已到，
不得不离开。但杜丽娘已经看到希望，"守的个梅根相见"，
"守的那破棺星圆梦那人来"，已成鬼魂的自己，终于迎来
了与情人相聚的可能！

　　《魂游》一折，是《牡丹亭》的重要关目。从情节发展
来看，此出上承《叫画》，下接《幽媾》，前后衔接，紧紧
相连。从主题意蕴来说，《魂游》与《寻梦》互相对应。杜
丽娘为情而生，为情而死，生可以死，死可以生，《魂游》

与《寻梦》正展示了这炽热爱情的浪漫追求。《寻梦》是"生寻"，表现了杜丽娘生前对爱情的执着追求，寻梦中人不得而亡；《魂游》则是"死寻"，表现了杜丽娘死后对爱情的持续追求，接近找到而充满希望。

本出是魂旦戏，魂旦是昆剧中专门扮演女鬼的行当。在舞台表演中，常以"虚"、"闪"、"急"、"作影下"等舞台语汇来表达鬼魂的现身或消失，利用"鬼门"为道具引导鬼魂穿过冥界而步入生者的世界，借用水陆道场中的"桥"来跨越人鬼各自存在的空间，用"魂帕"、"鬼步"、"阴风"、"鬼泣"、"鬼声"以及双肩松弛、双臂向前悬垂等表现鬼魂的特定形态。本出中杜丽娘虽由"魂旦"扮演，但仍俊美可爱。剧中道姑惊见丽娘魂影，为第二十九出《旁疑》埋下伏笔。

不由俺无情有情，凑着叫的人，三声两声，冷惺忪红泪飘零。呀！怕不是梦人儿，梅卿柳卿？俺记着这花亭水亭，趁的这风清月清。则这鬼宿前程，盼得上三星四星？

第二十八出　幽　媾

【夜行船】（生上）瞥下天仙何处也？影空濛似月笼沙。
有恨徘徊，无言窨约①。早是夕阳西下。

　　一片红云下太清②，如花巧笑玉娉婷。凭谁画出生香面？对俺偏
　　含不语情。小生自遇春容，日夜想念。这更阑时节，破些工夫，
　　吟其珠玉，玩其精神。倘然梦里相亲，也当春风一度。（展画玩
　　介）呀，你看美人呵，神含欲语，眼注微波。真乃"落霞与孤鹜
　　齐飞，秋水共长天一色"③。

【香遍满】晚风吹下，武陵溪边一缕霞，出落个人儿风
韵杀。净无瑕，明窗新绛纱。丹青小画叉④，把一幅肝
肠挂。

　　小姐，小姐，则被你想杀俺也。

【懒画眉】轻轻怯怯一个女娇娃，楚楚臻臻像个宰相衙⑤。
想他春心无那对菱花，含情自把春容画，可想到有个拾翠
人儿也逗着他？

【二犯梧桐树】他飞来似月华，俺拾的愁天大。常时夜夜
对月而眠，这几夜啊，幽佳，婵娟隐映的光辉杀。教俺迷留
没乱的心嘈杂⑥，无夜无明快着他⑦。若不为擎奇怕浣的
丹青亚，待抱着你影儿横榻⑧。

　　想来小生定是有缘也。再将她诗句朗诵一番。（念诗介）

【浣沙溪】拈诗话，对会家⑨，柳和梅有分儿些。他春心
迸出湖山罅，飞上烟绡萼绿华⑩。则是礼拜他便了。（拈香拜
介）偎倖杀⑪，对他脸晕眉痕心上掐，有情人不在天涯。

小生客居，怎勾姐姐风月中片时相会也？

【刘泼帽】恨单条不惹的双魂化，做个画屏中倚玉兼葭⑫。小姐呵，你耳朵儿云鬟月侵芽，可知他一些些，都听的俺伤情话？

【秋夜月】堪笑咱，说的来如戏耍。他海天秋月云端挂，烟空翠影遥山抹。只许他伴人清暇，怎教人佻达⑬。

【东瓯令】俺如念咒，似说法，石也要点头天雨花⑭。怎虔诚不降的仙娥下？是不肯轻行踏。（内作风起）（按住画介）待留仙怕杀风儿刮，黏嵌着锦边牙⑮。

怕刮损他，再寻个高手临他一幅儿。

【金莲子】闲啧牙⑯，怎能勾他威光水月生临榻⑰？怕有处相逢他自家，则问他许多情，与春风画意再无差。

再把灯剔起细看他一会。（照介）。

【隔尾】敢人世上似这天真多则假⑱？（内作风吹灯介）（生）好一阵冷风袭人也，险些儿误丹青风影落灯花。罢了，则索睡掩纱窗去梦他。（生睡介）

注释：

①窨（yìn）约：思忖，揣度。

②红云：指杜丽娘画像。下太清：从天而降。

③落霞与孤鹜齐飞，秋水共长天一色：引用唐王勃《滕王阁序》句子。"秋水"与"秋波"关联。

④画叉：用以悬挂或取下高处立幅书画的长柄叉子。

⑤轻轻怯怯一个女娇娃，楚楚臻臻像个宰相衙：纤弱娇柔、端庄完美像宰相的千金小姐。轻轻怯怯，形容纤弱娇柔。楚楚

臻臻，形容端庄完美。

⑥迷留没乱：形容迷离烦乱，心绪烦杂。

⑦无夜无明怏（yàng）着她：指日日夜夜强捧着画像。怏，强求，勉强。

⑧若不为擎（qíng）奇怕浣的丹青亚，待抱着你影儿横榻：如果不是怕把画儿弄脏压坏，我就抱着画横躺在床。擎奇，擎举。浣，弄脏。亚，压。

⑨拈诗话，对会家：意思是说杜丽娘的诗是为他这个知心的人写的。《西厢记》："诗对会家吟"。会家，行家。这里指诗人。

⑩飞上烟绡萼绿华：好像仙女飞上了绢幅，化成画像。萼绿华，神话中的女仙。

⑪㑋㑸（xī xìng）杀：烦恼极了。

⑫恨单条不惹的双魂化，做个画屏中倚玉蒹葭（jiān jiā）：恨不得自己也化成画中人物，和她在一起。单条，狭长的独幅字画。倚玉蒹葭，即"蒹葭倚玉树"，比喻美丑不能相比。蒹葭，芦苇。这里是柳梦梅自喻。

⑬佻（tiāo）达：挑逗，戏谑。

⑭石也要点头：石点头，梁僧竺道生在苏州虎丘讲法，认石为徒，石皆点头。天雨花：梁高僧云光法师在南京雨花台讲经，感天而落花。

⑮锦边牙：供张挂用的丝带，系在裱好的画幅上端。

⑯闲喷牙：说空话，说闲话。

⑰威光水月：指水月观音，这里是画中美人。生临榻：活生生地来到床上。

⑱天真：天仙。多则假：多半是假的。

（魂旦上）泉下长眠梦不成，一生余得许多情。魂随月下丹青引，人在风前叹息声。妾身杜丽娘鬼魂是也。为花园一梦，想念而终。当时自画春容，埋于太湖石下。题有"他年得傍蟾宫客，不在梅边在柳边"。谁想魂游观中几晚，听见东房之内，一个书生高声低叫："俺的姐姐，俺的美人。"那声音哀楚，动俺心魂。悄然蓦入他房中，则见高挂起一轴小画，细玩之，便是奴家遗下春容。后面和诗一首，观其名字，则岭南柳梦梅也。梅边柳边，岂非前定乎！因而告过了冥府判君，趁此良宵，完其前梦。想起来好苦也！

【朝天懒】怕的是粉冷香销泣绛纱，又到的高唐馆①，玩月华。猛回头羞飒髻儿鬖②，自擎拿。呀！前面是他房头了。怕桃源路径行来诧，再得俄旋试认他。

　　（生睡中念诗介）他年若傍蟾宫客，不在梅边在柳边。我的姐姐呵。（旦听打悲介）

【前腔】是他叫唤的伤情咱泪雨麻，把我残诗句，没争差。难道还未睡呵？（瞧介）（生又叫介）（旦）他原来睡屏中作念猛嗟呀③。省喧哗，我待敲弹翠竹窗椊下，（生作惊醒，叫姐姐介）（旦悲介）待展香魂去近他。

　　（生）呀，户外敲竹之声，是风？是人？（旦）有人。（生）这咱时节有人，敢是老姑姑送茶来？免劳了。（旦）不是。（生）敢是游方的小姑姑么？（旦）不是。（生）好怪，好怪，又不是小姑姑，再有谁？待我启门而看。（开门看介）

【玩仙灯】呀！何处一娇娃，艳非常使人惊诧。

　　（旦作笑闪入）（生急掩门）（旦敛衽整容见介④）秀才万福。（生）小娘子到来，敢问尊前何处？因何夤夜至此⑤？（旦）秀才，你

第二十八出　幽媾

233

猜来。

【红衲袄】（生）莫不是莽张骞犯了你星汉槎⑥，莫不是小梁清夜走天曹罚⑦？（旦）这都是天上仙人，怎得到此？（生）是人家彩凤暗随鸦⑧？（旦摇头介）（生）敢甚处里绿杨曾系马⑨？（旦）不曾一面。（生）若不是认陶潜眼挫的花⑩，敢则是走临邛道数儿差⑪？（旦）非差。（生）想是求灯的？可是你夜行无烛也⑫，因此上待要红袖分灯向碧纱？

【前腔】（旦）俺不为度仙香空散花，也不为读书灯闲濡蜡。俺不似赵飞卿旧有瑕，也不似卓文君新守寡⑬。秀才呵，你也曾随蝶梦迷花下⑭。（生想介）是当初曾梦来。（旦）俺因此上弄莺簧赴柳衙⑮。若问俺妆台何处也，不远哩，刚则在宋玉东邻第几家⑯。

（生作想介）是了。曾后花园转西，夕阳时节，见小娘子走动哩。

（旦）便是了。（生）家下有谁？

【宜春令】（旦）斜阳外，芳草涯，再无人有伶仃的爹妈。奴年二八，没包弹风藏叶里花⑰。为春归惹动嗟呀，瞥见你风神俊雅。无他，待和你剪烛临风，西窗闲话⑱。

注释：

①高唐馆：巫山神女与楚王梦中欢会之处。这里指梅花观。

②飒：飒的一下，状声词。鬐：这里是说发鬐歪斜。

③睡屏中作念猛嗟呀（jiē yā）：睡梦中不断地思念着嗟叹着。睡屏中，犹言床上，引申作睡梦中。作念，想念。嗟呀，惊叹，叹息。

④敛衽（liǎn rèn）：整理衣襟，表示恭敬。

⑤霪（yín）夜：深夜。

⑥莽张骞犯了你星汉槎：传说张骞乘水上浮槎到银河边，会见牵牛织女，带回天马。你，以织女比杜丽娘。槎，木筏。

⑦小梁清夜走天曹罚：梁清是神话中的女仙，或即织女侍儿梁玉清。相传她和太白星逃往下界，相爱生子，被天帝惩罚。以上二句是柳梦梅疑问杜丽娘是仙女降临。

⑧彩凤暗随鸦：指女子嫁给才貌不如自己的人。宋祝穆《事文类聚》后集卷十六《武人置妾》载，武人杜大中，他的爱妾才色俱美，作《临江仙》词，说自己是彩凤随鸦，抱怨嫁不到好丈夫。这里指柳梦梅问杜丽娘是不是不甘嫁给庸人的怨妇。

⑨绿杨曾系马：曾骑马去看过她。宋姜夔《月下笛》："曾游处，但系马垂杨，认郎鹦鹉。"这里柳梦梅暗示杜丽娘是否是烟花女子。

⑩认陶潜眼挫的花：找情郎看错了人。陶潜，晋代诗人，诗文中有时被当作情郎的代称。眼挫的花，眼花错看。

⑪走临邛道数儿差：私奔走错了路。《史记·司马相如列传》载，四川临邛卓王孙女儿卓文君，寡居在家。一日听司马相如弹琴而产生爱恋，和相如从临邛私奔到成都。走临邛，指私奔。

⑫夜行无烛：《礼记·内则》："女子出门……夜行以烛，无烛则止。"

⑬"俺不为度仙香空散花"四句：杜丽娘说自己不是仙女，不是侍妾，不是风流不检点的女子，不是私奔的寡妇。度仙香空散花，《维摩诘经》说，文殊到维摩诘那里问病，天女以

天花散到菩萨身上，花从菩萨身上落下。散在大弟子身上的却没有落下。天女说，这是大弟子还有执着未悟之处。赵飞卿旧有瑕，汉成帝皇后赵飞燕，相传她贫贱时曾和射鸟者私通。

⑭蝶梦：梦。《庄子·齐物论》："昔者庄周梦为胡蝶，栩栩然胡蝶也。"

⑮弄莺簧：形容莺啼，指春日。柳衙：清周亮工《书影》卷十引《中朝故事》："曲江池畔多柳，亦号柳衙。"这里指柳梦梅住房。

⑯宋玉东邻：宋玉《登徒子好色赋》载，宋玉东邻有女子，登墙窥视宋玉三年，宋玉不与之交。后以此比喻多情的女子。

⑰没包弹：无可指摘。

⑱剪烛临风，西窗闲话：唐李商隐《夜雨寄北》："何当共剪西窗烛，却话巴山夜雨时。"

（生背介）奇哉！奇哉！人间有此艳色！夜半无故而遇明月之珠，怎生发付？

【前腔】他惊人艳，绝世佳，闪一笑风流银蜡。月明如乍，问今夕何年星汉槎？金钗客寒夜来家，玉天仙人间下榻。（背介）知他，知他是甚宅眷的孩儿，这迎门调法①？

待小生再问他。（回介）小娘子黄夜下顾小生，敢是梦也？（旦笑介）不是梦，当真哩。还怕秀才未肯容纳。（生）则怕未真。果然美人见爱，小生喜出望外。何敢却乎？（旦）这等，真个盼着你了！

【耍鲍老】幽谷寒涯，你为俺催花连夜发。俺全然未嫁，你个中知察②，拘惜的好人家③。牡丹亭，娇恰恰；湖山

畔，羞答答；读书窗，淅喇喇。良夜省陪茶，清风明
月知无价。

【滴滴金】（生）俺惊魂化，睡醒时凉月些些。陡地荣
华，敢则是梦中巫峡？亏杀你走花阴不害些儿怕，点苍
苔不溜些儿滑，背萱亲不受些儿吓，认书生不着些儿差。
你看斗儿斜，花儿亚，如此夜深花睡罢。笑咖咖，吟哈
哈，风月无加。把他艳软香娇做意儿耍，下的亏他，便
亏他则半霎。

  （旦）妾有一言相恳，望郎恕责。（生笑介）贤卿有话，但说无妨。
  （旦）妾千金之躯，一旦付与郎矣，勿负奴心。每夜得共枕席，
  平生之愿足矣。（生笑介）贤卿有心恋于小生，小生岂敢忘于贤卿
  乎？（旦）还有一言：未至鸡鸣，放奴回去。秀才休送，以避晓
  风。（生）这都领命。只问姐姐贵姓芳名？

【意不尽】（旦叹介）少不得花有根元玉有芽④，待说时惹的
风声大。（生）以后准望贤卿逐夜而来。（旦）秀才，且和俺点勘春
风这第一花。

   （生）浩态狂香昔未逢，　韩　愈⑤
   （旦）月斜楼上五更钟。李商隐⑥
   （旦）朝云夜入无行处，李　白⑦
   （生）神女知来第几峰？张子容⑧

注释：

①迎门：当门。调法：花头，花招。

②个中：此中，其中。

③拘惜：珍惜。

④花有根元玉有芽：有根芽，有来历、出处的意思。

⑤浩态狂香昔未逢：语本韩愈《芍药》。这里指柳梦梅与杜丽娘幽会的意外惊喜。

⑥月斜楼上五更钟：语本李商隐《无题四首》之一。这里指杜丽娘鬼魂黉夜而来，鸡鸣而去，飘忽无踪。

⑦朝云夜入无行处：语本李白《巫山枕障》。这里指杜丽娘犹如巫山神女自荐枕席。

⑧神女知来第几峰：语本张子容《巫山》。这里指柳梦梅不知杜丽娘来历，疑为神女。

点评：

"幽媾"，幽魂欢爱。本出中柳梦梅整日如痴似醉捧着画叫"姐姐"、"美人"，满腔痴情感动了杜丽娘的游魂。她几次探看柳梦梅住处，看到自描画像，十分兴奋地确证了柳梦梅就是自己的梦中情人。杜丽娘决定主动"荐枕席"，与书生东厢幽会，"共销永夜"，展平生之愿。

《幽媾》是杜丽娘与柳梦梅第二次相会，与《惊梦》第一次相会形成对照。《惊梦》是杜丽娘与柳梦梅之梦会，《幽媾》是杜丽娘鬼魂与柳梦梅之冥会。梦会时杜丽娘并不知柳梦梅其人，"惊梦"是潜意识萌发、生命冲动自然涌发的春梦，是梦中半推半就的羞涩性梦。那之后的杜丽娘一步步觉醒，对情感的追求越来越主动、大胆、自觉。冥会时变成鬼魂的杜丽娘再次见到柳梦梅之时，认定他就是自己日思夜想的意中人，主动追求，大胆表白，"趁此良宵，完其前梦"，"瞥见你风神俊雅。无他，待和你剪烛临风，西窗闲话"。《幽媾》实际上是杜丽娘花园性梦的现实延续，是对花园性梦的重温、回顾和再现，是从"欲"到"情"的升华。

《幽媾》中，作为一个鬼魂，杜丽娘可以摆脱人世间一切束缚身心的世俗观念和道德规范，越过男女"授受不亲"的底线，自由地追逐自己的爱情。在现实社会中不能说的话，不能做的举动，如今都可以实现。"这等，真个盼着你了！""每夜得共枕席，平生之愿足矣。"杜丽娘对柳梦梅说的这番话，正是其在现实中积藏已久的炽热真情的吐露。汤显祖借虚幻的场景，让丽娘在现实中无法实现的情爱在这里得到满足。"惊梦"中她与梦中人被惊醒中断的梦中云雨，在"幽媾"中得到补偿和完满。二人再一次如胶似漆地融合在一起，风月无边。在舞台上，二人水袖相缠，相依相偎，两双眼睛如磁铁一般互相吸引住对方的眼神。这种眼神称为"睐眼"，一般舞台很少用到。尽管舞台处理是大调度，双推磨，后退又前冲，但对视的双眼始终没断过，紧紧地看着，丝毫也不舍得放开，产生了强烈的感染力。

奴年二八，没包弹风藏叶里花。为春归惹动嗟呀，瞥见你风神俊雅。无他，待和你剪烛临风，西窗闲话。

第二十九出　旁　疑

【步步娇】(净扮老道姑上)女冠儿生来出家相①。无对向、没生长②。守着三清像③，换水添香，钟鸣鼓响。赤紧的是那走方娘④，弄虚花扯闲帐。

世事难拚一个信，人情常带三分疑。杜老爷为小姐创下这座梅花观，着俺看守。三年水清石见⑤，无半点瑕疵。止因陈教授老狗，引个岭南柳秀才，东房养病。前几日到后花园回来，悠悠漾漾的，着鬼着魅一般，俺已疑惑了。凑着个韶阳小道姑，年方念八，颇有风情，到此云游，几日不去。夜来柳秀才房里，唧唧哝哝，听的似女儿声息。敢是小道姑瞒着我去瞧那秀才，秀才逆来顺受了？俺且待他来，打觑他一番⑥。

【前腔】(贴扮小道姑上)俺女冠儿俏的仙真样，论举止都停当⑦。则一点情抛漾，步斗风前⑧，吹笙月上⑨。(叹介)古来仙女定成双，恁生来寒乞相？

(见介)(贴)常无欲以观其妙，(净)常有欲以观其窍⑩。小姑姑，你昨夜游方，游到柳秀才房儿里去，是窍，是妙？(贴)老姑姑，这话怎的起？谁曾见来？(净)俺看见来。

【剔银灯】你出家人芙蓉淡妆，剪一片湘云鹤氅⑪。玉冠儿斜插笑生香，出落的十分情况。斟量，敢则向书生夜窗，迤逗的幽辉半床⑫？

(贴)向那个书生？老姑姑，这话敢不中哩！

【前腔】俺虽然年青试妆，洗凡心冰壶月朗。你怎生剥落的人轻相⑬？比似你半老的佳人停当！(净)倒栽起俺来。

（贴）你端详，这女贞观傍⑬，可放着个书生话长？

（净）哎也！难道俺与书生有账？这梅花观，你是云游道婆，他是云游秀才，你住的，偏他住不的？则是往常秀才夜静高眠，则你到观中，那秀才夜半开门，唧唧哝哝的。不共他说话，共谁来？扯你道录司告去⑮！（扯介）（贴）便去！你将前官香火院，停宿外方游棍，难道偏放过你？（扯介）

注释：

①女冠儿：女道士。

②无对向、没生长：没有配偶，没有生育。

③三清：道观所供奉的元始天尊、太上道君、太上老君。

④赤紧的：真的，这里是猜测的口气。走方娘：指游方的小道姑。

⑤水清石见：喻事情清清白白。

⑥打觑：探看。

⑦停当：妥当，合乎规矩。

⑧步斗：步斗踏罡，道士礼拜星宿、召遣神灵的一种动作。其步行转折，据说宛如踏在罡星斗宿之上。

⑨吹笙：《浙江通志》载，西王母侍女董双成，本在杭州西湖妙庭观修炼，后来吹笙骑鹤飞上天去。

⑩常无欲以观其妙，常有欲以观其窍：见《老子》。这里以"窍"字调谑。

⑪湘云：形容衣服淡雅。鹤氅（chǎng）：羽衣，道家装束。

⑫幽辉半床：见唐元稹《会真记》，崔莺莺与张生月夜西厢幽会时的月景。这里暗示道姑到柳梦梅那里去幽会。

⑬剥落：伤害，毁坏。这里是诋毁的意思。

⑭女贞观：明高濂《玉簪记》中潘必正与道姑陈妙常幽会的地点。

⑮道录司：管理道教的官署。

【一封书】（末上）闲步白云除①，问柳先生何处居？扣梅花院主。（见扯介）呀，怎两个姑姑争施主？玄牝同门道可道②，怎不韫椟而藏姑待姑③？俺知道你是大姑，他是小姑，嫁的个彭郎港口无④？

　　（净）先生不知。听的柳秀才半夜开门，不住的唧哝。俺好意儿问这小姑："敢是你共柳秀才讲话哩？"这小姑则答应着"谁共秀才讲话来"便罢；倒嘴骨弄的⑤，说俺养着个秀才。陈先生，凭你说，谁引这秀才来？扯他道录司明白去。俺是石的。（贴）难道俺是水的⑥？（末）嗏声！坏了柳秀才体面。俺劝你：

【前腔】教你姑徐徐，撒月招风实也虚。早则是者也之乎，那柳下先生君子儒⑦，到道录司牒你去俗还俗⑧，敢儒流们笑你姑不姑⑨。（贴）正是不雅相。（末）好把冠子儿扶，水云梳，裂了这仙衣四五铢⑩。

　　（净）便依说，开手罢。陈先生吃个斋去。（末）待柳秀才在时又来。

【尾声】清绝处，再踟蹰。（泪介）咳！糁东风穷泪扑疏疏。道姑，杜小姐坟儿可上去？（净）雨哩。（末叹介）则恨的锁春寒这几点杜鹃花下雨。（下）

　　（净、贴吊场）（净）陈老儿去了。小姑姑好嚛。（贴）和你再打听，谁和秀才说话来。

（净）烟水何曾息世机！温庭筠⑪
（贴）高情雅淡世间稀。刘禹锡⑫
（净）陇山鹦鹉能言语，岑　参⑬
（贴）乱向金笼说是非。僧子兰⑭

注释：

①除：阶除，台阶。

②玄牝（pìn）同门道可道：《老子》中的句子。这里是调谑。

③韫椟（yùn dú）而藏姑待姑：《论语·子罕》："子贡曰：'有美玉于斯，韫椟而藏诸？求善贾而沽诸？'子曰：'沽之哉，沽之哉！我待贾者也。'"韫椟，放在匣子里。姑、沽谐音，有意调谑。

④"俺知道你是大姑"三句：这是意义双关的话。江西彭泽县有大姑山、小姑山，旁有彭郎矶。后人把彭郎附会作小姑的丈夫。

⑤嘴骨弄的：多言多语地。

⑥水的：轻浮的。

⑦柳下先生：春秋鲁国展禽，居柳下，死后谥为惠。这里借指柳梦梅。君子儒：语出《论语·雍也》。这里指规规矩矩的读书人。

⑧牒：告状。

⑨姑不姑：《论语·雍也》："觚不觚。"这里谐音。

⑩仙衣四五铢：重四五铢的仙衣，形容极轻薄。

⑪烟水何曾息世机：语本温庭筠《渭上题三首》之三。这里指石道姑怀疑小道姑虽出家，但世俗之心不灭。

⑫高情雅淡世间稀：语本刘禹锡《赠东岳张炼师》。这里是小
　　道姑表白自己情怀高雅，与柳梦梅无染。

⑬陇山鹦鹉能言语：语本岑参《赴北庭度陇思家》。这里指石
　　道姑反被小道姑说与柳梦梅有私。

⑭乱向金笼说是非：语本僧子兰《鹦鹉》。这里指小道姑埋怨
　　石道姑平白怀疑自己。

点评：

　　"旁疑"，旁人猜疑。住持梅花观的石道姑，发现借住
梅花观的柳梦梅自从游过后花园，神情举止总是"悠悠漾
漾"，恍恍惚惚的，夜来又听见柳秀才房里"唧唧哝哝"，
似有女子声息，便怀疑小道姑私会柳生。石道姑去与小道
姑质询，引起小道姑反驳，二人争执之间，被来访柳梦梅
的陈最良劝阻。

　　自杜丽娘病危后，石道姑便与陈最良一并出场，一个
为丽娘诊治，一个为丽娘禳解。杜丽娘死后，杜宝兴起梅
花观来安置丽娘神位，请石道姑与陈最良一起看守。但陈
最良只顾收取祭租，很少来观里走动。石道姑则看守梅花
观三年，尽心尽责，一人换水添香，将观里打点得"水清
石见，无半点瑕疵"。她谨遵老夫人之命，年年寒食供奉
丽娘，照看坟茔三年无扰。她想起小姐生前爱花而亡，折
得残梅供在净瓶。她也知杜丽娘游园伤春而来的孤独落寞
之感："小姐呵！你香梦与谁行？精神式孤往。"逢丽娘忌
日，她举办道场为丽娘祈祷："做儿郎，做女郎，愿他永成
双，再休似少年亡。"足见她对于丽娘慕色而亡充满理解和

同情。正是这点理解和同情，使石道姑成为杜、柳两条线索合二为一的关键人物。

这出戏看似"节外生枝"，实际是为以后的剧情发展进行铺垫。石道姑捏合杜、柳二人从这出"旁疑"开始。与陈最良不同，石道姑从怀疑柳梦梅开始，后来成了柳梦梅掘坟、开棺的同谋者，对于杜、柳的结合起到重要的作用。而原来对柳梦梅深信不疑的陈最良，反倒认定柳梦梅是掘墓贼，成了他的告发者。剧中情节可谓波澜迭起，妙趣横生。

本出是过场戏。石道姑在剧中作为丑角出现，语言粗浅戏谑。石道姑与小道姑相谑，用道家经语；陈最良相劝石道姑，用儒家典故。臧懋循评论道："游戏《四书》，正合腐儒文理。"（臧懋循《元曲选·牡丹亭》评语）

第三十出 欢 挠

【捣练子】（生上）听漏下，半更多，月影向中那，恁时节夜香烧罢么？

一点猩红一点金，十个春纤十个针①。只因世上美人面，改尽人间君子心。俺柳梦梅是个读书君子，一味志诚。止因北上南安，凑着东邻西子。嫣然一笑，遂成暮雨之来；未是五更，便逐晓风而去。今宵有约，未知迟早。正是：金莲若肯移三寸，银烛先教刻五分②。则一件，姐姐若到，要精神对付他。偷盹一会，有何不可。（睡介）

【称人心】（魂旦上）冥途挣挫③，要死却心儿无那。也则为俺那人儿忒可，教他闷房头守着闲灯火。（入门介）呀，他端然睡瞌，恁春寒也不把绣衾来摸，多应他祗候着我④。

待叫醒他。秀才，秀才！（生醒介）姐姐，失敬也。（起揖介）

【雨中归】待整衣罗，远远相迎个。这二更天风露多，还则怕夜深花睡么⑤？（旦）秀才，俺那里长夜好难过，缱着你无眠清坐。

（生）姐姐，你来的脚踪儿恁轻，是怎的？【集唐】（旦）自然无迹又无尘 朱庆馀，（生）白日寻思夜梦频 令狐楚。（旦）行到窗前知未寝 无名氏，（生）一心惟待月夫人 皮日休⑥。姐姐，今夜来的迟些。

【绣带儿】（旦）镇消停不是俺闲情忒慢俄，那些儿忘却俺欢哥⑦。夜香残回避了尊亲，绣床偎收拾起生活⑧。停脱⑨，顺风儿斜将金佩拖，紧摘离百忙的淡妆明抹⑩。

（生）费你高情。则良夜无酒奈何？（旦）都忘了。俺携酒一壶，花果二色，在楯栏之上⑪，取来消遣。（旦出取酒果花上）（生）生受了。是甚果？（旦）青梅数粒。（生）这花？（旦）美人蕉。

（生）梅子酸似俺秀才，蕉花红似俺姐姐。串饮一杯。（共杯饮介）

【白练序】（旦）金荷，斟香糯⑫。（生）你酝酿春心玉液波，拼微酢⑬，东风外翠香红酸⑭。（旦）也摘不下奇花果，这一点蕉花和梅豆呵，君知么，爱的人全风韵，花有根科⑮。

【醉太平】（生）细哦，这子儿花朵，似美人憔悴，酸子情多。喜蕉心暗展，一夜梅犀点污⑯。如何？酒潮微晕笑生涡。待噷着脸恣情的呜嗫⑰。些儿个，翠偎了情波⑱。润红蕉点，香生梅唾。

【白练序】（旦）活泼，死腾那，这是第一所人间风月窝。昨宵个微芒暗影轻罗。把势儿忒显豁⑲，为甚么人到幽期话转多？（生）好睡也。（旦）好月也。消停坐，不妒色嫦娥，和俺人三个。

【醉太平】（生）无多，花影阿那。劝奴奴睡也，睡也奴哥⑳。春宵美满，一霎暮钟敲破。娇娥，似前宵雨云羞怯颤声讹㉑，敢今夜翠鬟轻可？睡则那，把腻乳微搓，酥胸汗帖，细腰春锁。

注释：

①春纤：形容女子柔嫩修长的手指。

②银烛先教刻五分：意即早早点起蜡烛等候。

③挣挫：挣扎。这里有受苦的意思。

④祗候：等候。

⑤夜深花睡：宋苏轼《海棠》："只恐夜深花睡去，更烧高烛照红妆。"

⑥"自然无迹又无尘"四句【集唐】：分别出自朱庆馀《逢山人》、令狐楚《坐中闻思帝乡有感》、无名氏《杂诗》之十二、皮日休《寒夜文燕润卿有期不至》。

⑦欢哥：对情郎的昵称。

⑧偎：傍。生活：针线生活。

⑨停脱：停当，停妥。

⑩紧摘离：赶紧起身。摘离，脱离，分离。

⑪楯（dùn）栏：栏杆。

⑫金荷，斟香糯：在荷叶形的金杯里斟满糯米香酒。金荷，荷叶形酒杯。

⑬微酡（tuó）：稍醉。酡，饮酒脸红的样子。

⑭红酘（pō）：这里指酒醉。酘，再加蒸制的烈性酒。

⑮根科：根株，根芽。上文"人"谐音（果）"仁"，与此句中"花"字并列。

⑯梅犀点污：隐喻欢会。梅犀，梅子。

⑰噷（xīn）：亲吻。恣情的呜噷：狂吻。

⑱翠偃了情波：意思是闭上了含情的眼睛。

⑲把势儿：姿态，指欢会。显豁：出风头，显摆。

⑳奴哥：对女人的昵称。

㉑讹：通"呵"，形容说话声音含混不清。

（净贴悄上）（贴）道可道，可知道。名可名，可闻名①。（生旦笑介）（贴）老姑姑，你听，秀才房里有人，这不是俺小姑姑了。
（净作听介）是女声，快敲门去。（敲门介）（生）是谁？（净）老
道姑送茶。（生）夜深了。（净）相公房里有客哩。（生）没有。（净）
女客哩。（生旦慌介）怎好？（净急敲门介）相公，快开门。地方
巡警，免的声扬哩。（生慌介）怎了！怎了！（旦笑介）不妨，俺
是邻家女子，道姑不肯干休时，便与他一个勾引的罪名儿。

【隔尾】（旦）便开呵，须撒和②，隔纱窗怎守的到参儿趖③！
柳郎，则管松了门儿。俺影着这一幅美人图那边躲。

（生开门）（旦作躲）（生将身遮旦）（净贴闯进笑介）喜也！（生）
什么喜？（净前看）（生身拦介）

【衮遍】（净贴）这更天一点锣④，仙院重门阖。何处娇
娥？怕惹的干柴火。（生）你便打睃⑤，有甚着科⑥？是床
儿里窝？箱儿里那？袖儿里阁？

（净贴向前）（生拦不住）（内作风起）（旦闪下介）（生）昏了灯
也。（净）分明一个影儿，只这轴美女图在此，古画成精了么？

【前腔】画屏人踏歌⑦，曾许你书生和。不是妖魔，甚影
儿望风躲？相公，这是什么画？（生）妙娑婆，秀才家随行的
香火。俺寂静里暗祈求，你莽吃喝。

（净）是了。不说不知，俺前晚听见相公房内啾啾唧唧，疑惑是
这小姑姑。俺如今明白了。相公，权留小姑姑伴话。（生）请了。

【尾声】动不动道录司官了私和。（生）则欺负俺不分外的书
生欺别个⑧！姑姑，这多半觉美鼾鼾则被你奚落煞了我。（净
贴下）

（生笑介）一天好事，两个瓦剌姑⑨。扫兴！扫兴！那美人呵，好
吃惊也！

应陪秉烛夜深游， 曹　松[10]

恼乱春风卒未休。 罗　隐[11]

大姑山远小姑出， 顾　况[12]

更凭飞梦到瀛洲。 胡　宿[13]

注释：

①"道可道"四句：戏曲中习用的道姑的上场诗。《老子》："道
　可道，非常道；名可名，非常名。"

②便开呵，须撒和：开了门，要好好说话。撒和，调停。

③参儿：参宿。趖（suō）：低斜。

④这更天一点锣：晚上起更时分。

⑤打踆（suō）：巡视。

⑥着科：犯了错。

⑦画屏人踏歌：《酉阳杂俎》记一书生醉卧醒来，看见画屏上的
　妇人在他床前歌舞，他一声惊叫，妇人就回到画屏上去了。

⑧不分外的：守本分的。

⑨瓦剌姑：即歪辣骨，骂女人卑劣。

⑩应陪秉烛夜深游：语本曹松《陪湖南李中丞宴隐溪》。这里
　指柳梦梅本想月夜尽兴与杜丽娘欢会。

⑪恼乱春风卒未休：语本罗隐《柳》。这里指柳梦梅懊恼欢会
　被打断。

⑫大姑山远小姑出：语本顾况《小孤山》。这里指大、小道姑
　来东厢侦探。

⑬更凭飞梦到瀛洲：语本胡宿《津亭》。这里指柳梦梅嫌道姑
　们搅扰了好事。

点评：

"欢挠"，柳生与丽娘的欢会被阻挠。本出中柳生与丽娘鬼魂正在幽会，石道姑与小道姑前来侦视。丽娘隐身画后，又飘然闪身出门，柳生侥幸未被道姑们识破。

本出中的杜丽娘最妩媚。她"携酒一壶"和"蕉花梅豆"，与柳梦梅月下流连，赏花饮酒，不觉"酒潮微晕笑生涡"。此时，杜丽娘鬼魂已经和柳梦梅数度幽期，沉溺在东厢"第一所人间风月窝"。杜丽娘从三年前的怀春少女变为笑靥生花、顾盼生媚的少妇。当柳生说该"好睡也"时，丽娘意犹未尽："为甚么人到幽期话转多？……好月也。消停坐，不妒色嫦娥，和俺人三个。"纵观全剧，"魂游"、"幽媾"与"欢挠"几出戏，具体形象地表现了杜丽娘所追求的理想爱情生活景象，"剪烛临风，西窗闲话"，"良夜省陪茶，清风明月知无价"。而这一切与生前及复生之后的现实生活迥然不同，因为这都发生在摆脱掉人间束缚的虚拟环境里。只有在虚拟的世界中，杜丽娘才从禁锢中解脱出来，从被环境异化的状态中还原回来，可以毫不掩饰地宣泄真实的情感。这是"寻梦"的继续，是杜丽娘内心深处对于自己爱情的种种幻想。借助这种虚拟的形式，作者启示了个体存在的意义和可能，这正是《牡丹亭》的卓越与深刻之处。

本出后半部分大小道姑搅欢，是为上出《旁疑》解扣，同时使情节更加跌宕起伏，增强了戏剧性，引人入胜。"欢挠"也使杜丽娘意识到还魂的必要。

第三十一出　缮　备

【番卜算】(贴扮文官，净扮武官上)边海一边江，隔不断胡尘涨。维扬新筑两城墙①，酾酒临江上②。

　　　请了。俺们扬州府文武官僚是也。安抚杜老大人，为因李全骚扰地方，加筑外罗城一座③。今日落成开宴，杜老大人早到也。(众拥外上)

【前腔】三千客两行④，百二关重壮⑤。(文武迎介)(外)维扬风景世无双，直上层楼望。

　　　(见介)(众)北门卧护要耆英⑥。(外)恨少胸中十万兵⑦。(众)天借金山为底柱⑧，(外)身当铁瓮作长城⑨。扬州表里重城，不日成就，皆文武诸公士民之力。(众)此皆老安抚远略奇谋，属官窃在下风，敢献一杯，效古人城隅之宴⑩。(外)正好。且向新楼一望。(望介)壮哉，城也！真乃江北无双堑⑪，淮南第一楼。(众)请进酒。

【山花子】贺层城顿插云霄敞，雉飞腾映压寒江⑫。据表里山河一方，控长淮万里金汤⑬。(合)敌楼高窥临女墙，临风酾酒旌旆扬⑭。乍想起琼花当年吹暗香⑮，几点新亭⑯，无限沧桑。

注释：

①维扬：扬州。

②酾(shī)酒：斟酒。

③外罗城：城墙外加筑的大城。

④三千客两行：杜宝表示自己爱贤好客。《史记》载，战国时孟尝君、平原君、信陵君、春申君都"好客"，招纳贤士，有食客三千人。

⑤百二关重壮：指维扬一带形势险要，利于扼守，可以胜过一倍的敌人。百二，以二敌百。一说百的一倍。后以喻山河险固之地。语出《史记·高祖本纪》："秦形胜之国，带河山之险，县隔千里，持戟百万，秦得百二焉。"

⑥北门卧护要耆（qí）英：凭借老将的威名，就是躺着不动，也能收到防守北方的实效。《新唐书·裴度传》载，唐宪宗以中书令裴度兼河东节度使，差官向他宣谕说："为朕卧护北门可也。"耆英，老年的贤者。

⑦胸中十万兵：指胸中有韬略。北宋范仲淹，曾任陕西经略安抚使，防守西夏。元代袁桷题范仲淹画像诗："甲兵十万在胸中，赫赫英名震犬戎。"

⑧天借金山为底柱：指金山是长江防守的中流砥柱。金山，在今江苏镇江西北，长江中心的小岛。底柱，即三门山，在今河南陕县。屹立在黄河中流，形势险要。这里借三门山比喻金山。

⑨铁瓮：三国孙权在镇江修筑了很坚固的子城，号称铁瓮城。

⑩城隅（yú）之宴：三国魏曹植《赠丁廙》："吾与二三子，曲宴此城隅。"城隅，城上的角楼。

⑪堑：护城河。这里指城池。

⑫雉：这里指雉堞，即女墙，是筑在城上的小墙，上面有射箭的孔眼。

⑬金汤：即金城汤池，比喻坚不可摧的城池。

⑭旌旆（jīng pèi）：旗帜。

⑮琼花：《隋炀帝艳史》写隋炀帝开凿大运河，乘船到扬州看琼花，后来为宇文化及所杀，隋亡。

⑯几点新亭：指新亭之泪。南朝宋刘义庆《世说新语·言语》："过江诸人，每至美日，辄相邀新亭，藉卉饮宴。周侯中坐而叹曰：'风景不殊，正自有山河之异。'皆相视流泪。"指痛苦而无可奈何的怀念故国的感情或忧国伤时的愤激之情。新亭在今南京城南。

　　（外）前面高起如霜似雪四五十堆，是何山也？（众）都是各场所积之盐，众商人中纳①。（外）商人何在？（末、老旦扮商人上）占种海田高白玉，掀翻盐井横黄金②。商人见。（外）商人么，则怕早晚要动支兵粮，攒紧上纳。

【前腔】这盐呵，是银山雪障连天晃，海煎成夏草秋粮。平看取盐花灶场，尽支排中纳边商。（合前）

　　（外）酒罢了。喜的广有兵粮，则要众文武关防如法。

【舞霓裳】（众）文武官僚立边疆，立边疆。休坏了这农桑，士工商。（合）敢大金家早晚来无状③，打贴起炮箭旗枪④。听边声风沙迭荡⑤，猛惊起，见蟠花战袍旧边将。

【红绣鞋】（众）吉日祭赛城隍，城隍。归神谢土安康，安康。祭旗纛⑥，犒军装。阵头儿，谁抵当？箭眼里，好遮藏。

【尾声】（外）按三韬把六出旗门放⑦，文和武肃静端详。则等待海西头动边烽那一声炮儿响⑧。

夹城云暖下霓旄，杜　牧⑨
千里崤函一梦劳。谭用之⑩
不意新城连嶂起，钱　起⑪
夜来冲斗气何高。谭用之⑫

注释：

①中纳：宋朝政府允许商人直接运送粮草到边境地区，以供军需，然后在京师发给商人领盐执照，这种官、商之间的实物交易称为"入中"，即"中纳"。南宋时扬州地处边境，又是盐的转运中心，交易十分频繁。本出中"海煎成夏草秋粮"、"中纳边商"，都是这种情形的写照。

②掀翻盐井横黄金：写出商人因贩盐而发财致富。

③无状：无礼，指前来侵犯。

④打贴起：原作"打叠起"，收拾起，准备好的意思。

⑤迭荡：纵横弥漫。

⑥旗纛（dào）：饰有鸟羽的大旗。

⑦三韬：《三略》《六韬》，古代兵法。此指阵图。六出旗门：指这个阵势有六个出入口。

⑧海西头：泛指边塞。海西，瀚海之西。

⑨夹城云暖下霓旄：语本杜牧《长安杂题长句六首》之三。这里指杜宝作为朝廷安抚使镇守淮扬。

⑩千里崤函一梦劳：语本谭用之《途次宿友人别墅》。这里指杜宝日夜为千里防线操劳。

⑪不意新城连嶂起：语本钱起《同王员外陇城绝句》。这里指杜宝很快筑起防御新城。

⑫夜来冲斗气何高：语本谭用之《古剑》。这里指淮扬守军士气高昂。

点评：

"缮备"，修缮武备。本出是杜宝抗金副线的发展。杜宝移镇维扬已三年。为抵御金寇骚扰，杜宝修缮武备，筑城储粮。新筑城墙建成后，杜宝与将士们把酒临江，抒发感慨。

杜宝自命西蜀大儒，又是朝廷命官，儒家兼济天下的文治武功是他从政的最高理想。《劝农》一出里他是爱民勤政的好太守，本出中他是一位有远略奇谋的卫国重臣。"三千客两行，百二关重壮。维扬风景世无双，直上层楼望。"杜宝唱词气象恢宏，刚劲浑厚，显出镇关边帅的气魄和身份，与描写爱情的缠绵曲词大异其趣。

杜宝备战中还十分重视商贾的作用。巡城视察时，杜宝看到"前面高起如霜似雪四五十堆"，问："是何山也？"众随从回答："都是各场所积之盐，众商人中纳。"杜宝叮嘱说："则怕早晚要动支兵粮，攒紧上纳。"并说："平看取盐花灶场，尽支排中纳边商。"这反映了明代的现实和背景，也说明杜宝开明的头脑和策略。《移镇》《折寇》等出中，杜宝也是克己奉公、为国尽忠的典型。"此折写安抚淮扬功业，为后来入相之本"（吴吴山三妇合评本《牡丹亭》评语）。

第三十二出　冥　誓

【月云高】(生上)暮云金阙^①，风幡淡摇拽。但听得钟声绝，早则是心儿蓺。纸帐书生^②，有分氲兰麝^③。咱时还早。荡花阴单则把月痕遮。(整灯介)溜风光稳护着灯儿烨。(笑介)好书读易尽，佳人期未来。前夕美人到此，并不堤防，姑姑搅攘。今宵趁他未来之时，先到云堂之上攀话一回^④，免生疑惑。(作掩门行介)此处留人户半斜，天呵，俺那有心期在那些。(下)

【前腔】(魂旦上)孤神害怯，佩环风定夜。(惊介)则道是人行影，原来是云偷月。(到介)这是柳郎书舍了。呀，柳郎何处也？闪闪幽斋，弄影灯明灭。魂再艳，灯油接；情一点，灯头结。(叹介)奴家和柳郎幽期，除是人不知，鬼都知道。(泣介)竹影寺风声怎的遮^⑤，黄泉路夫妻怎当赊^⑥？

待说何曾说，如矍不奈矍。把持花下意，犹恐梦中身。奴家虽登鬼录，未损人身。阳禄将回，阴数已尽。前日为柳郎而死，今日为柳郎而生。夫妇分缘，去来明白。今宵不说，只管人鬼混缠到甚时节？只怕说时柳郎那一惊呵，也避不得了。正是：夜传人鬼三分话，早定夫妻百岁恩。

注释：

①金阙：道家谓天上有黄金阙，为仙人或天帝所居。这里指道观。

②纸帐：以藤皮茧纸缝制的帐子。这里形容单薄、贫寒。

③氲(yūn)兰麝(shè)：这里指亲近美人。氲，烟气。兰麝，

兰与麝香。指名贵的香料。这里代指香气、美人。

④云堂：僧堂，僧道诵经的法堂。

⑤竹影寺：即竹林寺。元代谚语："竹林寺有影无形。"这里是
反用，既有影，人们捕风捉影，就免不了有闲话。

⑥怎当赊：怎么能长久。赊，时间长久。

【懒画眉】(生上)画阑风摆竹横斜。(内作鸟声惊介)惊鸦闪
落在残红树。呀，门儿开也。玉天仙光降了紫云车①。(旦出
迎介)柳郎来也。(生揖介)姐姐来也。(旦)剔灯花这咱望郎爷。
(生)直恁的志诚亲姐姐。

(旦)秀才，等你不来，俺集下了唐诗一首。(生)洗耳。(旦念介)
拟托良媒亦自伤　秦韬玉，月寒山色两苍苍　薛涛。不知谁唱春
归曲　曹唐？又向人间魅阮郎　刘言史②。(生)姐姐高才。(旦)
柳郎，这更深何处来也？(生)昨夜被姑姑败兴，俺乘你未来之
时，去姑姑房头看了他动静，好来迎接你。不想姐姐今夜来恁早
哩。(旦)盼不到月儿上也。

【太师引】(生)叹书生何幸遇仙提揭③，比人间更志诚亲
切。乍温存笑眼生花，正渐入欢肠啖蔗④。前夜那姑姑呵，
恨无端风雨把春抄截。姐姐呵，误了你半宵周折，累了
你好回惊怯⑤。不嗔嫌，一径的把断红重接。

【琐寒窗】(旦)是不堤防他来的哱嗻⑥，吓的个魂儿收不
迭。仗云摇月躲，画影人遮。则没揣的涩道边儿⑦，闪人
一跌。自生成不惯这磨灭⑧。险些些风声扬播到俺家爷，
先吃了俺狠尊慈痛决⑨。

注释：

① 紫云车：仙车，神话传说中西王母的座车。

② "拟托良媒亦自伤"四句：杜丽娘所吟的集唐诗，表达对柳梦梅的思念。四句分别出自秦韬玉《贫女》、薛涛《送友人》、曹唐《小游仙诗九十八首》之六十三、刘言史《赠成炼师四首》之三。

③ 提揭：当作"提挈"，扶持、提携。

④ 啖蔗：甘蔗从尖儿吃起，越吃越甜。这里是正甜蜜的意思。

⑤ 好回：好一阵。

⑥ �嗻（chē zhē）：厉害。

⑦ 没揣的：没想到，没提防。涩道：阶石。

⑧ 磨灭：折磨，欺负。

⑨ 尊慈：母亲。痛决：严厉的责罚。

（生）姐姐费心。因何错爱小生至此？（旦）爱的你一品人才。

（生）姐姐敢定了人家？

【太师引】（旦）并不曾受人家红定回鸾帖^①。（生）喜个甚样人家？（旦）但得个秀才郎情倾意惬。（生）小生到是个有情的。（旦）是看上你年少多情，迤逗俺睡魂难贴。（生）姐姐，嫁了小生罢。（旦）怕你岭南归客路途赊，是做小伏低难说^②。（生）小生未曾有妻。（旦笑介）少甚么旧家根叶，着俺异乡花草填接？

敢问秀才，堂上有人么？（生）先君官为朝散，先母曾封县君。

（旦）这等是衙内了^③。怎恁婚迟？

【琐寒窗】（生）恨孤单飘零岁月，但寻常稔色谁沾

藉④？那有个相如在客，肯驾香车？萧史无家，便同瑶
阙⑤？似你千金笑等闲抛泄，凭说，便和伊青春才貌恰
争些，怎做的露水相看恁别⑥！

　　（旦）秀才有此心，何不请媒相聘？也省的奴家为你担慌受怕。
　　（生）明早敬造尊庭，拜见令尊令堂，方好问亲于姐姐。（旦）到
　　俺家来，只好见奴家。要见俺爹娘还早。（生）这般说，姐姐当真
　　是那样门庭？（旦笑介）（生）是怎来？

【红衫儿】看他温香艳玉神清绝，人间迥别。（旦）不是人
间，难道天上？（生）怎独自夜深行，边厢少侍妾？且说个
贵表尊名。（旦叹介）（生背介）他把姓字香沉，敢怕似飞琼漏
泄⑦？姐姐不肯泄漏姓名，定是天仙了。薄福书生，不敢再陪欢宴。
尽仙姬留意书生，怕逃不过天曹罚折。

【前腔】（旦）道奴家天上神仙列，前生寿折。（生）不是天
上，难道人间？（旦）便作是私奔，悄悄何妨说。（生）不是人
间，则是花月之妖。（旦）正要你掘草寻根，怕不待勾辰就月⑧。
（生）是怎么说？（旦欲说又止介）不明白辜负了幽期，话到尖
头又咽。

　　【相思令】（生）姐姐，你千不说，万不说。直恁的书生不酬决⑨，
　　更向谁边说？　　（旦）待要说，如何说？秀才，俺则怕聘则为
　　妻奔则妾⑩，受了盟香说。（生）你要小生发愿，定为正妻，便与
　　姐姐拈香去。

【滴溜子】（生旦同拜）神天的，神天的，盟香满爇⑪。柳
梦梅，柳梦梅，南安郡舍。遇了这佳人提挈，作夫妻，
生同室，死同穴。口不心齐，寿随香灭。

第
三
十
二
出

冥
誓

261

注释：

①受人家红定回鸾帖：指订婚。红定，男家送女家的聘礼。鸾帖，写有女方生辰八字的庚帖。女方接受红定，回以鸾帖，即表示答允缔结婚约。

②做小伏低：指做妾。

③衙内：官家子弟。

④寻常稔（rěn）色：姿色一般的女子。稔色，美色。沾藉：沾惹。

⑤"那有个相如在客"四句：谁肯像卓文君私奔司马相如一样来爱一个异乡人？萧史不碰上秦弄玉，哪能共同成仙？驾香车，卓文君与司马相如一起驾车私奔去了成都，这里指私奔。瑶阙，传说中的仙宫。

⑥便和伊青春才貌恰争些，怎做的露水相看恓（pǐ）别：纵然比你的青春才貌差一些，我既然爱上了，怎么会轻易分手。露水，喻爱情短暂。恓别，离别。

⑦飞琼：许飞琼，昆仑山女仙。

⑧勾辰就月：指盼望难遇的佳期。勾辰，即"钩陈"，星官名。紫微宫外营陈星。

⑨酬决：应对决断，说清楚。

⑩聘则为妻奔则妾：明媒正娶的是妻，私奔偶合的是妾。

⑪爇（ruò）：烧。

（旦泣介）（生）怎生吊下泪来？（旦）感君情重，不觉泪垂。

【闹樊楼】你秀才郎为客偏情绝，料不是虚脾把盟誓撇①。哎！话吊在喉咙剪了舌。嘱东君在意者②，精神打贴，暂时间奴儿回避趄③，些儿待说，你敢扑忪忪害趺④。

（生）怎的来？（旦）秀才，这春容得从何处？（生）太湖石缝里。

（旦）比奴家容貌争多？（生看惊介）可怎生一个粉扑儿⑤？（旦）

可知道，奴家便是画中人也。（生合掌谢画介）小生烧的香到哩。

姐姐，你好歹表白一些儿。

【啄木犯】（旦）柳衙内，听根节：杜南安原是俺亲爹。

（生）呀，前任杜老先生升任扬州，怎么丢下小姐？（旦）你剪了灯。

（生剪灯介）（旦）剪了灯，余话堪明灭⑥。（生）且请问芳名，青

春多少？（旦）杜丽娘小字有庚帖，年华二八，正是婚时节。

（生）是丽娘小姐，俺的人那！（旦）衙内，奴家还未是人。（生）不是

人，是鬼？（旦）是鬼也。（生惊介）怕也，怕也。（旦）靠边些，听

俺消详说。话在前教伊休害怯，俺虽则是小鬼头人半截。

　　（生）姐姐，因何得回阳世而会小生？

【前腔】（旦）虽则是，阴府别，看一面千金小姐，是杜

南安那些枝叶。注生妃央及煞回生帖，化生娘点活了残

生劫⑦。你后生儿蘸定俺前生业⑧。秀才，你许了俺为妻真

切，少不得冷骨头着疼热。

　　（生）你是俺妻，俺也不害怕了。难道便请起你来？怕似水中捞

　　　　月，空里拈花。

【三段子】（旦）俺三光不灭⑨。鬼胡由，还动迭⑩，一灵

未歇。泼残生，堪转折。秀才可谐经典？是人非人心不

别，是幻非幻如何说？虽则似空里拈花，却不是水中月。

　　（生）既然虽死犹生，敢问仙坟何处？（旦）记取太湖石梅树一株。

【前腔】爱的是花园后节，梦孤清，梅花影斜。熟梅时

节，为仁儿，心酸那些。（生）怕小姐别有走跳处？（旦叹介）便

到九泉无屈折，衙幽香一阵昏黄月⑪。（生）好不冷。（旦）冻

的俺七魄三魂，僵做了三贞七烈。

（生）则怕惊了小姐的魂，怎好？

【斗双鸡】（旦）花根木节，有一个透人间路穴。俺冷香肌早偓的半热。你怕惊了呵，悄魂飞越，则俺见了你回心心不灭。（生）话长哩。（旦）畅好是一夜夫妻，有的是三生话说。

（生）不烦姐姐再三，只俺独力难成。（旦）可与姑姑计议而行。

（生）未知深浅，怕一时间攒不彻⑫。

【上小楼】（旦）咨嗟，你为人为彻。俺砌笼棺勾有三尺叠，你点刚锹和俺一谜掘⑬。就里阴风泻泻，则隔的阳世些些。（内鸡鸣介）

【鲍老催】咳，长眠人一向眠长夜，则道鸡鸣枕空设。今夜呵，梦回远塞荒鸡咽，觉人间风味别。晓风明灭，子规声容易吹残月，三分话才做一分说。

【耍鲍老】俺丁丁列列⑭，吐出在丁香舌⑮。你拆了俺丁香结，须粉碎俺丁香节。休残慢，须急节。俺的幽情难尽说。（内风起介）则这一剪风动灵衣去了也。（旦急下）

注释：

①虚脾：虚情假意。

②东君：神话中的春神。这里杜丽娘以花自喻，以东君喻柳梦梅。

③趄（jū）：犹豫不前。

④些儿待说，你敢扑悢（lǒng）悢害跌：我要说些话，恐怕你会因为害怕而跌倒。扑悢悢，犹如扑通，形容跌倒。

⑤一个粉扑：一个模样。

⑥剪了灯，余话堪明灭：明代有传奇小说集《剪灯新话》《剪灯余话》《觅灯因话》，合称"剪灯三话"。这里用语风趣。

⑦"虽则是，阴府别"六句：虽然阴司和人间官府不同，但看我是官家小姐，判官就央请注生妃让我还魂，央请化生娘娘让我复活。央及煞，央求。化生娘，传说中执掌轮回投生的神。

⑧后生儿：年青的小伙子。蘸：沾惹。业：缘业，缘分。

⑨三光不灭：人死后是看不见日月星三光的，本剧杜丽娘死后还魂复活，所以说三光不灭。

⑩鬼胡由，还动迭：虽然是鬼，还可以四处走动。鬼胡由，鬼花样，这里只是鬼的意思。动迭，走动。

⑪衠（zhūn）：总是。

⑫攒不彻：凑不齐，谈不拢。

⑬一谜：一味，一直。

⑭丁丁列列：形容说话吞吞吐吐。

⑮丁香舌：即舌头。女人的舌头形似丁香。

（生惊痴介），奇哉，奇哉！柳梦梅做了杜太守的女婿，敢是梦也？待俺来回想一番：他名字杜丽娘，年华二八，死葬后园梅树之下。啐！分明是人道交感，有精有血，怎生杜小姐颠倒自己说是鬼？（旦又上介）衙内还在此？（生）小姐怎又回来？（旦）奴家还有叮咛：你既以俺为妻，可急视之，不宜自误。如或不然，妾事已露，不敢再来相陪。愿郎留心。勿使可惜。妾若不得复生，必痛恨君于九泉之下矣！

【尾声】（跪介）柳衙内你便是俺再生爷，（生跪扶起介）（旦）

一点心怜念妾。不着俺黄泉恨你，你只骂的俺一句鬼随邪①。

（旦作鬼声下，回顾介）

　　（生吊场，低语介）柳梦梅着鬼了。他说的恁般分明，恁般凄切，是无是有，只得依言而行。和姑姑商量去。

　　　　梦来何处更为云？　李商隐②

　　　　惆怅金泥簇蝶裙。　韦氏子③

　　　　欲访孤坟谁引至？　刘言史④

　　　　有人传示紫阳君。　熊孺登⑤

注释：

①鬼随邪：鬼促狭。鬼怪作祟害人。

②梦来何处更为云：语本李商隐《促漏》。这里指杜丽娘深感人鬼厮混，幽期难久。

③惆怅金泥簇蝶裙：语本京兆韦氏子《悼妓诗》。这里指杜丽娘与柳梦梅盟誓为婚。

④欲访孤坟谁引至：语本刘言史《恸柳论》。这里指柳梦梅将按杜丽娘吩咐去掘坟开棺。

⑤有人传示紫阳君：语本熊孺登《赠侯山人》。这里指石道姑会指引柳梦梅找到丽娘孤坟。

点评：

　　"冥誓"，指杜丽娘幽魂与柳梦梅拈香立誓，结为夫妇，丽娘追求的爱情理想只待其回生便可成为现实。不满足于"人鬼情"，为追求爱情的长久和稳定，因此丽娘向柳生坦白鬼身和身世，恳请柳生掘墓，反复嘱咐不宜自误。

作为鬼魂的丽娘，和柳梦梅在一起的心情是甜蜜而又疑虑的。甜蜜的是，自己可以自由追寻情人，柳梦梅一表人才，情深意惬；疑虑的是人鬼殊途，飘忽不定。如今丽娘深感人鬼幽隔，终难持久，亦知自己人身未损，阳寿犹存，丽娘决定为自己的爱情争取一份长久。但是柳梦梅还不知丽娘来历，丽娘只说自己是西邻女子。柳梦梅到底是怎样一个人？会不会嫌弃自己？是不是"破棺星圆梦那人"？这一点，杜丽娘还是不确定的。所以，在她表白自己是鬼之前，"话到尖头又咽"。丽娘咏诗以试探："拟托良媒亦自伤，月寒山色两苍苍。不知谁唱春归曲，又向人间魅阮郎。"吴吴山三妇合评本《牡丹亭》评云："无限幽情，从何说起。借集唐诗，略为逗漏。"然后，她一点点问到柳梦梅的家世，有无正妻，引着柳梦梅一再问她的身世，又一再地欲言又止，直至要柳生发愿，拈香盟誓。当得到柳生"生同室，死同穴。口不心齐，寿随香灭"的誓言后，丽娘不能不为其志诚深情打动落泪，决定告知真情，生死以之，"前日为柳郎而死，今日为柳郎而生"！此时的杜丽娘是非常聪明的，也是非常无奈的，而这都是因为那一点痴情。

柳梦梅在得知杜丽娘是鬼之后，虽也吃惊，叫了两声"怕也，怕也"，但志诚爱情战胜了恐惧，他坚决地说："你是俺妻，俺也不害怕了。"此时，柳生与丽娘经受了严峻的死生考验，跨越了遥远的幽明阻隔：彼此深深相爱，无所谓生人和鬼魂。杜丽娘向柳生说明身世因由，托付柳生："俺砌笼棺勾有三尺叠，你点刚锹和俺一谜掘。"在"一剪风动灵衣去了也"之后，又回来叮咛，跪在柳生面前恳请切莫失信。这凄惶悲苦，固然表现出她追求理想的艰辛，也把戏剧悬念的焦点，全放置在柳梦梅身上。

从剧情结构来看，《冥判》是丽娘"由死而之生"的发端，《冥誓》是丽娘"由死而之生"的转机。杜丽娘可以为爱而亡，更珍贵的是她可以为爱而生，这就是汤显祖赋予杜丽娘的特有的"至情"。下场诗"欲访孤坟谁引至？有人传示紫阳君"，暗示柳梦梅将按杜丽娘鬼魂的嘱咐，与石道姑商议挖掘丽娘孤坟的情节。在舞台表演中，《冥誓》一出中的杜丽娘，身着淡青色衣衫，衣衫边镶以如意图案，帔和披肩上绣满蝴蝶，象征两人如愿梦圆，至情相爱。

神天的，神天的，盟香满爇。柳梦梅，柳梦梅，南安郡舍。遇了这佳人提挈，作夫妻，生同室，死同穴。口不心齐，寿随香天。

第三十三出　秘　议

【绕池游】（净上）芙蓉冠帔①，短发难簪系。一炉香鸣钟叩齿②。

　　【诉衷情】风微台殿响笙簧③，空翠冷霓裳。池畔藕花深处，清切夜闻香。　　人易老，事多妨，梦难长。一点深情，三分浅土，半壁斜阳。俺这梅花观，为着杜小姐而建。当初杜老爷分付陈教授看管，三年之内，则见他收取祭租，并不常川行走④。便是杜老爷去后，谎了一府州县士民人等许多分子，起了个生祠。昨日老身打从祠前过，猪屎也有，人屎也有。陈最良，陈最良，你可也叫人扫刮一遭儿。到是杜小姐神位前，日逐添香换水，何等庄严清净。正是：天下少信掉书子，世外有情持素人。

【前腔】（生上）幽期密意，不是人间世。待声扬徘徊了半日。

　　（见介）（生）落花香覆紫金堂，（净）你年少看花敢自伤？（生）弄玉不来人换世⑤，（净）麻姑一去海生桑⑥。（生）老姑姑，小生自到仙居，不曾瞻礼宝殿。今日愿求一观。（净）是礼。相引前行。（行到介）（净）高处玉天金阙，下面东岳夫人、南斗真妃。（内钟鸣）（生拜介）中天积翠玉台遥，上帝高居绛节朝。遂有冯夷来击鼓，始知秦女善吹箫⑦。好一座宝殿哩。怎生左边这牌位上写着"杜小姐神主"，是那位女王？（净）是没人题主哩⑧，杜小姐。（生）杜小姐为谁？

【五更转】（净）你说这红梅院，因何置？是杜参知前所为⑨。丽娘原是他香闺女，十八而亡，就此攒瘗⑩。他爷呵，升任急，失题主，空牌位。（生）谁祭扫他？（净）好墓田留下有碑记。偏他没头主儿，年年寒食⑪。

注释：

①冠帔（guàn pèi）：下文"霓裳"都指道姑服装。

②叩齿：祈祷前牙齿上下叩击，表示虔诚。

③笙簧：笙的乐音。

④常川：经常。

⑤弄玉：相传为春秋秦穆公女儿，又称秦娥、秦女。嫁善吹箫之萧史，日就萧史学箫作凤鸣，穆公为作凤台以居之。后夫妻乘凤飞天仙去。

⑥麻姑：传说中的女仙，曾三次看见东海变为桑田。

⑦"中天积翠玉台遥"四句：引自唐杜甫七律《玉台观》。冯（píng）夷，水神，即河伯。

⑧题主：旧时葬礼，人死下葬后，立一木牌，上写死者名字，用墨笔先写作"××之神王"。然后择期请有名望的人，用主笔在"王"字上加一点，成为"主"字。这一仪式，叫做题主，也叫点主。

⑨参知：即参知政事，宋代官名，副相。明代各布政使下设左右参政，从三品官。

⑩攒瘗（yì）：暂时浅埋，以待迁葬。

⑪偏他没头主儿，年年寒食：这里指年年没有亲人祭奠。寒食，清明前两日叫寒食，古代有禁火的风俗。清明、寒食，都是祭扫坟墓的日子。

（生哭介）这等说起来，杜小姐是俺娇妻呵。（净惊介）秀才当真么？（生）千真万真！（净）这等，知他那日生，那日死了？

【前腔】（生）俺未知他生，焉知死①？死多年生此时。（净）几时得他死信？（生）这是俺朝闻夕死了可人矣②。（净）是夫妻，应你奉事香火。（生）则怕俺未能事人，焉能事鬼③？（净）既是秀才娘子，可曾会他来？（生）便是这红梅院，做楚阳台，偏倍了你④。（净）是那一夜？（生）是前宵你们不做美。（净惊介）秀才着鬼了。难道，难道。（生）你不信时，显个神通你看。取笔来，点的他主儿会动。（净）有这等事？笔在此。（生点介）看俺点石为人，靠夫作主。

你瞧，你瞧。（净惊介）奇哉，奇哉。主儿真个会动也。小姐呵！

【前腔】则道墓门梅，立着个没字碑，原来柳客神缠住在香炉里⑤。秀才，既是你妻，鼓盆歌庐墓三年礼⑥。（生）还要请他起来。（净）你直恁神通，敢阎罗是你？（生）少些人夫用。（净）你当夫，他为人，堪使鬼。（生）你也帮一锹儿。（净）《大明律》：开棺见尸，不分首从皆斩哩。你宋书生是看不着皇明例⑦，不比寻常，穿篱挖壁。

（生）这个不妨，是小姐自家主见。

【前腔】是泉下人，央及你。个中人谁似伊。（净）既是小姐分付，也待我检个日子。（看介）恰好明日乙酉，可以开坟。（生）喜金鸡玉犬非牛日⑧，则待寻个人儿，开山力士。（净）俺有个侄儿癞头鼋可用⑨。只怕事发之时怎处？（生）但回生，免声息，停商议。可有偷香窃玉劫坟贼？还一事，小姐倘然回生，要些定魂汤药。（净）陈教授开张药铺。只说前日小姑姑，党了凶煞⑩，求药安魂。（生）烦你快去也。这七级浮屠⑪，岂同儿戏。

（净）湿云如梦雨如尘，崔　鲁[12]
（生）初访城西李少君。陈　羽[13]
（净）行到窈娘身没处，雍　陶[14]
（生）手披荒草看孤坟。刘长卿[15]

注释：

①未知他生，焉知死：语出《论语·先进》："未知生，焉知死？"这里指不知道哪日生、哪日死。

②朝闻夕死：语出《论语·里仁》："朝闻道，夕死可矣！"这里指刚刚听说。

③未能事人，焉能事鬼：语出《论语·先进》。这里指还未曾事奉过香火。

④偏偏了：背了人，不让人知道。

⑤柳客神：巫蛊术的一种用具，刻柳木作人形。这里指柳梦梅。

⑥鼓盆歌：悼亡之歌。《庄子·至乐》载，庄子的妻子死了，他没有哭泣，敲着盆子在唱歌。庐墓三年礼：按照丧礼的规定，妻要为夫服丧三年，夫为妻则不必。这里是调笑。庐墓，服丧期间在墓旁搭盖的小屋，丧主住在里面守墓。

⑦"《大明律》"四句：《大明律》在明洪武六年（1373）制定，本剧托称宋代故事，却说到明代事，是有意作调笑用，所以下句明说宋书生看不到。首从，首犯与从犯。

⑧喜金鸡玉犬非牛日：阴阳家认为，酉日、戌日宜开坟，丑日忌开坟。金鸡，酉日。玉犬，戌日。牛日，丑日。

⑨癞头鼋（yuán）：头有疙瘩似癞的人。

⑩党了凶煞：冲撞了凶神，就会害病。党，冲撞。煞，凶神恶鬼。

⑪七级浮屠：指救人一命。谚语云："救人一命，胜造七级浮屠。"浮屠，即佛塔。

⑫湿云如梦雨如尘：语本崔鲁《华清宫三首》之一。这里指令人惆怅的风雨时节。

⑬初访城西李少君：语本陈羽《游洞灵观》。这里指柳梦梅拜访石道姑。

⑭行到窈娘身没处：语本雍陶《洛中感事》。这里指石道姑带路去寻丽娘葬身之处。

⑮手披荒草看孤坟：语本刘长卿《送李将军》。这里指柳梦梅要寻坟掘坟。

点评：

"秘议"，指柳梦梅找石道姑秘议掘发杜丽娘之墓。柳梦梅对杜丽娘一片志诚忠贞，即便是鬼妻，也愿意付出一切来成全爱情。石道姑说的："《大明律》：开棺见尸，不分首从皆斩哩。你宋书生是看不着皇明例。"虽是戏谑，也在提醒柳梦梅：掘坟盗墓是砍头之罪。但柳梦梅一心爱着杜丽娘，既不怕鬼，又不怕触犯法律，他完全照杜丽娘的嘱托，硬要把她救活。柳梦梅不疑、不负的品质，就是"但是相思莫相负，牡丹亭上三生路"。

"情"是《牡丹亭》的主旨，"情"又绝不仅限于男女。石道姑也是"有情人"。她曾经春情荡漾，曾经梦想过"夫唱妇随"的生活，曾经经历过从幻想到失落的大喜大悲。因此，她能够体味丽娘为伤春而亡的悲哀，能够理解杜丽娘死而复生的魂灵世界。综观《牡丹亭》中的女性人物，石道姑最心智明晰、洞晓世事。比如杜母，杜母虽与石道姑年龄相仿，但官夫人的身份决定了她精神的局限。她虽将女儿视为掌上珍，思想上却与女儿格格不入。杜母乍见还魂的丽娘时，以为遇见了鬼，而在石道姑眼里，还魂的丽娘与真正的丽娘并无二致。石道姑与丽娘在精神上的契合，石道姑对杜丽娘惊天地、泣鬼神的生死遭际的认同与支持，杜母、春香都无法相比。杜丽娘也信任石道姑。向柳梦梅坦白身份后，她让柳生找石道姑商议掘坟的事。石道姑明知"开棺见尸，不分首从皆斩"，但听说开棺是"小姐自家主见"，就毫不推脱，一口应承下来，还找自家侄子癞头鼋来帮忙，自己去为小姐讨定魂汤药，助柳生一臂之力。

　　本出是生、净过场戏，柳梦梅和石道姑议定掘坟，也为后面陈最良据《大明律》告发柳梦梅预设了悬念。至此丽娘所承担的以情反理的任务已大部分完成，冲突的核心由丽娘转移到柳梦梅，戏剧冲突指向另一个高潮——回生。

第三十四出　诇　药

（末上）积年儒学理粗通，书箧成精变药笼①。家童唤俺老员外，街坊唤俺老郎中。俺陈最良失馆，依然开药铺。看今日有甚人来？

【女冠子】（净上）人间天上，道理都难讲。梦中虚诳②，更有人儿，思量泉壤。

陈先生利市哩③。（末）老姑姑到来。（净）好铺面！这"儒医"二字，杜太爷赠的。好道地药材④！这两块土中甚用？（末）是寡妇床头土。男子汉有鬼怪之疾，清水调服，良。（净）这布片儿何用？（末）是壮男子的裤裆。妇人有鬼怪之病，烧灰吃了，效。（净）这等，俺贫道床头三尺土，敢换先生五寸裆。（末）怕你不十分寡。（净）啐！你敢也不十分壮。（末）罢了，来意何事？（净）不瞒你说，前日小道姑呵，

【黄莺儿】年少不堤防，赛江神归夜忙⑤。（末）着手了？（净）知他着甚闲空旷⑥？被凶神煞党。年灾月殃，瞑然一去无回向⑦。（末）欠老成哩！（净）细端详，你医王手段⑧，敢对的住活阎王。

（末）是活的，死的？（净）死几日了。（末）死人有口吃药？也罢，便是这烧裆散，用热酒调服下。

【前腔】海上有仙方，这伟男儿深裤裆。（净）则这种药俺那里自有。（末）则怕姑姑记不起谁阳壮。剪裁寸方，烧灰酒娘⑨，敲开齿缝把些儿放。不寻常，安魂定魄，赛过反精香⑩。

（净）谢了。

（末）还随女伴赛江神，于　鹄⑪
（净）争那多情足病身。韩　偓⑫
（末）岩洞幽深门尽锁，韩　愈⑬
（净）隔花催唤女医人。王　建⑭

注释：

①书箧（qiè）：书箱。

②虚诓（kuáng）：欺骗。

③利市：吉利的话，祝人好买卖、交好运。

④道地药材：即地道药材，指品质好、疗效佳的药材。

⑤赛江神：祭祀酬谢江神。赛，酬报。旧时祭祀酬神之称。

⑥空旷：迷信的说法，空旷无人的地方多鬼神。

⑦暝然：模模糊糊地。

⑧医王：医术极精的人。

⑨酒娘：甜米酒。

⑩反精香：即返魂香。神话传说：西海聚窟洲产返魂树。根煮
　　汁，制成返魂香，能起死回生。

⑪还随女伴赛江神：语本于鹄《江南曲》。这里指石道姑谎称
　　小道姑随女伴赛江神得病，陈最良信以为真。

⑫争那多情足病身：语本韩偓《江楼二首》之二。这里指石道
　　姑谎称小道姑归夜身亡。

⑬岩洞幽深门尽锁：语本韩愈《奉和李相公题萧家林亭》。这
　　里指陈最良暗示小道姑病因。

⑭隔花催唤女医人：语本王建《宫词一百首》之四十四。这里
　　指石道姑求助陈最良开还魂药。

点评：

"诇（xiòng）药"，求药。因丽娘回生需要安魂汤，石道姑谎称小道姑夜得怪病，到陈最良开的药铺要了一服"烧裆散"的安魂药，为回生做准备。

本出也是过场戏，主要写了陈最良与石道姑的调谑对白。陈最良原来是杜丽娘的塾师，杜丽娘死后为了生计做了郎中。他有生意人的头脑，他药店招牌上的"儒医"二字就是南安太守杜宝的手迹，这是他抬高身价、兜揽生意的手段。这表现了陈最良随分从时、世故圆融的性格和处事态度，也有助于理解他以后的一系列变通圆融的行为：兵乱周旋于杜宝和李全之间，任黄门奏事官周旋于杜宝和杜丽娘、柳梦梅之间，是人物性格和情节发展的必要铺垫和过渡。

石道姑讨要定魂汤，陈最良提到男子安魂药是寡妇床头土，女子安魂药则是壮男子的裤裆灰。三十五出杜丽娘回生时，石道姑按陈最良药方吩咐："且在这牡丹亭内进还魂丹，秀才剪裆。"听起来语亵无聊，戏谑调笑，实则真是中医药方。烧裆散，又名烧裈散，出自东汉张仲景的《伤寒论》，主治阴阳易。所谓"阴阳易"，指与初愈病人交媾所得病。男人病，取妇人中裤近阴处，剪裁寸方，烧成灰，清水调下，每日三次。妇人病，取男子中裤同样烧服。本剧中杜丽娘伤春而亡、为情还阳，陈最良探本清源、对症下药。另外，以"烧裆散"构思情节，使剧情微澜再起，成为剧情进展的重要关目。

《牡丹亭》还广泛运用许多医药词、病名、医典，如第四出"吼儿病"（哮喘病）、十七出"线药"（中医外科手术用药）、十八出"咀药"（中药煎煮前用嘴嚼药法）、二十出"君臣药"（主治药辅助药）、二十三出"瘫、痨、蛊、膈四正客"（瘫痪、结核、蛊毒、噎膈反胃四病）、三十四出"反精香"（返魂香）。其他诸如"往来寒热"、"伤寒"、"急慢风惊"、"冷厥"、"三焦"、"风寒暑湿"、"八法针"、"望闻问切"、"《圣惠方》"、"王叔和《脉决》"、"信巫不信医"、"三世医"等等，随文而发，有时是隐喻，有时是推动情节，有时是使语言更活泼，大大丰富了传奇作品的内容，使故事细节真实。

第三十五出　回　生

【字字双】（丑扮疙童①，持锹上）猪尿泡疙疸偌卢胡，没裤②。铧锹儿入的土花疏，没骨③。活小娘不要去做鬼婆夫，没路。偷坟贼拿倒做个地官符④，没趣。

> （笑介）自家梅花观主家癞头鼋便是。观主受了柳秀才之托，和杜小姐启坟。好笑，好笑，说杜小姐要和他这里重做夫妻。管他人话鬼话，带了些黄钱，挂在这太湖石上，点起香来。

【出队子】（净携酒同生上）玉人何处，玉人何处？近墓西风老绿芜。《竹枝歌》唱的女郎苏，杜鹃声啼过锦江无⑤？一窖愁残，三生梦余。

> （生）老姑姑，已到后园。只见半亭瓦砾，满地荆榛⑥。绣带重寻，袅袅藤花夜合；罗裙欲认，青青蔓草春长⑦。则记的太湖石边，是俺拾画之处。依稀似梦，恍惚如亡，怎生是好？（净）秀才不要忙，梅树下堆儿是了。（生）小姐，好伤感人也。（哭介）（丑）哭甚的，趁时节了。（烧纸介）（生拜介）巡山使者，当山土地，显圣显灵。

【啄木鹂】开山纸草面上铺。烟罩山前红地炉⑧。（丑）敢太岁头上动土⑨，向小姐脚跟挖窟。（生）土地公公，今日开山，专为请起杜丽娘。不要你死的，要个活的。你为神正直应无妒，俺阳神触煞俱无虑。要他风神笑语都无二，便做着你土地公公女嫁吾。呀，春在小梅株。

> 好破土哩。

注释：

①疙童：头上长癞痢疙瘩的儿童。

②猪尿泡疙疮偌卢胡，没裤：是对癞痢头的恶谑。猪尿泡，猪膀胱。卢胡，疑指葫芦。二者都指头的形状。

③铧锹儿入的土花疏，没骨：指开坟不难。土花，苔藓。没骨，没有石头。

④地官符：指活埋。《三国志·魏志·张鲁传》注，道家为人祛病，书写作天地水三官文符，其中地官符埋入土内。

⑤《竹枝歌》唱的女郎苏，杜鹃声啼过锦江无：《竹枝歌》，即《竹枝词》，流行于四川的民歌，多歌咏儿女柔情。杜鹃声啼，战国蜀王杜宇称帝，号望帝，死后化为杜鹃鸟，啼声凄切。锦江，蜀锦只有濯于锦江才颜色鲜艳。按，杜丽娘是四川人，故这里引用四川风物。

⑥荆榛：丛生灌木，形容荒芜景象。

⑦罗裙欲认，青青蔓草春长：化用五代牛希济《生查子》："记得绿罗裙，处处怜芳草。"

⑧开山纸草面上铺。烟罩山前红地炉：破土前焚化纸钱，纸钱烧起来，烟火上腾，就跟通红的火炉一样。开山，此指开坟。

⑨太岁头上动土：旧时认为太岁星所在方为凶方，不宜动土，否则会有灾祸。

【前腔】（丑净锹土介）这三和土一谜锄①。小姐呵，半尺孤坟你在这的无？（生）你们十分小心。（看介）到棺了。（丑作惊丢锹介）到官没活的了。（生摇手介）禁声。（内旦作"哎哟"介）（众惊介）活鬼做声了。（生）休惊了小姐。（众蹲向鬼门，开棺介）（净）原来钉头锈断，子口登开②，小姐敢别处送云雨去了。（内"哎哟"介）（生见旦扶介）（生）哎！小姐端然在此。异香袭人，幽姿如故。天也，你看正面上那些儿尘渍，斜空处没半米蚨蜉③。则他暖幽香四片斑斓木，润芳姿半榻黄泉路，养花身五色燕支土。（扶旦软弹介④）（生）俺为你款款偎将睡脸扶，休损了口中珠⑤。

（旦作呕出水银介）（丑）一块花银，二十分多重，赏了癞头罢。

（生）此乃小姐龙含凤吐之精，小生当奉为世宝。你们别有酬犒⑥。

（旦开眼叹介）（净）小姐开眼哩。（生）天开眼了。小姐呵！

【金蕉叶】（旦）是真是虚？劣梦魂猛然惊遽⑦。（作掩眼介）避三光业眼难舒⑧，怕一弄儿巧风吹去。

（生）怕风怎么好？（净扶旦介）且在这牡丹亭内进还魂丹，秀才剪裆。（生剪介）（丑）待俺凑些加味还魂散。（生）不消了。快快热酒来。

【莺啼序】（调酒灌介）玉喉咙半点灵酥⑨。（旦吐介）（生）哎也，怎生呵落在胸脯。姐姐再进些，才吃下三个多半口还无。（觑介）好了，好了！喜春生颜面肌肤。（旦觑介）这些都是谁？敢是些无端道途⑩，弄的俺不着坟墓？（生）我便是柳梦梅。（旦眄矇觑⑪）怕不是梅边柳边人数。

（生）有这道姑为证。（净）小姐可认得道姑么？（旦看不语介）

【前腔】（净）你乍回头记不起俺这姑姑。（生）可记得这后花园？（旦不语介）（净）是了，你梦境模糊。（旦）只那个是柳郎？（生应）（旦作认介）柳郎真信人也。亏杀你拨草寻蛇，亏杀你守株待兔。棺中宝玩收存，诸余抛散池塘里去。（众）呸！（丢去棺物介）向人间别画个葫芦⑫。水边头洗除凶物⑬。（众）亏小姐整整睡这三年。(旦)流年度，怕春色三分，一分尘土⑭。

（生）小姐，此处风露，不可久停。好处将息去。

【尾声】死工夫救了你活地狱，七香汤莹了美食相扶⑮。

(旦)扶往那里去？(净)梅花观。(旦)可知道洗棺尘都是这高唐观中雨。

<blockquote>

(生)天赐燕支一抹腮，　　罗　隐⑯

(旦)随君此去出泉台。　　景舜英⑰

(净)俺来穿穴非无意，　　张　祜⑱

(生)愿结灵姻愧短才。　　潘　雍⑲

</blockquote>

注释：

①三和土：即三合土，由石灰、粘土和沙混合而成。

②子口登开：指棺体和棺盖合缝处裂开。

③半米：半粒，犹言半只。蚍蜉（pí fú）：蚂蚁。

④软斠（duǒ）：软弱的样子。

⑤口中珠：旧时人死入殓，口中放珍珠等物，叫衔口。为了尸
　　体防腐，也有灌入水银的，故下文说"呕出水银介"。

⑥酬犒（kào）：酬劳犒赏。

⑦惊遽（jù）：因突然刺激而恐慌。

⑧业眼：作孽的眼睛，佛家用语。

⑨灵酥：灵药。

⑩无端道途：这里指无赖之辈，歹徒。

⑪昽曚（míng méng）：朦胧，看不清的样子。

⑫向人间别画个葫芦：指重新做人。

⑬凶物：丧葬用品。

⑭怕春色三分，一分尘土：怕青春过去。宋苏轼《水龙吟》："春色三分：二分尘土，一分流水。"

⑮七香汤：沐浴用的香汤。莹：磨玉使发光，这里指洗。美食相扶：用好的食品补养。

⑯天赐燕支一抹腮：语本罗隐《红梅》。这里指柳梦梅看到破棺复生的杜丽娘幽姿如故。

⑰随君此去出泉台：语本景舜英《留金扼臂赠别》。这里指杜丽娘被柳梦梅相救，死而复生。

⑱俺来穿穴非无意：语本张祜《题朱兵曹山居》。这里指石道姑热心帮忙寻坟掘墓。

⑲愿结灵姻愧短才：语本潘雍《赠葛氏小娘子》。这里指柳梦梅愿意与复生的丽娘结成真正的夫妻，暗示现实婚姻可能要面临的问题。

点评：

"回生"，还魂再生。柳梦梅在石道姑、癞头鼋的帮助下，掘坟破棺，终于使死去三年的杜丽娘起死回生。

在舞台演出中，柳梦梅得知当年杜丽娘是为自己抑郁而亡，所以如今即便是冒着挖坟开棺的死罪，也一定要帮她还魂重生。他沐浴更衣，烧香拜神，为冲喜还特穿上一袭红衣，一手携香篮，一手提褶，疾步上场。他全副心思都想着要快点赶到小姐坟前，赶紧见着小姐，其他的一切都已置之度外。《回生》的掘墓描写细致精彩，尤其掘开孤坟，棺内的杜丽娘仍然"异香袭人，幽姿如故"。这些描写如一处处特写，强化了柳梦梅等人当时的心理感受，将杜丽娘回生的悬念延至最后一刻。

《回生》一出，歌颂了"情之至"的感人力量。刚见天日的杜丽娘迷糊懵懂，她稍回过神来，张口便问："只那个是柳郎？"吴吴山三妇合评本《牡丹亭》评论曰："'梅边柳边'，此处一疑，后文一问，绝有神理。盖丽娘止于梦里魂里曾见柳生，生前元未相识，不可无此疑问耳。""两番不语，忽问柳郎，正见一灵不放处。"待认过柳生后，她欣慰地说："柳郎真信人也！"汤翁云："情不知所起，一往而深。生可以死，死可以生。"凭着柳生的一片志诚与深情，丽娘得以起死回生。"情之至"者，柳生当之无愧。

杜丽娘死亡与复生情节的表演，青春版《牡丹亭》是通过设计独特的高台和花神来实现的。高台花神象征真幻虚实的空间境界、生死阴阳的人生境遇和哀怨亡去喜悦重生的情感变化。《离魂》时杜丽娘伤情而终，代表冥界的花神手举白色长蟠，引导杜丽娘拾阶而上，一步步隐入幽暗冥界。等到《回生》，柳梦梅一锄下去，手举红色长蟠的花神们一拥而出，身披大红披风的杜丽娘则在高平台上一点点升起，柳梦梅急切地奔上高台，两人相拥相抱，从高台步步下阶，穿梭过花神拉起的一个个"门"，寓意回到人间。这时，【蝶恋花】"但使相思莫相负，牡丹亭上三生路"的主题音乐再次响起，宣告了"人鬼情"的高潮，也意味着"人鬼情"的收煞。杜丽娘与柳梦梅的人鬼之情，是幻想世界收获的"虚情"，必须要经历考验和洗礼，才能收获"实情"。"钟情一点，幽契重生"，是"人间情"的开始。

则他暖幽香四片斑斓木，润芳姿半榻黄泉路，养花身五色燕支土。俺为你款款偎将睡脸扶，休损了口中珠。

第三十六出　婚　走

【意难忘】（净扶旦上）（旦）如笑如呆，叹情丝不断，梦境重开。（净）你惊香辞地府，舆梬出天台①。（旦）姑姑，俺强挣作②，软咍咍，重娇养起这嫩孩孩。（合）尚疑猜，怕如烟入抱，似影投怀③。

> 【画堂春】（旦）蛾眉秋恨满三霜，梦余荒冢斜阳。土花零落旧罗裳，睡损红妆④。　（净）风定彩云犹怯，火传金炮重香⑤。如神如鬼费端详，除是高唐。（旦）姑姑，奴家死去三年，为钟情一点，幽契重生⑥，皆亏柳郎和姑姑信心提救。又以美酒香酥，时时将养，数日之间，稍觉精神旺相。（净）好了，秀才三回五次，央俺成亲哩。（旦）姑姑，这事还早。扬州问过了老相公、老夫人，请个媒人方好。（净）好消停的话儿⑦。这也由你。则问小姐前生事，可都记的些么？

【胜如花】（旦）前生事、曾记怀，为伤春病害。困春游梦境难捱，写春容那人儿拾在。那劳承、那般顶戴⑧，似盼天仙盼的眼咍⑨，似叫观音叫的口歪。（净）俺也听见些。则小姐泉下怎生得知？（旦）虽则尘埋，把耳轮儿热坏。感一片志诚无奈，死淋侵走上阳台⑩，活森沙走出这泉台⑪。

> （净）秀才来哩。

注释：

①你惊香辞地府，舆梬（chèn）出天台：指杜丽娘死而复生，

容颜依旧，令人惊奇。舆榇，以车载棺，表示决死或有罪当死。这里就指棺材。天台，本指仙境。这里天台、地府都是冥间代称。

②挣作：挣扎，振作。

③如烟入抱，似影投怀：本形容鬼魂虚无缥缈如烟似影，这里形容杜丽娘刚刚复生，虚空怯弱的样子。《搜神记》载，吴王夫差小女紫玉，因婚姻被阻挠，郁结而死。魂魄回到宫中，母亲要拥抱她时，她如烟一般消失了。

④土花零落旧罗裳，睡损红妆：这里指杜丽娘死去三年，容颜改变。化用宋秦观词《画堂春》："杏花零落燕泥香，睡损红妆。"土花，苔藓。

⑤金炝（xiè）：香的余烬。

⑥幽契：即冥合，指杜丽娘鬼魂与柳梦梅欢会。

⑦消停：从容。这里作现成、自在解。

⑧劳承：对情人的昵称，犹言滑头。顶戴：供奉膜拜。

⑨眼哈：眼呆，眼直。

⑩死淋侵：死呆呆、毫无生气的样子。淋侵，语尾助词。阳台：男女合欢的处所。语出战国楚宋玉《高唐赋序》："旦为朝云，暮为行雨，朝朝暮暮，阳台之下。"

⑪活森沙：活生生，活泼地。森沙，语尾助词。泉台：墓穴。

【生查子】（生上）艳质久尘埋，又挣出这烟花界①。你看他含笑插金钗，摆动那长裙带。

（见介）丽娘妻。（旦羞介）（生）姐姐，俺地窟里扶卿做玉真②，（旦）重生胜过父娘亲。（生）便好今宵成配偶，（旦）慵腾还自少精神③。(净)起前说精神旺相,则瞒着秀才。(旦)秀才,可记的古书云:"必待父母之命,媒妁之言④。"(生)日前虽不是钻穴相窥,早则钻坟而入了。小姐今日又会起书来。(旦)秀才,比前不同。前夕鬼也,今日人也。鬼可虚情,人须实礼。听奴道来:

【胜如花】青台闭、白日开⑤。(拜介)秀才呵,受的俺三生礼拜,待成亲少个官媒。(泣介)结盏的要高堂人在⑥。(生)成了亲,访令尊令堂,有惊天之喜。要媒人,道姑便是。(旦)秀才,忙待怎的?也曾落几个黄昏陪待。(生)今夕何夕⑦?(旦)直恁的急色秀才。(生)小姐捣鬼。(旦笑介)秀才捣鬼。不是俺鬼奴台妆妖作乖⑧。(生)为甚?(旦羞介)半死来回,怕的雨云惊骇。有的是这人儿活在,但将息俺半载身材⑨。(背介)但消停俺半刻情怀。

注释:

①挣出这烟花界:挣脱泉台出现在这繁华的世界。烟花界,繁华世间。

②做玉真:重新做人。玉真,本指仙人、仙女,这里作"人"解。

③懵(měng)腾:糊里糊涂,神志不清。

④必待父母之命,媒妁之言:《孟子·滕文公》:"丈夫生而愿为之有室,女子生而愿为之有家。父母之心,人皆有之。不待父母之命,媒妁之言,钻穴隙相窥,逾墙相从,则父母国人皆贱之。"

⑤青台闭、白日开:这里指走出墓穴回到人间。青台,即泉台,坟墓。白日,阳间,人间。

⑥结盏:即合卺,指婚礼。

⑦今夕何夕：这里柳梦梅的意思是最好今夜就成亲。语出《诗经·唐风·绸缪》："今夕何夕？见此良人。子兮子兮，如此良人何？"

⑧鬼奴台：即鬼奴胎，犹言小鬼头。

⑨但将息俺半载身材：就让我调养半年身体。将息，调养，休息。

【不是路】（末上）深院闲阶，花影萧萧转翠苔。（扣门介）人谁在？是陈生探望柳君来。（众惊介）（生）陈先生来了，怎好？（旦）姑姑，俺回避去。（下）（末）忒奇哉，怎女儿声息纱窗外，硬抵门儿应不开？（又扣门介）（生）是谁？（末）陈最良。（开门见介）（生）承车盖①，俺衣冠未整因迟待。（末）有些惊怪。（生）有何惊怪？

【前腔】（末）不是天台，怎风度娇音隔院猜？（净上）原来陈斋长到来。（生）陈先生说里面妇娘声息，则是老姑姑。（净）是了，长生会②，莲花观里一个小姑来。（末）便是前日的小姑么？（净）另是一众。（末）好哩，这梅花观一发兴哩。也是杜小姐冥福所致。因此径来相约，明午整个小盒儿③，同柳兄往坟上随喜去。暂告辞了。无闲会，今朝有约明朝在，酒滴青娥墓上回④。（生）承拖带⑤，这姑姑点不出个茶儿待。即来回拜。（末）慢来回拜。（下）

注释：

①承车盖：承蒙您车驾光临。这里指陈最良到访。车盖，车上的伞盖，这里指车。

②长生会：泛指道观法事。

③整个小盒儿：准备一份酒食的意思。指祭奠用的酒食。

④青娥：少女。这里指杜丽娘。

⑤拖带：带挈，提挈。

（生）喜的陈先生去了，请小姐有话。（旦上）（净）怎了，怎了？陈先生明日要上小姐坟去。事露之时，一来小姐有妖冶之名①，二来公相无闺阃之教②，三来秀才坐迷惑之讥，四来老身招发掘之罪。如何是了？（旦）老姑姑，待怎生好？（净）小姐，这柳秀才待往临安取应③。不如曲成亲事，叫童儿寻只赣船④，趱夜开去，以灭其踪。意下何如？（旦）这也罢了。（净）有酒在此。你二人拜告天地。（拜，把酒介）

【榴花泣】（生）三生一会，人世两和谐。承合卺，送金杯。比墓田春酒这新醅，才酝转人面桃腮⑤。（旦悲介）伤春便埋，似中山醉梦三年在⑥。只一件来，看伊家龙凤姿容，怎配俺这土木形骸⑦！

（生）那有此话！

【前腔】相逢无路，良夜肯疑猜？眠一柳，当了三槐⑧。杜兰香真个在读书斋，则柳耆卿不是仙才⑨。（旦叹介）幽姿暗怀，被元阳鼓的这阴无赖⑩。柳郎，奴家依然还是女身。（生）已经数度幽期，玉体岂能无损？（旦）那是魂，这才是正身陪奉。伴情哥则是游魂，女儿身依旧含胎。

注释：

①妖冶：妖媚不庄重。

②闺阃（kǔn）之教：女子的教育规范。闺阃，内室，借指
　女子。

③取应：应考。

④赣船：赣江上的船。

⑤比墓田春酒这新醅（pēi），才酘（pō）转人面桃腮：比起墓
　田祭祀浇奠的酒，今天的酒让新生之人脸泛红晕。新醅，新
　酒。酘转，指因饮酒而脸红。酘，再酿酒。

⑥中山醉梦：晋张华《博物志》载，中山狄希能造千日酒，饮
　后醉千日。刘玄石饮一杯而醉眠不醒。家人以为醉死，哭而
　葬之。千日之后，狄希命其家人凿冢破棺，发现刘玄石刚刚
　酒醒。

⑦土木形骸（hái）：本指人的形体和土木一样，比喻人的本来
　面目，不加修饰。这里暗喻杜丽娘刚从墓棺中还魂，自惭
　形秽。

⑧眠一柳，当了三槐：一夜欢爱，就如取了功名一样。眠一
　柳，《三辅旧事》："汉苑中有柳，状如人，号曰人柳。一日
　三眠三起。"三槐，三公。这里指春试及第。

⑨杜兰香真个在读书斋，则柳耆卿不是仙才：柳梦梅自认自己
　是凡人，而杜丽娘就像仙女一样。杜兰香，传说中的仙女。
　借指杜丽娘。柳耆卿，柳永，字耆卿。宋代著名词人。借指
　柳梦梅。

⑩元阳：指男人。

　　（外舟子歌上）春娘爱上酒家子楼，不怕归迟总弗子愁。推道那
　　家娘子睡，且留教住要梳子头。（又歌）不论秋菊和那春子个花，

个个能嗵空肚子茶。无事莫教频入子库，一名闲物他也要些子
些①。（丑扮疙童上）船，船，船，临安去。（外）来，来，来。（拢
船介）（丑）门外船便，相公纂下小姐班②。（净辞介）相公、小
姐，小心去了。（生）小姐无人伏侍，烦老姑姑一行，得了官时相
报。（净）俺不曾收拾。（背介）事发相连，走为上计。（回介）也
罢，相公赏侄儿什么，着他和俺收拾房头，俺伴小姐同去。（丑）
使得。（生）便赏他这件衣服。（解衣介）（丑）谢了。事发谁当？
（生）则推不知便了。（丑）这等请了。秃厮儿堪充道伴，女冠子
权当梅香。（下）

【急板令】（众上船介）别南安孤帆夜开，走临安把双飞
路排。（旦悲介）（生）因何吊下泪来？（旦）叹从此天涯，从此
天涯。叹三年此居，三年此埋。死不能归，活了才回。
（合）问今夕何夕？此来、魂脉脉，意咍咍。

【前腔】（生）似倩女返魂到来③，采芙蓉回生并载。（旦叹
介）（生）为何又想下泪来？（旦）想独自谁挨，独自谁挨？翠
黯香囊，泥渍金钗。怕天上人间，心事难谐。（合前）

　　（净）夜深了，叫停船。你两人睡罢。（生）风月舟中，新婚佳趣，
　　其乐何如！

【一撮棹】蓝桥驿④，把奈河桥风月筛。（旦）柳郎，今日方知
有人间之乐也。七星版，三星照，两星排⑤。今夜呵，把身
子儿带，情儿迈、意儿挨。（净）你过河，衣带紧、请宽
怀。（生）眉横黛，小船儿禁重载？这欢眠自在，抵多少
吓魂台⑥。

【尾声】情根一点是无生债⑦。（旦）叹孤坟何处是俺望夫
台⑧？柳郎，俺和你死里淘生情似海。

（生）偷去须从月下移，吴　融⑨
（净）好风偏似送佳期。陆龟蒙⑩
（旦）傍人不识扁舟意，张　蠙⑪
（净）惟有新人子细知。戴叔伦⑫

注释：

①"春娘爱上酒家子楼"八句：化用唐李昌符《婢仆诗》二首："春娘爱上酒家楼，不怕归迟总不忧。推道那家娘子卧，且留教住待梳头。""不论秋菊与春花，个个能噇空腹茶。无事莫教频入库，一名闲物要些些。"噇（chuáng），吃。

②相公篡下小姐班：意为相公扶小姐上船。

③倩女返魂：唐传奇故事。张倩娘与王宙相恋，相思成病。她的灵魂却像活人一样，离家追上王宙，与他同居生子。后来两人回到倩娘家里，她的灵魂和真人又合而为一。

④蓝桥驿：唐人传奇故事。裴航路过蓝桥驿，遇见仙女云英，后来双双成仙。

⑤七星版，三星照，两星排：指杜丽娘回生、婚走，与柳梦梅情投意合。七星版，即七星板，棺材里的夹底板，有七个星一样的小孔。三星，星宿。《诗经·唐风·绸缪》："三星在天。"两星，指牵牛、织女两星。神话传说七夕时双星过银河相会。

⑥抵多少吓魂台：胜过阴间许多。吓魂台，磨折鬼魂的地方。抵多少，胜过。

⑦情根一点是无生债：因一点情根，达不到无生的境界。无生，佛家无生无灭、不生不灭的境界。

⑧望夫台：即望夫石，在今湖北武昌。南朝宋刘义庆《幽明录》："武昌阳新县北山上有望夫石，状若人立者。传云：昔有贞妇，其夫从役，远赴国难。妇携弱子饯送此山，立望夫而死，形化为石。"

⑨偷去须从月下移：语本吴融《高侍御话及皮博士池中白莲因成一章寄博士兼奉呈》。这里指柳梦梅等月夜坐船悄悄离开南安。

⑩好风偏似送佳期：语本陆龟蒙《中秋待月》。顺风行船，这里指石道姑为杜柳二人成婚高兴。

⑪傍人不识扁舟意：语本张蠙《经范蠡旧居》。这里指无人知道船行的目的。

⑫惟有新人子细知：语本戴叔伦《抚州被推昭雪答陆太祝三首》之一。这里指船上新婚夫妇因掘坟而逃离。

点评：

　　"婚走"，完婚出走。本出中柳梦梅救起杜丽娘还阳重生，得拥佳人，欣喜不已。但毕竟开棺一事非同小可，一旦为官府所知，定被追究。碰巧不知情的陈最良约柳梦梅明日去给小姐上坟，众人害怕事发，石道姑劝杜丽娘曲成亲事，连夜雇船逃去临安。主副两条线索自此开始向一处汇集。

　　丽娘复生，柳生迫不及待地热烈求婚，丽娘以"必待父母之命，媒妁之言"婉拒。看起来大胆勇敢的鬼魂杜丽娘似乎随着还阳消失了，而传统的、现实的杜丽娘又回生了。其实不然。杜丽娘的"回生"，是思想和肉体都活了过来，她现在已经是"完整"的活人。这时的杜丽娘有勇气和胆量，她要通过符合社会规范的"父母之命、媒妁之言"，要求封建父母承认他们恋爱的婚姻，要求封建礼教承认他们正常健康的爱情，要求社会承认他们自由合理的追求。"鬼可虚情，人须实礼"，就是杜丽娘复活后为情感、婚姻和自由奋斗的口号与策略。经历过死生历练的丽娘，已经从前生那个只能满怀幽情黯然伤逝的深闺少女，成长为成熟的、希望掌控自己命运的坚强女子。她当然也很清醒，"怕天上人间，心事难谐"，但是"死里淘生情似海"，她的追求也是坚定不移的。所以当面对可能因陈最良的误会而导致爱情婚姻的受阻时，她果断地选择了抓住真爱，曲成婚姻，远走临安。这种果决和坚定，是她在最后《圆驾》一出中所有勇气和执着的来源。

　　三年春梦，今日成婚。今宵情融意洽，从此两人天涯海角相厮守。杜丽娘两番落泪，眼中应是喜极而泣的眼泪吧。在舞台上，柳梦梅扶着杜丽娘，坐船前行。此时的柳梦梅，尽管有些紧张，怕有人追来，也担心刚复生的小姐身体虚弱，经不得路途辛苦，但大事已成，精神彻底解脱，因此，柳梦梅深情地拥着丽娘，生恐她再次离他而去。柳梦梅万般珍爱的神态，看在丽娘眼中，两人笑得很甜蜜。

第三十七出　骇　变

【集唐】（末上）风吹不动顶垂丝　雍陶，吟背春城出草迟　朱庆馀。毕竟百年浑是梦　元稹，夜来风雨葬西施　韩偓①。俺陈最良。只因感激杜太守，为他看顾小姐坟茔。昨日约了柳秀才到坟上望去，不免走一遭。（行介）岩扉不掩云长在，院径无媒草自生。待俺叫门。（叫介）呀，往常门儿重重掩上，今日都开在此。待俺参了圣②。（看菩萨介）咳，冷清清没香没灯的。呀，怎不见了杜小姐牌位？待俺问一声老姑姑。（叫三声介）俗家去了？待俺叫柳兄问他。（叫介）柳朋友！（又叫介）柳先生！一发不应了。（看介）嗄！柳秀才去了。医好了病，来不参，去不辞。没行止③，没行止！待俺西房瞧瞧。咳哟！道姑也搬去了。磬儿，锅儿，床席，一些都不见了。怪哉！（想介）是了。日前小道姑有话，日昨又听的小道姑声息，其中必有柳梦梅勾搭事情，一夜去了。没行止，没行止！由他，由他。到后园看小姐坟去。（行介）

【懒画眉】园深径侧老苍苔，那几所月榭风亭久不开，当时曾此葬金钗。（望介）呀，旧坟高高儿的，如今平下来了也。缘何不见坟儿在？敢是狐兔穿空倒塌来？

这太湖石，只左边靠动了些，梅树依然。（惊介）咳呀！小姐坟被劫了也！（放声哭介）

【朝天子】小姐，天呵！是什么发冢无情短幸材④？他有多少金珠葬在打眼来⑤。小姐，你若早有人家，也搬回去了。则为玉镜台无分照泉台⑥。好孤哉！怕蛇钻骨、树穿骸，不提防这灾。

注释：

① "风吹不动顶垂丝"四句【集唐】：分别出自雍陶《咏双白
鹭》、朱庆馀《寻僧》、元稹《酬乐天秋兴见赠本句云莫怪
独吟秋兴苦比君校近二毛年》、韩偓《哭花》。个别文字有
改动。

② 参了圣：拜了菩萨。

③ 行止：德行，品行。

④ 短幸材：短命的、没良心的家伙。

⑤ 打眼：引人注意，引起人觊觎之心。

⑥ 玉镜台无分照泉台：指生前没有结婚，死后坟墓无人照看。
玉镜台，南朝宋刘义庆《世说新语·假谲》载，晋温峤以
玉镜台作聘礼，和他的表妹结婚。泉台，阴间。

知道了，柳梦梅岭南人，惯了劫坟。将棺材放在近所，截了一角
为记，要人取赎。这贼意思，止不过说杜老先生闻知，定来取
赎。想那棺材，只在左近埋下了，待俺寻。（见介）咳呀！这草窝
里不是朱漆板头？这不是大锈钉开了去？天呵！小姐骨殖丢在那
里？（望介）那池塘里浮着一片棺材。是了，小姐尸骨抛在池里
去了。狠心的贼也！

【普天乐】问天天你怎把他昆池碎劫无余在①？又不欠观音锁
骨连环债②，怎丢他水月魂骸？乱红衣暗泣莲腮③，似黑
月重抛业海④。待车干池水，捞起他骨殖来。怕浪淘沙碎玉难
分派。到不如当初水葬无猜。贼眼脑生来毒害，那些个
怜香惜玉，致命图财！

先师云："虎兕出于柙，龟玉毁于椟中，典守者不得辞其责⑤。"

俺如今先去禀了南安府缉拿。星夜往淮扬，报知杜老先生去。

【尾声】石虔婆，他古弄里金珠曾见来⑥。柳梦梅，他做得个破周书汲冢才⑦。小姐呵，你道他为什么向金盖银墙做打家贼？

丘坟发掘当官路，韩　愈⑧
春草茫茫墓亦无。白居易⑨
致汝无辜由俺罪，韩　愈⑩
狂眠恣饮是凶徒。僧子兰⑪

注释：

①昆池碎劫无余在：没有一点骨殖留下来。昆池碎劫，汉武帝开昆明池，掘到黑土，有方士说这就是劫灰。

②观音锁骨连环：即连环锁骨观音。这里指骨头。《太平广记》"延州妇人"条载，一妇人死后，有西域胡僧见墓敬礼，说是"锁骨菩萨"，众人开墓，"视遍身之骨，钩结皆如锁状，果如僧言"。

③红衣：红色的莲花瓣。莲腮：即莲花腮。这里指代容颜、身体。

④业海：佛教形容众生造作的罪恶无量无边，犹如大海。这里指池塘。

⑤"虎兕（sì）出于柙（xiá）"三句：引自《论语·季氏》，这里是陈最良引咎自责，自己没尽到看管的责任。兕，犀牛。柙，兽笼。椟（dú），柜子。

⑥石虔婆，他古弄里金珠曾见来：指石道姑曾为杜丽娘装殓，知道棺内有金珠。虔婆，指不正派的老婆子。犹言贼婆娘。古弄里，窟窿里，坟墓里。

⑦破周书汲（jí）冢（zhǒng）才：这里指柳梦梅掘墓。《晋书·武帝本纪》载，晋咸宁五年，汲郡人不准（人名）发掘魏襄王墓，得到很多周秦古书。

⑧丘坟发掘当官路：语本韩愈《题广昌馆》。这里指陈最良愤慨丽娘墓被公然盗掘。

⑨春草茫茫墓亦无：语本白居易《罗敷水》。这里指陈最良可怜丽娘骨殖无存。

⑩致汝无辜由俺罪：语本韩愈《去岁自刑部侍郎以罪贬潮州刺史乘驿赴任其后家亦谴逐小女道死殡之层峰驿旁山下蒙恩还朝过其墓留题驿梁》。这里是陈最良自责没有尽到看管墓地的责任。

⑪狂眠恣饮是凶徒：语本僧子兰《长安伤春》。这里指陈最良指责柳梦梅是无良的劫坟贼。

点评：

"骇变"，惊骇坟变。陈最良目睹杜丽娘坟茔被掘，大为惊骇。他先去南安府报案，请求缉拿劫坟贼，又星夜赶往淮扬报知杜宝。

本出紧承第三十六出《婚走》，是陈最良的独角过场戏。柳梦梅、石道姑等人掘坟破棺后，忙乱中将棺木抛在池塘里。陈最良与柳梦梅约定为杜丽娘上坟，不料梅花观人去房空。陈最良看到园子里坟头平塌，草窝里散落着朱漆板头，池塘上漂浮着一片棺材，判定丽娘坟掘墓破，不由得放声大哭，为自己曾经的学生、不幸的丽娘无端遭受这无妄之灾而伤心悲痛。联想到岭南风俗，陈最良认定是柳梦梅劫坟，还狠心将骨殖抛在水里。陈最良一路走来，疑问百出，自我解释又合情合理。面对被掘的坟墓，陈最良意识到自己受杜宝嘱托、身负看管丽娘坟墓之责，赶紧去南安府报案请求缉拿劫坟贼，并星夜赶往淮扬向杜老爷报信。

　　本出是全剧情节的一大转折，随着剧中人物全部离开南安，故事地点转移至杭城、淮扬，杜柳爱情主线与宋金战争副线逐渐交汇，合而为一。

第三十八出　淮　警

【霜天晓角】（净引众上）英雄出众，鼓噪红旗动。三年
绣甲锦蒙茸①，弹剑把雕鞍斜鞚②。

　　贼子豪雄是李全，忠心赤胆向胡天。靴尖踢倒长天堑③，却笑江
南土不坚。俺溜金王，奉大金之命，骚扰江淮三年。打听大金家
兵粮凑集，将次南征，教俺淮扬开路，不免请出贱房计议④。中
军快请⑤。（众叫介）大王叫箭坊。（老旦军人持箭上）箭坊俱已造
完。（净笑恼介）狗才，怎么说？（老旦）大王说，请出箭坊计议。
（净）胡说！俺自请杨娘娘，是你箭坊？（老旦）杨娘娘是大王箭
坊，小的也是箭坊。（净喝介）

【前腔】（丑上）帐莲深拥⑥，压寨的阴谋重⑦。（见介）大王兴
也！你夜来鏖战好粗雄。困的俺垓心没缝⑧。

　　大王夫，俺睡倦了。请俺甚事商量？（净）闻得金主南侵，教俺
攻打淮扬，以便征进。思想扬州有杜安抚镇守，急切难攻。如何
是好？（丑）依奴家所见，先围了淮安，杜安抚定然赴救。俺分
兵扬州，断其声援，于中取事。（净）高，高！娘娘这计，李全要
怕你了。（丑）你那一宗儿不怕了奴家！（净）罢了。未封王号时，
俺是个怕老婆的强盗；封王之后，也要做怕老婆的王。（丑）着
了。快起兵去攻打淮城。

【锦上花】拨转磨旗峰⑨，促紧先锋。千兵摆列，万马
奔冲。鼓通通，鼓通通，噪的那淮扬动。

【前腔】（众）军中母大虫⑩，绰有威风。连环阵势，烟
粉牢笼⑪。哈哄哄，哈哄哄，哄的那淮扬动。

（丑）溜金王听俺分付：军到处，不许你抢占半名妇女。如违，
定以军法从事。（净）不敢。

 （丑）日暮风沙古战场，_{王昌龄⑫}
 （净）军营人学内家妆。_{司空图⑬}
 （众）如今领帅红旗下，_{张建封}
 （众）擘破云鬟金凤凰。_{曹　唐⑭}

注释：

①蒙茸：即蒙戎，形容蓬松杂乱的样子。这里形容军中生活紧
 张忙乱。

②弹剑：敲击剑把。雕鞍：雕花装饰的马鞍。这里指马。鞚：
 马笼头。这里指把马勒住。

③靴尖踢倒长天堑（qiàn）：元刘一清《钱塘遗事》载南宋叛
 将吕文焕答宋太皇太后书："孤城其如弹丸，谓靴尖之踢倒；
 长江虽曰堑固，欲投鞭而断流。"天堑，长江。

④贱房：对人谦称自己的妻子。下文"箭坊"与贱房谐音，
 打诨。

⑤中军：中军官，即传令官。

⑥帐莲：即莲帐，这里指将领营帐。

⑦压寨的：压寨夫人，山寨头领的妻子。

⑧你夜来鏖（áo）战好粗雄。困的俺垓心没缝：是李全夫妻间
 调笑语。鏖战，激战。垓心，战场中心。

⑨拨转磨旗峰：改变行军方向。磨旗，开道旗。峰，指旗帜的
 顶尖。

⑩母大虫：母老虎，多做泼辣悍妇的绰号，这里指李全妻。

⑪烟粉：指女人，这里指李全妻。牢笼：这里指控制。

⑫日暮风沙古战场：语本王昌龄《从军行七首》之三。这里指李全即将发动战争。

⑬军营人学内家妆：语本司空图《歌》。这里指军中有李全妻这样的"母夜叉"。

⑭如今领帅红旗下，擘破云鬟金凤凰：上句语本张建封《酬韩校书愈打毬歌》，下句语本曹唐《玉女杜兰香下嫁于张硕》。这里指李全妻实际统帅全军，李全言听计从。

点评：

　　就在杜丽娘与柳梦梅逃往临安的同时，宋金局势也在发生变化。金兵将要大规模南侵，降金贼将李全率先攻打淮安、扬州，故曰"淮警"。

　　《淮警》冲击了"人鬼情"原有的故事氛围，将儿女情长引向家国战争，柔情蜜意突转为金戈铁马，令人精神为之一振。《淮警》以溜金王与杨婆的对话引出南侵之计，目标直指淮扬杜宝，暗示战争将为杜、柳爱情带来更多不确定因素，故事情节发展也蕴含更多不确定，从而成功设置了故事悬念。李全鲁莽无谋，李全妻诡计多端。李全对妻子言听计从，决定先围淮安，再发兵扬州的进攻计策，造成情节发展的紧张气氛。结尾李全妻吩咐传令："溜金王听俺分付：军到处，不许你抢占半名妇女。如违，定以军法从事。"令人会心捧腹，也耐人寻味。

　　本出和以下九出如《仆侦》《耽试》《移镇》《御淮》《急难》《寇问》《折寇》等，都是短小的过场戏，比较细，

多是枝节情节，所以明清改本多有删并，如冯梦龙改本
《风流梦》，删并《淮警》《如杭》《仆侦》《急难》诸出。青
春版《牡丹亭》保留了《淮警》一出，并进行了改编。比如
原本开篇【霜天晓角】未先叙述说明，试图通过典故掘开历
史背景，又通过插科打诨以次要人物引出主要人物，比较
烦琐。"青春版"以第十九出《牝贼》中【番卜算】"（丑扮
杨婆持枪上）百战惹雌雄，血映燕支重。一枝枪洒落花风，
点点梨花弄。（中军）大王到。（净扮李全引中军上）"代替原
著开篇，不仅简练清晰，还将杨婆摆在首要位置以确立其
在本折的主角地位。

第三十九出　如　杭

【唐多令】（生上）海月未尘埋①，（旦上）新妆倚镜台。（生）卷钱塘风色破书斋。（旦）夫，昨夜天香云外吹，桂子月中开②。

　　（生）夫妻客旅闷难开，（旦）待唤提壶酒一杯。（生）江上怒潮千丈雪，（旦）好似禹门平地一声雷③。（生）俺和你夫妻相随，到了临安京都地面，赁下一所空房，可以理会书史。争奈试期尚远，客思转深。如何是好？（旦）早上分付姑姑，买酒一壶，少解夫君之闷，尚未见回。（生）生受了。娘子，一向不曾说及：当初只说你是西邻女子，谁知感动幽冥，匆匆成其夫妇。一路而来，到今不曾请教，小姐可是见小生于道院西头？因何诗句上"不是梅边是柳边"，就指定了小生姓名？这灵通委是怎的？（旦笑介）柳郎，俺说见你于道院西头是假。我前生呵，

【江儿水】偶和你后花园曾梦来，擎一朵柳丝儿要俺把诗篇赛。奴正题咏间，便和你牡丹亭上去了。（生笑介）可好哩？（旦笑介）咳，正好中间，落花惊醒。此后神情不定，一病奄奄。这是聪明反被聪明带④，真诚不得真诚在，冤亲做下这冤亲债。一点色情难坏，再世为人，话做了两头分拍⑤。

【前腔】（生）是话儿听的都呆答孩。则俺为情痴信及你人儿在。还则怕邪淫惹动阴曹怪，忌亡坟触犯阴阳戒。分书生领受阴人爱，勾的你色身无坏⑥。出土成人，又看见这帝城风采。

注释：

①海月：也称"窗贝"，白色圆形，薄而透明，大如镜子，多用来装饰门窗或屋顶。这里指镜子。

②昨夜天香云外吹，桂子月中开：这里指杭州风景怡人。化用唐宋之问《灵隐寺》："桂子月中落，天香云外飘。"

③禹门平地一声雷：比喻高中状元。禹门，即黄河龙门，相传为夏禹所开凿，鱼跳过龙门可化而为龙。

④带：拖累，耽误。

⑤分拍：分说。

⑥色身：佛教语。即肉身。

（净提酒上）路从丹凤城边过，酒向金鱼馆内沽①。呀，相公、小姐不知：俺在江头沽酒，看见各处秀才，都赴选场去了。相公错过天大好事。（生、旦作忙介）（旦）相公只索快行。（净）这酒便是状元红了②。（旦把酒介）

【小措大】喜的一宵恩爱，被功名二字惊开。好开怀，这御酒三杯，放着四婵娟人月在③。立朝马五更门外，听六街里喧传人气概④。七步才⑤，蹭上了寒宫八宝台⑥。沉醉了九重春色⑦，便看花十里归来⑧。

【前腔】（生）十年窗下⑨，遇梅花冻九才开⑩。夫贵妻荣八字安排。敢你七香车稳情载⑪，六宫宣有你朝拜⑫，五花诰封你非分外⑬。论四德⑭，似你那三从结愿谐⑮。二指大泥金报喜⑯。打一轮皂盖飞来⑰。

　　（旦）夫，我记的春容诗句来，

【尾声】盼今朝得傍你蟾宫客，你和俺倍精神金阶对策⑱。

高中了，同去访你丈人、丈母呵，则道俺从地窟里登仙那大喝采。

　　（旦）良人的的有奇才，刘　氏⑲

　　（净）恐失佳期后命催。杜　甫⑳

　　（生）红粉楼中应计日，杜审言㉑

　　（合）遥闻笑语自天来。李　端㉒

注释：

①路从丹凤城边过，酒向金鱼馆内沽：引用唐殷尧藩《春游》诗。这里指住在京城，去酒馆沽酒。丹凤楼，京都。

②状元红：酒名。这里以酒名取个彩头，祝柳梦梅中状元。

③四婵娟人月在：指人月都团圆。四婵娟，指花、竹、人、月。唐孟郊《婵娟篇》："花婵娟泛春泉，竹婵娟笼晓烟，妓婵娟不长妍，月婵娟真可怜。"

④六街：唐宋时，京都有六街。泛指京都街市。

⑤七步才：形容才思敏捷。南朝宋刘义庆《世说新语·文学》载，曹植被兄长魏文帝曹丕所迫，十步内成诗，他只七步就完成了。

⑥蹬上了寒宫八宝台：指折桂中状元。寒宫，广寒宫，即月宫。八宝台，《酉阳杂俎》："月乃七宝合成。"

⑦沉醉了九重春色：指中状元后，入宫宴饮。化用唐杜甫《奉和贾至舍人早朝大明宫》："九重春色醉仙桃。"九重，天子住处。春，喻酒。

⑧看花：新科状元有打马游街。唐孟郊《登科后》："春风得意马蹄疾，一日看遍长安花。"

⑨十年窗下：十年寒窗，指长年苦读。

⑩冻九：数九日子，一年中最冷的时候。唐代科举考试秋季举

行，来年春天发榜。

⑪七香车稳情载：一定能坐上七香车。意思是柳梦梅相信自己能高中。七香车，贵妇人的座车。稳情，一定。

⑫六宫宣：皇后宣召贵妇入宫朝拜。六宫，皇后住处。这里代指皇后。

⑬五花诰：五色绫做成的册封为夫人的诰命。

⑭四德：妇德、妇言、妇容、妇工。

⑮三从：古代妇女被要求未嫁从父，既嫁从夫，夫死从子。

⑯泥金报喜：唐代进士及第，用泥金写的帖子寄到家里报喜。泥金，用金箔和胶水制成的金色颜料。

⑰皂盖：古代官员所用的黑色蓬伞，官员仪仗之一。这里指得官坐车归来。

⑱金阶对策：皇帝主持殿试，应试人回答有关经义政事的题目，叫对策。

⑲良人的的有奇才：语本刘氏《夫下第》。这里是杜丽娘夸赞丈夫柳梦梅才华横溢。

⑳恐失佳期后命催：语本杜甫《送李八秘书赴杜相公幕》。这里指石道姑提醒柳梦梅不要错过科场考试。

㉑红粉楼中应计日：语本杜审言《赠苏绾书记》。这里指柳梦梅料想自己去应考，妻子杜丽娘会思念不已。

㉒遥闻笑语自天来：语本李端《长门怨》。这里指大家盼望科举高中。

点评：

"如杭"，抵达杭州。杜丽娘、柳梦梅一行来到京城杭州，赁房而居，过起了"山寺月中寻桂子"的甜蜜生活。

代表杜、柳二人梦中情、人鬼情、人间情的有三场核心戏，分别是《惊梦》《幽媾》和《如杭》。《惊梦》是梦里幽欢，《幽媾》是阴阳媾和，《如杭》则是全剧最愉悦、最舒展的新婚燕尔。二人离开南安，来到临安，租赁一间空房，生活基本安顿。柳梦梅在明媚的清晨，欣赏爱妻的花容月貌，满心欢喜地准备与妻子饮酒消遣。青春版《牡丹亭》特别设计了双人扇舞，以扇子翻飞，表现这得来不易的幸福与甜蜜。

石姑姑外出沽酒，夫妻二人闲话。柳梦梅问起为何画上题了"不是梅边是柳边"，恰好暗含自己的姓名。丽娘遂把前生感梦而亡的旧事说起，梦梅庆幸当日不忌挖坟触动阴阳戒，才得领受今日夫妻恩爱。杜丽娘讲梦一段，补前文之不足，正如臧懋循《牡丹亭·如杭》批语所云："丽娘回生之后，柳郎奔走无暇，今已入临安，石姑他出，诘问题诗所以，此一段断不可少。"

及至石道姑沽酒归来，告诉柳生"看见各路秀才，都赴选场去了。相公错过天大好事"，为其后补试伏案。丽娘催促梦梅赶考，于是石道姑提前祝贺道："这酒便是状元红了。"吴吴山三妇合评本《牡丹亭》云："解闷之酒，移作饯行，简捷。"

青春版《牡丹亭》中，柳梦梅与杜丽娘的离别，渲染得特别动人。原作，当柳梦梅要去应考时，杜、柳二人各自有一大段欢快的表白，充满了对未来高中的幻想和喜悦，之后便说下场诗下场。青春版《牡丹亭》则在两段唱之后，加上了杜丽娘亲自为柳梦梅背上行囊，表面上催促柳郎不要耽误了考期，心里却是充满了离别的哀伤，所以沉浸在自己的愁绪中，不觉出神；而柳梦梅接过行李告别要走时，看着杜丽娘的背影，兀自迟疑惆怅，不知如何劝慰。在石道姑提醒后，丽娘与柳郎互道珍重，反复叮咛直至再次相拥落幕。两相对照之下，青春版《牡丹亭》表现的离别更通情理，更富有人情味。

第四十出 仆 侦

【孤飞雁】（净扮郭驼挑担上）世路平消长，十年事老头儿心上。柳郎君，翰墨人家长①。无营运、单承望，天生天养，果树成行。年深树老，把园围抛漾。你索在何方？好没主量。凄惶，趁上他身衣口粮。

家人做事兴，全靠主人命。主人不在家，园树不开花。俺老驼，一生依着柳相公种果为生。你说好不古怪：柳相公在家，一株树上摘百十来个果儿；自柳相公去后，一株树上生百十来个虫。便胡乱长几个果，小厮们偷个尽。老驼无主，被人欺负。因此发个老狠，体探俺相公过岭北来了，在梅花观养病，直寻到此。早则南安府大封条封了观门，听的边厢人说，道婆为事走了，有个侄儿癞头鼋小西门住。找寻他去。（行介）抹过大东路，投至小西门。（下）

【金钱花】（丑扮疙童披衣笑上）自小疙辣郎当②，郎当。官司拿俺为姑娘，姑娘。尽了法，脑皮撞。得了命，卖了房。充小厮，串街坊。

若要人不知，除非己不为。自家癞头鼋便是。这无人所在，表白一会。你说姑娘和柳秀才那事，干得好，又走得好！只被陈教授那狗才，禀过南安府，拿了俺去。拷问姑娘那里去了？劫了杜小姐坟哩！你道俺更不聪明，却也颇颇的③，则掉着头不做声④。那鸟官喝道："马不吊不肥，人不拶不直⑤。把这厮上起脑箍来！"哎也，哎也！好不生疼！原来用刑人，先捞了俺一架金钟玉磬⑥，替俺方便，禀说这小厮夹出脑髓来了。那鸟官喝道：

"捻上来瞧⑦。"瞧了，大鼻子一飚⑧，说道："这小厮真个夹出脑浆来了。"不知是俺癞头上脓。叫松了刑，着保在外。俺如今有了命，把柳相公送俺这件黑海青穿摆将起来⑨。（唱介）摆摇摇，摆摆摇。没人所在，被俺摆过子桥。

注释：

①翰墨人：读书人。家长：主人。

②疙辣：方言为疥癞，此指癞头。郎当：潦倒、颓唐的样子。

③颇颇的：伶俐得很，刁滑得很。

④掉着头：低着头。

⑤拶（zǎn）：用拶子套入手指，再用力紧收，是旧时的一种刑罚。拶子是夹手指的刑具。这里指严刑拷问。

⑥捞了俺一架金钟玉磬：指行刑人收了贿赂。金钟玉磬皆是古代帝王举行重大典礼时所用的乐器，此指很重的贿赂。

⑦捻：取，拖。

⑧飚（diū）：抽搐，竦动。

⑨海青：宽袖长袍的男子生活便服。舞台上男角的传统戏装便服，也称"海青"，款式如道袍。

（净向前叫揖介）小官喝喏①。（丑作不回揖，大笑唱介）俺小官子腰闪价，唱不的子喏。比似你个驼子唱喏，则当伸子个腰。（净）这贼种！开口伤人。难道做小官的背偏不驼？（丑）刮这驼子嘴②！偷了你什么？贼？（净认丑衣介）别的罢了，则这件衣服，岭南柳相公的，怎在你身上？（丑）咳呀！难道俺做小官，就没件干净衣服，便是岭南柳家的？隔这般一道梅花岭，谁见俺偷来？（净）这衣带上有字，你还不认？叫地方③！（扯丑作怕倒介）罢了，衣服还你去罗。（净）耍哩！俺正要问一个人。（丑）谁？（净）柳秀才那里去了？（丑）不知。（净三问）（丑三不知介）（净）你不说，叫地方去。（丑）罢了，大路头难好讲话，演武厅去。（行介）（净）好个僻静所在。（丑）柳秀才到有一个，可是你问的不是？你说得像，俺说；你说不像，休想。叫地方，便到官司，俺也只是不说。（净）这小厮到贼。听俺道来：

【尾犯序】提起柳家郎，他俊白庞儿，典雅行藏④。（丑）是了。多少年纪？（净）论仪表看他，三十不上。（丑）是了。你是他什么人？（净）他祖上、传留下俺栽花种粮。自小儿俺看成他快长。（丑）原来你是柳大官⑤。你几时别他，知他做出甚事来？（净）春头别，跟寻至此，闻说的不端详。

（丑）这老儿说的一句句着。老儿，若论他做的事，咦！（作扯净耳语）（净听不见介）（丑）呸，左则无人⑥，耍他去。老儿，你听者：

【前腔】他到此病郎当。逢着个杜太爷衙教小姐的陈秀才，勾引他养病庵堂，去后园游赏。（净）后来？（丑）一游游到小姐坟儿上。拾得一轴春容，朝思暮想，做出事来。（净）怎的来？（丑）秀才家为真当假，劫坟偷圹⑦。（净惊介）这却怎了？（丑）你还不知。被那陈教授禀了官，围住观门。拖番柳秀才，和俺姑娘行了杖。棚笆挣压⑧，不怕不招。点了供纸⑨，解上江西提刑廉访司⑩。问那六案都孔目⑪，这男女应得何罪⑫？六案请了律令，禀复道：但偷坟见尸者，依律一秋⑬。（净）怎么秋？（丑作按净头介）这等秋。（净惊哭介）俺的柳秀才呵，老驼没处投奔了。（丑笑介）休慌。后来遇赦了。便是那杜小姐活转来哩。（净）有这等事！（丑）活鬼头还做了

秀才正房，俺那死姑娘到做了梅香伴当。（净）何往？（丑）临
安去，送他上路，赏这领旧衣裳。

（净）吓俺一跳。却早喜也！

【尾声】去临安定是图金榜。（丑）着了。（净）俺勒挣着躯腰
走帝乡⑭。（丑）老哥，你路上精细些。现如今一路里画影图形捕
凶党。

  （净）寻得仙源访隐沦， 朱 湾⑮
  （丑）郡城南下是通津。 柳宗元⑯
  （净）众中不敢分明说， 于 鹄⑰
  （丑）遥想风流第一人。 王 维⑱

注释：

①唱喏：作揖。一面作揖，一面说"喏，喏"以表致敬。

②刮这驼子嘴：打你这驼子一个耳光。

③地方：地保，在地方上为官府办差的人。

④行藏：出处。这里是举止、风度。

⑤柳大官：柳管家。大官，对管家以及仆役的客气称呼。

⑥左则：反正是。

⑦圹（kuàng）：墓穴。

⑧棚（bēng）琶拶压：指严刑拷打。棚琶，当作绷扒，剥去衣
 服，用绳子捆绑起来的刑罚。

⑨点了供纸：在供状上画了花押，表示认罪。

⑩提刑廉访司：主管一省监察、司法的长官。

⑪六案都孔目：主管公文案卷的官吏。

⑫男女：骂人话，相当于东西、家伙。

⑬秋：指斩首。古代行刑有固定时间，一般在秋分之后，所谓"秋后问斩"。或说指刽子手揪住罪犯的发髻行刑。

⑭勒挣：振作，挣扎。

⑮寻得仙源访隐沦：语本朱湾《寻隐者韦九山人于东溪草堂》。这里指郭驼寻访主人寻到梅花观。

⑯郡城南下是通津：语本柳宗元《柳州峒氓》。这里指癞头鼋告诉郭驼柳梦梅等人已经去了临安。

⑰众中不敢分明说：语本于鹄《江南曲》。这里指郭驼准备悄悄去临安寻访主人。

⑱遥想风流第一人：语本王维《同崔傅答贤弟》。这里是暗示柳梦梅将是高中状元的一等人才。

点评：

　　"仆侦"，仆人打探主人。郭驼是柳家忠实的老仆人、老园公。郭驼与柳梦梅之间，既有着尊敬和忠心的主仆之情，又有长辈与晚辈之间相互关切爱护之情。郭驼千里迢迢从岭南来到南安，到梅花观寻找主人。他从石道姑之侄癞头鼋那里打探到柳生行踪，了解到柳生掘坟、丽娘回生之事。郭驼早在第二出《言怀》中已被提及，第十三出《诀谒》正式出场，至本出郭驼决定转赴临安，为第五十二出《索元》埋下伏笔。

　　《仆侦》是一出过场小戏，借癞头鼋交代柳梦梅的来去行踪。昆曲表演中，将之改编成一出有趣味的小喜剧，名曰《问路》。出场的两个人物郭驼与癞头鼋，形象上一个驼背一个癞头；角色上，一白面（副净）一小丑（丑）；语言上，一"老苏白"一苏白；表演上一静一动，郭驼举止蹒跚，语迟步缓，癞头鼋言语利索，行动敏捷。《问路》以大量念白和科范，表现人物的性格。如癞头鼋出场后，自述如何被捉入公堂审讯惊恐万状，又终意外获释，喜出望外。自述时连说带演，一会儿扮惊慌失措的自己，一会儿扮凶神恶煞的公差，一会儿又扮威赫可怖的太守。由于舞台演出动静相宜，谐趣横生，《问路》成为昆曲净、丑戏的经典折子戏。

第四十一出　耽　试

【凤凰阁】（净苗舜宾引众上）九边烽火咤①。秋水鱼龙怎化②？广寒丹桂吐层花，谁向云端折下③？（合）殿闱深锁④，取试卷看详回话。

　　【集唐】铸时天匠待英豪　谭用之，引手何妨一钓鳌　李咸用？报答春光知有处　杜甫，文章分得凤凰毛　元稹⑤。下官苗舜宾便是。圣上因俺香山能辨番回宝色，钦取来京典试。因金兵摇动，临轩策士，问和战守三者孰便？各房俱已取中头卷⑥，圣旨着下官详定。想起来看宝易，看文字难。为什么来？俺的眼睛，原是猫儿睛，和碧绿琉璃水晶无二。因此一见真宝，眼睛火出。说起文字，俺眼里从来没有。如今却也奉旨无奈，左右，开箱，取各房卷子上来。（众取卷上，净作看介）这试卷好少也。且取天字号三卷，看是何如。第一卷，"诏问：'和战守三者孰便？'""臣谨对：'臣闻国家之和贼，如里老之和事⑦。'"呀，里老和事，和不得，罢；国家事，和不来，怎了？本房拟他状元，好没分晓！且看第二卷，这意思主守。（看介）"臣闻天子之守国，如女子之守身。"也比的小了。再看第三卷，到是主战。（看介）"臣闻南朝之战北，如老阳之战阴⑧。"此语忒奇。但是《周易》有"阴阳交战"之说。——以前主和，被秦太师误了⑨。今日权取主战者第一，主守者第二，主和者第三。其余诸卷，以次而定。

　　【一封书】文章五色讹⑩。怕冬烘头脑多⑪。总费他墨磨，笔尖花无一个⑫。恁这里龙门日日开无那，都待要尺

水翻成一丈波⑬。却也无奈了，也是浪桃花当一科⑭，池里无鱼可奈何！（封卷介）

注释：

①九边烽火咤（zhà）：慨叹整个边境都起了战火。九边，明代北方的边境分为辽东、蓟州、宣府、大同、太原、延绥、宁夏、固原、甘肃等九区，称为九边，由大将率军镇守。咤，慨叹。

②鱼龙怎化：鱼怎能化为龙。鱼化为龙，比喻金榜题名。

③广寒丹桂吐层花，谁向云端折下：意思是谁还能蟾宫折桂？广寒，古人称月宫为广寒宫，又称蟾宫，月宫中有桂树。蟾宫折桂比喻应考得中。

④殿闱深锁：科举考试制度，殿试时试官到学院锁院，然后陪考生赴殿对策。这里指考场锁门。下文"临轩策士"即御试，金殿对策。

⑤"铸时天匠待英豪"四句【集唐】：分别出自谭用之《古剑》、李咸用《陈正字山居》、杜甫《江畔独步寻花七绝句》之三、元稹《寄赠薛涛》。

⑥各房：指所有的分考官。科举考场中有主考官、分考官。每一分考官称为一房，分看一部分考卷。

⑦里老：里长。也指地方上的有威望的老年人。

⑧老阳之战阴：双关意，一是指阴阳相作用，二是指男女交欢。

⑨秦太师：指南宋宰相秦桧。他求和卖国，曾经害死抗金名将岳飞，致使南宋北伐无果。

⑩文章五色讹：文章各色各样互不相同。

⑪冬烘：迂腐，浅陋。

⑫笔尖花：指有才学的人。

⑬尺水翻成一丈波：比喻说话夸大之极。

⑭浪桃花当一科：虽然没有好文章，也只好算考了一科。浪桃花，黄河春汛叫桃花汛，这时鱼可以乘浪登龙，比喻在春天举行的进士试登第。一科，一次、一届考试。

【神仗儿】（生上）风尘战斗，风尘战斗，奇材辐辏①。（丑）秀才来的停当②，试期过了。（生）呀，试期过了。文字可进呈么？（丑）不进呈，难道等你？道英雄入彀③，恰锁院进呈时候。（生）怕没有状元在里也哥？（丑）不多，有三个了。（生）万马争先，偏骅骝落后④。你快禀，有个遗才状元求见⑤。（丑）这是朝房里面。府州县道，告遗才哩。（生）大哥，你真个不禀？（哭介）天呵，苗老先赏发俺来献宝⑥。止不住卞和羞，对重瞳双泪流⑦。

　　（净听介）掌门的，这什么所在！拿过来！（丑扯生进介）（生）告遗才的，望老大人收考。（净）哎也，圣旨临轩，翰林院封进，谁敢再收？（生哭介）生员从岭南万里带家口而来，无路可投，愿触金阶而死。（生起触阶）（丑止介）（净背）这秀才像是柳生，真乃南海遗珠也。（回介）秀才上来。可有卷子？（生）卷子备有。（净）这等，姑准收考，一视同仁。（生跪介）千载奇遇。（净念题介）"圣旨：'问汝多士，近闻金兵犯境，惟有和战守三策，其便何如？'"（生叩头介）领圣旨。（起介）（丑）东席舍去。（生写策介）（净再将前卷细观看介）头卷主战，二卷主守，三卷主和。主和的怕不中圣意。(生交卷，净看介)呀，风檐寸晷⑧，立扫千言。可敬，可敬。俺急忙难看。只说和战守三件，你主那一件儿？(生)生员也无偏主。可战可守而后能和。如医用药，战为表，守为里，和在表里之间。(净)高见，高见。则当今事势何如？

【马蹄花】(生)当今呵，宝驾迟留，则道西湖昼锦游⑨。为三秋桂子，十里荷香，一段边愁。则愿的吴山立马那人休⑩，俺燕云唾手何时就⑪？若止是和呵，小朝廷羞杀江南；便战守呵，请銮舆略近神州⑫。

(净)秀才言之有理。

【前腔】圣主垂旒⑬，想泣玉遗珠一网收。对策者千余人，那些不知时务，未晓天心，怎做儒流？似你呵，三分话点破帝王忧，万言策检尽乾坤漏。(生)小生岭南之士。(净低介)知道。你钓竿儿拂绰了珊瑚⑭，敢今番着了鳌头⑮。

秀才，午门外候旨。(生应出，背介)这试官却是苗老大人。嫌疑之际，不敢相认。且当青镜明开眼，惟原朱衣暗点头⑯。(生下)

注释：

①奇材辐辏（còu）：人才汇聚。辐辏，集中，聚集。

②停当：从容，舒徐。此指来晚了。

③英雄入彀（gòu）：《唐摭言》载，唐太宗见新进士缀行而出，喜曰："天下英雄入我彀中矣。"入彀，就范、受到笼络。彀，牢笼，圈套。

④骅骝：赤色骏马，周穆王八骏之一，喻指俊才。

⑤遗才：有应考资格因故没有参加考试的叫遗才。遗才可以补考，叫录遗。告遗才是要求参加补考。进士考试原是不能录

第四十一出　耽试

321

遗的，所以下文丑说："府州县道，告遗才哩。"

⑥赍发：送路费，打发人起程。

⑦止不住下和羞，对重瞳双泪流：指柳梦梅像下和那般献宝而
蒙受羞辱，像韩信一样不受项羽看重而伤心。下和，楚人下
和得到璞玉，拿去献给楚王。玉工不识货，说是石头。他两
次献宝，都被诬以欺诳之罪，刖去两足。后来下和怀抱璧玉
在荆山下痛哭，楚王叫玉匠给璞玉加工，成为著名的和氏
璧。见《韩非子·和氏》。重瞳，指项羽。韩信曾是项羽
手下，不被重用，后投奔刘邦。

⑧寸晷（guǐ）：犹言片刻。指柳梦梅才思敏捷。

⑨"当今呵"三句：皇帝在杭州逗留，错把这个地方当作自己
的故乡了。当今、宝驾，都指皇帝。昼锦，衣锦还乡。项羽
说："富贵不归故乡，如衣锦夜行。"这里取"故乡"意。南
宋称临安为"行在"，意思是皇帝临时的住所。其都城仍是
汴梁。所以这里说是"迟留"。

⑩则愿的吴山立马那人休：要阻止金主觊觎江南。

⑪燕云唾手：此指收复失地。燕云，指燕云十六州，地在今河
北、山西一带。被五代晋石敬瑭割让给了契丹。唾手，喻极
其容易。

⑫请銮（luán）舆略近神州：请皇帝由临安迁都到比较接近中
原的地区。神州，中国，这里指中原。銮舆，皇帝的座车，
这里代称皇帝。

⑬垂旒（liú）：统治。旒，皇冕前悬垂的玉串。

⑭钓竿儿拂绰了珊瑚：取到珊瑚，比喻科举考中。拂绰，拂
擦，碰到，引申为钓着。

⑮着了鳌头：独占鳌头。

⑯朱衣暗点头：指科举中选。宋赵令畤《侯鲭录》载，宋代欧阳修主考，看到可以录取的试卷，好像就有一个朱衣人在旁边点头。

（净）试卷俱已详定。左右跟随进呈去。（行介）丝纶阁下文章静①，钟鼓楼中刻漏长。呀，那里鼓响？（内急播鼓介）（丑）是枢密府楼前边报鼓②。（内马嘶介）（净）边报警急。怎了，怎了？（外老枢密上）花萼夹城通御气，芙蓉小苑入边愁③。（见介）（净）老先生奏边事而来？（外）便是。先生为进卷而来？（净）正是。（外）今日之事，以缓急为先后，僭了④。（外叩头奏事介）掌管天下兵马知枢密院事臣谨奏俺主。（内宣介）所奏何事？（外）

【滴溜子】金人的，金人的，风闻入寇。（内）谁是先锋？（外）李全的，李全的，前来战斗。（内）到什么地方了？（外）报到了淮扬左右。（内）何人可以调度？（外）有杜宝现为淮扬安抚。怕边关早晚休，要星忙厮救。

（净叩头奏事介）臣看卷官苗舜宾谨奏俺主：

【前腔】临轩的，临轩的，文章看就。呈御览，呈御览，定其卷首。黄道日传胪祗候⑤，众多官在殿头，把琼林宴备久⑥。

（内）奏事官午门外伺候。（外、净同起介）（净）老先生，听的金兵为何而动？（外）适才不敢奏知。金主此行，单为来抢占西湖美景。（净）痴鞑子，西湖是俺大家受用的，若抢了西湖去，这杭州通没用了。（内宣介）听旨：朕惟治天下有缓有急，乃武乃文。今淮扬危急，便着安抚杜宝前去迎敌，不可有迟。其传胪一事，

待干戈宁辑⑦，偃武修文⑧。可谕知多士⑨。叩头。(外、净叩头呼"万岁"起介)

（外）泽国江山入战图，曹　松⑩
（净）曳裾终日盛文儒。杜　甫⑪
（外）多才自有云霄望，钱　起⑫
（净）其奈边防重武夫。杜　牧⑬

注释：

① 丝纶阁：翰林院，明清时主管掌编修国史及草拟制诰等。《礼记·缁衣》："王言如丝，其出如纶。"后因称帝王诏书为"丝纶"。

② 枢密府：即枢密院，宋代最高的军事机关。

③ 花萼夹城通御气，芙蓉小苑入边愁：语出唐杜甫《秋兴八首》其六。花萼，即花萼楼，唐玄宗时代的长安宫殿名。芙蓉小苑，即芙蓉园，也称南苑，在曲江西南。

④ 僭（jiàn）：超越。

⑤ 传胪：科举时代殿试揭晓唱名的一种仪式。殿试公布名次之日，皇帝至殿宣布，由阁门承接，传于阶下，卫士齐声传名高呼，谓之传胪。祗候：恭候。

⑥ 琼林宴：殿试揭晓后，为新进士设的御宴。琼林苑，地名，在开封城西，宋代曾在这里赐宴新进士。

⑦ 干戈：武器。宁辑：安定和睦。

⑧ 偃武修文：停止武事，振兴文教。

⑨ 多士：古指众多的贤士。也指百官。

⑩ 泽国江山入战图：语本曹松《己亥岁二首》之一。这里指宋

金战事再起。

⑪曳裾终日盛文儒：语本杜甫《又作此奉卫王》。这里指会试文人群集，但对军国大事有真知灼见者少。

⑫多才自有云霄望：语本钱起《送裴颀侍御使蜀》。这里指柳梦梅见高才大，功名有望。

⑬其奈边防重武夫：语本杜牧《重送》。这里指边战再起，延迟发榜。

点评：

　　"耽试"，耽误考试。柳梦梅赶赴考试，怎奈试期已过。《耽试》一出，虽是过场小戏，但也波澜层起，跌宕起伏。

　　柳梦梅本来一向自诩"是个擎天柱，架海梁"（《旅寄》），襟怀廓大，"必须砍得蟾宫桂"（《言怀》），加之丽娘还魂，"愿结灵姻愧短才"的现实（《回生》），在在都需要一个功名。可是当他急匆匆赶到考场，不想试期已过。柳梦梅再三恳求，不惜以死明志。眼看求取无门，却又巧遇主考官就是曾经在香山岙干谒过的苗舜宾。尽管"嫌疑之际，不敢相认"，却仍被破例"姑准收考，一视同仁"，获得补考机会。柳生凭借出色才学，对试题"和战守三策"纵横议论："可战可守而后能和。如医用药，战为表，守为里，和在表里之间。"见解高明，获得首肯。功名看看到手，又因淮扬危急，朝廷决定延期放榜。这一悬而未决的功名，给柳梦梅带来更多的考验和磨难，为后文埋下伏笔。第四十四出《急难》因放榜之期尚远，丽娘求柳梦梅去淮扬打听爹娘消息，柳梦梅前去寻找丈人被抓，柳梦梅和杜宝之间的矛盾即将产生，剧情悬念不断，高潮蓄势涌起。又，李全入侵，军情告急，杜宝奉旨前往迎敌，造成杜母离开杜宝独走临安，得以遇到丽娘；而陈最良误传杜母死讯也成为顺理成章，给柳梦梅、杜丽娘故事的发展制造了新的矛盾和挫折。

本出中有很多笔墨描写科举考试的荒唐。荒唐之一是作为国家选拔人才的头等大事，会试主考官竟然是"一见真宝，眼睛火出。说起文字，俺眼里从来没有"的苗舜宾，而皇帝钦取他来京典试竟然是因他"香山能辨番回宝色"。荒唐之二是柳生因为认识主考官，迟到也被允许补试。虽然柳生凭借真才实学，策论比起前面三篇也还算高明，以致高中状元，但这种侥幸取巧的科考近于儿戏，涉嫌舞弊。荒唐之三是当时朝廷边关形势紧急，考题正是根据国情而设"和战守三者孰便"。这么重大的论题，考官竟然凭揣测圣意以定名次。而且据考证，本出考场策论，实际就是万历二十四年（1596）明朝对朝鲜战争政策的争论。作者以喜剧手法影射时政，揭露了朝廷重财轻才、科场舞弊之害。

第四十二出　移　镇

【夜游朝】（外杜安抚引众上）西风扬子津头树①，望长淮渺渺愁予②。枕障江南③，钩连塞北，如此江山几处？

【诉衷情】砧声又报一年秋。江水去悠悠。塞草中原何处？一雁过淮楼。　　天下事，鬓边愁，付东流。不分吾家小杜，清时醉梦扬州④。自家淮扬安抚使杜宝。自到扬州三载，虽则李全骚扰，喜得大势平安。昨日打听边兵要来，下官十分忧虑。可奈夫人不解事，偏将亡女絮伤心。

【似娘儿】（老旦引贴上）夫主挈兵符，也相从燕幕栖迟⑤，（叹介）画屏风外秦淮树，看两点金焦⑥，十分眉恨，片影江湖。

（老）相公万福。（外）夫人免礼。【玉楼春】（老）相公，几年别下南安路，春去秋来朝复暮。（外）空怀锦水故乡情，不见扬州行乐处。　　（老）你摩挲老剑评今古，那个英雄闲处住？（泪介）（合）忘忧恨自少宜男⑦，泪洒岭云江外树。（老）相公，我提起亡女，你便无言，岂知俺心中愁恨？一来为苦伤女儿，二来为全无子息。待趁在扬州，寻下一房，与相公传后。尊意何如？（外）使不得，部民之女哩⑧。（老）这等，过江金陵女儿可好？（外）当今王事匆匆，何心及此。（老）苦杀俺丽娘儿也！（哭介）（净扮报子上）诏从日月威光远，兵洗江淮杀气高⑨。禀老爷：有朝报。（外起看报价）枢密院一本，为金兵寇淮事。奉圣旨：便着淮扬安抚使杜宝，刻日渡淮，不许迟误。钦此。呀！兵机紧急，圣旨森严。夫人，俺同你移镇淮安，就此起程了。（丑扮驿丞上）羽檄从参赞⑩，牙签报驿程⑪。禀老爷：船只齐备。（内鼓吹介）（上船介）（内禀"合属官吏候送"）（外分付"起去"介）（外）夫人，又是一江秋色也。

【长拍】天意秋初，天意秋初，金风微度⑫，城阙外画桥烟树。看初收泼火⑬，嫩凉生微雨沾裾。移画舸浸蓬壶⑭，报潮生，风气肃⑮。浪花飞吐，点点白鸥飞近渡。风定也，落日摇帆映绿蒲，白云秋窣的鸣箫鼓。何处菱歌，唤起江湖⑯？

328

注释：

①扬子津：渡口，在扬州。

②望长淮渺渺愁予：望见渺茫的淮水，心中无限愁思。《楚辞·湘君》："帝子降兮北渚，目渺渺兮愁予。"渺渺，幽远的样子。愁予，使我发愁。

③枕障江南：作为江南的屏障。枕障，即枕屏，枕前屏风。

④不分吾家小杜，清时醉梦扬州：美慕杜牧太平年代在扬州纵情享乐。不分，不忿，这里是妒美的语意。小杜，指晚唐诗人杜牧。清时，政治清明的年代、太平时候。醉梦扬州，杜牧《遣怀》："十年一觉扬州梦，赢得青楼薄倖名。"

⑤燕幕栖迟：在危险之地居留。燕幕，燕巢幕上，比喻处在危险的境地。栖迟，滞留。

⑥金焦：金山和焦山，长江中的相对峙的两个小岛，在今江苏镇江，距扬州不远。

⑦忘忧恨自少宜男：本句双关。一是说没有儿子，二是说没有人能生儿子。忘忧、宜男，都指萱草。相传妇人怀孕，佩戴

萱草，就会生男孩子。又，能生儿子的妇人也称"宜男"。

⑧使不得，部民之女:《大明律》:"凡府州县亲民官，任内娶部民妇女为妻、妾者，杖八十。"部民，治下百姓。

⑨兵洗:洗兵，激励士气。西汉刘向《说苑》载，周武王出兵伐纣遇大雨，说是天洗兵。

⑩羽檄:军事公文，插羽毛为记，表示紧急。参赞：协助谋划。

⑪牙签:即邮签，古代驿站驿船晚上报时用的更筹。

⑫金风:秋风。古代以阴阳五行解释季节，秋属金。

⑬泼火:暑气。

⑭蓬壶:即蓬莱，神话中的海上仙山。这里说江上景色和仙境一样。

⑮风气:气氛情景。肃:清幽平静。

⑯江湖:这里指退隐之心。

（外）呀，岸上跑马的什么人？

【不是路】（末扮报子，跑马上）马上传呼，慢橹停船看羽书。（外）怎的来？（末）那淮安府，李全将次逞狂图。（外）可发兵守御？（末）怎支吾①？星飞调度恁安抚。则怕这水路里耽延，你还走旱途。（外）休惊惧。夫人，吾当走马红亭路②；你转船归去，转船归去。

　　（老）后面报马又到哩。（丑扮报子上）

【前腔】万骑胡奴，他要堑断长淮塞五湖③。老爷快行，休迟误。小的先去也。怕围城缓急要降胡。（下）（老旦哭介）待何如？你星霜满鬓当戎虏，似这等烽火连天各路衢④。

（外）真愁促，怕扬州隔断无归路，再和你相逢何处、相逢何处？

　　夫人，就此告辞了。扬州定然有警，可径走临安。

【短拍】老影分飞，老影分飞，似参军杜甫，把山妻泣向天隅⑤。（老哭介）无女一身孤，乱军中别了夫主。（合）有什么命夫命妇⑥，都是些鳏寡孤独⑦！生和死，图的个梦和书。

【尾声】（老）老残生两下里自支吾。（外）俺做的是这地头军府⑧。（老）老爷也，珍重你这满眼兵戈一腐儒⑨。

　　（外下）（老旦叹介）天呵，看扬州兵火满道。春香，和你径走临安去也。

　　　　隋堤风物已凄凉，　吴　融⑩
　　　　楚汉宁教作战场。　韩　偓⑪
　　　　闺阁不知戎马事，　薛　涛⑫
　　　　双双相趁下残阳。　罗　邺⑬

注释：

①支吾：抵挡，对付。

②红亭：这里指陆路。红亭，犹长亭。路途中行人休憩、送别之处。

③堑断：挖断。五湖：太湖。

④路衢（qú）：四通八达的道路。

⑤"老影分飞"四句：像杜甫那样，老年夫妻离散，天各一方。山妻，本指隐士的妻子，后用于自己妻子的谦称。天隅（yú），天边，或极遥远的地方。

⑥命夫：受有天子爵命的男子。命妇：受过皇帝封赠的妇人。

⑦鳏（guān）寡孤独：泛指没有劳动力而又没有亲属供养、无依无靠的人。鳏，年老无妻或丧妻的男子。寡，年老无夫或丧夫的女子。孤，年幼丧父的孩子。独，年老无子女的老人。

⑧地头军府：当地的军事机关，引伸为当地的军事长官。

⑨满眼兵戈一腐儒：兵荒马乱中的一个老儒生。化用唐杜甫《江汉》"乾坤一腐儒"和《舟出江陵南浦寄郑少尹》"干戈送老儒"。

⑩隋堤风物已凄凉：语本吴融《彭门用兵后经汴路三首》。这里指宋金相争，淮扬一带安宁不再。

⑪楚汉宁教作战场：语本韩偓《秋郊闲望有感》。这里指大军压境，淮扬已成战场。

⑫闺阁不知戎马事：语本薛涛《赠远二首》之一。这里指杜母只忧家事不知忧国事，为丈夫陷于战事担忧。

⑬双双相趁下残阳：语本罗邺《仆射陂晚望》。这里指杜母期望早日团聚。

点评：

"移镇"，杜宝由扬州移镇淮安。李全大军围困，淮安告急。报子接二连三火速传旨，紧急调派杜宝由扬州移镇淮安。杜宝临危受命，立刻赶赴淮安，星夜渡淮。乘船途中又接圣旨，要他立赴驻地。杜宝只好弃舟跃马，并当机立断，遣夫人与春香转船归去，径走临安，暂避战乱。此处可见杜宝义无反顾的必死之心。

本出中杜宝一心以国事为念的品格有进一步的表现。

大敌当前，兵临城下，杜宝不顾夫人性命安全，不顾自己"星霜满鬓"，毅然投身战场。杜宝镇守扬州三年，夫人怕杜家断后，劝他纳妾。杜宝以"使不得，部民之女"和"当今王事匆匆，何心及此"婉拒，不愧西蜀大儒、朝廷重臣的境界胸怀。

本出唱段雄浑典雅，茅暎评点《汤玉茗牡丹亭记》本出批语曰："庄而秀，似盛唐人诗。"杜宝与夫人分别时唱："老影分飞，老影分飞，似参军杜甫，把山妻泣向天隅。"这里化用当年杜甫调职华州司功参军时写下的诗句，杜宝借以表达一家离散的痛苦悲戚之情，深沉感人。正如剧中所唱："有什么命夫命妇，都是些鳏寡孤独！"可见战乱动荡之中，百姓骨肉乱离、夫妻仳别，连朝廷命官、诰命夫人也不能幸免，读之令人扼腕。

从情节来看，本出是剧情发展的一大转折。杜宝移镇，不仅勾勒了彼时军情危急的现实环境，杜宝夫妇也从此分离，直到最后一出《圆驾》才重新相见。杜母南下杭州，才有了第四十八出丽娘遇母情节。杜宝夫妇的"移"与柳梦梅杜丽娘二人的"寻"组接，"寻"、"移"相左，悬念加深。

第四十三出　御　淮

【六幺令】(外引生、末，众扮军人上)西风扬噪，漫腾腾杀气兵妖，望黄淮秋卷浪云高。排雁阵，展《龙韬》①，断重围杀过河阳道②。

　　走乏了。众军士，前面何处？(众)淮城近了。(外望介)天呵！

　　【昭君怨】剩得江山一半，又被胡笳吹断。(众)秋草旧长营，血风腥。　(外)听得猿啼鹤怨③，泪湿征袍如汗。(众)老爷呵！无泪向天倾，且前征。(外)众三军，俺的儿，你看咫尺淮城，兵势危急。俺们一边舍死先冲入城，一面奏请朝廷添兵救助。三军听吾号令，鼓勇而行。(众哭应介)谨如军令。(行介)

【四边静】坐鞍心把定中军号，四面旌旗绕。旗开日影摇，尘迷日光小。(合)胡兵气骄，南兵路遥。血晕几重围，孤城怎生料！

　　(外)前面寇兵截路，冲杀前去！(下)

【前腔】(净引丑、贴众军喊上)李将军射雁穿心落，豹子翻身嚼④。单尖宝镫挑，把追风腻旗儿袅⑤。(合前)

　　(净笑介)你看俺溜金王手下，雄兵万余，把淮阴城围了七周遭，好不紧也！(内擂鼓喊介)(净)呀，前路兵风，想是杜安抚来到。分兵一千，迎杀前去。(虚下)(外、众唱"合前"上)(净众上打话，单战介)(净叫众摆长阵拦路介)(外叫"众军，冲围杀进城去"介)(净)呀，杜家兵冲入围城去了。且由他。吃尽粮草，自然投降也。(合前)(下)

注释：

①《龙韬》：古代兵书《六韬》之第一部分。这里指兵法韬略。

②河阳：黄河以北地区。南宋时为沦陷区。这里指敌占区。

③猿啼鹤怨：指百姓的悲怨之声。

④李将军射雁穿心落，豹子翻身嚼：这里是李全夸耀自己武功高强。李将军，汉代名将李广，号称飞将军，善射。这里是李全自比李广。豹子，即豹子马。一种马戏。宋孟元老《东京梦华录》卷七："放令马先走，以身追及，握马尾而上，谓之豹子马。"

⑤追风：形容旗子迎风飘展。腻旗：小旗。袅：摇曳。

【番卜算】(老旦、末扮文官上)镇日阵云飘，闪却乌纱帽。
(净、丑扮武官上)(净)长枪大剑把河桥。(丑)鼓角如龙叫。
(见介)请了。【更漏子】(老旦)枕淮楼，临海际。(末)杀气腾天震地。(丑)闻炮鼓，使人惊。插天飞不成。 (净)匣中剑，腰间箭，领取背城一战。(合)愁地道，怕天冲①，几时来杜公？(老旦)俺们是淮安府行军司马②，和这参谋，都是文官。遭此贼兵围紧，久已迎接安抚杜老大人，还不见到。敢问二位留守将军，有何计策？(丑)依在下所见，降了他罢。(末)怎说这话？(丑)不降，走为上计。(老旦)走的一丁，走不的十个。(丑)这般说，俺小奶奶那一口放那里？(净)锁放大柜子里。(丑)钥匙哩？(净)放俺处。李全不来，替你托妻寄子。(丑)李全来哩？(净)替你出妻献子。(丑)好朋友，好朋友！(内擂鼓喊介)(生报子上)报，报，报！正南一枝兵马，破围而来。杜老爷到也。(众)快开城迎接去。天地日流血，朝廷谁请缨③。(并下)

【金钱花】（外引众上）连天杀气萧条，萧条。连城围了周遭，周遭。风喇喇，阵旗飘。叫开城，下吊桥。（老旦等上）（合）文和武，索迎着。

（跪迎介）文武官属，迎接老大人。（外）起来，敌楼相见。（老旦等应，起，下）

注释：

①天冲：装有云梯的攻城兵车。冲，冲车，兵车。

②行军司马：掌管军政，实具今参谋长的性质。

③请缨：自告奋勇请求杀敌。

【前腔】（外）胡尘染惹征袍，征袍。血花风腥宝刀，宝刀。（内擂鼓介）淮安鼓，扬州箫。摆鸾旗，登丽谯①。（合）排衙了，列功曹。

（到介）（贴扮办事官上）禀老爷：升堂。

【粉蝶儿引】（外）万里寄《龙韬》，那得戍楼清啸②？

（贴报门介）文武官属进。（老旦等参见介）孤城累卵③，方当万死之危；开府弄丸，来赴两家之难④。凡俺官僚，礼当拜谢。（外）兵锋四起，劳苦诸公，皆老夫迟慢之罪。只长揖便了。（众应起揖介）（外）看来此贼颇有兵机。放俺入城，其中有计。（众）不过穿地道，起云梯，下官粗知御备。（外）怕的是锁城之法耳。（丑）敢问何谓锁城？是里面锁，外面锁？外面锁，锁住了溜金王；若里面锁，连下官都锁住了。（外）不提起罢了。城中兵几何？（净）一万三千。（外）粮草几何？（末）可支半年。（外）文武同心，救援可待。（内擂鼓喊介）（生扮报子上）报，报，李全兵紧围了。(外长叹介)这贼好无理也!

【划锹儿】兵多食广禁围绕⑤,则要你文班武职两和调。(众)巡城彻昏晓,这军民苦劳。(内喊介)(泣介)(合)那兵风正号,俺军声静悄。(外拜天,众扶同拜介)泪洒孤城,把苍天暗祷。(众)

【前腔】危楼百尺堪长啸,筹边两字寄英豪⑥。(外)江淮未应小,君侯佩刀⑦。(合前)

(外)从今日起,文官守城,武官出城,随机策应。(丑)则怕大金家来了。(外)金兵呵:

【尾声】他看头势而来不定交⑧,休先倒折了赵家旗号。便来呵,也少不得死里求生那一着敲⑨。

> (净)日日风吹虏骑尘, 陈　标⑩
> (丑)三千犀甲拥朱轮, 陈　陶⑪
> (外)胸中别有安边计, 曹　唐⑫
> (众)莫遣功名属别人。 张　籍⑬

注释:

①丽谯(qiáo):华丽的高楼,此指城楼。谯,城门上的瞭望楼。

②戍楼清啸:《晋书·刘琨传》载,晋刘琨被包围,月夜登楼清啸,又叫人吹胡笳,使敌人军心涣散,得以解围。

③累卵:比喻形势极其危险。

④开府弄丸,来赴两家之难:指杜宝取胜很容易。开府,主管地方军政大权的官员,这里指杜宝。弄丸,一种抛弄弹子的杂技。《庄子·徐无鬼》:"市南宜僚,弄丸而两家之难解。"

⑤禁:禁受得起,经得起。

⑥筹边：筹划边境的事务，守卫边境。

⑦江淮未应小，君侯佩刀：江淮之地重要，自己亲临兵戎。

⑧看头势而来不定交：敌人伺机而动，进退无定。头势，势头，指军事形势。不定交，不确定。

⑨一着敲：这里指一次战斗。

⑩日日风吹虏骑尘：语本陈标《饮马长城窟》。这里形容淮安城被敌军密密包围。

⑪三千犀甲拥朱轮：语本陈陶《赠容南韦中丞》。这里指淮安将士拥护杜宝主帅，坚定守城。

⑫胸中别有安边计：语本曹唐《羽林贾中丞》。这里是指杜宝心中已有退敌之计。

⑬莫遣功名属别人：语本张籍《寄宋景》。这里指淮安守军盼望杀敌建功立业。

点评：

　　"御淮"，淮安御敌。本出主要表现杜宝急国家之难，视死如归的御敌精神。淮安危如累卵，淮安城里的守军也在商议御敌之策，他们的对策是要么逃，要么降。这时杜宝率兵赶到，一边"泪湿征袍如汗"，一边号召三军"鼓勇而行"、"舍死入城"。杜宝知道淮安被李全重重包围，进城已是九死一生，但是"天地日流血，朝廷谁请缨"？国难当头，舍我其谁！杜宝率军杀出血路，冲入城中，鼓舞城中文武官员同心守城，等待援兵。杜宝与李全在淮安城内外形成对峙之势。面对血雨腥风，杜宝预料"少不得死里求生那一着敲"，准备誓死捍卫，"休先倒折了赵家旗号"。

杜宝入城后说："看来此贼颇有兵机。放俺入城，其中有计。"说明杜宝不仅英勇善战，也懂得军事韬略，也预示杜宝未来退敌的策略。

本出与《折寇》是表现宋金战争的重要出目。这些金戈铁马的武戏，穿插在爱情闺怨文戏之间，形成了冷热交替、动静互补的戏剧场面。杜宝的唱词，如【六幺令】、【四边静】等几支曲子，慷慨豪壮，磊落英武，有北曲风味。徐渭《南词叙录》云："听北曲使人神气鹰扬，毛发洒淅，足以作人勇往之志，信胡人之善于鼓怒也。"

第四十四出　急　难

【菊花新】（旦上）晓妆台圆梦鹊声高①，闲把金钗带笑敲。博山秋影摇②，盼泥金俺明香暗焦③。

鬼魂求出世，贫落望登科。夫荣妻贵显，凝盼事如何？俺杜丽娘，跟随柳郎科试，偶逢天子招贤，只这些时还迟喜报。正是：长安咫尺如千里④，夫婿迢遥第一人。

【出队子】（生上）词场凑巧⑤，无奈兵戈起祸苗。盼泥金赚杀玉多娇⑥，他待地窟里随人上九霄。一脉离魂，江云暮潮。

（见介）（旦）柳郎，你回来了。望你高车昼锦⑦，为何徒步而回？（生）听俺道来：

【瓦盆儿】去迟科试、收场锁院散群豪。（旦）咳，原来去迟了。（生）喜逢着旧知交。（旦）可曾补上？（生）亏他满船明月又把去珠淘。（旦喜介）好了。放榜未？（生）恰正在奏龙楼，开凤榜，蹊跷……（旦）怎生蹊跷？（生）你不知，大金家兵起，杀过淮扬来了。忙喇煞细柳营⑧，权将杏苑抛⑨，刚则迟误了你夫人花诰⑩。（旦）迟也不争几时。则问你，淮扬地方，便是俺爹爹管辖之处了？（生）便是。（旦哭介）天也，俺的爹娘怎了！（泣介）（生）直恁的活擦擦、痛生生肠断了⑪。比如你在泉路里可心焦？

（旦）罢了。奴有一言，未忍启齿。（生）但说不妨。（旦）柳郎，放榜之期尚远，欲烦你淮扬打听爹娘消耗⑫，未审许否？（生）谨依尊命。奈放小姐不下。（旦）不妨，奴家自会支吾⑬。（生）这等就此起程了。

注释：

①晓妆台圆梦鹊声高：早上起来梳妆，听见喜鹊叫声，好像在给我圆梦。这是好兆头。

②博山：即博山炉。香炉名。泛指香炉。

③泥金：即"泥金帖子"。唐以来用于报新进士登科之喜。明香暗焦：明里熏香，背地里心中焦急。焦，双关语，一指香焦，一指心焦。

④咫尺如千里：虽近在咫尺，却似远隔千里。形容相见之难。

⑤词场：科场。

⑥盼泥金赚杀玉多娇：美人盼望泥金喜报，可是却被骗了。赚杀，欺骗。

⑦高车昼锦：形容富贵显赫。高车，高大的车。贵显者所乘。昼锦，《史记·项羽本纪》载，项羽怀思东归，曰："富贵不归故乡，如衣锦夜行。"后以"还乡昼锦"谓富贵还归故乡，犹如衣锦昼行，以示荣显。

⑧忙喇煞细柳营：军事形势很紧张。忙喇煞，忙煞。细柳营，军营的代称。汉名将周亚夫在细柳屯军，以纪律严明而著称。见《史记·绛侯周勃世家》。

⑨权将杏苑抛：暂且将新进士放榜的事放在一边。杏苑，即杏园，在长安，唐代新科进士都在这里游宴，后泛指新科进士游宴处。

⑩花诰：用金花罗纸书写的诰命。封赠大臣之母或妻时用之。

⑪活擦擦：活生生。

⑫消耗：音信，消息。

⑬支吾：应付，对付。

【榴花泣】（旦）白云亲舍①，俺孤影旧梅梢。道香魂恁寂寥，怎知魂向你柳枝销②。维扬千里，长是一灵飘。回生事少，爹娘呵，听的俺，活在人间惊一跳。平白地凤婿过门③，好似半青天鹊影成桥④。

【前腔】（生）俺且行且止，两处系心苗。要留旅店伴多娇……（旦）有姑姑为伴。（生）阴人难伴你这冷长宵⑤。把心儿不定，还怕你旧魂飘。（旦）再不飘了。（生）俺文高中高，怕一时榜下归难到。（旦泣介）俺爹娘呵！（生）你念双亲舍的离情，俺为半子怎惜攀高⑥。

小姐，卑人拜见岳翁岳母，起头便问及回生之事了。

【渔家灯】（旦叹介）说的来似怪如妖，怕爹爹执古妆乔⑦。（想介）有了，将奴春容带在身傍。但见了一幅春容，少不的问俺两下根苗。（生）问时怎生打话？（旦）则说是天曹，偶然注定的姻缘到，蓦踏着墓坟开了。（生）说你先到俺书斋才好。（旦羞介）休乔⑧，这话教人笑。略说与梅香贼牢⑨。

【前腔】（生）俺满意儿待驷马过门⑩，和你离魂女同归气高。谁承望探高亲去傍干戈，怕寒儒欠整衣毛⑪。（旦）女婿老成些不妨⑫。则途路孤凄，使奴罣念⑬。（生）秋霄，云横雁字斜阳道，向秦淮夜泊魂销。（旦）夫，你去时冷落些，回来报中状元呵。（生）名标，大拜门喧笑，抵多少驸马还朝⑭。

（净上）雨伞晴兼雨，春容秋复春。包袱雨伞在此。

【尾声】（拜别介）（旦）秀才郎探的个门楣着。（生）报重生这欢声不小。（旦）柳郎，那里平安了便回，休只顾的月明桥上听吹箫⑮。

    （生）不为经时谒丈人，   刘　商⑯

（旦）囊无一物献尊亲。杜　甫[17]

（生）马蹄渐入扬州路，章孝标[18]

（旦）两地各伤无限神。元　稹[19]

注释：

①白云亲舍：表示对父母的思念。《旧唐书·狄仁杰传》：“其亲在河阳别业，仁杰赴并州，登太行山，南望见白云孤飞，谓左右曰：‘吾亲所居，在此云下。’瞻望伫立久之，云移乃行。”后以“白云亲舍”为思念亲人的典故。

②魂向你柳枝销：因为和你离别而黯然神伤。柳枝，双关语。一指柳梦梅，一指送别。古人有折柳枝送别的风俗。魂销，销魂。谓灵魂离开肉体。形容极其哀愁。南朝江淹《别赋》：“黯然销魂者，惟别而已矣。”

③凤婿：女婿的代称。用萧史和秦弄玉骑凤上天的恋爱故事。

④鹊影成桥：每年七夕，喜鹊飞聚银河成“鹊桥”，牛郎、织女渡河相见。在这里表示惊奇和喜悦。

⑤阴人：这里指女人。

⑥攀高：跟地位比自己高的人结交、结亲。这里指去寻访做高官的岳父。

⑦执古：固执。妆乔：装模作样。

⑧休乔：不要乱说。

⑨贼牢：刁钻，狡黠。这里是说机灵。

⑩满意儿：一心一意。驷马过门：博得功名富贵气派堂皇地过门。驷马，指显贵者所乘的驾四匹马的高车。表示地位显赫。过门，婚后新夫妇到女家去行拜门礼，俗名过门。

⑪欠整衣毛：指衣帽寒酸。

⑫老成：老实，稳重，规矩。

⑬罣（guà）念：挂念。

⑭大拜门喧笑，抵多少驸马还朝：指一门团聚欢笑，比驸马还朝还要高兴。大拜门、驸马还朝，都是曲牌名。驸马，魏晋以后，皇帝的女婿依例加驸马都尉的称号，简称驸马。

⑮月明桥上听吹箫：这里指在扬州享乐。唐杜牧《寄扬州韩绰判官》："二十四桥明月夜，玉人何处教吹箫？"

⑯不为经时谒丈人：语本刘商《上崔十五老丈》。这里指柳梦梅独自去探寻岳丈岳母。

⑰囊无一物献尊亲：语本杜甫《重赠郑炼》。这里指杜丽娘感慨自己重生后一无所有，带给父母的只有一幅自画像。

⑱马蹄渐入扬州路：语本章孝标《及第后寄广陵故人》。这里指柳梦梅即将前去扬州寻亲。

⑲两地各伤无限神：语本元稹《寄乐天二首》之一。这里预示此番前去并不会很顺利。

点评：

　　"急难"，急于兵难。本出写柳梦梅赴考归来后，带来了兵围淮扬的消息。杜丽娘为父母安危着急担心，请柳梦梅前往打探消息，并让柳生带了自画像作为回生的证据。

　　动身前往扬州前，二人想象报喜后双亲兴高采烈的景象，"平白地凤婿过门"、"报重生这欢声不小"，他们甚至预演起如果杜宝问起回生情形如何作答。虽然杜丽娘对于爹爹"执古妆乔"的性格有所认识，但她对于未来相逢景象的估计还是过于乐观了。此刻他们怎么也想不到后来柳生被岳父吊打，父亲压根不认这回生的女儿！还魂后的丽娘，她的爱情，她的婚姻，她还魂的这件事，想要获得父母的认可，恐怕比地狱"冥判"还要艰难，还有很长的路要走。

本出中柳梦梅准备携画到扬州，引出后来《闹宴》《硬拷》《圆驾》几出戏，波澜不断，高潮迭起。

（旦）柳郎，放榜之期尚远，欲烦你淮扬打听爹娘消耗，未审许否？（生）谨依尊命。奈放小姐不下。（旦）不妨，奴家自会支吾。（生）这等就此起程了。

第四十五出　寇　间

【包子令】（老旦、外扮贼兵巡哨上）大王原是小喽罗，喽罗。娘娘原是小旗婆①，旗婆。立下个草朝忒快活，亏心又去抢山河。（合）转巡罗，山前山后一声锣。

兄弟，大王爷攻打淮城，要个人见杜安抚打话②。大路头影儿没一个，小路头寻去。（唱前合下）（末雨伞、包袱上）

【驻马听】家舍南安，有道为生新失馆。要腰缠十万，教学千年，方才满贯③。俺陈最良，为报杜小姐之事，扬州见杜安抚大人。谁知他淮安被围，教俺没前没后。大路上不敢行走，抄从小路而去。学先师传食走胡旋④，怯书生避寇遭涂炭⑤。你看树影凋残，猿啼虎啸教人叹。

（老、外上）明知山有虎，故向虎边行。鸟汉那里去？（拿介）

（末）饶命！大王！（外）还有个大王哩。（末）天天，怎了！正是：

乌鸦喜鹊同行，吉凶全然未保。（并下）

【普贤歌】（净、丑众上）莽乾坤生俺贼儿顽，谁道贼人胆里单⑥！南朝俺不蛮，北朝俺不番⑦。甚天公有处安排俺？

娘娘，俺和你围了淮安许时，只是不下。要得个人去淮安打话，兼看杜安抚动定如何。则眼下无人可使哩。（丑）必得杜老儿亲信之人，将计就计，方才可行。（外绑末上）

【粉蝶儿】没路走羊肠，天天呵，撞入这屠门怎放！

（见介）（外）禀大王，拿的个南朝汉子在此。（净）是个老儿。何方人氏？作何生理？（末）听禀：

【大迓鼓】生员陈最良，南安人氏，访旧淮扬。（净）访谁？（末）便是杜安抚。他后堂曾设扶风帐。（丑）你原来他衙中教学。几个学生？（末）则他甄氏夫人，单生下一女。女书生年少亡。（丑）还有何人？（末）义女春香，夫人伴房。

注释：

①旗婆：女兵。

②打话：对话，交谈。

③"要腰缠十万"三句：指塾师收入微薄，要想有十万贯钱，得教一千年的书。俗语有"腰缠十万贯，骑鹤下扬州"。

④学先师传食走胡旋：意思是像孔子一样四处奔波。孔子周游列国，受到各诸侯的接待。先师，孔子。传食，辗转受供养。走胡旋，奔走不停。胡旋，唐代舞名。《乐府诗集》引《唐书·乐志》："康居国乐舞，急转如风，俗谓之胡旋。"

⑤涂炭：烂泥和炭火，比喻极困苦的境遇。这里是摧残、蹂躏的意思。

⑥胆里单：指胆子小。

⑦南朝俺不蛮，北朝俺不番：自己是汉人而降金，既非南人又非北人。这里有两面都无依靠的意思。

（丑笑背介）一向不知杜老家中事体。今日得知，吾有计矣。（回介）这腐儒，且带在辕门外去。（众应，押末下介）（丑）大王，奴家有了一计。昨日杀了几个妇人，可于中取出首级二颗，则说杜家老小，回至扬州，被俺手下杀了，献首在此。故意苏放那腐儒①，传示杜老。杜老心寒，必无守城之意矣。（净）高见，高见!(净起低声分付介)叫中军。(生上)(净)俺请那腐儒讲话中间,你可将昨日杀的妇人首级二颗来献,则说是杜安抚夫人甄氏和他使女春香。牢记着。(生应下)(净)左右,再拿秀才来见。(众押末上介)(末)饶命!大王!(净)你是个细作②,不可轻饶。(丑)劝大王松了他,听他讲些兵法到好。(净)也罢。依娘娘说,松了他。(众放末缚介)(末叩头介)叩谢大王、娘娘不杀之恩。(净)起来,讲些兵法俺听。(末)卫灵公问陈于孔子,孔子不对③。说道:"吾未见好德如好色者也④。"(净)这是怎么说?(末)则因彼时卫灵公有个夫人南子同座,先师所以怕得讲话。(净)他夫人是"南子",俺这娘娘是妇人。(内擂鼓,生扮报子上)报,报,报!扬州路上兵马,杀了杜安抚家小,竟来献首级讨赏。(净看介)则怕是假的。(生)千真万真。夫人甄氏,这使女叫做春香。(末做看认,惊哭介)天呵,真个是老夫人和春香也!(净)哎!腐儒啼哭什么?还要打破淮城,杀杜老儿去。(末)饶了罢,大王。(净)要饶他,除非献了这座淮安城罢。(末)这等,容生员去传示大王虎威,立取回报。(丑)大王恕你一刀,腐儒快走。(内擂鼓发喊,开门介)(末作怕介)

【尾声】显威风记的这溜金王。(净、丑)你去说与杜安抚呵,着什么耀武扬威早纳降,俺实实的要展江山、非是谎。(下)

(末打躬送介)(吊场)活强盗,活强盗。杀了杜老夫人、春香。不免城中报去。

> 海神东过恶风回,　李　白⑤
> 日暮沙场飞作灰。　常　建⑥
> 今日山翁旧宾主,　刘禹锡⑦
> 与人头上拂尘埃。　李山甫⑧

注释：

①苏放：释放。

②细作：间谍。

③卫灵公问陈于孔子，孔子不对：《论语·卫灵公》："卫灵公问陈于孔子。孔子对曰：'……军旅之事，未之学也。'"陈，军阵。

④吾未见好德如好色者也：见《论语·子罕》篇，与卫灵公本不相干。后来司马迁《史记·孔子世家》将这句话变为卫灵公与夫人南子同车出游，令孔子为次乘而招摇过市之后孔子的感慨，遂成为对卫灵公的批判之语。

⑤海神东过恶风回：语本李白《横江词六首》之四。这里指陈最良辛苦来扬州报信又被敌寇擒获。

⑥日暮沙场飞作灰：语本常建《塞下曲四首》之二。这里指陈最良误以为夫人、春香二人被害。

⑦今日山翁旧宾主：语本刘禹锡《送李庚先辈赴选》。这里指杜宝曾是陈最良的雇主。

⑧与人头上拂尘埃：语本李山甫《下第出春明门》。这里指杜宝要接受夫人被害的噩耗。

点评：

"寇间"，陷入敌寇。陈最良赴淮安向杜宝报告丽娘坟墓被掘事，不幸被李全擒获审讯，他老实讲了自己的情况及杜宝家事。李全久攻淮安不下，此时李全妻趁机使计，她谎称甄氏、春香被杀，骗陈最良看死人头，让陈最良信以为真，然后故意放走他，让他将此假消息带给杜宝，利用陈最良达到"杜老心寒，必无守城之意"的目的。本来与政治毫无关系的陈最良就此卷入战争，还在之后的《折寇》《围释》中起到了重要关键的作用，并因此立功封官。

本出是重要配角陈最良的重头戏。在《牡丹亭》中，他的性格始终在变化，非常复杂，又有血有肉。本出中，李全要他讲兵法，他可能不懂，也可能懂，但不愿讲，想推脱，又推脱不了。在这样的情况下，他巧妙地把《论语》中的两段互不相干的话放在一起，摆脱了这种尴尬的境地。他先说："卫灵公问陈于孔子，孔子不对。"这是有意篡改原文。原文是："卫灵公问陈于孔子，孔子对曰：''军旅之事，未之学也。''"他把孔子不会变成了孔子不说，为自己的不说辩解。然后又引用孔子所说："吾未见好德如好色者也。"潜台词是：你这样好色，哪会听我讲兵法呢？李全不解，他进一步解释："则因彼时卫灵公有个夫人南子同座，先师所以怕得讲话。"潜台词是：现在你与夫人同座，我就不能讲。陈最良这是很快就摸清李全夫人掌兵权的情势，巧妙地把经典拿来为我所用，将自己从尴尬境地中解脱出来。陈最良说话总是引经据典，看似插科打诨，乱用经典，实则句句有实用。《闺塾》中的"君子好逑"点醒了杜丽娘的春心，《诊祟》中的"《诗经》药方"专治杜丽娘的思慕之病，本出中的《论语》也着实讽刺了李全的好色与怕老婆。陈最良老实中带着机灵，迂腐中透着权变，在两军对垒的紧张气氛中增加了些许幽默与风趣。

第四十六出　折　寇

【破阵子】(外戎装佩剑引众上)接济风云阵势①，侵寻岁月边陲②。(内擂鼓喊介)(外叹介)你看虎咆般炮石连雷碎，雁翅似刀轮密雪施。李全，李全，你待要霸江山、吾在此。

> 【集唐】谁能谈笑解重围　皇甫冉？万里胡天鸟不飞　高骈。今日海门南畔事　高骈，满头霜雪为兵机　韦庄③。我杜宝，自到淮扬，即遭兵乱。孤城一片，困此重围。只索调度兵粮，飞扬金鼓。生还无日，死守由天。潜坐敌楼之中，追想靖康而后④。中原一望，万事伤心。

【玉桂枝】问天何意，有三光不辨华夷⑤，把腥膻吹换人间⑥，这望中原做了黄沙片地。(恼介)猛冲冠怒起，猛冲冠怒起，是谁弄的，江山如是？(叹介)中原已矣！关河困，心事违。也则要保扬州，济淮水。俺看李全贼数万之众，破此何难？进退迟疑，其间有故。俺有一计可救围，恨无人与游说。

> (内擂鼓介)(净报子上)羽檄场中无雁到，鬼门关上有人来。好笑，城围的铁桶似紧，有秀才来打秋风，则索报去。禀老爷：有个故人相访。(外)敢是奸细？(净)说是江右南安府陈秀才⑦。(外)这迂儒怎生飞的进来？快请见。(末上)

【浣溪纱】摆旌旗，添景致，又不是闹元宵鼓炮齐飞。杜老爷在那里？(外出笑迎介)忽闻的千里故人谁？(叹介)原来是先生到此，教俺惊垂泪。(末)老公相头通白了。(合)白首相看俺与伊，三年一见愁眉。(拜介)

【集唐】（末）头白乘驴悬布囊 卢纶，（外）故人相见忆山阳 谭用之。（末）横塘一别千余里 许浑，（外）却认并州作故乡 贾岛⑧。（末）恭谂公相⑨，又苦伤老夫人回扬州，被贼兵所算了。（外惊介）怎知道？（末）生员在贼营中，眼同验过老夫人首级，和春香都杀了。（外哭介）天呵，痛杀俺也！

【玉桂枝】相夫登第，表贤名甄氏吾妻。称皇宣一品夫人，又待伴俺立双忠烈女。想贤妻在日，想贤妻在日，凄然垂泪，俨然冠帔。（外哭倒，众扶介）（末）我的老夫人，老夫人，怎了！你将官们也大家哭一声儿么！（众哭介）老夫人呵！（外作恼，拭泪介）呀，好没来由！夫人是朝廷命妇，骂贼而死，理所当然。我怎为他乱了方寸，灰了军心？**身为将，怎顾的私？任恓惶⑩，百无悔。**陈先生，溜金王还有讲么？（末）不好说得，他还要杀老先生。（外）咳，他杀俺甚意儿？俺杀他全为国。

注释：

① 风云阵势：兵书中有天、地、风、云、飞龙、翔鸟、虎翼、蛇蟠八种阵形。

② 侵寻：渐渐度过。

③ "谁能谈笑解重围"四句【集唐】：分别出自皇甫冉《同温丹徒登万岁楼》、高骈《塞上寄家兄》及《赴安南却寄台司》、韦庄《赠边将》。个别文字有改动。

④ 靖康而后：指宋钦宗靖康二年（1127），金兵攻破宋朝京都汴梁，掳去徽宗、钦宗二帝以后。

⑤ 三光：日、月、星。

⑥ 腥膻（shān）：本指难闻的臭味，借指入侵的外敌。这里指

北方的金兵。

⑦江右：江西。

⑧"头白乘驴悬布囊"四句【集唐】：分别出自卢纶《赠别李
　纷》、谭用之《寄孟进士》、许浑《夜泊永乐有怀》、贾岛
　《渡桑干》。文字稍有改动。山阳，《晋书·向秀传》载，向
　秀在山阳旧居，听邻人吹笛，想起了已故的友人，作《思
　旧赋》。后用山阳当作旧友、旧游地的代称。却认并州作故
　乡，贾岛在并州时，常忆咸阳，后渡桑乾河，去得更远，觉
　得并州也像故乡一样，令人怀念。这里指杜宝在淮安想起了
　南安，也把南安当作自己的故乡了。

⑨谂（shěn）：告诉。

⑩恓惶（huáng）：悲伤。

（末）依了生员，两下都不要杀。（做扯外耳语介）那溜金王要这
　座淮安城。（外）嚛声！那贼营中是一个座位，是两个座位？（末）
　他和妻子连席而坐。（外笑介）这等，吾解此围必矣。先生竟为何
　来？（末）老先生不问，几乎忘了。为小姐坟儿被盗，径来相报。
　（外惊介）天呵！冢中枯骨，与贼何仇？都则为那些宝玩害了也。
　贼是谁？（末）老公相去后，石道姑招了个岭南游棍柳梦梅为伴。
　见物起心，一夜劫坟逃去，尸骨丢在池水中。因此不远千里而
　告。（外叹介）女坟被发，夫人遭难。正是：未归三尺土，难保百
　年身。既归三尺土，难保百年坟。也索罢了，则可惜先生一片好
　心。（末）生员拜别老公相后，一发贫薄了。（外叹介）军中仓卒，
　无以为情。我把一大功劳，先生干去。（末）愿效劳。（外）我久写
　下咫尺之书①，要李全解散三军之众。余无可使，烦公一行。左

右，取过书仪来。倘说得李全降顺，便可归奏朝廷，自有个出身之处②。（生取书礼上）儒生三寸舌，将军一纸书。书仪在此。（末）途费谨领。送书一事，其实怕人。（外）不妨。

【榴花泣】兵如铁桶，一使在其中。将折简、去和戎③。陈先生，你志诚打的贼儿通。虽然寇盗奸雄，他也相机而动。（末）恐游说非书生之事。（外）看他开围放你而来，其意可知。你这书生正好做传书用。（末）仗恩台一字长城④，借寒儒八面威风。（风鼓吹介）

【尾声】戍楼羌笛话匆匆。事成呵，你归去朝廷沾寸宠⑤，这纸书，敢则是保障江淮第一封。

      （外）隔河征战几归人？ 刘长卿⑥
      （末）五马临流待幕宾。 卢　纶⑦
      （外）劳动先生远相访， 王　建⑧
      （末）恩波自会惜枯鳞。 刘长卿⑨

注释：

①咫（zhǐ）尺之书：简短的信件。

②出身：出路，前途。指做官。

③折简：书札或信件。和戎：与少数民族或别国媾和修好。

④恩台：恩官。一字长城：意思指书信可以退敌。

⑤归去朝廷沾寸宠：指回朝之后得到奖赏。宠，荣耀。

⑥隔河征战几归人：语本刘长卿《送耿拾遗归上都》。这里指杜宝忧虑战争残酷，谋划智退敌军。

⑦五马临流待幕宾：语本卢纶《送崔琦赴宣州幕》。这里指陈最良来得正是时候。

⑧劳动先生远相访：语本王建《从军后寄山中友人》。这里指
　　杜宝请陈最良深入敌营劝降。
⑨恩波自会惜枯鳞：语本刘长卿《狱中闻收东京有赦》。这里
　　指陈最良希冀前去劝降不被李全杀害。枯鳞，枯鱼，困在干
　　车辙中等待斗水相救的鱼。典出《庄子·外物》。

点评：

　　"折寇"，挫败敌寇。《折寇》一出着重表现杜宝的军事
谋略与公而忘私的胸怀。李全、杨婆来势汹汹，"堑断长淮
塞五湖"，杜宝困守淮城，"生还无日，死守由天"。他清楚
敌众我寡、兵力悬殊的局面，所以这个仗不能硬打，只能
智取。他已经想出了智取的计谋，但是缺个执行的人，"俺
有一计可救围，恨无人与游说"。正一筹莫展之际，陈最良
进城报告老夫人死讯。杜宝悲痛之余，决定将计就计，派
陈最良往敌营"探取动定，说他降顺"。

　　杜宝听闻夫人为乱贼所杀，悲痛万分，痛哭失声。但
他很快意识到自己身系全城："夫人是朝廷命妇，骂贼而死，
理所当然。我怎为他乱了方寸，灰了军心？身为将，怎顾
的私？"刚从伤恸惊醒过来，就立刻问陈最良，贼营中是
一个座位还是两个。他听得李全与妻子连席而坐，就笑了，
说："这等，吾解此围必矣。"从哭转笑，极见他公而忘私、
以社稷为重的胸怀，也可知他心心念念都在淮安城解围上，
筹谋已久，不是率性之举。

　　陈最良因胆小，在敌人面前不敢讲假话；同样胆小，
他见到杜宝却说假话怕担责。明明是他救了柳梦梅住进梅

花观，却将柳生的来历赖到石道姑身上："老公相去后，石道姑招了个岭南游棍柳梦梅为伴。见物起心，一夜劫坟逃去，尸骨丢在池水中。因此不远千里而告。"可见其狡猾。

就是这么一个胆小怕事的老儒生，陈最良虽然一再说游说非书生之事，但最终竟然横下一条心，硬着头皮充当了和谈说客。他之所以接受任务，一是出于之前的老关系，更主要是杜宝"倘说得李全降顺，便可归奏朝廷，自有个出身之处"的许诺。他身为一个六十多岁的贫困老儒，如果拒绝了，仍然无法解决以后的生活问题；如果这次能侥幸成功，得个一官半职，则是非常好的出路。他自身带着的投机个性使得他豁出命去执行了这一任务。

第四十七出　围　释

【出队子】(贴通事上①)一天之下，南北分开两事家。中间放着个蓼儿洼②，明助着番家打汉家。通事中间，拨嘴撩牙③。

> 事有足诧，理有必然。自家溜金王麾下一名通事便是。好笑，好笑，俺大王助金围宋，攻打淮城。谁知北朝暗地差人去到南朝讲话。正是：暂通禽兽语，终是犬羊心。(下)(净引众上)

【双劝酒】横江虎牙④，插天鹰架⑤。擂鼓扬旗，冲车甲马。把座锦城墙、围的阵云花。杜安抚你有翅难加。

> 自家溜金王。攻打淮城，日久未下。外势虽然虎踞⑥，中心未免狐疑。一来怕南朝大兵兼程策应，二来怕北朝见责委任无功：真个进退两难。待娘娘到来计议。(丑上)驱兵捉将蚩尤女⑦，捏鬼妆神豹子妻⑧。大王，你可听见，大金家有人南朝打话，回到俺营门之外了。(净)有这事？(老旦扮番将带刀骑马上)

注释：

①通事：翻译人员。

②蓼(liǎo)儿洼：即梁山泊。后来用作山寨的代称。这里指李全。

③拨嘴撩牙：挑拨是非。

④虎牙：军旗。

⑤鹰架：供猎鹰栖止用的木架。

⑥虎踞：如虎之蹲踞。比喻人物威武。

⑦蚩尤：神话传说中上古时代的部族首领。性凶恶，铜头铁额，能兴云作雾，为黄帝所杀。蚩尤被作为战争之神。

⑧豹子妻：原指男扮女装的黑旋风李逵。这里指李全妻。明朱有墩《诚斋乐府·仗义疏财》三折【滚绣球】："本是个梁山寨生成的豹子妻。"

北【夜行船】大北里宣差传站马①，虎头牌滴溜的分花②。（外扮马夫赶上介）滑了，滑了。（老旦）那古里谁家③？跑翻了拽喇④。怎生呵，大营盘没个人儿答煞。（外大叫介）溜金爷，北朝天使到来。（下）（净、丑作慌介）快叫通事请进。（贴上，接跪介）溜金王患病了。请那颜进⑤。（老旦）可才可才，道句儿克卜喇。

（下马，上坐介）都儿都儿。（净问贴介）怎么说？（贴）恼了。（净、丑举手，老旦做恼不回介）（指净介）铁力温都答喇。（净问贴介）说？（贴）不敢说，要杀了。（净）却怎了？（老旦做看丑笑介）忽伶忽伶。（丑问贴介）（贴）叹娘娘生的妙。（老旦）克老克老。（贴）说走渴了。（老旦手足做忙介）兀该打刺。（贴）叫马乳酒。（老旦）约儿兀只。（贴）要烧羊肉。（净叫介）快取羊肉、乳酒来。（外持酒肉上介）（老旦洒酒，取刀割羊肉吃，笑，将羊油手擦胸介）一六兀刺的。（贴）不恼了，说有礼体。（老旦作醉介）锁陀八，锁陀八。（贴）说醉了。（老旦作看丑介）倒喇倒喇。（丑笑介）怎说？（贴）要娘娘唱个曲儿。（丑）使得。

北【清江引】呀，哑观音靓着个番答辣，胡芦提笑哈⑥。兀那是都麻⑦，请将来岸答。撞门儿一句咬儿只不毛古喇⑧。

通事，我斟一杯酒，你送与他。（贴作送酒介）阿阿儿该力。（丑）通事，说什么？（贴）小的禀娘娘送酒。（丑）着了。（老旦作醉，

看丑介）孛知孛知。（贴）又央娘娘舞一回。（丑）使得，取我梨花
枪过来。

【前腔】（持枪舞介）冷梨花点点风儿刮，裹得腰身乍⑨。
胡旋儿打一车，花门折一花。把一个睃啜老那颜风势煞⑩。

注释：

①大北里：指金朝。宣差：差官，这里指番将自己。站马：驿
　马，一名铺马。

②虎头牌：女真使者出使必带牌，有金、银、木之别。这里指
　金人军队中用来证明长官身份的证件。滴溜的分花：即明晃
　晃的意思。

③那古里：那答儿，那边。谁家：什么人。

④拽喇：契丹语，兵卒。

⑤那颜：蒙古语，长官。

⑥胡芦提：稀里糊涂。

⑦都麻：及下句"岸答"都是官名。

⑧咬儿只不毛古喇：疑即请过来。

⑨裹：扭。乍：俏样儿。

⑩睃（suō）啜老：骂人的话。风势煞：疯样子。

（老旦反背拍袖笑倒介）忽伶忽伶。（贴扶起老旦介）（老摆手倒
地介）阿来不来。（贴）这便是唱喏，叫唱一直。（老笑点头招丑
介）哈散哈散。（贴）要问娘娘。（丑笑介）问什么？（老扯丑轻说
介）哈散兀该毛克喇，毛克喇。（丑笑问贴介）怎说？（贴作摇头
介）问娘娘讨件东西。（丑笑介）讨甚么？（贴）通事不敢说。（老

笑倒介）古鲁古鲁。（净背叫贴问介）他要娘娘什么东西？古鲁古鲁不住的。（贴）这件东西，是要不得的。便要时，则怕娘娘不舍的；便是娘娘舍的，大王也不舍的；便大王舍的，小的也不舍的。（净）甚东西，直恁舍不的？（贴）他这话到明，哈散兀该毛克喇，要娘娘有毛的所在。（净作恼介）气也，气也！这臊子好大胆①，快取枪来。（作持花枪赶杀介）（贴扶醉老走）（老提酒壶叫"古鲁古鲁"架住枪介）

北【尾】（净）你那醋葫芦指望把梨花架，臊奴，铁围墙敢靠定你大金家。（搦倒老介②）则踹着你那几茎儿苫嘴的赤支沙③，把那咽腥臊的嗓子儿生搦杀④。

（丑扯住净，放老介）（老）曳喇曳喇哈哩。（指净介）力娄吉丁母剌失，力娄吉丁母剌失。（作闪袖走下介）（净）气杀我也！那曳喇哈的什么？（贴）叫引马的去。（净）怎指着我力娄吉丁母剌失？（贴）这要奏过他主儿，叫人来相杀。（净作恼介）（丑）老大王，你可也当着不着的⑤。（净）啐！着了你那毛克喇哩。（丑）便许他在那里，你却也忒捻酸。（净不语介）正是，我一时风火性。大金家得知，这溜金王到有些欠稳。（丑）便是，番使南朝而回，未必其中无话。（净）娘娘高见何如？（丑）容奴家措思。（内擂鼓介）（贴扮报子上）报，报，报！前日放去的秀才，从淮城中单马飞来，道有紧急，投见大王。（丑）恰好，着他进来。

注释：

①臊子：对北方少数民族的蔑称。下文称"臊奴"。

②搦（nuò）倒：按倒。

③苫（shàn）：遮掩。赤支沙：红色的胡须。

④掐（qiā）杀：扼杀，掐死。

⑤当着不着：该做的事不做，不该做的事却做了。这里指李全不该把那颜打跑。

【缕缕金】（末上）无之奈，可如何！书生承将令，强喽啰①。（内喊）（末惊跌介）一声金炮响，将人跌蹉。可怜、可怜！密札札干戈其间放着我。

（贴唱门介）生员进。（末见介）万死一生生员陈最良，百拜大王殿下，娘娘殿下。（净）杜安抚献了城池？（末）城池不为希罕，敬来献一座王位与大王。（净）寡人久已为王了。（末）正是官上加官，职上添职。杜安抚有书呈上。（净看书介）"通家生杜宝顿首李王麾下②"。（问末介）秀才，我与杜安抚有何通家？（末）汉朝有个李、杜至交，唐朝也有个李、杜契友③，因此杜安抚斗胆称个通家。（净）这老儿好意思，书有何言？

【一封书】（读书介）"闻君事外朝，虎狼心，难定交。肯回心圣朝，保富贵，全忠孝。平梁取采须收好④，背暗投明带早超⑤。凭陆贾，说庄蹻⑥。颙望麾慈即鉴昭⑦。"

注释：

①强喽啰：强作聪明。这里陈最良怪自己多事。

②通家：世交。

③汉朝有个李、杜至交，唐朝也有个李、杜契友：指东汉李膺、杜密，唐代李白、杜甫。

④平梁：可能指王冠，俗称平天冠。

⑤早超：早高升。

⑥凭陆贾，说庄蹻：这里的意思是指派说客说服李全。陆贾，刘邦的辩士，曾说服赵佗归汉。这里代指陈最良。庄蹻，战国时楚国将领，率兵平定川、滇，因归路被秦国切断，自立为滇王，后代归顺汉朝。这里代指李全。

⑦颙（yóng）望：祈望。麾慈：对李全夫妇的尊称。鉴昭：明鉴。

（笑介）这书劝我降宋，其实难从。"外密启一通，奉呈尊阃夫人①。"（笑介）杜安抚也畏敬娘娘哩。（丑）你念我听。（净看书介）"通家生杜宝敛衽杨老娘娘帐前②。"咳也，杜安抚与娘娘，又通家起来。（末）大王通得去，娘娘也通得去。（净）也通得去。只汉子不该说敛衽。（末）娘娘肯敛衽而朝，安抚敢不敛衽而拜！（丑）说的好。细念我听。（净念书介）"通家生杜宝敛衽杨老娘娘帐前：远闻金朝封贵夫为溜金王，并无封号及于夫人。此何礼也？杜宝久已保奏大宋，敕封夫人为讨金娘娘之职。伏惟妆次③，鉴纳。不宣④。"好也，到先替娘娘讨了恩典哩。（丑）陈秀才，封我讨金娘娘，难道要我征讨大金家不成？（末）受了封诰后，但是娘娘要金子，都来宋朝取用。因此叫做讨金娘娘。（丑）这等是你宋朝美意。（末）不说娘娘，便是卫灵公夫人，也说宋朝之美⑤。（丑）依你说，我冠儿上金子，成色要高。我是带盔儿的娘子，近时人家首饰浑脱，就一个盔儿⑥，要你南朝照样打造一付送我。（末）都在陈最良身上。（净）你只顾讨金讨金，把我这溜金王，溜在那里？（丑）连你也做了讨金王罢。（净）谢承了。（末叩头介）则怕大王、娘娘退悔。（丑）俺主意定了。便写下降表，赍发秀才回奏南朝去。

【前腔】（净）归依大宋朝，怕金家成祸苗。（丑）秀才，你担承这遭，要黄金须任讨。（末）大王，你鄱阳湖磬响收心早⑦，娘娘，你黑海岸回头星宿高⑧。（合）便休兵，随听招。免的名标在叛贼条。

（净）秀才，公馆留饭。星夜草表送行。（举手送末，拜别介）

【尾声】（净）咱比李山儿何足道⑨，这杨令婆委实高⑩。
（末）带了你这一纸降书，管取那赵官家欢笑倒⑪。（末下）

注释：

①尊阃（kǔn）：对人妻室的敬称。

②敛衽（rèn）：整理衣襟，古代的一种礼节，后来专用于妇女。

③妆次：书信上对妇女的客气称呼。

④不宣：犹言"不尽"，书信结尾套语。

⑤便是卫灵公夫人，也说宋朝之美：卫灵公夫人南子与宋国美男子公子朝私通。这里借人名打诨。

⑥近时人家首饰浑脱，就一个盔儿：我头上戴着一顶毡帽，就是一个头盔。人家，自家。浑脱，指牛羊毛做的毡帽。

⑦鄱阳湖：在江西，湖中有石钟山，故由钟联想到磬。磬（qìng）响：击磬礼佛，这里指投诚归顺。

⑧黑海岸回头星宿高：俗语有"苦海无边，回头是岸"，这里指及早回头，定交好运。

⑨李山儿：元人水浒杂剧中给李逵的称号。这里是李全自比为李逵，鲁莽无谋。

⑩杨令婆：民间传说中称宋代名将杨令公的夫人佘太君为杨令婆。

⑪管取：一定教。赵官家：赵家皇帝。

（净、丑吊场）（净）娘娘，则是失了一边金，得了两条王。人要一个王不能勾，俺领下两个王号。岂不乐哉！（丑）不要慌，还有第三个王号。（净）什么王号？（丑）叫做齐肩一字王①。（净）怎么？（丑）杀哩。（净）随顺他，又杀什么？（丑）你俺两人作这大贼，全仗金鞑子威势。如今反了面，南朝拿你何难？（净作恼介）哎哟，俺有万夫不当之勇，何惧南朝！（丑）你真是个楚霸王，不到乌江不止②。（净）胡说！便作俺做楚霸王，要你做虞美人，定不把赵康王占了你去③。（丑）罢，你也做楚霸王不成，奴家的虞美人也做不成。换了题目做。（净）什么题目？（丑）范蠡载西施④。（净）五湖在那里？去做海贼便了。（丑作分付介）众三军，俺已降顺了南朝。暂解淮围，海上伺候去。（众应介）解围了。（内鼓介）船只齐备了，禀大王起行。（行介）

【江头送别】（净）淮扬外，淮扬外，海波摇动。东风劲，东风劲，锦帆吹送。夺取蓬莱为巢洞，鳌背上立着旗峰。

【前腔】（丑）顺天道，顺天道，放些儿闲空。招安后，招安后，再交兵言重。险做了为金家伤炎宋⑤。权袖手，做个混海痴龙。

（众）禀大王、娘娘，出海了。（净）且下了营，天明进发。

（净）干戈未定各为君，　　　许　浑⑥

（丑）龙斗雌雄势已分。　　　常　建⑦

（净）独把一麾江海去，　　　杜　牧⑧

（众）莫将弓箭射官军。　　　窦　巩⑨

注释：

①齐肩一字王：唐宋以后皇子封王，以一个字为国名，如齐

王，是王爵中最高的等级。这里指平肩一刀，斩首。

②你真是个楚霸王，不到乌江不止：楚霸王项羽兵败，在乌江自刎。见《史记·项羽本纪》。

③"便作俺做楚霸王"三句：项羽有美人虞姬常幸从，垓下之战，项羽自杀，有传说虞姬被刘邦所得。

④范蠡载西施：《越绝书》载，春秋时吴越争霸，越王令范蠡献美女西施给吴王，吴王从此沉溺酒色，朝政尽废，越灭吴。吴亡后，范蠡携西施，泛五湖而去。明代有梁辰鱼《浣纱记》传奇。

⑤炎宋：古代以阴阳五行解释国家兴衰的道理，赵宋以火德王，称火宋，又称炎宋。

⑥干戈未定各为君：语本许浑《鸿沟》。这里指李全和杜宝各为其主动干戈。

⑦龙斗雌雄势已分：语本常建《塞下曲四首》之三。这里指李全将收兵解围，胜负结果已定。

⑧独把一麾江海去：语本杜牧《将赴吴兴登乐游原一绝》。这里指李全夫妇准备出海为盗。

⑨莫将弓箭射官军：语本窦巩《唐州东途作》。这里指李全军不会再与杜宝军为敌。

点评：

"围释"，寇围解除。本出剧情出现戏剧性转变。金主派使者来到李全营中，醉酒的使者调戏杨婆，李全大怒，将其赶走。这时，陈最良送来杜宝的劝降信。李全、杨婆久攻淮城不下，无法向金人交差，杨婆又得到宋金秘密对话的消息。为保全自己的利益，权衡再三，善使梨花枪的杨婆同意"归宋"，解除了对淮安的围困，漂洋出海做海贼去了。这就是《标目》中所谓"陈最良说下梨花枪"。

杜宝的招降书，极尽笼络收买之能事，先攀"通家"之好，再"敛衽"致礼，又保奏册封溜金王妻为"讨金娘娘"。杜宝这封信，不够光彩，甚至姿态屈辱。正如柳梦梅在《圆驾》一出嘲笑的那样，"那里平得个李全？则平得个'李半'"，"哄得个杨妈妈退兵，怎哄得全"。但是毕竟不费一兵一卒，杜宝成功地让李全自动退了兵，解了淮安的围，化解了干戈危机。"不动征旗，一纸书回寇"，以和平方式解决了军事争端，以免双方伤亡，生灵涂炭，杜宝的退敌之策和平贼之功还是值得肯定的。

这中间当然还有陈最良的"功劳"。陈最良奔走于两军之中，当李全说要杀杜宝时，他为杜宝求情；当杜宝提出要杀李全时，他又委婉劝说："依了生员，两下都不要杀。"他知道双方真要厮杀起来，倒霉的是百姓。因此他尽力周旋，帮着杜宝利诱李全夫妇。杜宝信中说封杨婆为"讨金娘娘"，他看出李全夫妇不敢与金为敌，所以解释说不是"征讨大金"，是"但是娘娘要金子，都来宋朝取用"。杨婆说："这等是你宋朝美意。"陈最良回答："不说娘娘，便是卫灵公夫人，也说宋朝之美。"陈最良再一次借着曲解经典，既调侃又讽刺，谈笑间完成了任务，显示了他的机智变通，诙谐滑稽。

青春版《牡丹亭》合《寇间》《折寇》《围释》为一折，

并将情节喜剧化、滑稽化，静闹相接，故事起伏，使原本就一波三折的贼寇受降情节更富吸引力，取得了很好的舞台效果。

第四十八出　遇　母

【十二时】（旦上）不住的相思鬼，把前身退悔。土臭全消，肉香新长。嫁寒儒客店里孤栖。（净上）又着他攀高谒贵。

　　【浣溪沙】（旦）寂寞秋窗冷簟纹①，（净）明珰玉枕旧香尘②，（旦）断潮归去梦郎频。　　（净）桃树巧逢前度客③，（旦）翠烟真是再来人④，（合）月高风定影随身。（旦）姑姑，奴家喜得重生，嫁了柳郎。只道一举成名，同去拜访爹娘。谁知朝廷为着淮南兵乱，开榜稽迟。我爹娘正在围城之内，只得赍发柳郎往寻消耗，撇下奴家钱塘客店。你看那江声月色，凄怆人也。（净）小姐，比你黄泉之下，景致争多。（旦）这不在话下。

【针线箱】虽则是荒村店江声月色，但说着坟窝里前生今世，则这破门帘乱撒星光内，煞强似洞天黑地。姑姑呵，三不归父母如何的⑤？七件事儿夫家靠谁⑥？心悠曳，不死不活，睡梦里为个人儿。

　　（净）似小姐的罕有。

【前腔】伴着你半间灵位，又守见你一房夫婿。（旦）姑姑，那夜搜寻秀才，知我闪在那里？（净）则道画帧儿怎放的个人回避，做的事瞒神唬鬼。昏黑了，你看月儿黑黑的星儿晦，萤火青青似鬼火吹。（旦）好上灯了。（净）没油，黑坐地⑦，三花两焰，留的你照解罗衣。

　　（旦）夜长难睡，还向主家借些油。（净）你院子里坐地，咱去借来。合着油瓶盖，踏碎玉莲蓬⑧。（下）（旦玩月叹介）

注释：

①簟（diàn）：凉席。

②明珰（dāng）：珠玉串成的耳饰。泛指珠玉。

③桃树巧逢前度客：语本唐刘禹锡诗："种桃道士归何处？前度刘郎今又来。"前度刘郎，双关语，借指天台山遇仙女相爱的刘晨。这里指柳梦梅。

④翠烟：青烟，指吴王小女紫玉的亡魂。这里是杜丽娘自指。

⑤三不归：没有着落的。

⑥七件事：泛指日常生计。元曲《玉壶春》第一折："早晨起来七件事，柴米油盐酱醋茶。"

⑦黑坐地：黑暗中坐着。

⑧合着油瓶盖，踏碎玉莲蓬：指借油之难。合着油瓶盖，民间有俗语"夜壶合着油瓶盖"。玉莲蓬，指小脚。

【月儿高】（老旦、贴行路上）江北生兵乱，江南走多半。不载香车稳，跋的鞋鞓断①。夫主兵权，望天涯生死如何判。前呼后拥，一个春香伴。凤髻消除，打不上扬州篡②。上岸了到临安。趁黄昏黑影林峦，生忔察的难投馆③。

　　（贴）且喜到临安了。（老旦）咳，万死一逃生，得到临安府。俺女娘无处投，长路多孤苦。（贴）前面象是个半开门儿，蓦了进去④。（老进介）呀，门房空静，内可有人？（旦）谁？（贴）是个女人声息。待打叫一声：开门。

【不是路】（旦惊介）斜倚雕阑，何处娇音唤启关？（老）行程晚，女娘们借住霎儿间。（旦）听他言，声音不似男儿汉，待自起开门月下看。（见介）（旦）是一位女娘，请里坐。

（老）相提盼⑤，人间天上行方便。（旦）趋迎迟慢。趋迎迟慢。（打照面介）（老作惊介）

【前腔】破屋颓椽，姐姐呵，你怎独坐无人灯不燃？（旦）这闲庭院，玩清光长送过这月儿圆。（老背叫贴）春香，这像谁来？（贴惊介）不敢说，好像小姐。（老）你快瞧房儿里面，还有甚人？若没有人，敢是鬼也？（贴下）（旦背）这位女娘，好像我母亲，那丫头好像春香。（作回问介）敢问老夫人，何方而来？（老叹介）自淮安，我相公是淮扬安抚、遭兵难，我避虏逃生到此间。（旦背介）是我母亲了，我可认他？（贴慌上，背语老介）一所空房子，通没个人影儿。是鬼，是鬼！（老作怕介）（旦）听他说起，是我的娘也。（旦向前哭娘介）（老作避介）敢是我女孩儿？怠慢了你，你活现了。春香，有随身纸钱，快丢，快丢。（贴丢纸钱介）（旦）儿不是鬼。（老）不是鬼，我叫你三声，要你应我，一声高如一声。（做三叫三应，声渐低介）（老）是鬼也。（旦）娘，你女儿有话讲。（老）则略靠远，冷淋侵一阵风儿旋⑥，这般活现。（旦）那些活现？

（扯老）（老作怕介）儿，手恁般冷。（贴叩头介）小姐，休要捻了春香⑦。（老）儿，不曾广超度你，是你父亲古执。（旦哭介）娘，你这等怕，女孩儿死不放娘去了。

注释：

① 趿（qì）的鞋靪（tīng）断：指路上步履艰难，鞋带都走断了。趿，行走。靪，皮带，这里指鞋带。

② 凤髻消除，打不上扬州篆：这里指头发散乱。凤髻，古代的一种发型。唐宇文氏《妆台记》："周文王于髻上加珠翠翘

花，傅之铅粉，其髻高名曰凤髻。"纂，方言。妇女梳在头后边的发髻。

③生忔（qì）察：生疏，陌生。忔察，象生词。

④蓦（mò）了进去：探摸进去。

⑤提盼：关照，照顾。

⑥冷淋侵：形容冷森森、寒气逼人。

⑦捻：这里是作弄、伤害的意思。

【前腔】（净持灯上）门户牢拴，为甚空堂人语喧？（照地介）这青苔院，怎生吹落纸黄钱？（贴）夫人，来的不是道姑？（老）可是。（净惊介）呀，老夫人和春香那里来？这般大惊小怪。看他打盘旋，那夫人呵，怕漆灯无焰将身远①。小姐，恨不得幽室生辉得近前。（旦）姑姑快来，奶奶害怕。（贴）这姑姑敢也是个鬼？（净扯老照旦介）休疑惮②。移灯就月端详遍，可是当年人面？（合）是当年人面。

（老抱旦泣介）儿呵，便是鬼，娘也不舍的去了！

【前腔】肠断三年，怎坠海明珠去复旋③？（旦）爹娘面，阴司里怜念把魂还。（贴）小姐，你怎生出的坟来？（旦）好难言。（老）是怎生来？（旦）则感的是东岳大恩眷，托梦一个书生把墓踹穿。（老）书生何方人氏？（旦）是岭南柳梦梅。（贴）怪哉，当真有个柳和梅。（老）怎同他来此？（旦）他来科选。（老）这等是个好秀才，快请相见。（旦）我央他看淮扬动静去把爹娘探，因此上独眠深院，独眠深院。

（老背与贴语介）有这等事？（贴）便是，难道有这样出跳的鬼④？（老回泣介）我的儿呵！

【番山虎】则道你烈性上青天，端坐在西方九品莲⑤，不道三年鬼窟里重相见。哭的我手麻肠寸断，心枯泪点穿。梦魂沉乱，我神情倒颠。看时儿立地，叫时娘各天。怕你茶饭无浇奠，牛羊侵墓田。（合）今夕何年？今夕何年？咦，还怕这相逢梦边。

【前腔】（旦泣介）你抛儿浅土，骨冷难眠。吃不尽爷娘饭，江南寒食天。可也不想有今日，也道不起从前。似这般糊突谜，甚时明白也天！鬼不要，人不嫌，不是前生断，今生怎得连！（合前）

（老）老姑姑，也亏你守着我儿。

【前腔】（净）近的话不堪提咽，早森森地心疏体寒。空和他做七做中元⑥，怎知他成双成爱眷？（低与老介）我捉鬼拿奸，知他影戏儿做的怎活现？（合）这样奇缘，这样奇缘，打当了轮回一遍⑦。

【前腔】（贴）论魂离倩女是有，知他三年外灵骸怎全？则恨他同棺椁、少个郎官，谁想他为院君这宅院⑧。小姐呵，你做的相思鬼穿，你从夫意专。那一日春香不铺其孝筵⑨，那节儿夫人不哀哉醮荐⑩？早知道你撒离了阴司，跟了人上船！（合前）

【尾声】（老）感的化生女显活在灯前面⑪。则你的亲爹，他在贼子窝中没信传。（旦）娘放心，有我那信行的人儿⑫，他穴地通天，打听的远。

想象精灵欲见难，　欧阳詹⑬
碧桃何处便骖鸾？　薛　逢⑭
莫道非人身不暖，　白居易⑮

菱花初晓镜光寒。许　浑⑯

注释：

①漆灯无焰：墓穴里的灯烛不亮。漆灯，宋龙衮《江南野史》载，沈彬葬于住处大树下，下有古冢，冢中古灯台上有漆灯一盏。墙头铜牌篆文有"漆灯犹未灭，留待沈彬来"之句。

②疑悙（dàn）：疑忌畏惧。

③坠海明珠去复旋：指女儿死而复活。

④出跳：出挑，指女孩子长得漂亮、出众。

⑤端坐在西方九品莲：指往生西方极乐世界成了菩萨。九品莲，九品莲台。佛教净土宗认为，修行完满者死后可往西方极乐世界，身坐莲花台座，因各人生前修行深浅不同，而所坐莲台有九等之别，九品莲台是最高一等。

⑥做七：古时风俗，人死后每七天做一次佛事，从头七到七七（第四十九天）止。做中元：阴历七月十五日为中元节，俗称"鬼节"，是祭奠亡灵的日子。

⑦打当：打点，准备，这里作胜过、当作解。

⑧为院君这宅院：做了这个宅院里的女主人。院君，宅院女主人。

⑨孝筵：为死者准备的供品。

⑩节：节令，四时八节。醮（jiào）荐：以酒祭奠。

⑪化生：本无而忽生之意，佛教有四生（卵生、胎生、尸生、化生）说法。这里指死而复活。

⑫信行：志诚，老实。

⑬想象精灵欲见难：语本欧阳詹《题延平剑潭》。这里指杜母

苦思爱女，以为阴阳阻隔永难相见。

⑭碧桃何处便骖鸾：语本薛逢《汉武宫辞》。这里指杜母想不
到女儿化生，还结了婚。

⑮莫道非人身不暖：语本白居易《戏答皇甫监》。这里指杜母
乍见女儿复活，还有恍惚之感。

⑯菱花初晓镜光寒：语本许浑《重游飞泉观题故梁道士宿龙
池》。这里指杜丽娘复活不久，还有阴柔之气。

374

点评：

　　本出写杜丽娘与母亲相认。杜母与春香从扬州逃出后，
一路来到临安。二人跌跌撞撞走来，"月儿黑黑的星儿晦，
萤火青青似鬼火吹"，时近黄昏，路过江村小院，想要进院
借宿。这正是杜丽娘与石道姑租住的小院。石道姑出门借
油，丽娘一人昏黑独处。杜母乍见丽娘，以为爱女亡魂活
现，惊疑之极。待到石道姑借油回来，说明真相，杜母冲
向女儿，痛哭相认。丽娘简单向母亲叙述了回生以及嫁给
书生柳梦梅的经过，并告诉母亲已派柳梦梅去打听父亲消
息，以慰其心。

　　本出重点是表现母女相遇时的巨大心理变化。杜丽娘
没想到会在临安遇到母亲，她必须说服母亲相信自己回生
复活，不是鬼魂活现，从而与自己相认。杜丽娘与柳梦梅
婚走临安，派柳梦梅去打探消息之后，她虽有石道姑相伴，
仍强烈地感到孤独无依，"三不归父母如何的？七件事儿夫
家靠谁"。正在凄惶之际忽遇母亲，她又惊又喜，迫不及待
地想与母亲相认。可是杜母却以为她是鬼，不但不认还惊

避不迭。她答应母亲的三声呼唤越来越低，表现了她从急于相认的热切到不被认可的悲苦这样一个情感转变，可谓柔肠百转。杜母虽然日夜思念女儿，但她亲眼见到女儿已死已葬，无论如何也不会想到女儿会回生，所以她一见丽娘就以为是遇到了鬼魂的反应是非常正常的。但石道姑将灯一照，她立刻上前抱住丽娘哭道："儿呵，便是鬼，娘也不舍的去了！"这是母女情深，更是她三年孤苦无依凄凉情绪的总爆发。丽娘死后她的日夜伤心，一半是为失去女儿，一半是为没有子息，老来无靠。虽然本着贤妻的标准，劝杜宝纳妾，可并不能保证会有好结果，所以这三年来她内心焦灼凄苦可知。她这一哭是悲喜交织，却不是喜极而泣。【不是路】、【番山虎】几支曲子淋漓尽致地表达了这一重逢的复杂情感，吴吴山三妇合评本《牡丹亭》云："苦境从乐境中形出，愈觉凄凉。"杜母"手麻肠寸断，心枯泪点穿。梦魂沉乱，我神情倒颠"，表达慈母对于爱女的无限思念与伤感，真可谓"心中有泪，故笔下无一字不呜咽"。（清陈廷焯《白雨斋词话》）

　　青春版《牡丹亭》在"母女相认"表演中，特别设计了春香一段戏。当杜丽娘与母亲紧紧相拥在一起时，春香在旁边偷偷轻摸丽娘手臂温凉，嗅嗅发端香味，确定有热气，没有泥土味，小姐真的是活过来了，才拍手欢喜起来。这段表演既生活又纯朴，是小女孩天真自然的反应，既松弛了舞台的节奏，又调节了观众的紧张情绪。从本出开始，剧情回到了主线，并为最终的全家大团圆作了先期准备。

则道你烈性上青天，端坐在西方九品莲，不道三年鬼窟里重相见。哭得我手麻肠寸断，心枯泪点穿。梦魂沉乱，我神情倒颠。看时儿立地，叫时娘各天。怕你茶饭无浇奠，牛羊侵墓田。（合）今夕何年？今夕何年？嘤，还怕这相逢梦边。

第四十九出　淮　泊

【三登乐】（生包袱、雨伞上）有路难投，禁得这乱离时候！走孤寒落叶知秋。为娇妻思岳丈，探听扬州。又谁料他困守淮扬，索奔前答救。

【集唐】那能得计访情亲 李白？浊水污泥清路尘 韩愈。自恨为儒逢世难　卢纶，却怜无事是家贫　韦庄①。俺柳梦梅，阳世寒儒，蒙杜小姐阴司热宠，得为夫妇，相随赴科。且喜殿试撺过卷子②，又被边报耽误榜期。因此小姐呵，闻说他尊翁淮扬兵急，叫俺沿路上体访安危。亲赍一幅春容，敬报再生之喜。虽则如此，客路贫难，诸凡路费之资，尽出圹中之物。其间零碎宝玩，急切典卖不来。有些成器金银，土气销镕有限③。兼且小生看书之眼，并不认得个子星儿④。一路上赚骗无多，逐日里支分有尽。得到扬州地面，恰好岳丈大人移镇淮城。贼兵阻路，不敢前进。且喜因循解散⑤，不免迤逦数程。

【锦缠道】早则要、醉扬州寻杜牧，梦三生花月楼，怎知他长淮去休！那里有缠十万、顺天风跨鹤闲游！则索傍渔樵寻食宿、败荷衰柳，添一抹五湖秋。那秋意儿有许多迤逗⑥！咱功名事未酬，冷落我断肠闺秀。堪回首？算江南江北有十分愁。

注释：

① "那能得计访情亲"四句【集唐】：分别出自李白《赠段七娘》、韩愈《酒中留上襄阳李相公》、卢纶《长安春望》、韦

庄《新正日商南道中作寄李明府》。个别文字有改动。浊水污泥清路尘，泥、尘喻一贱一贵，地位不同。三国魏曹植《七哀诗》："君若清路尘，妾若浊水泥，浮沉各异势，会合何时谐？"

②揾过卷子：特指参加科举考试完了卷子。揾，交上。

③土气销镕有限：指被土气剥蚀数量不多。

④等子星儿：秤上的刻度标记。等子，也叫等秤，秤金、银用的比较精密的小秤。星儿，秤杆上表明重量的记号。

⑤因循解散：指李全撤围。

⑥迤逗：这里引申为感慨。

　　一路行来，且喜看见了插天高的淮城，城下一带清长淮水。那城楼之上，还挂有丈六阔的军门旗号。大吹大擂，想是日晚掩门了。且寻小店歇宿。（丑上）多撰白水江湖酒，少赚黄边风月钱。秀才投宿么？（生进店介）（丑）要果酒，案酒①？（生）天性不饮。（丑）柴米是要的？（生）吃倒算②。（丑）算倒吃。（生）花银五分在此。（丑）高银散碎些，待我称一称。（称介）（作惊叫介）银子走了。（寻介）（生）怎大惊小怪？（丑）秀才，银子地缝里走了，你看碎珠儿。（生）这等，还有几块在这里。（丑接银又走，三度介）呀，秀才原来会使水银。（生）因何是水银？（背介）是了，是小姐殡敛之时，水银在口。龙含土成珠而上天，鬼含汞成丹而出世，理之然也。此乃见风而化。原初小姐死，水银也死；如今小姐活，水银也活了。则可惜这神奇之物，世人不知。（回介）也罢了。店主人，你将我花银都消散去了，如今一厘也无。这本书是我平日看的，准酒一壶③。（丑）书破了。（生）贴你一枝

笔。（丑）笔开花了。（生）此中使客往来，你可也听见"读书破万
卷"？（丑）不听见。（生）可听见"梦笔吐千花"？（丑）不听得。
（生作笑介）

【皂罗袍】可笑一场闲话，破诗书万卷，笔蕊千花。是
我差了，这原不是换酒的东西。（丑笑介）神仙留玉佩，卿相解金
貂④。（生）你说金貂玉佩，那里来的？有朝货与帝王家，金貂
玉佩书无价。你还不知哩，便是千金小姐，依然嫁他。
一朝臣宰，端然拜他。（丑）要他则甚？（生）读书人把笔安
天下。

> 不要书，不要笔，这把雨伞可好？（丑）天下雨哩。（生）明日不
> 走了。（丑）饿死在这里？（生笑介）你认的淮扬杜安抚么？（丑）
> 谁不认的！明日吃太平宴哩。（生）则我便是他女婿，来探望他。
> （丑惊介）喜是相公说的早，杜老爷多早发下请书了。（生）请书
> 在那里？（丑）和相公瞧去。（请生行介）待小人背褡袱雨伞。（行
> 介）（生）请书那里？（丑）兀的不是！（生）这是告示居民的。
> （丑）便是。你瞧：

【前腔】"禁为闲游奸诈。"杜老爷是巴上生的。"自三巴到
此⑤，万里为家。不教子侄到官衙，从无女婿亲闲
杂。"这句单指你相公。"若有假充行骗，地方禀拿。"下面说
小的了："扶同歇宿，罪连主家。为此须至关防者⑥。右示
通知。建炎三十二年五月日示⑦。"

> 你看后面安抚司杜大花押。上面盖着一颗"钦差安抚淮扬等处地
> 方提督军务安抚司使之印"，鲜明紫粉。相公，相公，你在此消
> 停，小人告回了。各人自扫门前雪，休管他家屋上霜。（下）

注释：

①果酒：较考究的酒菜。案酒：一般的下酒小菜。

②吃倒算：吃了之后再算。算，算账。小二说算倒吃，是要他
　　先付钱再吃。

③准酒一壶：折合一壶酒钱。准，折算，折合。

④金貂：皇帝侍从贵臣所用的冠饰，以貂尾插在黄金珰上。
　　《晋书》载晋散骑常侍阮孚以金貂换酒。

⑤三巴：四川。东汉末益州牧刘璋置巴郡及巴东、巴西，时称
　　三巴。

⑥须至关防者：发至各地检查人员注意。

⑦建炎：南宋高宗年号。元年是公元1127年。

（生哭介）我的妻，你怎知丈夫到此凄惶无地也。（作望介）呀，
前面房子门上有大金字，咱投宿去。（看介）四个字：漂母之
祠①。怎生叫做漂母之祠？（看介）原来壁上有题："昔贤怀一饭，
此事已千秋。"是了，乃前朝淮阴侯韩信之恩人也。我想起来，
那韩信是个假齐王②，尚然有人一饭，俺柳梦梅是个真秀才，要
杯冷酒不能勾！像这个漂母，俺拜他一千拜。

【莺皂袍】（拜介）垂钓楚天涯，瘦王孙③，遇漂纱。楚重
瞳较比这秋波瞎④。太史公表他⑤，淮安府祭他，甫能勾
一饭千金价。看古来妇女多有俏眼儿：文公乞食，僖妻礼
他⑥；昭关乞食，相逢浣纱⑦。凤尖头叩首三千下⑧。

　　起更了，廊下一宿。早去伺候开门。没水梳洗。（看介）好了，下
　　雨哩。

　　　　旧事无人可共论，　韩　愈⑨

只应漂母识王孙。汪 遵^⑩
辕门拜手儒衣弊，刘长卿^⑪
莫使沾濡有泪痕。韦洵美^⑫

注释：

①漂母：《史记·淮阴侯列传》载，汉代名将韩信，少年贫困，曾在淮阴城边钓鱼，遇见漂洗棉絮的老妇人。依靠漂母给他吃的东西，才不致挨饿。后来韩信做了楚王，找到漂母，送她千金作报答。

②假齐王：秦末，韩信攻下山东一带地方，请刘邦封他做假齐王。刘邦只得正式封他为齐王。见《史记·淮阴侯列传》。

③瘦王孙：指韩信。他不是贵族出身，《史记》里漂母称他为王孙（公子），仅是表示对他客气。

④楚重瞳较比这秋波瞎：重瞳的项羽，眼光反而不及漂母。楚重瞳，指楚霸王项羽，据说项羽每只眼睛有两个瞳孔。韩信原来是项羽部下，由于得不到项羽的赏识，就投奔了刘邦。

⑤太史公表他：司马迁在《史记》里称赞漂母。太史公，指司马迁，曾任太史令。

⑥文公乞食，僖妻礼他：《左传》鲁僖公二十三年，晋公子重耳流亡到了曹国，曹共公对他很无礼。曹国大臣僖负羁的妻子却知道他是有前途的人，叫丈夫暗中送东西给他。后来重耳回到晋国继位，就是晋文公。

⑦昭关乞食，相逢浣纱：东汉赵晔《吴越春秋》载，春秋时楚国人伍子胥父兄被楚平王杀害，并派人追杀他。伍子胥逃亡路上向一浣纱女乞食。浣纱女为了表明自己决不泄漏他的行

踪，抱石投江而死。昭关，在今安徽含山西北，吴楚间的交通要道。

⑧凤尖头叩首三千下：对于漂母、僖妻、浣纱女这样有眼光的女子，应该在她们的脚下顶礼膜拜。凤尖头，即凤头，古代一种女用鞋样。

⑨旧事无人可共论：语本韩愈《过始兴江口感怀》。这里指柳梦梅只身落魄，愤懑感慨。

⑩只应漂母识王孙：语本汪遵《淮阴》。这里指柳梦梅感慨无人像漂母饭韩信那样同情帮助自己。

⑪辕门拜手儒衣弊：语本刘长卿《送秦侍御外甥张篆之福州谒鲍大夫秦侍御与大夫有旧》。这里指柳梦梅衣衫褴褛去拜见岳丈。

⑫莫使沾濡有泪痕：语本韦洵美《答素娥》。这里暗示柳梦梅见杜宝可能不顺利。

点评：

"淮泊"，淮安歇宿。本出写柳梦梅受丽娘之托寻找岳父。柳生冒危窜走战乱之地，先到扬州，杜宝已移镇淮安，柳生辗转来到淮安，好在淮安兵围已解。听闻杜宝次日准备开太平宴，柳生准备小店歇宿，明天去拜见岳父。不想因身无分文被店主驱赶出店门，只好在漂母祠廊下住一宿。从本出开始到《圆驾》，是全剧的最后段落，集中描写柳梦梅、杜丽娘与杜宝之间的矛盾冲突：矛盾越来越尖锐，剧情越来越深入，最后推向高潮。

本出是过场戏，出场人物仅柳生、店小二两人，情节清冷，本无戏可做，但作者冷戏热做，于无戏处做出许多戏来。在舞台表演中，柳生破衣、破帽、破伞、破包袱，挟着一幅画轴，疲惫不堪地上场。他一路上已经川资耗尽，身无分文，当笔当不得，当书当不得，只好将丽娘殓含的银子拿出来使用，不想银子"落地而走"。他自称是杜宝女婿，却又如此穷途落魄，无怪店小二奚落嘲笑，说他是冒牌女婿。因为杜宝早有安民告示："自三巴到此，万里为家。不教子侄到官衙，从无女婿亲闲杂。"这告示伏下线索，是《闹宴》一出柳生被囚的原因。

第五十出　闹　宴

【梁州令】（外引丑众上）长淮千骑雁行秋，浪卷云浮①。思乡泪国倚层楼。（合）看机遘②，逢奏凯，且迟留。

【昭君怨】万里封侯岐路，几两英雄草履③。秋城鼓角催，老将来。　烽火平安昨夜④，梦醒家山泪下。兵戈未许归，意徘徊。我杜宝，身为安抚，时值兵冲⑤。围绝救援，贻书解散⑥。李寇既去，金兵不来。中间善后事宜，且自看详停当。分付中军，门外伺候。（众下）（丑把门介）（外叹介）虽有存城之欢，实切亡妻之痛。（泪介）我的夫人呵，昨已单本题请他的身后恩典⑦，兼求赐假西归。未知旨意如何？正是：功名富贵草头露⑧，骨肉团圆锦上花。（看文书介）

【金蕉叶】（生破衣巾携春容上）穷愁客愁，正摇落雁飞时候。（整容介）帽儿光整顿从头⑨，还则怕未分明的门楣认否⑩？

（丑喝介）甚么人行走？（生）是杜老爷女婿拜见。（丑）当真？（生）秀才无假。（丑进禀介）（外）关防明白了。（问丑介）那人材怎的？（丑）也不怎的。袖着一幅画儿。（外笑介）是个画师。则说老爷军务不闲便了。（丑见生介）老爷军务不闲。请自在。（生）叫我自在，自在不成人了。（丑）等你去，成人不自在。（生）老爷可拜客去么？（丑）今日文武官僚吃太平宴，牌簿都缴了⑪。（生）大哥，怎么叫做太平宴？（丑）这是各边方年例。则今年退了贼，筵宴盛些。席上有金花树，银台盘，长尺头⑫，大元宝，无数的。你是老爷女婿，背几个去。（生）原来如此。则怕进见之时，

考一首《太平宴诗》，或是《军中凯歌》，或是《淮清颂》，急切
怎好？且在这班房里等着⑬，打想一篇，正是"有备无患"。（丑）
秀才还不走，文武官员来也。（生下）

注释：

①长淮千骑雁行秋，浪卷云浮：句本南宋辛弃疾词《声声
  慢》："浪涌云浮。……罢长淮，千骑临秋。"

②机遘（gòu）：机关，指默契的心意。

③万里封侯岐路，几两英雄草履（lǚ）：指万里封侯，建功立
  业不容易。岐路，比喻官场中险易难测的前途。几两草履，
  穿破几双草鞋。

④烽火平安：古代从边境到内地设立烽火台，每日初夜点起烽
  火，报告边境平安，叫平安火。

⑤兵冲：军事要冲。

⑥贻（yí）书：写信。

⑦单本：单独上奏。本，奏章。题请：奏请。

⑧功名富贵草头露：比喻功名富贵如露水不可持久。唐杜甫
  《送孔巢父谢病归游江东兼呈李白》："惜君只欲苦死留，富
  贵何如草头露。"

⑨帽儿光：戏曲中用来形容新婚女婿的情状，"帽儿光光，好
  做新郎；袖儿窄窄，好做娇客。"

⑩未分明：指女婿的身份未正式确定。

⑪牌簿都缴了：官署里会客登记簿都已上交，意指不再会客。

⑫尺头：指丝绸缎匹。

⑬班房：这里指门房。

【梁州令】(末扮文官上)长淮望断塞垣秋，喜兵甲潜收。贺升平、歌颂许吾流。(净武官上)兼文武，陪将相，宴公侯。

请了。(末)今日我文武官属太平宴，水陆务须华盛①，歌舞都要整齐。(末、净见介)圣天子万灵拥辅，老君侯八面威风②。寇兵销咫尺之书，军礼设太平之宴。谨已完备，伏乞俯容。(外)军功虽卑末难当，年例有诸公怎废？难言奏凯，聊用舒怀。(内鼓吹介)(丑持酒上)黄石兵书三寸舌③，清河雪酒五加皮④。酒到。

【梁州序】(外浇酒介)天开江左，地冲淮右，气色夜连刁斗⑤。(末、净进酒介)长城一线，何来得御君侯！喜平销战气，不动征旗，一纸书回寇。那堪羌笛里望神州！这是万里筹边第一楼⑥。(合)乘塞草，秋风候，太平筵上如淮酒⑦，尽慷慨，为君寿。

【前腔】(外)吾皇福厚，群才策凑，半壁围城坚守。(末、净)分明军令，杯前借箸题筹⑧。(外)我题书与李全夫妇呵，也是燕支却虏⑨，夜月吹篪⑩，一字连环透。不然无救也怎生休！不是天心不聚头。(合前)

(内播鼓介)(老旦扮报子上)金貂并入三公府⑪，锦帐谁当万里城？报老爷：奏本已下，奉有圣旨，不准致仕⑫。钦取老爷还朝，同平章军国大事。老夫人追赠一品贞烈夫人。(末、净)平章乃宰相之职，君侯出将入相，官属不胜欣仰。(末、净送酒介)

【前腔】揽貂蝉岁月淹留⑬，庆龙虎风云辐辏。君侯此一去呵，看洗兵河汉⑭，接天高手。偏好桂花时节，天香随马，箫鼓鸣清昼。到长安宫阙里报高秋，可也河上砧声忆旧游⑮？(合前)

（外）诸公皆高才壮岁，自致封侯。如杜宝者，白首还朝，何足道哉！

【前腔】每日价看镜登楼，泪沾衣浑不如旧。似江山如此，光阴难又。猛把吴钩看了，阑干拍遍⑯，落日垂回首。此去呵，恨南归草草也寄东流⑰，（举手介）你可也明月同谁啸庾楼⑱？（合前）

注释：

①水陆：水、陆所产的食品。

②君侯：古代对达官贵人的尊称。

③黄石兵书：指秦末黄石公赠给张良的《太公兵法》。

④清河：地名，今江苏淮阴县。五加皮：中药名，用它浸制的药酒，也名五加皮。

⑤刁斗：古代行军用具。斗形有柄，铜质，白天用作炊具，晚上击以巡更。

⑥万里筹边第一楼：指扬州为边境第一重镇。筹边楼，唐代李德裕曾在西川建筹边楼，筹划边境事务。第一楼，元赵孟𫖯诗："春风阆苑三千客，明月扬州第一楼。"

⑦如淮酒：形容酒多。《左传》昭公十二年："有酒如淮。"

⑧借箸（zhù）题筹：出谋划策。《史记·留侯世家》载，张良去看汉王刘邦，刘邦正在吃饭，张良就借他的筷子在桌上指画天下大事。箸，筷子。

⑨燕支却虏：《史记·陈丞相世家》载，汉高祖被匈奴围困在平城（今山西大同东），陈平去游说单于妻子阏氏，说汉高祖准备献美女求和。阏氏怕美女来了，自己失宠，就劝单于

退兵。燕支，即胭脂，指美女。这里指李全妻。

⑩篪（chí）：竹做的管乐器。这里指胡笳。

⑪三公：中央三种最高官职的合称。

⑫致仕：退职，退休。

⑬貂蝉：指贵官的冠饰。

⑭洗兵河汉：用银河里的水把兵器洗了，藏起来不用。意指天下太平。

⑮砧（zhēn）声：捣衣声。

⑯猛把吴钩看了，阑干拍遍：南宋辛弃疾《水龙吟》："落日楼头，断鸿声里，江南游子。把吴钩看了，栏干拍遍，无人会，登临意。"吴钩，指利剑。

⑰寄东流：表示希望落空，前功尽弃。

⑱明月同谁啸庾楼：《晋书》载，东晋征西将军庾亮出镇武昌，与僚属一起夜登南楼谈咏。

（生上）腹稿已吟就，名单还未通。（见丑介）大哥替我再一禀。（丑）老爷正吃太平宴。（生）我太平宴诗也想完一首了，太平宴还未完。（丑）谁叫你想来？（生）大哥，俺是嫡亲女婿，没奈何禀一禀。（丑进禀介）禀老爷，那个嫡亲女婿没奈何禀见。（外）好打！（丑出作恼，推生出介）（生）老丈人高宴未终，咱半子礼当恭候。（下）（旦、贴扮女乐上）壮士军前半死生，美人帐下能歌舞①。营妓们叩头②。

【节节高】辕门箫鼓啾，阵云收。君恩可借淮扬寇③？貂插首，玉垂腰，金佩肘。马敲金镫也秋风骤，展沙堤笑拂朝天袖④。（合）但卷取江山献君王，看玉京迎驾把笙歌奏。

注释：

①壮士军前半死生，美人帐下能歌舞：出自唐高适《燕歌行》。

②营妓：指军中乐人。

③借淮扬寇：《后汉书·寇恂传》载，东汉寇恂由颍川太守调任京都，后他随皇帝到颍川，地方上人对皇帝说："请再借您的寇恂在这里做一年事。"这里指挽留杜宝，再在淮阳坐镇。寇，指寇恂。东汉开国名臣。

④沙堤：从新任宰相的府第到长安子城东的路上铺一层沙，叫沙堤。

（生上）欲穷千里目，更上一层楼。想歌阑宴罢，小生饥困了，不免冲席而进。（丑拦介）饿鬼不羞！（生恼介）你是老爷跟马贱人，敢辱我乘龙贵婿？打不的你！（打丑介）（外问介）军门外谁敢喧嚷？（丑）是早上嫡亲女婿，叫做没奈何的，破衣、破帽、破褡袱、破雨伞，手里拿一幅破画儿，说他饿的荒了，要来冲席。但劝的都打，连打了九个半，则剩下小的这半个脸儿。（外恼介）可恶！本院自有禁约，何处寒酸，敢来胡赖？（末、净）此生委系乘龙，属官礼当攀凤。（外）一发中他计了。叫中军官暂时拿下那光棍。逢州换驿，递解到临安监候者。（老旦中军官应介）（出缚生介）（生）冤哉！我的妻呵！因贪弄玉为秦赘，且戴儒冠学楚囚①。（下）（外）诸公不知，老夫因国难分张②，心痛如割。又放着这等一个无名子来聒噪人③，愈生伤感。（末、净）老夫人受有国恩，名标烈史。兰玉自有，不必虑怀。叫乐人进酒。

【前腔】（末、净）江南好宦游。急难休，樽前且进平安酒。看福寿有，子女悠，夫人又。（外）径醉矣。（旦、贴作扶介）（外泪介）闪英雄泪渍盈盈袖④，伤心不为悲秋瘦⑤。（合前）

（外）诸公请了。老夫归朝念切，即便起程。（内鼓乐介）

【尾声】明日离亭一杯酒。（末、净）则无奈丹青圣主求。（外笑介）怕画的上麒麟人白首⑥。

    （外）万里沙西寇已平，　张　乔⑦

    （末）东归衔命见双旌。　韩　翃⑧

    （净）塞鸿过尽残阳里，　耿　沣⑨

    （众）淮水长怜似镜清。　李　绅⑩

注释：

①楚囚：泛指囚犯。《左传》：春秋时楚人锺仪被郑国俘虏，郑国把他送到晋国。他戴着南方的冠子，奏着南方的音乐，表示不忘故国。

②分张：分离。

③无名子：匿名诽谤别人的无赖。五代王定保《唐摭言》："匿名造谤，谓之无名子。"

④闪英雄泪渍盈盈袖：化用南宋辛弃疾词《水龙吟》："倩何人唤取，红巾翠袖，揾英雄泪。"袖，指劝酒的乐人的衣袖。

⑤伤心不为悲秋瘦：化用宋李清照词《凤凰台上忆吹箫》："新来瘦，非干病酒，不是悲秋。"

⑥麒麟：即麒麟阁。汉宣帝曾把十一位功臣的图像画在麒麟阁上。指卓越的功勋或最高的荣誉。

⑦万里沙西寇已平：语本张乔《再书边事》。这里指杜宝欣慰敌寇已破，淮安围解。

⑧东归衔命见双旌：语本韩翃《送康洗马归渭州》。这里指杜宝回朝复命，暗示会受到朝廷嘉奖。双旌，唐时节度使辞朝赴任，皇帝赐双旌双节。杜宝原任安抚使，和唐代节度使职权相仿。

⑨塞鸿过尽残阳里：语本耿湋《塞上曲》。这里指杜宝虽有存城之欢，实有亡妻之痛。

⑩淮水长怜似镜清：语本李绅《初出泗口入淮》。这里指杜宝准备告老还乡。

点评：

《闹宴》纽结了杜宝和柳梦梅两条线索，从本出开始，杜宝与柳梦梅的冲突步步激化，层层推进。一系列的磨难和打击接踵而来，说明柳梦梅与杜丽娘的婚姻，遇到巨大的阻挠，想要获得家庭和社会的承认，还必须经受考验。

本出是柳梦梅与杜宝的第一次正面冲突。杜宝正与文武百官吃"太平宴"，柳生破衣垢面，自称杜宝女婿在府门求见，杜宝先以为是个穷画师来打秋风，便以"军务不闲"推辞免见；其后柳生闯进，杜宝碍于群僚在席，不便发作，只下令驱赶；最后柳生因饥肠辘辘"冲席而进"，杜宝终于按捺不住，气恼地将他拿下，递解临安监候。柳生丝毫没有想到会是这种结果。他苦心准备了《太平宴诗》，想为宴会添庆，不料反遭关押，何其天真单纯！

一个穷酸书生，一个破敌立功重臣，柳梦梅一念真情，无视权势，"闹"得激烈，"闹"得理直气壮，一个"闹"字点出柳梦梅不屈服现实的反抗精神。不过，杜宝的反应似乎也情有可原。不相信"理之所必无，情之所必有"，亲眼看到自己女儿香消玉殒，怎么可能让他相信女儿死后三年又复活的神话？女儿没有，何来女婿？一个执理执得理直气壮，一个深情坚信"情根一点"，情与理的观念对立，引发越来越激烈的矛盾冲突，开始逐层升级，高潮爆发。

第五十一出　榜　下

（老旦、丑扮将军持瓜、锤上①）凤舞龙飞作帝京，巍峨宫殿羽林
兵②。天门欲放传胪喜，江路新传奏凯声。请了。圣驾升殿，在
此祗候。

北【点绛唇】（外扮老枢密上）整点朝纲，运筹边饷，山
河壮。（净扮苗舜宾上）翰苑文章，显豁的升平象③。

　　请了，恭喜李全纳款④，皆老枢密调度之功也。（外）正此引奏。
前日先生看定状元试卷，蒙圣旨武偃文修，今其时矣。（净）正此
题请。呀，一个老秀才走将来。好怪，好怪！（末破衣巾捧表上）
先师孔夫子，未得见周王。本朝圣天子，得睹我陈最良。非小可
也。（见外、净）生员陈最良告揖。（净惊介）又是遗才告考么？
（末）不敢，生员是这枢密老大门下引奏的。（外）则生员，
是杜安抚叫他招安了李全，便中带有降表。故此引见。

注释：

①瓜、锤：皇帝禁卫军所用的武器，兼作仪仗用。

②羽林兵：皇帝的禁卫军。

③升平：太平。

④纳款：归顺，降服。

（内响鼓介）（唱介）奏事官上御道。（外前跪，引末后跪、叩头
介）（外）掌管天下兵马知枢密院事臣谨奏：恭贺吾主，圣德天
威。淮寇来降，金兵不动。有淮扬安抚臣杜宝，敬遣南安府学生

员臣陈最良奏事，带有李全降表进呈。微臣不胜欢忭①！（内介）杜宝招安李全一事，就着生员陈最良详奏。（外）万岁！（起介）

（末）带表生员臣陈最良谨奏：

【驻云飞】淮海维扬，万里江山气脉长。那安抚机谋壮，矫诏从宽荡②。噇，李贼快迎降，他表文封上。金主闻知，不敢兵南向。他则好看花到洛阳，咱取次擒胡到汴梁③。

（内介）奏事的午门候旨。（末）万岁！（起介）（净跪介）前廷试看详文字官臣苗舜宾谨奏：

【前腔】殿策贤良④，榜下诸生候久长。乱定人欢畅，文运天开放。噇，文字已看详，胪传须唱。莫遣夔龙⑤，久滞风云望。早是蟾宫桂有香，御酒封题菊半黄⑥。

（内介）午门外候旨。（净）万岁！（起行介）今当榜期，这些寒儒，却也候久。（外笑介）则这陈秀才，夹带一篇海贼文字⑦，到中的快。

注释：

①欢忭（biàn）：喜悦。

②矫诏从宽荡：假传圣旨，招安李全。荡，扫荡，清除。

③他则好看花到洛阳，咱取次擒胡到汴梁：金兵只能占领洛阳，不敢南下。咱战胜金兵，接着就可以进军汴梁了。取次，次第，逐渐。

④贤良：即贤良方正，汉代举士的科目之一。这里指进士科。

⑤夔（kuí）龙：喻贤才。夔和龙是舜的两位贤臣，夔为乐官，龙为谏官。

⑥御酒封题菊半黄：在菊花御酒的封口上题签。指琼林宴上的菊花御酒早已准备好了。

⑦夹带：原指考试作弊的一种方式，这里就是带来的意思。这是取笑陈最良。海贼文字：指李全降表。

（内介）圣旨已到，跪听宣读："朕闻李全贼平，金兵回避。甚喜，甚喜。此乃杜宝大功也。杜宝已前有旨，钦取回京。陈最良有奔走口舌之才，可充黄门奏事官①，赐其冠带。其殿试进士，于中柳梦梅可以状元。金瓜仪从，杏苑赴宴。谢恩。"（众呼"万岁"起介）（众扮杂取冠带上）黄门旧是黄门客，蓝袍新作紫袍仙②。（末作换冠服介）二位老先生告揖。（外、净贺介）恭喜，恭喜。明日便借重新黄门唱榜了。（末）适间宣旨，状元柳梦梅何处人？（净）岭南人，此生遭际的奇异。（外）有甚奇异？（净）其日试卷看详已定，将次进呈，恰好此生午门外放声大哭，告收遗才，原来为搬家小到京迟误。学生权收他在附卷进呈，不想点中状元。（外）原来有此！（末背想介）听来敢便是那个、那个柳梦梅？他那有家小？是了，和老道姑做一家儿。（回介）不瞒老先生，这柳梦梅也和晚生有旧。（外、净）一发可喜可贺了。

　　（净）榜题金字射朝晖，　郑　畋③
　　（外）独奏边机出殿迟。　王　建④
　　（末）莫道官忙身老大，　韩　愈⑤
　　（合）曾经卓立在丹墀。　元　稹⑥

注释：

①黄门：官名，给事黄门侍郎的简称。其职为侍从皇帝，传达

诏命。

②蓝袍：蓝衫，明清生员所穿服装。紫袍：高官官服。

③榜题金字射朝晖：语本郑畋《下直早出》。这里指朝廷发榜，柳梦梅高中状元。

④独奏边机出殿迟：语本王建《赠王枢密》。这里指因为边患，推迟放榜。

⑤莫道官忙身老大：语本韩愈《早春呈水部张十八员外二首》之二。这里指陈最良被钦点做官，跻身朝廷。

⑥曾经卓立在丹墀：语本元稹《酬孝甫见赠十首》之四。这里指诸人都是皇帝身边的近臣。

点评：

"榜下"，金榜发下。本出是一出极短的过场戏。陈最良奉杜宝之命来京师，向朝廷报告了李全招安、淮安解围的情况，并因"奔走口舌之才"，被钦命为"黄门奏事官"。主考官苗舜宾见边患平息，天下太平，建议"干戈宁辑，偃武修文"，奏请皇帝发布金榜。皇帝钦点柳梦梅为状元，新任黄门奏事官的陈最良奉命唱榜，皇帝邀请新科状元杏苑赴宴。

本出照应了第四十一出《耽试》暂缓放榜的情节，并为后面《索元》《闻喜》《圆驾》诸出铺垫关节，为收束全剧准备了条件。本出陈最良与苗舜宾的对手戏妙趣横生。陈最良"破衣巾捧表"云："先师孔夫子，未得见周王。本朝圣天子，得睹我陈最良。非小可也。"得意之情溢于言表。苗舜宾初见陈最良，以为"又是遗才告考"，旁边老枢密调侃讥讽陈秀才"夹带一篇海贼文字,到中的快"。新科状元一公布,陈最良向苗舜宾打问柳梦梅籍贯,确信此柳梦梅就是"劫坟贼"柳梦梅,情节转得细密。听说柳生还有家小时,陈最良又揣度柳梦梅"和老道姑做一家儿",也合乎情理。末了告诉苗大人:"不瞒老先生,这柳梦梅也和晚生有旧。"话里有话,留下悬念。

第五十二出　索　元

【吴小四】（净扮郭驼伞、包上）天九万，路三千，月余程，抵半年①。破虱装衣担压肩，压的头脐匾又圆，抈喇察龟儿爬上天②。

谢天，老驼到了临安。京城地面，好不繁华。则不知柳秀才去向，俺且往天街上瞧去。呀，一伙臭军踢秃秃走来③，且自回避。正是：不因渔父引，怎得见波涛！（下）（老旦、丑扮军校旗、锣上）

【六幺令】朝门榜遍，怎生状元、柳梦梅不见？又不是黄巢下第题诗趂④。排门的问，刻期宣⑤，再因循敢淹答了杏园公宴⑥。

（老笑介）好笑，好笑，大宋国一场怪事。你道差不差？中了状元干鳌煞⑦。你道奇不奇？中了状元啰哽唏⑧。你道兴不兴？中了状元胡厮跈⑨。你道山不山⑩？中了状元一道烟。天下人古怪，不像岭南人。你瞧这驾牌上：钦点状元岭南柳梦梅，年二十七岁，身中材，面白色。这等明明道着，却普天下找不出这人。敢家去哩？亡化哩？睡觉哩？则淹了琼林宴席面儿。（丑）哥，人山人海，那里淘气去⑪？俺们把一位带了儒巾吃宴去。正身出来，算还他席面钱。（老）使不得，羽林卫宴老军替得，琼林宴进士替不得。他要杏苑题诗。（丑）哥，看见几个状元题诗哩。依你说，叫去。（行叫介）状元柳梦梅那里？（叫三次介）（老旦）长安东西十二门，大街都无人应，小胡同叫去。（丑）这苏木胡同有个海南会馆。叫地方问去。（叫介）（内应介）老长官贵干？（老、丑）天大事，你在睡梦哩！听分付：

【香柳娘】问新科状元，问新科状元。（内）何处人？（众）广南乡贯。（内）是何名姓？（众）柳梦梅面白无巴缝^⑫。（内）谁寻他来？（众）是当今驾传，是当今驾传。要得柳如烟^⑬，裁开杏花宴。（内）俺这一带铺子都没有，则瓦市王大姐家歇着个番鬼^⑭。（众）这等，去，去，去。（合）柳梦梅也天，柳梦梅也天。好几个盘旋，影儿不见。（下）（贴妓上）

【集句】残莺何事不知秋　李后主？日日悲看水独流　王昌龄。便从巴峡穿巫峡　杜甫，错把杭州作汴州　林升^⑮。奴家王大姐是也。开个门户在此。天，一个孤老不见，几个长官撞的来。（老旦、丑上）王大姐喜哩。柳状元在你家。（贴）什么柳状元？（众）番鬼哩。（贴）不知道。（众）地方报哩。

【前腔】笑花牵柳眠，笑花牵柳眠。（贴）昨日有个鸡，不着裤去了。（众）原来十分形现。敢柳遮花映做葫芦缠^⑯。有状元么？（贴）则有个状匾。（丑）房儿里状匾去。（进房搜介）（众诨，贴走下介）（众）找烟花状元，找烟花状元。热赶在谁边^⑰？毛臊打教遍^⑱。去罢。（合前）（下）

注释：

①"天九万"四句：借用《庄子·逍遥游》："鹏之徙于南冥也，水击三千里，抟扶摇而上者九万里。"形容路远。

②扢（gē）喇察龟儿爬上天：指慢慢走到了京城临安。扢喇察，形容龟爬的声音、状态。

③踢秃秃：走路声。

④黄巢下第题诗趓（shàn）：黄巢考进士没有取中，题诗《不

第后赋菊》而去。黄巢，唐末农民起义军领袖。赳，走开。

⑤刻期宣：皇帝限定日期召见他。

⑥因循：拖延。淹答：迟误。

⑦干鳖煞：干瘪，引伸为没兴味、没意思。

⑧啰唪啼：弄出麻烦，惹是生非。

⑨胡厮跎（jìng）：胡行乱走。

⑩山：粗野的意思。

⑪淘气：怄气。

⑫巴缝：疤痕。

⑬柳如烟：形容春天三月的柳色。殿试放榜正是这个时候。柳，兼指柳梦梅。

⑭瓦市：宋元时代的综合游艺场所，也是妓院所在。下文"门户"就是瓦市里的妓院。

⑮"残莺何事不知秋"四句【集唐】：分别出自南唐李煜《秋莺》、唐王昌龄《万岁楼》、唐杜甫《闻官军收河南河北》、宋林升《题临安邸》。个别文字有改动。

⑯葫芦缠：胡缠。

⑰热赶：即热赶郎，对嫖客的戏称。

⑱毛躁打：即打毛躁。考不取进士而吃酒解闷叫打毛躁。

【前腔】（净拐杖上）到长安日边，到长安日边①，果然风宪②，九街三市排场遍。柳相公呵，他行踪杳然，他行踪杳然。有了俏家缘③，风声儿落谁店？少不的大道上行走。那柳梦梅也天！（老旦、丑上）柳梦梅也天！好几个盘旋，影儿不见。

（丑作撞跌净）（净叫介）跌死人，跌死人！（丑作拿净介）俺们叫柳梦梅，你也叫柳梦梅。则拿你官里去。（净叩头介）是了，梅花观的事发了。小的不知情。（众笑介）定说你知情！是他什么人？

（净）听禀：老儿呵，

【前腔】替他家种园，替他家种园，远来探看。（众作忙）可寻着他哩？（净）猛红尘透不出东君面。（众）你定然知他去向。（净）长官可怜，则听是他到南安，其余不知。（众）好笑，好笑！他到这临安应试，得中状元了。（净惊喜介）他中了状元，他中了状元！踏的菜园穿，攀花上林苑④。长官，他中了状元，怕没处寻他！（众）便是哩。（合前）

（众）也罢，饶你这老儿，协同寻他去。

    （老）一第由来是出身，　郑　谷⑤
    （丑）五更风水失龙鳞。　张　曙⑥
    （净）红尘望断长安陌，　韦　庄⑦
    （合）只在他乡何处人？　杜　甫⑧

注释：

①日边：天子左右，指京都。

②风宪：指市容整饬，威风。

③俏家缘：漂亮的妻子。家缘，家产。

④踏的菜园穿，攀花上林苑：指苦日子到头，考中状元。《笑林》载，有一人常吃蔬菜，忽然吃了一次羊肉，梦见五脏神说："羊把菜园踏破了。"攀花，折桂花，比喻中状元。上林苑，泛指帝王园林。

⑤一第由来是出身：语本郑谷《卷末偶题三首》之三。这里指

科举高中向来是做官的前提和基础。

⑥五更风水失龙鳞：语本张曙《下第戏状元崔昭纬》。这里指新科状元消失了。

⑦红尘望断长安陌：语本韦庄《春日》。这里指在京城临安里到处找不到这状元。

⑧只在他乡何处人：语本杜甫《戏作寄上汉中王二首》之一。这里指岭南来的新科状元柳梦梅到底在哪里呢？

点评：

"索元"，寻找状元。本出也是过场戏，主要是将剧中人物聚合一处，为《硬拷》一出郭驼救主伏笔。两名军校奉命寻找新科状元参加杏林宴，打问四乡人藉，甚至找到瓦市勾栏，连妓女门下都搜寻一遍，状元还是踪影全无。正巧柳梦梅的老仆郭驼也一路寻主来到临安，三人巧遇于街市，于是一同去寻找柳梦梅。

本出与《淮泊》巧妙照应。《淮泊》突出柳梦梅的"寻"，《索元》着重柳梦梅的"被寻"，前者尚是狼狈秀才，后者突变蟾宫状元。《索元》一折篇幅虽小，却在"寻"与"被寻"间特设悬念，最后又将故事线头引向柳梦梅的生死命运，笔法奇妙。

本出喜剧色彩浓重。军校和郭仆找寻中科诨谐趣。军校议论说状元失踪事，纯用口语，明白剪脆，军校擎旗敲锣与内场对答，场面热闹，剧情轻松滑稽，与后文《硬拷》的紧张激烈对比鲜明，形成一张一弛的戏剧节奏。

第五十三出　硬　拷

【风入松慢】（生上）无端雀角土牢中①。是什么孔雀屏风②？一杯水饭东床用③，草床头绣褥芙蓉④。天呵，系颈的是定昏店、赤绳羁凤，领解的是蓝桥驿、配递乘龙⑤。

【集唐】梦到江南身旅羁　方干，包羞忍耻是男儿　杜牧。自家妻父犹如此　孙元晏，若问傍人那得知　崔颢⑥！俺柳梦梅，因领杜小姐言命，去淮扬谒见杜安抚。他在众官面前，怕俺寒儒薄相，故意不行识认，递解临安。想他将次下马，提审之时，见了春容，不容不认。只是眼下凄惶也。（净扮狱官，丑狱卒持棍上）试唤皋陶鬼⑦，方知狱吏尊⑧。咄！淮安府解来囚徒那里？（生见举手介）（净）见面钱？（生）少有。（丑）入监油？（生）也无。（净作恼介）哎呀，一件也没有，大胆来举手。（打介）（生）不要打，尽行装检去便了。（丑检介）这个酸鬼，一条破被单，裹一轴小画儿。（看画介）（丑）是轴观音，送奶奶供养去。（生）都与你去，则留下画轴儿。（丑作抢画）（生扯介）（末公差上）僵杀乘龙婿，冤遭下马威。狱官那里？（丑揖介）原来平章府祗候哥⑨。（末票示介）平章府提取送解犯人一名，及随身行李赴审。（丑）人犯在此，行李一些也无。（生）都是这狱官搬去了。（末）搬了几件？拿狗官平章府去。（净、丑慌叩头介）则这画轴儿、被单儿。（末）这狗官！还了秀才，快起解去。（净丑应介）（押生行介）老相公，你便行动些儿。略知孔子三分礼，不犯萧何六尺条⑩。（下）

第五十三出　硬　拷

403

注释：

①雀角：指狱讼，争吵。《诗经·召南·行露》："谁谓雀无角？何以穿我屋。谁谓女无家？何以速我狱。"

②孔雀屏风：指许婚。《旧唐书·高祖窦皇后传》载，隋朝窦毅不肯轻易把女儿许人。他在屏风上画了两只孔雀，叫求婚人去射，暗中约定能射中雀目的中选。李渊两箭都射中雀目，窦毅就把女儿许给他。

③水饭：粥，稀饭。东床：女婿的代称。南朝宋刘义庆《世说新语·雅量》载，东晋郗鉴叫人到王家挑女婿，看中了一个在"东床上坦腹卧"的少年，他就是王羲之。

④草床头绣褥芙蓉：一床稻草代替了新女婿床上的芙蓉绣褥。

⑤系颈的是定昏店、赤绳羁凤，领解的是蓝桥驿、配递乘龙：意思是被关押发配的是命定的女婿。定昏店，唐传奇《定昏店》故事，韦固在定昏店遇见一老人，天下的婚姻都由这老人主管。凡是夫妻，他就暗中用赤绳系他们的足，这样就不管天南地北，都会聚在一起。凤，柳梦梅自喻。领解，押解。蓝桥驿，唐传奇故事中裴航遇云英处。配递，古代发配罪犯，途中逐站递解，称为配递。

⑥"梦到江南身旅羁"四句【集唐】：分别出自方干《旅次洋洲寓居郝氏林亭》、杜牧《题乌江亭》、孙元晏《王郎》、崔颢《孟门行》。

⑦皋陶：虞舜的臣子，据说是法律、监狱的创立者。后来人们把他当作狱神。

⑧方知狱吏尊：《史记·绛侯周勃世家》："吾尝将百万军，然安知狱吏之贵乎！"

⑨祗候：元明时期指官府衙役。

⑩萧何六尺条：泛指法律。汉代萧何根据秦法制定九章律，是
　　汉代最早的法律。六尺条，用六尺竹简写的法律条令。

【唐多令】(外引众上)玉带蟒袍红，新参近九重。耿秋光
长剑倚崆峒①。归到把平章印总，浑不是，黑头公②。

　　【集唐】秋来力尽破重围　罗邺，入掌银台护紫微　李白。回头
　　却叹浮生事　李中，长向东风有是非　罗隐。③自家杜平章。因
　　淮扬平寇，叨蒙圣恩，超迁相位。前日有个棍徒④，假充门婿，
　　已着递解临安府监候。今日不免取来细审一番。(净、丑押生上)
　　(杂门官唱门介)临安府解犯人进。(见介)(生)岳丈大人拜揖。
　　(外坐笑介)(生)人将礼乐为先。(众呼喝介)(生长叹介)

【新水令】则这怯书生剑气吐长虹，原来丞相府十分尊
重，声息儿忒汹涌⑤。咱礼数缺通融，曲曲躬躬；他那里
半抬身全不动。

　　(外)寒酸，你是那色人数？犯了法，在相府阶前不跪！(生)生
　　员岭南柳梦梅，乃老大人女婿。(外)呀，我女已亡故三年。不
　　说到纳采下茶⑥，便是指腹裁襟⑦，一些没有。何曾得有个女婿
　　来？可笑，可恨！祗候们与我拿下。(生)谁敢拿！

【步步娇】(外)我有女无郎，早把他青年送。划口儿轻
调哄⑧。便做是我远房门婿呵，你岭南，吾蜀中，牛马风遥⑨，
甚处里丝萝共⑩？敢一棍儿走秋风⑪！指说关亲、骗的军民动。

　　(生)你这样女婿，眠书雪案⑫，立榜云宵，自家行止用不尽，定
　　要秋风老大人？(外)还强嘴！搜他裹袱里，定有假雕书印，并
　　赃拿贼。(丑开袱介)破布单一条，画观音一幅。(外看画惊介)

呀，见赃了。这是我女孩儿春容。你可到南安，认的石道姑么？（生）认的。（外）认的个陈教授么？（生）认的。（外）天眼恢恢，原来劫坟贼便是你。左右，采下打。（生）谁敢打！（外）这贼快招来。（生）谁是贼？老大人拿贼见赃，不曾捉奸见床来。

【折桂令】你道证明师一轴春容⑬。（外）春容分明是殉葬的。（生）可知道是苍苔石缝，迸坼了云踪⑭？（外）快招来。（生）我一谜的承供，供的是开棺见喜，挡煞逢凶。（外）圹中还有玉鱼、金碗⑮。（生）有金碗呵，两口儿同匙受用；玉鱼呵，和我九泉下比目和同⑯。（外）还有哩。（生）玉碾的玲珑，金锁的打珍。（外）都是那道姑。（生）则那石姑姑他识趣拿奸纵，欲不似你杜爷爷逞拿贼威风。

注释：

①耿秋光长剑倚崆峒（kōng tóng）：倚着崆峒山，拔出寒光闪闪的长剑。耿，光明，照耀。崆峒，山名，在甘肃，山势险峻，气势雄伟。唐杜甫《投赠哥舒开府翰二十韵》："防身一长剑，将欲倚崆峒。"

②黑头公：壮年人做大官。

③"秋来力尽破重围"四句【集唐】：分别出自罗邺《征人》、李白《赠郭将军》、李中《经古观有感》、罗隐《广陵开元寺阁上作》。个别文字有改动。

④棍徒：恶棍，无赖。

⑤声息：声势。

⑥纳采下茶：旧俗订婚，男家送聘礼给女家叫纳采下茶。采、茶，都是聘礼。

⑦指腹：婴儿还未出生时，由家长为他们订的婚。裁襟：幼儿由父母代为订婚，怕长大之后彼此不相认，把衣襟裁为两幅，各执一方作凭证。

⑧刬（chǎn）口儿：信口胡说。轻：随便。调哄：调弄，戏弄。

⑨牛马风遥：风马牛不相干。

⑩丝萝：菟丝与女萝。均为蔓生，缠绕于草木，不易分开，故诗文中常用以比喻结为婚姻。《古诗十九首》："与君为新婚，菟丝附女萝。"

⑪敢一棍儿走秋风：一个光棍汉敢来打秋风。

⑫雪案：原指映雪读书时的几案，后泛指书桌。

⑬证明师：证人。

⑭迸坼（chè）：坼裂，开裂。云踪：雨云踪，这里指画像。

⑮玉鱼、金碗：殉葬物。唐杜甫《诸将》："昨日玉鱼蒙葬地，早时金碗出人间。"

⑯比目：据说比目鱼行必成双，喻夫妇好合。

（外）呀，他明明招了。叫令史取过一张坚厚官绵纸，写下亲供：犯人一名柳梦梅，开棺劫财者斩。写完，发与那死囚，于斩字下押个花字，会成一宗文卷，放在那里。（贴扮吏取供纸上）禀爷：定个斩字。（外写介）（贴叫生押花字）（生不伏介）（外）你看这吃敲才①！

【江儿水】眼脑儿天生贼，心机使的凶。还不画纸？（生）谁惯来！（外）你纸笔砚墨则好招详用②。（生）生员又不犯奸盗。（外）你奸盗诈伪机谋中。（生）因令爱之故。（外）你精奇古怪虚头弄。（生）令爱现在。（外）现在么，把他玉骨抛残心痛。

（生）抛在那里？（外）后苑池中，月冷断魂波动。

（生）谁见来？（外）陈教授来报知。（生）生员为小姐费心，除了天知地知，陈最良那得知！

【雁儿落】我为他礼春容、叫的凶，我为他展幽期、耽怕恐，我为他点神香、开墓封，我为他唾灵丹、活心孔，我为他偎燠的体酥融，我为他洗发的神清莹，我为他度情肠、款款通，我为他启玉肱、轻轻送，我为他软温香、把阳气攻，我为他抢性命、把阴程进。神通，医的他女孩儿能活动。通也么通，到如今风月两无功③。

（外）这贼都说的是甚么话？着鬼了。左右，取桃条打他，长流水喷他④。（丑取桃条上）要的门无鬼，先教园有桃⑤。桃条在此。（外）高吊起打。（众吊起生，作打介）（生叫痛，转动）（众诨打鬼介）（喷水介）（净扮郭驼拐杖同老旦、贴扮军校持金瓜上）天上人间忙不忙？开科失却状元郎。一向找寻柳梦梅，今日再寻不见，打老驼。（净）难道要老驼赔？买酒你吃，叫去罢。（叫介）状元柳梦梅那里？（外听介）（众叫下）（外问丑）（丑）不见了新科状元，圣旨着沿街寻叫。（生）大哥，开榜哩。状元谁？（外恼介）这贼闲管，掌嘴，掌嘴。（丑掌生嘴介）（生叫冤屈介）（老旦、贴、净依前上）但闻丞相府，不见状元郎。咦，平章府打喧闹哩。（听介）（净）里面声息，像有俺家相公哩！（众进介）（净向前见哭介）吊起的是我家相公也！（生）列位救我。（净）谁打相公来？（生）是这平章。（净将拐杖打外介）拼老命打这平章。（外恼介）谁敢无礼？（老旦、贴）驾上的⑥，来寻状元柳梦梅。（生）大哥，柳梦梅便是小生。（净向前解生）（外扯净跌介）（生）你是老驼，因何至此？（净）俺一径来寻相公，喜的中了状元。（生）真

个的！快向钱塘门外报杜小姐知道。（老旦、贴）找着了状元，俺们也报知黄门官奏去。未去朝天子，先来激相公。（下）

注释：

①吃敲才：詈词。犹言该打死的家伙。敲，打死。

②招详：招口供。

③风月两无功：指爱情落空。《审音鉴古录》改编此出为"吊打"，此曲眉批："将始末备陈，真词句带谑带刺。"

④取桃条打他，长流水喷他：这是民间驱鬼的做法。桃条，桃树枝。旧时谓可以驱鬼魅。

⑤要的门无鬼，先教园有桃：意思是取桃树枝来驱鬼。门无鬼，《庄子·天地》篇中人名。这里是借用来指家中没有鬼。园有桃，《诗经·魏风》篇名。这里是借以指园中有桃树。

⑥驾上的：奉旨差遣的人。

（外）一路的光棍去了。正好拷问这厮，左右，再与俺吊将起。（生）待俺分诉些，难道状元是假得的？（外）凡为状元者，有登科录为证①。你有何据？则是吊了打便了。（生叫苦介）（净苗舜宾引老旦，贴扮堂候官，捧冠袍带上）踏破草鞋无觅处，得来全不费工夫。老公相住手，有登科录在此。

【侥侥犯】则他是御笔亲标第一红，柳梦梅为梁栋。（外）敢不是他？（净）是晚生本房取中的。（生）是苗老师哩，救门生一救！（净笑介）你高吊起文章钜公，打桃枝受用。告过老公相，军校，快请状元下吊。（贴放）（生叫"疼煞"介）（净）可怜，可怜！是斯文倒吃尽斯文痛，无情棒打多情种。（生）他是我丈人。

（净）原来是倚太山压卵欺鸾凤②。

（老旦）状元悬梁刺股。（净）罢了，一领宫袍遮盖去。（外）什么宫袍，扯了他！

【收江南】（外扯住冠服介）（生）呀！你敢抗皇宣骂敕封③，早裂绽我御袍红。似人家女婿呵，拜门也似乘龙。偏我帽光光走空，你桃夭夭煞风④。（老替生冠服插花介）（生）老平章，好看我插宫花帽压君恩重。

（外）柳梦梅怕不是他？果是他，便童生应试，也要候案⑤。怎生殿试了，不候榜开，来淮扬胡撞？（生）老平章是不知。为因李全兵乱，放榜稽迟。令爱闻得老平章有兵寇之事，着我一来上门，二来报他再生之喜，三来扶助你为官。好意成恶意，今日可是你女婿了？（外）谁认你女婿来！

【园林好】（净众）嗔怪你会平章的老相公，不刮目破窑中吕蒙⑥。忒做作、前辈们性重。（笑介）敢折倒你丈人峰？

（外）悔不将劫坟贼监候奏请为是。

【沽美酒】（生笑介）你这孔夫子把公冶长陷缧绁中⑦。我柳盗跖打地洞向鸳鸯冢⑧。有日呵，把燮理阴阳问相公⑨，要无语对春风。则待列笙歌画堂中，抢丝鞭御街拦纵。把穷柳毅赔笑在龙宫⑩，你老夫差失敬了韩重⑪。我呵，人雄气雄，老平章深躬浅躬，请状元升东转东⑫。呀，那时节才提破了牡丹亭杜鹃残梦。

老平章请了，你女婿赴宴去也。

北【尾】你险把司天台失陷了文星空，把一个有对付的玉洁冰清烈火烘⑬。咱想有今日呵，越显的俺玩花柳的女郎能，则要你那打桃条的相公懂。（下）

注释：

①登科录：即登科记，新进士名册。

②太山压卵：太山，山名，指泰山，又是岳父的代称。这里是双关用法。一是比喻以绝对优势轻而易举地压倒对方。一是指丈人欺压女婿。

③皇宣：圣旨。敕封：皇帝颁诏书封赐臣僚爵号。此指登科录。

④桃夭夭：《诗经·周南·桃夭》："桃之夭夭，灼灼其华。"这里双关桃条。煞风：煞风景。

⑤候案：等待发榜。

⑥不刮目破窑中吕蒙：指看不上有才华的穷书生。刮目，刮目相看，不以旧的眼光看人。《三国志·吴志·吕蒙传》注引《江表传》："士别三日，即更刮目相待。"破窑，元王实甫有《吕蒙正风雪破窑记》，讲宋代名臣吕蒙正年轻时穷居破窑，被岳父驱逐欺压，后发奋考中状元，与妻团聚的故事。这里作者有意将吕蒙、吕蒙正两人的故事混在一起。

⑦你这孔夫子把公冶长陷缧绁（léi xiè）中：指你这老丈人把我这样无罪且有才华的女婿关进监狱。公冶长是孔子弟子，也是孔子女婿。《论语·公冶长》："子曰：公冶长可妻也，虽在缧绁之中，非其罪也。以其子妻之。"缧绁中，指关在监狱里。缧绁，用绳索捆缚起来。

⑧柳盗跖（zhí）：古代大盗。《庄子·盗跖》称盗跖和柳下惠是兄弟。这里柳梦梅自指，是顺着杜宝戏称自己为盗。

⑨燮（xiè）理阴阳：指调和、理顺阴阳，使之和谐平衡，各归其位。古时认为这是宰相的职责。相公：宰相。这里指杜宝。

⑩穷柳毅赔笑在龙宫：唐人传奇故事，书生柳毅替受难的龙女

带了一封家信给洞庭龙君，龙女获救。柳毅在洞庭龙君的宫殿里受到款待，后来还和龙女成亲。

⑪老夫差失敬了韩重：《搜神记》载，吴王夫差的女儿紫玉爱上了韩重，夫差却拒绝了韩家的求婚，紫玉抑郁而死。后韩重祭奠紫玉，紫玉从墓中走出带他进入坟墓并以明珠相赠。韩重出坟拜见夫差说明，夫差不信，说其劫坟。为救韩重，紫玉现形说明情况。

⑫升东转东：这里是请上坐的意思。

⑬你险把司天台失陷了文星空，把一个有对付的玉洁冰清烈火烘：你虐待有才能的女婿，几乎害死新状元，使得司天台看不见天上的文曲星。文星，旧传说新状元是天上文曲星下凡。有对付的，有才能的。

（外吊场）异哉，异哉！还是贼，还是鬼？堂候官，去请那新黄门陈老爷到来商议。（丑）知道了。谒者有如鬼①，状元还似人。（下）（末扮陈黄门上）官运精神老不眠，早朝三下听鸣鞭。多沾圣主随朝米，不受村童学俸钱。自家陈最良。因奏捷，圣恩可怜，钦授黄门。此皆杜老相公抬举之恩，敬此趣谢②。（丑上见介）正来相请，少待通报。（进报）（见介）（外笑介）可喜，可喜！昔为陈白屋③，今作老黄门。（末）新恩无报效，旧恨有还魂。适间老先生三喜临门：一喜官居宰辅，二喜小姐活在人间，三喜女婿中了状元。（外）陈先生，教的好女学生，成精作怪哩！（末）老相公，葫芦提认了罢。（外）先生差矣！此乃妖孽之事。为大臣的，必须奏闻灭除是为。（末）果有此意，容晚生登时奏上取旨何如？（外）正合吾意。

（外）夜读沧州怪亦听，陆龟蒙④
（末）可关妖气暗文星。司空图⑤
（外）谁人断得人间事？白居易⑥
（末）神镜高悬照百灵。殷文圭⑦

注释：

①谒者有如鬼：《战国策·楚策》："谒者难得见如鬼。"谒者，
　古代官名，掌为帝王传达，相当于黄门官。

②趣（qū）谢：前往致谢。趣，前往。

③白屋：指平民或寒士。

④夜读沧州怪亦听：语本陆龟蒙《和袭美为新罗弘惠上人撰灵
　鹫山周禅师碑送归诗》。这里指杜宝听柳梦梅所述丽娘复活
　之事。

⑤可关妖气暗文星：语本司空图《戊午三月晦二首》之一。这
　里指杜宝认为复活是妖孽之事。

⑥谁人断得人间事：语本白居易《天老》。这里指此事难以判
　断，悬而难决。

⑦神镜高悬照百灵：语本殷文圭《省试夜投献座主》。这里暗
　示后文朝堂悬镜鉴鬼情节。

点评：

　　"硬拷"，硬审拷打。本出是柳梦梅与杜宝的第二次正
面冲突。"闹宴"时，柳生被杜宝囚禁递解临安。柳生以为
当初被囚，是丈人"在众官面前，怕俺寒儒薄相，故意不
行识认"，准备提审之时，拿出画轴，让他"见了春容，不

容不认"。哪知杜宝提审柳生，一见春容，更怒不可遏。杜宝根据陈最良指控，认定柳生是劫坟贼而要判斩。柳生与杜宝对质："生员为小姐费心，除了天知地知，陈最良那得知！"柳生辩称丽娘复活，杜宝全然不信，并认为柳生"着鬼了"，命取驱鬼桃条吊打。仆人郭驼在找寻中听到平章府里有人叫冤，入门找到主人。同样在寻找状元的苗舜宾也来到丞相府，救下柳梦梅，柳生得往赴琼林宴。即便苗舜宾拿出登科录证明柳生中状元是真，杜宝依然不相信柳梦梅的状元身份，坚持认为丽娘还魂"乃妖孽之事"，不肯认柳生这个女婿。

面对杜宝的威严强横，柳梦梅不卑不亢；杜宝越是盛气凌人，柳梦梅越是反抗激烈。【折桂令】、【雁儿落】、【沽美酒】等几支曲子鲜明生动地塑造出柳梦梅这硬气狂放的另一面。他唇枪舌剑，不仅把杜宝的质问一句句顶了回去，还理直气壮地反问杜宝不曾见赃捉奸怎能说人是贼，责备杜宝不分青红皂白乱逞威风。即使被严刑吊打，他仍旧毫不畏惧，拒不认罪，表现出"书生剑气吐长虹"的气势。待被救下之后，他不顾余痛调侃杜宝，说有朝一日，"我呵，人雄气雄；老平章深躬浅躬，请状元升东转东"。明代潘之恒认为，柳生的性格就是"痴而荡"。荡，就是敢于左冲右突，不受拘束；而痴，则是对杜丽娘的一片痴情。他的硬朗和反抗都源此。他不是不怕打，狱官因他没钱孝敬，只打了几下，他便服软交出了行李，但为争取婚姻的正当却能忍受杜宝吊打；当得知自己是新科状元时，柳生的第一反应不是要求被放下来，而是让郭驼"快向钱塘门外报与杜小姐知道"，可见他对杜丽娘一往情深、钟情之极。正如吴吴山三妇合评本《牡丹亭》所评："此记奇不在丽娘，反在柳生。天下情痴女子，如丽娘之梦而死者不乏，但不复活耳。若柳生者，卧丽娘于纸上，而玩之、叫之、拜之；既与情鬼魂交，以为有精有血而不疑；又谋诸石姑，开棺负尸而不骇；及走淮阳道上，苦认妇翁，吃尽痛棒而不悔：斯洵奇也。"

　　《硬拷》一折令人拍手称快，击节称奇：快在杜宝对柳梦梅反复拷问，终被及时解救，奇在汇集一起的解围人随即作鸟兽散。而杜宝拒不认婿，柳杜婚姻悬而未决，一时剧情反转，波澜突起。臧懋循改本《牡丹亭·圆驾》一出批语云："传奇至底板，其间情意已竭尽无余矣，独此折夫妻妇子拒不识认，又做一番公案，当是千古绝调。"可见《牡丹亭》故事峰回路转，高潮连连。

第五十四出　闻　喜

【绕池游】（贴上）露寒清怯，金井吹梧叶，转不断辘轳情劫①。

> 咳，俺小姐为梦见书生，感病而亡，已经三年。老爷与老夫人，时时痛他孤魂无靠。谁知小姐到活活的跟着个穷秀才，寄居钱塘江上。母子重逢。真乃天上人间，怪怪奇奇，何事不有！今日小姐分付安排绣床，温习针指。小姐早来到也。

【绕红楼】（旦上）秋过了平分日易斜，恨辞梁燕语周遮②。人去空江，身依客舍，无计七香车③。

> 秋风吹冷破窗纱，夫婿扬州不到家。玉指泪弹江北草，金针闲刺岭南花。春香，我同柳郎至此，即赴试闱。虎榜未开④，扬州兵乱。我星夜赍发柳郎打听爹娘消息⑤。且喜老萱堂不意而逢⑥，则老相公未知下落。想柳郎刻下可到，料今番榜上高题，须先剪下罗衣，衬其光彩。（贴）绣床停当，请自尊裁。（旦裁衣介）裁下了，便待缝将起来。（缝介）（贴）小姐，俺淡口儿闲嗑，你和柳郎梦里、阴司里，两下光景何如？

【罗江怨】（旦）春园梦一些，到阴司里有转折。梦中逗的影儿别，阴司较追的情儿切。（贴）还魂时像怎的？（旦）似梦重醒，猛回头放教跌。（贴）阴司可也有好耍子处？（旦）一般儿轮回路驾香车，爱河边题红叶。便则到鬼门关逐夜的望秋月。

【前腔】（贴）你风姿恁惹邪⑦，情肠害劣⑧。小姐，你香魂逗出了梦儿蝶，把亲娘肠断了影中蛇⑨。不道燕冢荒斜⑩，再立起鸳鸯舍。则问你会书斋灯怎遮？送情怀酒怎赊？取喜时，也要那破头梢一泡血。

（旦）蠢丫头，幽欢之时，彼此如梦，问他则甚！呀，奶奶来的恁忙也！

注释：

①转不断辘轳情劫：爱情的磨难连环不断。辘轳，井上打水用的滑车。比喻如辘轳般圆转无穷。

②周遮：也作"啁嘁"，本指啰嗦多语，这里形容燕子喧闹声。

③七香车：华美的车。

④虎榜：即龙虎榜，指进士榜。

⑤赍（jī）发：打发。

⑥老萱堂：老母亲。萱堂，母亲所居之所，指代母亲。

⑦惹邪：魅人，形容美貌。

⑧害岁：害得很苦。

⑨把亲娘肠断了影中蛇：指杜母以为女儿真的死了而悲痛万分。影中蛇，即杯弓蛇影。这里用以比喻以假为真。

⑩燕冢：南朝宋末，妓女姚玉京从良，丈夫去世不再嫁人。有一双燕子在她家梁间做窝。后来雄燕被鸷鸟害死，玉京用红线系在雌燕足上，雌燕遂年年归来与玉京做伴。玉京死后，燕子哀鸣不已。家人告诉它玉京的坟墓所在。燕子飞到玉京坟上就死了。见宋祝穆《事文类聚》后集卷四十五"燕女坟"条。唐李公佐《燕女坟记》。这里指丽娘墓。

【玩仙灯】（老旦慌上）人语闹吱嚓①，听风声似是女孩儿关节。

儿，听见外厢喧嚷，新科状元是岭南柳梦梅。（旦）有这等事！（净忙走上）

【前腔】旗影儿走龙蛇②，甚宣差教来近者！

（见介）奶奶、小姐，驾上人来。俺看门去也！（下）（外、丑扮军校持黄旗上）

【入赚】深巷门斜，抓不出状元门第也。这是了。（敲门介）（老旦）声息儿怎怔忡③！把门儿偷瞥。（启门）（校冲开介）（老旦）那衙门来的？（校）星飞不迭。你看这旗，看这旗影儿头势别。是黄门官把圣旨教传泄。（老旦叫介）儿，原来是传圣旨的。（旦上）斗胆相询，金榜何时揭？可有柳梦梅名字高头列？（校）他中了状元。（旦）真个中了状元？（校）则他中状元，急节里遭磨灭④。（旦惊介）是怎生？（校）往淮扬触犯了杜参爷，扭回京把他做劫坟茔的贼决。（老旦）我儿，谢天谢地，老爷平安回京了。他那知世间有此重生之事。（旦）这却怎了？（校）正高吊起猛桃条细抽揲⑤，被官里人抢去游街歇⑥。（旦）恰好哩。（校）平章他势大，动本了。说劫坟之贼，不可以作状元。（旦）状元可也辩一本儿？（校）状元也有本。那平章奏他，恶茶白赖把阴人窃⑦。那状元呵，他说头带魁罡不受邪⑧。便是万岁爷听了成痴呆。（旦）后来？（校）侥幸，有个陈黄门，是平章爷的故人。奏准，要平章、状元和小姐三人，驾前勘对，方取圣裁。（老旦）呀，陈黄门是谁？（校）是陈最良，他说南安教授曾官舍，因此杜平章抬举他掌朝班、通御谒。（老旦）一发诧异哩。（校）便是他着俺们来宣旨。分付你家一更梳洗，二鼓吃饭，三鼓穿衣，四鼓走动，到的五更三点彻，响玎当翠佩，那是朝时节。（旦）独自个怕人。（校）怕则么！平章宰相你亲爷，状元妻妾。

俺去了。（旦）再说些去。（校）明朝金阙，讨你幅撞门红去了也⑨。（下）（旦）娘，爹爹高升，柳郎高中。小旗儿报捷，又是平安贴。把神天叩谢，神天叩谢。（拜介）

【滴溜子】当日的，当日的，梅根柳叶。无明路，无明路，曾把游魂再叠。果应梦，花园后折⑩。甫能够迸到头，抢了捷。鬼趣里因缘，人间判贴⑪。

【前腔】（老旦）虽则是，虽则是，希奇事业。可甚的，可甚的，惊劳驾帖⑫？他道你，是花妖害怯，看承的柳抱怀⑬，做花下劫。你那爹爹呵，没得个符儿，再把花神召摄。

【尾声】女儿，紧簪束扬尘舞蹈摇花颊⑭。（旦）叫俺奏个甚么来？（老旦）有了你活人硬证无虚胁。（旦）少不的万岁君王听臣妾。

（净扮郭驼上）要问鼋鼍窟，还过乌鹊桥⑮。两日再寻个钱塘门不着，正好撞着老军，说知夫人下处。抖擞了进去。（见介）（老旦）你是谁？（净）状元家里的老驼，特来恭喜。（旦）辛苦。你可见了状元？（净）俺往平章府抢下了状元，要夫人去见朝也。

    （老旦）往事闲征梦欲分，　韩　渥⑯

    （旦）今晨忽见下天门。　张　籍⑰

    （净）分明为报精灵辈，僧贯休⑱

    （旦）淡扫蛾眉朝至尊。　张　祜⑲

注释：

①吱嗻：形容嘈杂的人声。

②旗影儿走龙蛇：这里指拿着旗子的人来得飞快。走龙蛇，形

容矫健迅捷。

③怔忡：犹怔忪，谓惊恐不安。这里指令人惊怕。

④急节里：匆忙之间。

⑤抽掣（chè）：抽打。

⑥游街：科举考试新中进士骑马游街，以示荣耀。

⑦恶茶白赖：无赖。

⑧头带魁罡：古代说法，状元受到魁星的护佑。罡，北斗星。魁，北斗的第一颗到第四颗星。

⑨撞门红：入门时赏给守门当差者的喜钱。

⑩后折：后边。

⑪判贴：裁定一个圆满结局。即上文"驾前勘对，方取圣裁"意。判，判断。贴，妥帖，这里是团圆的意思。

⑫驾帖：圣旨。

⑬柳抱怀：以柳下惠"坐怀不乱"比喻柳梦梅行事正派。

⑭扬尘舞蹈：弯腰、撩衣、急行、甩衣裳下摆朝上拜见，是觐见皇帝、臣拜君时的最高礼仪。

⑮要问鼋鼍（yuán tuó）窟，还过乌鹊桥：唐杜甫诗《玉台观》："江光隐现鼋鼍窟，石势参差乌鹊桥。"鼋鼍窟，原指江海深处，这里指钱塘江边。乌鹊桥，七夕乌鹊架桥，让牛郎织女渡银河而相会。这里指杜丽娘和柳梦梅相会之处。

⑯往事闲征梦欲分：语本韩渥《松》。这里指梦里都期盼的事情。

⑰今晨忽见下天门：语本张籍《朝日敕赐百官樱桃》。这里指喜讯突然传来。

⑱分明为报精灵辈：语本僧贯休《归东阳临岐上杜使君七首》

之六。这里指杜丽娘要去向皇帝汇报回生的离奇之事。精
灵，稀奇古怪。

⑲淡扫蛾眉朝至尊：语本张祜《集灵台二首》之二。这里指杜
丽娘准备梳妆打扮上殿面君。

点评：

　　"闻喜"，听闻喜讯。杜丽娘"玉指泪弹江北草，金针
闲刺岭南花"，在临安一面盼望着夫婿归来，一面憧憬着
夫婿高中与春香预先裁制罗衣。闺房闲聊，旖旎生情。突
然间军校与郭驼先后来向杜丽娘报喜。听到杜宝升任宰相、
柳生高中状元、丈人不认女婿等消息，丽娘又喜又忧。军
校说："平章他势大，动本了，说劫坟之贼，不可以作状
元。"杜宝不认柳梦梅就是不认女儿，所以杜丽娘立刻心神
不定，赶紧追问："状元可也辩一本儿？"可见父女虽未见
面，立场已是对立。

　　杜母深知丈夫个性，她预感到明天在皇帝面前的对证
不会顺利："你那爹爹呵，没得个符儿，再把花神召摄。"但
她仍鼓励女儿"紧簪束扬尘舞蹈摇花颊"，"有了你活人硬
证无虚胁"。并且，在《圆驾》中她竟然直闯朝堂援助丽
娘，证明女儿的复活。杜母完全站到了丽娘的立场上，她
不再是那个唯丈夫之命是听，胆小而无主张的老夫人了。

　　杜母的"没得个符儿，再把花神召摄"也是有意将阴阳
对比，用《冥判》与《圆驾》对照，暗示杜宝在朝堂殿上会
再起风波。

　　本出在《硬拷》与《圆驾》之间，是两次冲突风暴之间

的短暂间隙，在紧张中转换气氛，张弛有度，形成冷热相间的戏剧节奏。但是这一短暂调整更是承前启后，预示着之后更大更激烈的冲突的到来。

第五十五出　圆　驾

（净、丑扮将军持金瓜上）日月光天德，山河壮帝居①。万岁爷升朝，在此直殿。（末上）

北【点绛唇】宝殿云开，御炉烟霭，乾坤泰。（回身拜介）日影金阶，早唱道黄门拜。

【集唐】鸾凤旌旗拂晓陈　韦元旦，传闻阙下降丝纶　刘长卿。兴王会净妖氛气　杜甫，不问苍生问鬼神　李商隐②。自家大宋朝新除授一个老黄门陈最良是也。下官原是南安府饱学秀才，因柳梦梅发了杜平章小姐之墓，径往扬州报知。平章念旧，着俺说平李寇，告捷效劳，蒙圣恩钦赐黄门奏事之职。不想平章回朝，恰遇柳生投见，当时拿下，递解临安府监候③。却说柳生先曾撺过卷子，中了状元。找寻之间，恰好状元吊在杜府拷问，当被驾前官校人等冲破府门，抢了状元，上马而去，到也罢了。又听的说，俺那女学生杜小姐也返魂在京。平章听说女儿成了个色精，一发恼激，央俺题奏一本④，为诛除妖贼事。中间劾奏柳梦梅系劫坟之贼，其妖魂托名亡女，不可不诛。杜老先生此奏，却是名正言顺。随后柳生也奏一本，为辨明心迹事。都奉有圣旨："朕览所奏，幽隐奇特。必须返魂之女，面驾敷陈⑤，取旨定夺。"老夫又恐怕真是杜小姐返魂，私着官校传旨与他，五更朝见。正是：三生石上看来去，万岁台前辨假真。道犹未了，平章、状元早到。（外、生幞头袍笏同上介⑥）

【前腔】（外）有恨妆排⑦，无明耽带⑧，真奇怪。（生）哑谜难猜，今上亲裁划。

岳丈大人拜揖。（外）谁是你岳丈！（生）平章老先生拜揖。（外）谁和你平章！（生笑介）古诗："梅雪争春未肯降，骚人阁笔费平章⑨。"今日梦梅争辩之时，少不的要老平章阁笔。（外）你罪人咬文哩。（生）小生何罪？老平章是罪人。（外）俺有平李全大功，当得何罪？（生）朝廷不知，你那里平的个李全，则平的个"李半"。（外）怎生止平的个"李半"？（生笑介）你则哄的个杨妈妈退兵，怎哄的全！（外恼作扯生介）谁说？和你官里讲去⑩！（末作慌出见介）午门之外，谁敢喧哗！（见介）原来是杜老先生。这是新状元。放手，放手。（外放生介）（末）状元何事激恼了老平章？（外）他骂俺罪人，俺得何罪？（生）你说无罪，便是处分令爱一事⑪，也有三大罪。（外）那三罪？（生）太守纵女游春，一罪。（外）是了。（生）女死不奔丧，私建庵观，二罪。（外）罢了。（生）嫌贫逐婿，刁打钦赐状元，可不三大罪？（末笑介）状元以前也罪过些。看下官面分，和了罢。（生）黄门大人，与学生有何面分？（末笑介）状元不知，尊夫人请俺上学来。（生）敢是鬼请先生？（末）状元忘旧了。（生认介）老黄门可是南安陈斋长？（末）惶恐，惶恐。（生）呀，先生，俺于你分上不薄，如何妄报俺为贼？做门馆报事不真，则怕做了黄门，也奏事不以实。（末笑介）今日奏事实了。远望尊夫人将到，二公先行叩头礼。（内唱礼介）奏事官齐班。（外、生同进叩头介）（外）臣杜宝见。（生）臣柳梦梅见。（末）平身。（外、生立左右介）

注释：

①日月光天德，山河壮帝居：语出南朝陈后主诗《入隋侍宴应诏》。

②"鸾凤旌旗拂晓陈"四句【集唐】：分别出自韦元旦《奉和人日宴大明宫恩赐彩缕人胜应制》、刘长卿《狱中闻收东京有赦》、杜甫《承闻河北诸道节度入朝欢喜口号绝句十二首》之五、李商隐《贾生》。

③监候：监禁候审。

④题奏：上奏章。

⑤敷陈：详细叙述。

⑥幞（fú）头袍笏（hù）：官员上朝穿戴的朝服冠带。幞头，古代男子包头的软巾便帽。因幞头所用纱罗通常为青黑色，也称"乌纱"，后代俗称为"乌纱帽"。笏，大臣上朝拿的手板，用玉、象牙或竹片制成，上面可以记事。

⑦有恨妆排：恨命运播弄。妆排，播弄。

⑧无明耽带：无缘无故有这样的遭遇。无明，佛家说法，无缘无故。

⑨梅雪争春未肯降，骚人阁笔费平章：这是宋卢梅坡《雪梅》诗中的两句。平章，评论。这里柳梦梅用其与官名"平章"同音同形表示自己一定会占上风。

⑩官里：官家，指皇帝。

⑪处分：处理，安排。

（旦上）丽娘本是泉下女，重瞻天日向丹墀①。

北【黄钟醉花阴】平铺着金殿琉璃翠鸳瓦，响鸣梢半天儿刮剌②。（净、丑喝介）甚的妇人冲上御道？拿了！（旦惊介）似这般狰狞汉叫喳喳，在阎浮殿见了些青面獠牙，也不似今番怕。（末）前面来的，是女学生杜小姐么？（旦）来的黄门官，像陈教授，叫他一声："陈师父，陈师父！"（末应介）是也。（旦）陈师父喜哩！（末）学生，你做鬼，怕不惊驾？（旦）嗦声。再休提探花鬼乔作衙③，则说状元妻来面驾。

（净、丑下）（内）奏事人扬尘舞蹈。（旦作舞蹈、呼"万岁，万岁"介）（内）平身。（旦起）（内）听旨：杜丽娘是真是假，放着伊父杜宝，状元柳梦梅出班识认。（生觑旦作悲介）俺的丽娘妻也。（外觑旦作恼介）鬼乜些④，真个一模二样，大胆，大胆！

（作回身跪奏介）臣杜宝谨奏：臣女亡已三年，此女酷似，此必花妖狐媚，假托而成。俺王听启：

南【画眉序】臣女没年多⑤，道理阴阳岂重活？愿俺王向金阶一打，立见妖魔。（生作泣）好狠心的父亲！（跪奏介）他做五雷般严父的规模，则待要一下里把声名煞抹⑥。（起介）（合）便阎罗包老难弹破，除取旨前来撒和⑦。

（内）听旨：朕闻人行有影，鬼形怕镜。定时台上有秦朝照胆镜⑧。黄门官，可同杜丽娘照镜。看花阴之下，有无踪影，回奏。（末应，同旦对镜介）女学生是人是鬼？

北【喜迁莺】（旦）人和鬼，教怎生酬答？形和影现托着面菱花。（末）镜无改面，委系人身。再向花街取影而奏。（行看影介）（旦）波查⑨。花阴这答，一般儿莲步回莺印浅沙。（末奏介）杜丽娘有踪有影，的系人身。（内）听旨：丽娘既系人身，可将前亡后化事情奏上。（旦）万岁！臣妾二八年华，自画春容一幅。曾于柳外梅边，梦见这生。妾因感病而亡。葬于后园梅树之下。后来果有这生，姓柳名梦梅，拾取春容，朝夕挂念。臣妾因此出现成亲。（悲介）哎哟，凄惶煞！这底是前亡后化，抵多少阴错阳差。

（内）听旨：柳状元质证，丽娘所言真假？因何预名梦梅？（生打

躬呼"万岁"介)

南【画眉序】臣南海乏丝萝^⑩，梦向娇姿折梅萼。果登程取试，养病南柯^⑪。因借居南安府红梅院中，游其后苑，拾得丽娘春容，因而感此真魂，成其人道。（外跪介）此人欺诳陛下，兼且点污臣之女也。论臣女呵，便死葬向水口廉贞，肯和生人做山头撮合^⑫！（合）便阎罗包老难弹破，除取旨前来撒和。

（内）听旨：朕闻有云："不待父母之命，媒妁之言，则国人父母皆贱之。"杜丽娘自媒自婚，有何主见？（旦泣介）万岁！臣妾受了柳梦梅再活之恩。

北【出队子】真乃是无媒而嫁？（外）谁保亲？（旦）保亲的是母丧门^⑬。（外）送亲的？（旦）送亲的是女夜叉。（外）这等胡为！（生）这是阴阳配合正理。（外）正理，正理！花你那蛮儿一点红嘴哩^⑭！（生）老平章，你骂俺岭南人吃槟榔^⑮，其实柳梦梅唇红齿白。（旦）噤声！眼前活立着个女孩儿，亲爷不认。到做鬼三年，有个柳梦梅认亲。则你这辣生生回阳附子较争些^⑯，为什么翠呆呆下气的槟榔俊煞了他？爷，你不认呵，有娘在。（指鬼门）现放着实丕丕贝母开谈亲阿妈^⑰。

注释：

①丹墀（chí）：宫殿的赤色台阶或赤色地面。指代宫殿。

②鸣梢：即鸣鞭，古代皇帝坐朝仪仗之一，挥鞭发出巨大响声，使人肃静，也称静鞭。刮刺：形容声响。

③探花鬼：赏花而死的鬼魂，指杜丽娘。乔作衙：冒充长官坐堂审案，这里指冒充活人。乔，装假，虚构。

④鬼乜（miē）些：鬼。乜些，乜斜，语尾助词。

⑤没：通"殁"，死亡。

⑥煞抹：即抹煞。

⑦撒和：调停。

⑧秦朝照胆镜：传说秦始皇有镜，能照见人肠胃五脏。女子有邪心，则胆张心动。

⑨波查：波折，磨难。

⑩乏丝萝：指本没有瓜葛。

⑪养病南柯：病倒在南安。南柯，唐李公佐《南柯太守传》中虚构的郡，这里指南安。

⑫山头：葬场，坟地。撮合：小说戏曲常称媒人为撮合山，这里是结合的意思。

⑬丧门：主死丧的凶神。

⑭花你那蛮儿一点红嘴：你这南蛮子满口虚情假意的话。这是杜宝讥骂柳梦梅。

⑮槟榔：棕榈科常绿植物，果实可入药。闽越人嗜食，多吃则牙齿变黑。上文"蛮儿一点红嘴"，就是指常吃槟榔，唇齿变色。所以下文柳梦梅说自己唇红齿白。

⑯辣生生回阳附子：附子性大热，味辛，可入药。对虚脱、水肿、霍乱等有疗效。这里借附子药名、药性、药味、疗效表示自己是回阳的亲生女儿的意思。

⑰实丕丕贝母开谈亲阿妈：实丕丕，实实在在。贝母，药名。性寒，味苦，归肺、心经。主治热痰咳嗽。开谈，开口说话。谈又谐音"痰"，与贝母主治相合。这里是借贝母的药名、药效表示有母亲为证的意思。

（老旦上）多早晚女儿还在面驾①。老身踹入正阳门叫冤去也②。
（进见跪伏介）万岁爷，杜平章妻一品夫人甄氏见驾。（外、末惊介）那里来的？真个是俺夫人哩。（跪介）臣杜宝启：臣妻已死扬州乱贼之手，臣已奏请恩旨褒封。此必妖鬼捏作母子一路，白日欺天。（起介）（生）这个婆婆，是不曾认的他。（内）听旨：甄氏既死于贼手，何得临安母子同居？（老旦）万岁！（起介）

南【滴溜子】（老旦）扬州路，扬州路，遭兵劫夺。只得向，只得向，长安住托。不想到钱塘夜过，黑撞着丽娘儿魂似脱。少不的子母肝肠，死同生活。

（内）听甄氏所奏，其女重生无疑。则他阴司三载，多有因果之事。假如前辈做君王臣宰不臻的③，可有的发付他？从直奏来。
（旦）这话不提罢了，提起都有。（末）女学生，"子不语怪"④。比如阳世府部州县，尚然磨刷卷宗⑤，他那里有甚会案处？

北【刮地风】（旦）呀，那阴司一桩桩文簿查，使不着你猾律拿喳⑥。是君王有半副迎魂驾，臣和宰玉锁金枷。（末）女学生，没对证。似这般说，秦桧老太师在阴司里可受用？（旦）也知道些。说他的受用呵，那秦太师他一进门，忒楞楞的黑心捶敢捣了千下，淅另另的紫筋肝剁作三花⑦。（众惊介）为甚剁作三花？（旦）道他一花儿为大宋，一花为金朝，一花儿为长舌妻⑧。（末）这等，长舌夫人有何受用？（旦）若说秦夫人的受用，一到了阴司，捀去了凤冠霞帔⑨，赤体精光。跳出个牛头夜叉，只一对七八寸长指弶儿⑩，轻轻的把那撖道儿搭⑪，长舌揸⑫。（末）为甚？（旦）听的是东窗事发⑬。（外）鬼话也。且问你，鬼乜邪，人间私奔，自有条法，阴司可有？（旦）有的是，柳梦梅七十条，爹爹发落过了，女儿阴司收赎。桃条打，罪名加，做尊官勾管了帘下⑭。则道是没真场风流罪过些⑮。有什么饶不过这娇滴滴的女孩家。

（内）听旨：朕细听杜丽娘所奏，重生无疑。就着黄门官押送午门外，父子夫妻相认，归第成亲。（众呼"万岁"，行介）

注释：

①多早晚：这时候。指时间很晚了。

②踹入：闯入。正阳门：宋代津京宫城门名。这里指宫门。

③不臻（zhēn）：不好。臻，完美。

④子不语怪：《论语·述而》："子不语怪、力、乱、神。"

⑤磨刷卷宗：元代由各道肃政廉访使检查各衙门讼案的处理，避免冤屈，叫做刷卷，也即下文所说的"会案"。磨，勘磨，审问研究。

⑥猬律拿喳：也写作"斡剌挑茶"。意思是寻事生非，言语挑拨。

⑦浙另另：犹言湿淋淋。三花：三瓣，三片。花，瓣、片。

⑧长舌妻：指秦桧妻王氏。长舌，指她拨弄是非，定计陷害岳飞。

⑨捊（xián）：扯。

⑩指弧（kōu）：指尖。弧，弓弩两端系弦的地方。

⑪撇道儿：这里指嗓子。搯（qiā）：扼，用力掐住。

⑫揸：抓，掐。

⑬东窗事发：秦桧夫妇在东窗下设计陷害岳飞。传说秦桧死后，他的鬼魂叫方士告诉其妻王氏："东窗事发矣。"

⑭勾管了帘下：指受了公差的凌辱。帘下，左右、手下的人。

⑮没真场：没有实际行迹，不要紧。

（老旦）恭喜相公高转了。（外）怎想夫人无恙！（旦哭介）我的爹呵！（外不理介）青天白日，小鬼头远些，远些！陈先生，如今连柳梦梅俺也疑将起来，则怕也是个鬼。（末笑介）是踢斗鬼①。（老旦喜介）今日见了状元女婿，女儿再生，二十分喜也。状元，先认了你丈母罢。（生揖介）丈母光临，做女婿的有失迎待，罪之重也。（旦）官人恭喜，贺喜。（生）谁报你来？（旦）到得陈师父传旨来。（生）受你老子的气也。（末）状元，认了丈人翁罢。（生）则认的十地阎君为岳丈。（末）状元，听俺分劝一言：

南【滴滴金】你夫妻赶着了轮回磨②，便君王使的个随风柁③，那平章怕不做赔钱货。到不如娘共女，翁和婿，明交割④。（生）老黄门，俺是个贼犯。（末笑介）你得便宜人偏会撒科⑤。则道你偷天把桂影那，不争多、先偷了地窟里花枝朵⑥。

（旦叹介）陈师父，你不教俺后花园游去，怎看上这攀桂客来？

（外）鬼乜邪，怕没门当户对，看上柳梦梅什么来！

北【四门子】（旦笑介）是看上他戴乌纱象简朝衣挂，笑、笑、笑，笑的来眼媚花。爹娘，人家白日里高结采楼，招不出个官婿。你女儿睡梦里、鬼窟里选着个状元郎，还说门当户对！则你个杜杜陵惯把女孩儿吓⑦，那柳柳州他可也门户风华。爹，认了女孩儿罢。（外）离异了柳梦梅，回去认你。（旦）叫俺回杜家，赸了柳衙⑧，便作你杜鹃花也叫不转子规红泪洒。（哭介）哎哟，见了俺前生的爹，即世嬷⑨，颠不剌俏魂灵立化⑩。

（旦作闷倒介）（外惊介）俺的丽娘儿！

注释：

①踢斗鬼：魁星，文曲星。

②轮回磨：指杜丽娘死后还魂。

③随风柁：随风转舵，比喻顺势或乘便行事。

④交割：做买卖，银货两讫叫交割。这里是办事情弄清楚的意思。

⑤撒科：撒赖。

⑥不争多：差不多。这里有想不到的意思。

⑦杜杜陵：杜甫居长安杜陵，自称杜陵布衣。这里指杜宝。

⑧赸（shàn）：离开。

⑨即世：今生。嬷（mó）：母亲。

⑩颠不刺：颠狂。立化：立刻死去。

（末作望介）怎那老道姑来也？连春香也活在？好笑，好笑！我在贼营里瞧甚来？（净扮石姑同贴上）

南【鲍老催】官前定夺，官前定夺。（打望介）原来一众官员在此。怎的起状元、小姐嘴骨都站一边？眼见他乔公案断的错，听了那乔教学的嘴儿嗑①。（末）春香贤弟也来了。这姑姑是贼。（净）啐，陈教化，谁是贼？你报老夫人死哩，春香死哩！做的个纸棺材，舌锹拨。（向生介）柳相公喜也。（生）姑姑喜也。这丫头那里见俺来？（贴）你和小姐牡丹亭做梦时有俺在。（生）好活人活证。（净、贴）鬼团圆不想到真和合，鬼揶揄不想做人生活②。老相公，你便是鬼三台费评跋③。（净、贴并下）

（末）朝门之下，人钦鬼伏之所，谁敢不从！少不得小姐劝状元认了平章，成其大事。（且作笑劝生介）柳郎，拜了丈人罢！（生

不伏介）

北【水仙子】(旦)呀、呀、呀，你好差。(扯生手、按生肩介)好、好、好，点着你玉带腰身把玉手叉。(生)几百个桃条！(旦)拜、拜、拜，拜荆条曾下马④。(扯外介)(旦)扯、扯、扯，做太山倒了架。(指生介)他、他、他，点黄钱聘了咱⑤。俺、俺、俺，逗寒食吃了他茶⑥。(指末介)你、你、你，待求官报信则把口皮喳。(指生介)是、是、是，是他开棺见椁湔除罢⑦。(指外介)爹、爹、爹，你可也骂勾了咱这鬼乜邪。

注释：

①乔教学：指陈最良。乔，骂人的话，和坏蛋的坏字意思差不多。喳：多嘴，说闲话。

②揶揄（yé yú）：戏弄，嘲笑。

③鬼三台：犹言阎罗王。三台，三公，中央三种最高官衔的合称。评跋：忖度，掂量。

④拜荆条：《吕氏春秋·直谏》载，楚文王无道，大臣葆申认为他的罪过应受鞭刑。遂令文王伏于席上，自己跪在一旁，以荆条一束放在文王背上又拿起，如此两次，以为惩戒。"文王下马拜荆条"成为戏曲中的熟语。这里指挨桃条打。

⑤黄钱：纸钱。

⑥吃了他茶：即吃茶。旧时婚俗，"吃茶"即是接受了婚约。

⑦湔（jiān）除：洗去污垢。

（丑扮韩子才冠带捧诏上）圣旨已到，跪听宣读："据奏奇异，敕赐团圆。平章杜宝，进阶一品；妻甄氏，封淮阴郡夫人。状元柳梦梅，除授翰林院学士；妻杜丽娘，封阳和县君。就着鸿胪官韩子才送归宅院①。叩头谢恩。"（丑见介）状元，恭喜了。（生）呀，是韩子才兄。何以得此？（丑）自别了尊兄，蒙本府起送先儒之后，到京考中鸿胪之职，故此得会。（生）一发奇异了。（末）原来韩老先也是旧朋友。（行介）

南【双声子】（众）姻缘诧，姻缘诧，阴人梦黄泉下。福分大，福分大，周堂内是这朝门下②。齐见驾，齐见驾。真喜洽，真喜洽。领阳间诰敕，去阴司销假。

北【尾】（生）从今后把牡丹亭梦影双描画。（旦）亏杀你南枝挨暖俺北枝花。则普天下做鬼的有情谁似咱！

　　杜陵寒食草青青，韦应物
　　羯鼓声高众乐停。李商隐
　　更恨香魂不相遇，郑琼罗
　　春肠遥断牡丹亭。白居易

　　千愁万恨过花时，僧无则
　　人去人来酒一卮。元　稹
　　唱尽新词欢不见，刘禹锡
　　数声啼鸟上花枝。韦　庄③

注释：

①鸿胪官：皇帝的司仪官。

②周堂内是这朝门下：指奉旨成亲。周堂，嫁娶的吉日。

③"杜陵寒食草青青"八句下场诗：八句诗分别出自韦应物《寒食寄京师诸弟》、李商隐《龙池》、郑琼罗《叙幽冤》、

白居易《见元九悼亡诗因以此寄》、僧无则《百舌鸟二首》之一、元稹《病醉》、刘禹锡《踏歌词四首》之一、韦庄《晏起》。个别文字有改动。这八句下场诗，借旦角之口，直接抒发戏曲作家的思想感情，作用有如第一出的《蝶恋花》，结束全剧。

点评：

"圆驾"，在皇帝的调解下，全家团圆。本出是全剧的"收煞"。戏曲剧本的结尾叫收煞，是剧情发展的最后阶段，最能见出作品的思想倾向和意义，也很难写好。臧懋循评论元人杂剧说："虽马致远、乔梦符辈，至第四折往往强弩之末矣。"（臧懋循《元曲选·序》）一般剧作到结尾时多是欢天喜地、顺理成章地团圆，《牡丹亭》却是一波三折，最后的团圆与众不同。本出中，皇帝召众人齐聚金銮殿，各种冲突汇集一处，柳梦梅与杜宝之间的翁婿矛盾，杜丽娘与杜宝之间的父女矛盾，陈最良与柳梦梅的矛盾，最后大冲突、大交锋，在全剧结束之时，反而爆出大高潮。

本出中杜宝、柳梦梅、杜丽娘三人在御前对质，各自申辩，冲突面对面展开，"情"与"理"的矛盾冲突愈见激烈而深刻。吴吴山三妇合评本《牡丹亭》云："夫妻父女，各不识认，另起无限端倪。"杜宝仍是《硬拷》中的态度，活生生女儿站在面前，坚决认为是妖孽而不肯承认，叫她"小鬼头"、"鬼乜些"。结发老妻出现在面前，他认为"此必妖鬼捏作母子一路，白日欺天"。他认为柳生说的是"鬼话"，甚至"连柳梦梅俺也疑将起来，则怕也是个鬼"。可

从今后把牡丹亭梦影双描画。亏杀你南枝挨暖俺北枝花。则普天下做鬼的有情谁似咱！

见杜宝执理执得"固执",他所秉持的理性禁锢了真情性。

而柳梦梅从《闹宴》开始,与杜宝一路较量,直闹到"驾前勘对"。在这第三次的正面冲突中,柳梦梅的反抗斗争进一步升级。他数落杜宝有"三大罪",批评杜宝"做五雷般严父的规模,则待要一下里把声名煞抹"。这样的岳丈,柳梦梅表示不想认,还不如"认的十地阎君为岳丈"。

杜丽娘则不但要在皇帝面前争得回生后做人的权利,还要争得自己婚姻的权利。虽然"似这般狰狞汉叫喳喳,在阎浮殿见了些青面獠牙,也不似今番怕",但是她仍然勇敢地站在了朝堂上。面对所谓"杜丽娘自媒自婚"的指责,她说"保亲的是母丧门","送亲的是女夜叉",意思是她的婚姻是命是注定的。她感谢"柳梦梅再活之恩",还魂再生,坚决拒绝父亲要她离开柳生的要求:"叫俺回杜家,趄了柳衙。便作你杜鹃花也叫不转子规红泪洒。"各方争执不下,最后由皇帝做主,悬镜鉴魂,敕赐团圆。

对于大团圆结局,王国维曾说:"吾国人之精神,世间的也,乐天的也,故代表其精神之戏曲小说,无往而不著此乐天之色彩。始于悲者终于欢,始于离者终于合,始于困者终于亨,非是而欲餍阅者之心难矣。"(王国维《红楼梦评论》)吴吴山三妇合评本《牡丹亭》本出评语也对于皇帝下诏的大团圆结局十分赞同:"无数层波叠嶂,以一诏为结,断莫敢或违。设使冰玉早自怡然,则杜公为状元动也,柳生为平章屈也,一世俗情事矣必如此。而杜之执古,柳之不屈,始两得之。"

同时也应看到《牡丹亭》大团圆结局的特别。比如顽固的杜宝并不因皇帝的判定而改变他的看法。当丽娘气闷倒地时，杜宝惊呼："俺的丽娘儿！"这是杜宝在全剧的最后一句台词。这句话是暗示杜宝的坚持到此为止，承认了丽娘复活的事实？还是杜宝认丽娘是他的女儿却仍然疑惑她是鬼？还有柳梦梅似乎是被丽娘扯着、按着拜了杜宝，杜宝也似乎是被丽娘扯着受了拜，但二人是否真的握手言和、翁婿相认了呢？这说明大团圆的结尾只是一种表面形式，观其实质，矛盾并未全部化解。全剧这样的收束，表达了作者所思考的情与理的复杂性和深刻性，令人深思。

从全剧看，本出收束所有人物，结构严谨，头绪缜密。比如陈最良，保持了他性格一贯的复杂性。他对杜宝固守理学，不认亲女，内有腹诽。在金銮殿上奉旨持镜照丽娘是人是鬼时，他不因杜宝对自己有恩就有所偏向，而是据实禀告。这态度本身就是对杜丽娘、对"情"的理解和支持。他周旋于父女、翁婿、夫妇之间，多方调和矛盾，终促成有情人成眷属的大团圆结局。另外一个人物，如在《言怀》中就出现的柳梦梅的朋友韩子才，《圆驾》中韩子才宣读敕赐团圆的圣旨，点明韩、柳别后，韩子才到京考中鸿胪之职故有此时相会。

终究，杜丽娘和柳梦梅以至情的力量超越生死，赢得最后的自由和团圆，结句"则普天下做鬼的有情谁似咱"，与《西厢记》"愿普天下有情的都成了眷属"结局一样，点明了戏剧的"情至"主旨，闪耀着人性思想的光辉。